横田順彌
明治小説コレクション
2

Novels set in the Meiji period
by Jun'ya Yokota

夢の陽炎館
水晶の涙《なみだ》雫

横田順彌

日下三蔵〔編〕

柏書房

目次

夢の陽炎館　続・秘聞◉七幻想探偵譚――3

夜　5
命　35
絆　64
幻　93
愛　123
犬　151
情　181

水晶の涙雫《なみだ》――211

『夢の陽炎館』初刊時あとがき　409
復刊あとがき　412
編者解説／日下三蔵　415

装丁　芦澤泰偉
装画　影山　徹

夢の陽炎館

続・秘聞◉七幻想探偵譚

夜

1

「……これにて、英国文豪セーキスピヤ氏原作、大悲劇『ロミオとジュリエット』全巻の終わりでございます。ありがとうございました。お忘れものなきよう、お帰りください。ありがとうございました」

　正面映写幕の前の左右から黒幕が引かれ、舞台向かって左、弁士席のフロックコート姿の弁士の声が、朗々と館内に響きわたった。その声に合わせるように、オーケストラボックスの楽員たちが、『螢の光』を奏でる。

　若い娘たちのすすり泣きも、ようやくおさまり、観客が小さくざわめきながら、立ちあがった。

「活動写真は、久しぶりだが、なかなか、おもしろかったな」

　新調の濃い茶色の背広の男性が、棒椅子から立ちあがりながらいった。

「わたし、涙が出て、涙が出て……」

　晴着ではなかったが、束髪に正月らしい七宝象眼《しっぽうぞうがん》の束髪ざしで頭を飾った若い女性が、ハンカチで目を押さえながら、膝《ひざ》の上の棒縞模様のショールを取り上げていった。男が、警視庁本庁第一部刑事の黒《くろ》岩《いわ》四郎《しろう》、女が、その妹の時子《ときこ》だった。

「ほう。ふだんは、やれ冒険小説だ、科学小説だといっているお前が、セーキスピヤで泣くとは意外だね」

　黒岩が笑った。

「あら、わたしだって女でしてよ。悲しい活動を見れば泣きますわ」

時子が、抗議の口調でいった。

「ふむ。その姿を、ひとつ龍岳《りゅうがく》君に見せてやりたかったね」

「また、お兄さま、おからかいになって。そんな意地悪をおっしゃるんでしたら、今夜も、おせち料理にしましてよ」

時子が、半分笑いながらいった。

「いや、おせち料理はかんべんしてくれ。この三日、どこへいっても、おせち料理で閉口だ」

黒岩が頭をかいた。黒岩は仕事がら、三《さん》が日《にち》に休みが取れず、元日から出勤していたが、幸いにして、この正月は事件らしい事件もないので、時間のあい間を見ては、休みを取っている上司の家に、年始回りに歩いていた。

そして、いく先々で、おせち料理を食べさせられ、もう、うんざりしきっていたのだ。

「ところで、時子。お前、家で飯を食うつもりでおったのか？」

「はい」

「はいって、いま何時だと思っておるのだ。八時だぞ。これから帰って、飯のしたくもないだろう。今夜は帝国ホテルで、フランス料理でも食おうじゃないか」

黒岩が笑顔でいった。

「でも、そんな散財をしては……」

時子が黒岩の顔を見上げた。

「なに、高いといっても、たかが飯だ。正月ぐらい、うまいものを食おう。いつも、俺が忙しくて、お前にはなにもしてやれんから、今日はおもしろく遊ぼうじゃないか」

四郎が、時子の肩に、そっと手を置いていった。

「はい」

時子が、うれしそうにうなずいた。

明治四十四年の正月は、好天に恵まれた絶好の日和だった。やっと、四日に休みをもらうことのできた黒岩は、ふたり暮らしの妹・時子と神田明神に遅い初詣《はつもうで》をし、その足で、神田小川町《おがわまち》の小川館に、活動写真を見に入ったのだった。

「し、死んでる！」

黒岩たちの後方から、悲鳴に近い女性の声があがったのは、館内の客が、もう、数えるほどしか残っていない時だった。

「えっ!?」

黒岩と時子は、同時に声のほうを振り向いた。

黒岩たちの三列ほど後ろの席で、紺の日和《ひより》コート姿の初老の婦人が、おびえた表情をしていた。その隣りの、連れと思われる同年配の茶色のコートの婦人も、両手を頰に当てて、驚愕のまなざしをしている。

ふたりの婦人の視線は、不自然にからだを、前のほうに折り、棒椅子に、崩れるように腰を降ろしている中年の紳士に向けられていた。

出口に向かっていた数人の観客たちが、婦人の声に立ち止った。

「どうしたのですか？」

黒岩は通路に出、婦人たちのほうに近づくと質問した。

「このかたが、いつまでも、席をお立ちにならないので、声をおかけしたら……」

婦人が、震える声でいった。椅子の紳士のぼんの窪《くぼ》から首筋に、ひと筋の血が流れ、それが白いシャツの襟《えり》を真紅に染めていた。

そして、ぼんの窪には、頭の平《たいら》なリベット釘《くぎ》のようなものが刺さっていた。

「なるほど、わかりました。時子、ここの支配人に知らせて、警察に電話してくれ」

黒岩がいった。時子がうなずいて、出口のほうへ駆けていく。

「あなたは？」

茶色のコートの婦人が、けげんそうに、黒岩に質問した。

「ぼくは、警視庁の刑事です」

黒岩が答えた。

「まあ、刑事さん。じゃあ、このことを？」

紺色のコートの婦人がいった。

「いえ、たまたま、ぼくも活動を見にきていたのです。で、犯人の心当たりはありませんか？」

黒岩が、ぐったりしている紳士の右腕の脈をたしかめながらいった。

「いえ、ありません」

婦人が答えた。

「あなたは、この紳士の隣りに座っておいでだったのですか？」

黒岩がいった。

「はい。でも、活動に見とれておりまして……。すみません」

婦人が、すまなそうにいった。

「いえ、あなたが謝ることではありません。この人の、左隣りは、どんな人だったか覚えておいでではありませんか？」

「さあ、女の人だったように思いますが、はっきりとは」

「そうですか」

「後ろまでは、わからんでしょうね？」

「はい」

「死んでいますのでしょ？」

茶色のコートの婦人が、おそるおそる質問した。

「ええ」

黒岩がうなずいた。十人ほどの弥次馬《やじうま》たちが、ざわめいた。

「人が死んでおるというのは、本当ですか？」

その弥次馬たちをかきわけて、小肥《こぶと》りの背広姿の初老の男が黒岩に近づいてきた。青い顔をしている。

「このとおりですよ」

黒岩が、棒椅子の紳士を目で示した。

「こ、これは、殺人ですか？」

男がいった。

「のようですね。首のうしろに、釘のようなものが刺さっています。ああ、わたしは、警視庁第一部の黒岩四郎です」

「あっ、申しおくれました。わしは、この小川館の支配人、矢島清太郎《やじませいたろう》といいます。それにしても、殺人なんて……」

矢島が、紳士の襟首を染めた血を見つめていった。

そして、続けた。

「この人は、どういう人なのでしょうか？」

「さて、名刺入れでも、持っておればわかるでしょうが、ここは、小川署が所轄ですから、署の刑事が到着するまでは、このままにしておくほうがいいでしょう」

黒岩がいった。

「お兄さま、このかたが、上映途中に、そそくさと帰っていった人があると……」

矢島の背後から、時子がいった。その時子の隣りに、時子と同じくらいの歳《とし》に見える若い、着物の上に黒く丈の長いエプロン風の洋服を着た娘がいた。

この館の案内嬢だった。

「石黒《いしぐろ》君、それはいつごろだ？」

矢島が、案内嬢に質問した。

「一時間ほど前です」

案内嬢が答えた。

「どんな男だった？」

「いえ、男ではありません。女の人でした。とっても、色の白いきれいな人でした」

「よく、覚えておいでですね」

黒岩がいった。

「はい。映写中に帰る人は、めったにおりませんし、きれいな人でしたので、覚えています」

案内嬢がいった。

「そいつはありがたい。小川署の連中がきたら、よく説明してやってください」

「はい」

案内嬢が答えた。その時、歳のころ十二、三、おそらく中学生と思われる少年が口をはさんだ。

「ぼく、その女の人、知っています」

「なに、ほんとうかね？」

「はい。浅草駒形町のカラクリ先生の家のお姉さんです」

「なに、カラクリ先生のところのお嬢さんだって？」

矢島が、びっくりしたような顔で、問い返した。

「だれなんですか？　そのカラクリ先生というの

は?」

黒岩が質問した。そして、弥次馬のほうに向かっていった。

「みなさんは、すみませんが、向こうの廊下のほうで待っていてください。小川署の刑事が来るまでは、この館内からは、出ないようにねがいます」

黒岩がいった。

「でもよ、もう、帰っちまったものもいるぜ。おれっちだって、これから仕事があんのよ。人殺し事件になんざ、つきあっちゃいられねえや。おれっちだけ足止めを食らわすのは、不公平ってもんよ」

ハンチング帽の、職人ふうの男がいった。それに呼応して、そうだそうだという声が聞こえる。

「わかりました。それでは、お急ぎのかたは、帰っていただいて結構です。ただ、後で、おたずねすることもあるかもしれませんので、住所、氏名を書いていってください」

黒岩がいった。

「よっしゃ。話のわかる刑事さんだね。で、どこへ名前を書きゃいいんでえ?」

職人風の男がいった。

「時子、これにたのむ」

黒岩がポケットから、警察手帳と万年筆を出して、時子に渡した。

「はい。それじゃ、みなさん、すみませんが、廊下のほうで……」

時子は、そういいながら、先に立って、客席から廊下のほうに出ていった。その後ろに、弥次馬たちが、ぞろぞろと続いた。

「わたしたちも、向こうへいっていいのでしょうか?」

ふたりの婦人がいった。

「どうぞ。ただ、できましたら、おふたりは、もうしばらく、帰るのを待ってください」

黒岩がいった。

「はい。そうします」

婦人たちは、死体のそばから離れられるのがうれしいらしく、いかにもほっとした表情で、時子の後を追った。その場に残っている観客は、少年だけになった。

「カラクリ先生というのは？」

弥次馬が入口の黒いカーテンの陰に消えたのをたしかめて、黒岩が矢島に質問した。

「平沢忠義《ひらさわただよし》という工学博士です。以前は、帝国大学の助教授をしていたんですが、辞めて電気機械の工場を経営していました。工場とはいっても、従業員二、三人の小さなものだそうですが」

「経営をしていたというのは、いまは辞めたのですか？」

「いえ。半月ほど前に事故で亡くなられたのです。活動が好きなのですが、地元の浅草よりも、神田のほうがいいといって、よく、うちの館に見えられたかたです。お嬢さんと一緒のことも、よくありました。カラクリ先生というのは、ひまがあると、近所の子供たちにブリキのカラクリ人形を作ってやっていたので、いつのまにか、そう呼ばれるようになったのだそうです……」

「なるほど。それで、出ていったのが、その平沢という先生のお嬢さんだったわけですね？」

「そのようですな」

矢島が、少年の顔を見ていった。

「きみは、どうして、平沢先生のお嬢さんを知っておるのだね？」

黒岩が質問した。

「平沢先生の家は、ぼくの家と同じ町内なんです」

少年が答えた。

「なるほど。しかし、暗い中で、よく、出ていったのが、そのお嬢さんとわかったね？」

「ぼく、便所にいってもどってきたら、外に出ていくところでした」

「きみは、平沢先生のお嬢さんとは気がつかなかったのかい」

黒岩が、案内嬢に向かって質問した。

「はい。わたし、まだ、ここに勤めて二十日ですから」

「ああ、それではわからんね」

「そのお嬢さんの席は、どこだったのだろう？　この後ろだったら、大いに怪しいが」

黒岩が、死んでいる紳士の後ろの席を、目で示していった。

「しかし、あのお嬢さんが、人殺しをするなんて考えられませんよ」

矢島がいった。

「いいお嬢さんなんです」

その時、背後の通路のほうから、騒がしい靴音がして、ふたりの制服の警官と、ひとりの私服の男が入ってきた。

「被害者は、どこだね？　あっ、これは黒岩さん」

みごとな八の字髭《ひげ》をたくわえた若い男が、黒岩に気がついていった。

「やあ、松本君。正月早々、いやな所で会うね。仏さんの前とは、縁起が悪い」

黒岩がいった。

「まったくです。ところで、黒岩さん。これは、本庁扱いの事件ですか？」

松本と呼ばれた刑事がいった。

「いやいや。ぼくは、たまたま、ここで妹と活動を見ておったのだよ。せっかくの休みだというのに、ついておらん」

黒岩が口許を歪《ゆが》めた。

「刑事というのも、因果な商売ですなあ」

松本がいった。

「まったく。……死体に気がついた時は、観客が出ていってしまった後でね。とりあえず、残った十人程度の住所は調べてあるが……。後はまかせていいかね」

黒岩がいった。

「ああ、どうぞ、どうぞ」

「じゃ、たのむよ。そうだ、この被害者の名前だけ聞いておこうか？」

「はあ。それでは……」

松本は、そう答えると、死体の形が変わらないように注意しながら、背広の内胸ポケットに手を入れた。そして、黒革の名刺入れを引っ張りだし、中を調べていった。

「えーと、〈科学之時代〉記者・南田新三郎《みなみだしんざぶろう》とあります」

2

「すると、臨川《りんせん》さんは、その平沢という先生と親しかったのですか？」

鵜沢《うざわ》龍岳がいった。

「いや、親しいというほどの間がらではないがね。永久機関の研究などをやって、結局、大学にいられなくなった、一風変わった人なので、よく覚えている」

中沢《なかざわ》臨川がいい、湯呑《ゆの》みの中の酒を、ぐっとあおった。七日の土曜日の午後六時半。場所は牛込区神楽町の常磐亭《ときわてい》。〔天狗倶楽部《てんぐクラブ》〕の新年会の席だった。

「永久機関ですか？」

「うん。君なら知っておるだろう。動力源なしで、永久に活動する機関というやつだ。物理学的に不可能な機関だがね。町工場の親父や、一攫千金《いっかくせんきん》を狙う発明狂ならいざしらず、帝国大学の助教授が、そんなものを研究するのは、けしからんと叱《しか》られておったようだ。俺が学生時代、研究を手伝わんかと誘われたことがあったが、お断りしたよ。しかし、一緒に研究しておったら、いまごろ、俺は京浜電車を、永久機関で動かしていたかもしれんな。はっはははは」

臨川が、いかにもゆかいそうに笑った。中沢臨川は、明治十一年生まれ、東京帝国大学工科大学卒業の工学士で、京浜電車会社の技師長だった。一方、ロシア文学を中心とした新進の文芸評論家としても知られ、龍岳の師である押川春浪《おしかわしゅんろう》とは極めて親しく、〔天狗倶楽部〕では春浪につぐ、ナンバー2と目される人物だった。

「なにやら、話が弾んでおるね。おもしろい話題かい？」

徳利《とっくり》を手にした押川春浪が、にこにこしながら、龍岳たちのそばに近寄ってきたのは、まだ臨川の笑いが収まらないうちだった。

「いいえ。例の黒岩さんが、活動館でぶつかった殺人事件の話です」

龍岳がいった。

「ああ、あれか。あれは、なんとも奇妙な話だね。その犯人じゃないかと疑われた娘さんは、その時間には、町内のかるた会に出席しておったというのだろう」

春浪が、臨川の湯呑みに酒をつぎながらいった。

「そうらしいですね。それで、では、少年の見誤りだろうということになったのですが、その娘さんの写真を見せられた案内嬢も、まちがいなく、この人だったといったというのです」

龍岳が説明した。

「まさか双子ではなかろうね」

臨川がいった。

「それは、絶対にあり得ないと、黒岩さんはいっていました」

「となると、同じ時刻に同じ人間が、二つの場所にいたということになる。そんなことが、考えられるかね?」

春浪が臨川にいった。

「そういうことは、お前や龍岳君の専門だ」

臨川が笑った。

「いや、専門ということもないが、生身の人間は、同時に二か所には出現できんよ。しかし、その娘さんは、れっきとした生身の人間だ」

春浪がいった。

「忍術の分身の術でも、そんなに離れた場所には、同時に現れられんね」

臨川が、おもしろそうな顔をする。

「それはそれとして、殺された南田という男と、その娘さんは、どういう関係なのだ?」

「それが、仕事の関係で、父親の取材にきた時、何度か会ったことがあるという程度で、ほとんど口をきいたこともないそうです。もっとも、これは、その敏恵《としえ》さんという娘さん自身のことばだそうですから、どこまで信用していいかはわかりませんが」

龍岳が説明した。

「つまりは、その娘さんに、南田を殺さねばならない理由は、なにもないというわけだ」

春浪がいった。

「南田というのは、〈科学之時代〉の記者だったね。あの雑誌には、俺も以前、電気関係の記事を書いたことがあるが、〈科学世界〉などとちがって、通俗科学雑誌のわりには、固い記事を求めるのだよ。その点からいくと、平沢さんの研究とは、あまり関係がなさそうだが」

臨川が、小首をかしげた。

「うむ。〈科学世界〉のほうは、むかし、科学小説の懸賞募集などもやったことがあるし、結局、実現はせんかったけれども、俺に科学小説の執筆依頼をしてきたこともある。だが、〈科学之時代〉のほうは、知り合いの編集者もおらんよ。堅苦しい、つまらん雑誌だな」

春浪がいった。その時、三十畳ほどの宴会場の真中で、画家の小杉末醒《こすぎみせい》と春浪の弟の押川清《きよし》の座り相撲が始まった。これが始まり出すと、〈天狗倶楽部〉の宴会も、たけなわといっていい。

「平沢さんは、最近は、どんな研究をやっておったかな？」

臨川がいった。

「なんでも、電気応用の義手義足を研究していたようです。それと、娘さんの話では特殊ゴムの研究もされていたとか」

龍岳が答えた。

「ほほう。義手義足か。カラクリ先生には、ぴったりの研究だ。だが、特殊ゴムというのは、畑ちがいな気もするが……。まさか、霞衣《かすみごろも》を研究していたのではあるまいね」

臨川が笑った。霞衣とは、最近発売されたコンドームだった。これまでの衛生用サックとは、ゴムの質はもちろん、形状、使用方法を、まったく異にしたものというのが、売り文句だった。

「いいえ、義手義足を生身の人間の皮膚と同じように見せるためのゴムの研究だそうです」

「なるほど。いまの義手義足は、見た目がよくないから、そういうものができたら、よろこぶ人間がいっぱいいるね」

臨川がうなずいた。

「すると、その南田記者は、平沢さんの義手義足の記事を取りにいっていたわけか」

春浪が質問する。

「そういう記事なら、〈科学之時代〉でも、歓迎するわけだな。だが、あの変わり者の平沢さんが、義手義足の研究をはじめていたとは知らなかったね。永久機関の研究は、もう完全にやめてしまったのかしらん」

臨川が首をひねった。

「はあ、ぼくの話は、すべて黒岩さんと時子さんから聞いたものですから、詳しいことはわからないのですが、永久機関の話は出なかったですね」

龍岳がいった。

「死んだのは、たしか、馬車にはねられてだったね」

臨川がいった。

「いいえ。馬車じゃありませんよ。お酒を飲んで、家に帰る途中、人力車に衝突して、転んだはずみに頭を強く打って死んだそうです」

「人力車でか?」

「ええ。先月の十七日のことです。人力でも、速力がついていると、大きな事故になりますね。はねた人力のほうは、結局、そのまま逃げてしまって、見つからずじまいだそうですよ」

「酒は怖いね。死ぬ歳《とし》ではないのに」

「四十六歳ですからね」

「これからだな。臨川、酒はほどほどにせんといかんよ」

春浪がいった。

「おいおい、俺に意見するひまがあったら、自分の肝に銘じたまえ」

臨川が笑いながらいった。

「おふたりとも、飲み過ぎないようにしてください」

龍岳が、本気とも冗談ともいえない口調でいった。

「わかっておる。なに、俺はだいじょうぶだ。しかし、話を聞くと、やはり、その娘さんはおかしいなあ」

春浪がいった。だいぶ、酔いが回ってきているようで、かなり、ろれつが怪しくなっている。

「なにがだ?」

臨川が、怖い顔でいった。こちらも、そろそろ、からみはじめる前兆だった。

「いや、いくら正月とはいっても、まだ親父が死んで半月もせんうちに、活動など見にいくものかね?」

春浪がいった。

「ふむ。それは、たしかにおかしいな。まあ、いつまでも、めそめそしておってもいかんから気分転換ということもあるかもしれんが、それなら、ロミオなどは見にいかんだろう」

臨川が腕組みをする。

「それで、途中で見るのがいやになって、出てしまったとは考えられませんか?」

龍岳がいった。

「あり得んこともないが、地元の浅草には活動館はいくらでもあるのだ。それなのに、なにも、好きこのんで、神田まできて、悲劇を上映しておる館に入ることもないだろう」

臨川が答えた。

「そうですね。いわれてみれば、そうです。ぼくだって、お袋が死んだ時は、三か月は、本を読む気さえしませんでしたからね」

「そうだろ。そういうもんだよ。ましてや、本人は活動など見にはいっておらんというのだ。やはり、少年の見まちがいだな」

「俺も、そう思う。だが、案内嬢までが、見たというのは、どうも解《げ》せんね。しかし、もう、あたりは暗いし、他人の空似《そらに》というやつかもしれん」

春浪が、大きくため息をついた。

「それにだ、俺は犯罪事件には詳しくはないが、人を殺すのに、リベット釘をぼんの窪に刺すというのは、非常に珍しいと思うのだ。声も出させず一瞬に殺すには、敏捷《びんしょう》さと力も必要だと思う。そうなると、どちらにしても女ではむりではないかな」

「春浪のいうとおりだ。いくら細いリベット釘でも、素手で首に刺すのには、相当の力がいるよ」

臨川がいった。

「すると、犯人は男ということになりますか？」

龍岳が、臨川と春浪の顔を見比べた。

「黒岩君は、どう考えておるのかね？」

臨川がたずねる。

「はあ。その娘さんと、まったくの別の犯人の両方から考える必要があるとはいっていいました」

「黒岩君も、正月早々たいへんだね」

春浪が笑った。

「休み中の事件でもあったし、今回は黒岩さんは出張る予定はなかったらしいんですが、殺人現場に居合わせたということで、結局、引っ張りだされることになったと閉口してましたよ」

龍岳も笑った。

「うん。それは、俺も聞いた。で、時子さんに、兄さんの休みを潰されて残念だろうといったら、休みより、事件のほうがおもしろいとよろこんでおったよ。まったく、活発な娘さんだね。所帯を持ったら、龍岳君もしっかりせんと尻《しり》にしかれるぞ。あっははははは」

春浪が、いかにも気持ちよさそうに笑った。

「春浪さん、ぼくは時子さんと所帯を持つとは……」

龍岳が、顔の前で手を振った。

「じゃ、持たんのか」

春浪が、間髪《かんはつ》を入れずいった。

「いや、それは……」

龍岳が、口ごもった時、平塚断水《だんすい》と膝相撲をしていた阿武天風《あぶてんぷう》が声をかけてきた。

「おーい、龍岳君。そんなところで、こそこそしとらんで、こっちへきて、相撲に入らんか。春浪さんと臨川さんもどうです」

「ええ。一丁やりますか？」

龍岳は、春浪の攻撃から逃れることができたとばかりに、部屋の中央に進みでた。

「龍岳君が、膝相撲に出てくるとは珍しいね。よし、ぼくが特別製の奮え《フレー》をやってやろう」

そういいながら、早稲田大学応援隊長・吉岡信敬《よしおかしんけい》が立ちあがった。

「いいぞ、信敬!」

だれかが、かけ声をかけた。

「では、龍岳君の健闘を祈って、奮え三唱!

奮《フレー》え〜、奮《フレー》え〜、奮《フレー》え〜、りゅうがく〜!!」

信敬の蛮声が、家中に響き渡った。

3

「すると、黒岩さんは、あの活動館の殺人事件と、今度の事件は関係があると……?」

龍岳が、小さな卓袱台《ちゃぶだい》の上の籠《かご》からみかんを取り、皮をむきながらいった。一月八日午後八時。牛込区原町の黒岩家の茶の間。

「うむ。あると思う。いや、松本君を刑事と知らない強盗犯人が、たまたま、襲ったということも、まったくないわけではないが、俺は、偶然とは思わん。殺人事件を捜査中の刑事が、強盗に襲われるなど、偶然にしてはできすぎている」

黒岩も、みかんをむきながら答える。

「すると、捜査の妨害を目的とした、同一犯人のしわざということに?」

龍岳がいった。

「だろうと思うがね」

黒岩がうなずいた。

「じゃあ、松本さんは、なにか活動館の殺人事件の重要な手がかりを見つけられたのでしょうか。それで、犯人は、それをじゃましようとして……」

時子が、時子と龍岳のあいだにある火鉢の火に炭をつぎ足しながらいった。

「そういうことだろう」

黒岩が答えた。

小川館の殺人事件を捜査中の小川署松本刑事が、帰宅途中に何者かに襲われたのは、前夜の十時すぎのことだった。目黒村の自宅近くの路地で、背後から、いきなり後頭部を、鈍器のようなもので殴られ、頭蓋骨《ずがいこつ》が骨折。発見された時は意識もなく、運ばれた病院で死亡した。

「松本刑事が、どんな手がかりを見つけたのかは、わかりませんか？」

　龍岳が質問した。

「うん。悔しいが詳しいことはわからない。俺に、ひとこと連絡をしておいてもらいたかったのだが……。ただ、松本君は、昨日の昼間、井上圓了《いのうええんりょう》先生の家を訪ねているのだ。あいにく、先生は不在で面会はできなかったらしいがね」

「お化け博士の井上先生を！」

　時子が、目を丸くした。

「お化けと、殺人事件と、なにか関係があるのですか？」

　龍岳がいった。

「それは、俺にも、皆目わからんよ」

　黒岩が、みかんの房を口に放り込みながら、首を横に振った。

「松本刑事は、発見者にもなにもしゃべってないのですか？」

　龍岳がいった。

「残念ながら、見つかった時には、すでに意識はなかったのだ」

　黒岩が下唇を嚙《か》んで、悔しそうな表情をした。

「そうですか。それで、もし、犯人が同一だとした場合、例の平沢さんの娘さんというのは？」

「うむ。今日、調べにいったよ」

　黒岩がうなずいた。

「で、どうでした？」

　龍岳が、からだを乗り出した。

「松本君が襲われた時刻には、家におった。友人ふたりが泊まりにきておって、そのころには、風呂に入っていたと証言している」

「なるほど。それでは、浅草から目黒村までいって、松本刑事を襲って、もどってくる時間はなさそうですね」

「とうてい、考えられん」

「すると、少なくとも、今回は、その娘さんは犯人ではあり得ない」

「まちがいないね」

「それにしても、松本さんは、なんのために、井上先生をお訪ねしたのかしら？」

時子が、また、話を元にもどした。

「活動館の殺人犯人が、幽霊だとでもいうのでしょうか？」

龍岳がいった。

「これも、運が悪かったな。松本君が井上先生に会っておれば、先生から、どんな話をしたのか、聞くことができたのだが……。しかし、幽霊が犯人だとしたら、こりゃ、ちょっとやそっとでは捕まえられそうもないな」

黒岩が自嘲《じちょう》ぎみに笑った。そして、続けた。

「しかし、幽霊なら、リベット釘など刺さんでも、いくらでも殺しようがありそうだ。松本君を襲ったのも、もし、幽霊なら、鈍器は使わんだろう。だいたい、実体のない幽霊に、鈍器が持てるのかね」

「ぼくは現物を見たわけじゃありませんが、そのリベット釘は、珍しいものなのですか？」

「いや。鉄工所とか電気機械工場なら、珍しいものではないらしい。もちろん、平沢さんの工場にもあった」

「黒岩さんは、やはり、あの娘さんを疑っているのですか？」

龍岳が、黒岩のことばに、眉毛をぴくりとさせて聞き返した。

「うん。実際、微妙なところだ。現場にいなかった証拠もあるし、あの殺人は、女のしわざだとは思えんからね」

「その娘さんが、南田記者を殺す動機もなさそうですしね」

「そう。これといったものはない。ただ、南田記者の同僚の話では、かれは、平沢さんの研究をまやかしだと非難していたらしい」

「義手義足の研究をですか？」

「だろうね。だから、南田記者と平沢さんは交流はあったが、決して、仲がいいといえる状態ではなかったらしいのだ。最初、俺も、南田記者は取材にいっていたのだと思ったのだが、どうも、そうではないようだ。とはいうものの、それが、娘が南田記者を殺す動機とは、とうてい思えない」

「平沢さんが、南田記者に殺されたとでもいうなら、復讐ということも考えられますがね。酔って、人力にはねられたんじゃ、復讐するなら、俥屋《くるまや》でなきゃおかしい。まさか、南田記者が、その俥屋に頼んで、平沢さんをはねさせたというわけじゃないでしょう」

龍岳がいった。

「平沢さんが死んだ日には、南田記者は京都に取材にいっておったよ。もちろん、そのへんの工作は、しようと思えばできるだろうがね。だが、まやかしだと非難された平沢さんが、南田記者を殺したというのなら話は、まだわかるが、非難したほうが殺すというのは、おかしな話じゃないか。いくらなんでも、殺さなければ気がすまんような研究をしていたわけでもあるまい」

黒岩がいった。

「とすると、ほかになにか、娘さんが南田記者を殺す動機が考えられますか?」

「考えられんのだ。にもかかわらず、俺は、どうも気になってしかたない。だから、その娘さんは関係なくても、なにか平沢さんの死と事件は関係あるかもしれん」

黒岩がいった。

「南田記者とは、どういう人物なのです。平沢さんを非難していたというのは別として、だれかに恨まれていたというような事実はないのですか」

龍岳がいった。

「そいつがあってくれると、警察としてもありがたいのだがねえ」

黒岩が肩をすくめた。

「平沢さんも死んでしまっているし、わかりにくい事件ですねえ」

龍岳が唇を嚙んだ。

「あの時、殺人に、もう少し早く気がつけば、お客を全員調べることができたのだがなあ。客を装って、犯人がまぎれこんでいたことは、ほぼ確実なのだ」

黒岩が、非常に残念そうな顔をした。

「住所を控えることのできた人たちの中には、怪しい人物はいませんでしたか？」

「いなかった。あの時は、全部で百人以上のお客がいたらしいから、先に帰ってしまった九十人の中に犯人がいるにちがいないのだ」

「新聞で、あの日、活動を見ていた人たちに呼びかけて名乗り出てもらうというのはどうでしょう？」

「まさか、犯人が名乗り出はせんだろう」

「そうですが、たとえば、その時の全員に集まってもらって、自分の座っていた場所に、もう一度、座ってもらうのです。そうすれば、当然、犯人はこないでしょうから、空席ができます。それで、周囲の人に、どんな人物だったか思い出してもらうのです」

「おもしろい考えだが、君自身のことを考えても、思い出せると思うかね？」

黒岩がいった。

「まず、むりでしょうね」

龍岳がいった。

「うふっ」

時子が笑った。それから、あわてて、つけ加えた。

「ごめんなさい。ご自分で、こうしたらどうかしらといって、むりだとおっしゃるから」

「いや、いいんですよ。実際、ぼくの意見は、小説家的な、非現実なものなんです。でも、なにか、手がかりはないですかね」

龍岳がいった。

「それなんだがね」

黒岩が真剣な表情で、声を落とした。

「なにか、あるのですか？」

龍岳がいった。

「うむ。南田記者殺しと松本君殺しの犯人を、俺は同一とにらんでいるわけだが、なんにしても、この犯人は、どこかで警察の動きを的確に把握しているにちがいない。犯人は俺でさえ知らなかったのに、松本君が、なにか手がかりを得たことを知って、襲っているのだからね。そこで、囮《おとり》作戦を考えたのだよ」

「どういう作戦です？」

「つまり、俺も、松本君と同じ、いや、それ以上に犯人の手がかりをつかんだと、あちらこちらで吹《ふい》聴《ちょう》して回るのだ。そうすれば、犯人は、松本君を襲ったと同じように、今度は俺を襲うにちがいない」

黒岩が、どうだといわんばかりの顔をした。

「そりゃ、そうかもしれませんが、それは、非常に危険な作戦ですよ。現に、松本刑事は、あんなことになっているのです」

龍岳が、まじめな顔でいった。

「そうよ、お兄さま。自分を襲ってくださいといっているようなものですわ」

時子も、心配そうな顔をする。

「ようなものではなくて、まさしく、襲ってもらおうと思っているのだよ。なに、多少の危険はないことはないが、松本君の場合は警戒していなかったから、あんな不幸な結果になったが、俺は警戒しているのだ。やられはせん。それより、犯人のほうから動いてくれたら、これは、実にありがたいことじゃないか」

黒岩の表情は、自信ありげだった。

「でも。黒岩さん。犯人は、なんの手がかりも残さず、もうふたりも殺しているんです。よほど、注意しないと……」

龍岳がいった。

「むろん、それは注意するさ。俺だって、まだ死にたくはないからね。なに、心配はいらん。俺だって、だてに五年も刑事をやっておるわけではないよ。だから、時子も龍岳君も、なるべく、あちらこちらで、俺が、もう犯人の目星はつけた、あとは逮捕するだけだといっていると、吹聴して歩いてくれんか」

「それはいいですけれど、ほんとうに、だいじょうぶですか?」

「だいじょうぶだ。君が、俺を心配してくれるのはありがたいが、あまり、くどくいわんでくれ」

黒岩が、珍しく強い口調でいった。

「すみません。わかりました。じゃ、今晩にでも、さっそく、春浪さん、信敬君らに電話で知らせます」

「頼むよ」

黒岩がいった。もう、口調は元どおりだった。

「お兄さま、もう、その作戦は開始していらっしゃるのですか？」

時子が心配そうにいった。

「ああ。今日、捜査にいった先々で、吹聴してきた。だから、まさか、お前が襲われる心配はないと思うが、気をつけてくれ」

黒岩がいった。

「はい」

時子が、うなずく。

「そうだ、時子。お前、事件が片づくまで、駒込のおばさんの家にでも、いったらどうだ。もし、万一、犯人が、この家に押し込んでこんともかぎらんからな。龍岳君の下宿にでも避難させておきたいところだが、嫁入り前の娘が、そういうわけにもいかんだろう」

黒岩がいった。

「それは、もちろんです」

龍岳が、あわてていい、続けた。

「時子さん、黒岩さんのいわれるようにしたほうがいいですよ」

「いいえ。だいじょうぶです。お兄さまひとりを危険な目にさらしておくわけにはいきませんわ。それに、お兄さまは、わたしが一日そばにいなかったら、食事だって、満足にできなくってよ」

時子が笑った。

「なあに、飯ぐらいどうにでもなる。洗濯だってするさ」

「ぜんぜん、汚れの取れていない洗濯をね」

時子が、茶化した。

「そんなことあるもんか。ちゃんと、洗えるよ。飯など、外で食えばいいんだ」

「いいえ。一緒におります！」

「黒岩さん。ぼくじゃ、たいして役に立たないかもしれませんが、夜だけでも泊まりにきましょうか？」

龍岳がいった。

「うむ。それは、助かるな。犯人が必ず現れると決まったもんでもないが、ひとりよりはふたりのほうが、心強い。それなら、今夜から泊まってくれんか」

黒岩がいった。

4

九日午後九時。黒岩の家。

「すまんね、黒岩君。酒を飲むつもりできたのではないのだが……」

押川春浪が、ややきまり悪そうに、時子からお酌《しゃく》をされながらいった。

「龍岳君が、泊まり込みで、黒岩君の応援をしているというので、俺も激励かたがた、様子を見にきたんだが」

「酒を出されても、今夜は飲まんといっておったじゃないですか」

てかてかに光った学生服姿の吉岡信敬が、とがめる調子はなくいった。

「うむ。いや、そのつもりでおったのだがね。時子さんのような美人にすすめられて、断ったのでは、これは失礼というものじゃあないか」

春浪が、酒の注がれた猪口《ちょこ》を顔の前、五寸ほどのところに止めていった。

「なんだかんだと理由をつけて、結局飲むんだから」

信敬が笑った。

「うふっ」

時子も笑う。

「まあ、信敬君。そう、かたいことをいうな……。ああ、うまい。はらわたにしみわたるね。いや、うまい酒ですな、時子さん」

「そうですか、それでは、どうぞ、たくさんおめしあがりください。お兄さまも、お飲みになりませんこと？」

時子は、徳利を黒岩のほうに向けた。

「そうだな。少し、もらおうか。信敬君も、やりたまえよ」

黒岩がいった。

「じゃ、一杯だけ」

信敬が猪口を差し出す。

「龍岳君に、なにかないかな？」

黒岩がいった。

「おしるこがありましてよ。わたしたち、それをいただきます。ねっ、龍岳さん、食べますわね」

「はい。いただきます」

「とっても、おいしく、できましたのよ」

時子が、うれしそうに、龍岳の顔を見た。

「うむ。いまのやりとり、実にいいね。新婚夫婦のようだ」

春浪が、龍岳と時子の顔を交互に見比べていった。

「あら、いやな、春浪先生!」

時子は、手にしていた徳利を卓袱台の上に置くと、顔を真っ赤にして、台所へ駆け込んでいった。その時子の姿を、目で追いながら春浪が黒岩に質問した。

「それで、事件のほうは、その後、なにか進展はあったのかい?」

「いや、それが、まったく」

黒岩が首を振った。

「ただ、松本君が、井上圓了先生をたずねた理由らしきものがわかりました」

「ほう」

「なんでも、平沢さんは、義手義足の制作のかたわら、永久機関を一歩進めた霊動機関というものを研究していたようです」

「霊動機関? なんだね、それは?」

春浪が、首をかしげた。

「ぼくにも、よくはわかりませんが、霊というから、幽霊とか心霊とかに関係あるのだと思います。そして、南田記者は、この霊動機関を、大いに批判していたらしいのです」

黒岩が説明した。

「なるほど、やはり、平沢さんと南田記者は切り離せないね。だが、そのことと、殺人がどう結びつくのだろう?」

春浪が、顎《あご》をさすって、考えこむような表情をした。

「さっきも、黒岩さんと話していたのですが、その霊動機関なるものの実体を知りたいですね」

龍岳がいった。

「うーん。その機関のことは、娘さんも知らないのかね」

春浪がいった。

「実際はどうかわかりませんが、本人は、父親の仕事のことは、ほとんど、なにもわからないといっています」

「そうか。霊動機関ね……。で、結局、その娘さんが同じ時刻に二か所にいたという謎のほうも解けないままなのかね？」

「ええ。あれは、説明がつかないままです」

黒岩がうなずいた。その時だった。勝手口の外で、樽から白菜漬を取り出そうとしていた時子が、青い顔で、茶の間に飛び込んできた。様子がふつうではない。

「どうした、時子！」

黒岩がいった。

「あの平沢さんのお嬢さんが、台所から……。なんだか、様子が変なんです」

時子が、戸が開いたままになっている台所のほうに、首を伸ばしながらいった。

「なに、平沢さんの娘さん!!」

黒岩が、はねるように立ちあがった。龍岳たちも、それに続く。全員が立ちあがり、時子が龍岳の背後に隠れるようにするのと同時に、開いた勝手口の戸をくぐって、藤色花影お召し姿の女性が、無言で室内に草履《ぞうり》のまま、上がり込んできた。

平沢忠義の娘の敏恵にちがいなかった。色の白い、美しい娘だった。しかし、その美しい顔には、表情がなかった。

「君、他人の家に、土足であがるというのは、失礼じゃないかね！」

信敬が、敏恵に向かって怒鳴った。すると敏恵は、無表情のまま、からだを信敬のほうに向け、つかつかと歩み寄った。その行動が敏速だったので、居合わせた一同は、黙って、敏恵を見つめていることしかできなかった。

敏恵は、無言のまま信敬に近寄ると、いきなり、信敬の左頬に平手打ちを食らわした。

「あっ!!」

悲鳴をあげた信敬が、よろよろとよろめいて、後ろの壁にぶつかった。

「なにをする！」

春浪が叫んだ。しかし、敏恵の表情は変わらない。

「ものすごい力だ……」

平手打ちされた信敬が、信じられないという顔をし、右手で殴られた頬をさすりながらいった。敏恵は、その信敬の顔を見据えている。

「うむ。ぼくは、婦人と子供には手を出さん主義にしておるのだが、これ以上、無礼を働くと、容赦はせんぞ」

信敬は、背を壁から離すと、ぐぐっと敏恵のほうに胸を突き出した。その瞬間だった。敏恵は、両手で信敬の胸ぐらをつかみ、そのまま信敬のからだを宙に浮かした。どう見ても、それは女の力でできることではなかった。

「おい、離せ、離せ!!」

信敬が、足をばたばたさせる。

「なにものなんだ、お前は！」

黒岩が叫ぶように怒鳴って、敏恵の背後から、体当たりするようにからだに抱きついた。敏恵が信敬の胸から手を離した。高さ一尺ぐらいのところから、信敬が、畳の上に落ちる。

敏恵は振り返り、背後から抱きついている黒岩を一瞥すると、腕を黒岩の頭に巻きつけ、締めつけた。

「うっ、痛っ!!」

黒岩が呻《うめ》いた。春浪が、それを見て、あわてて、敏恵の手を黒岩の首からはずそうとした。その瞬間だった。黒岩のからだが、空中に飛んだ。これ以上ないという、みごとな首投げだった。そのあおりを食らって、春浪も振り飛ばされた。黒岩は、背中から畳の上に叩きつけられた。

「お兄さま！」

時子が、駆け寄った。

「うーむ、む」

したたかに背中をぶつけた黒岩が、苦痛の声を出す。

「だいじょうぶですか、黒岩さん!!」

龍岳も、黒岩の前にしゃがみこむ。

「だいじょうぶだ。とにかく、あの娘を、取り押さえなくては……」

黒岩が、苦しそうにいった。

「よし。龍岳君、春浪さん!!」

信敬が、龍岳と春浪に目くばせして、正面から敏恵に飛びかかった。龍岳と春浪が、両脇から、両手でしがみつくように押さえにかかる。

が、敏恵は、別段あわてたようすもなかった。息ひとつ切らしていない顔で、自分のからだにしがみついている三人の男を見回すと、ぶんっとからだをひとひねりした。

まさに、信じられない力だった。必死でつかまっていた大の男が、同時に振り払われた。信敬は、畳の上に転がり、まだ倒れている黒岩のからだの上にのしかかるような形になり、龍岳は壁に叩きつけられ。春浪も、隣りの部屋との境の襖《ふすま》と一緒に、吹っ飛んだ。

「やめて、やめてください、敏恵さん!!」

黒岩を介抱している時子が、絶叫した。しかし、効果はなかった。時子の声を無視して、敏恵は、両手を突き出して、倒れている黒岩の首を締めにかかった。

「ううっ」

黒岩が、また呻いた。

「やめろ、離せ!」

信敬が、その敏恵の腕に手をかけた。が、黒岩の首を締める手は、少しもゆるまなかった。

「ううっ!」

黒岩がもがく。

「離せ、離すんだ!!」

龍岳も、腕に飛びついた。敏恵の腕は、動かない。黒岩の顔が、苦痛に歪みはじめた。

「お兄さま!! 離して、敏恵さん!!」

時子が、泣きながら叫んだ。敏恵は、ちらりと時子の顔を見上げたが、あいかわらずの無表情のまま、黒岩の首を締める力を入れた、

「やめて、やめてください!」

時子が、敏恵の手にむしゃぶりついて、なんとか、黒岩の首から手を離させようと食いついた。それでも、敏恵は手を離そうとしない。黒岩の顔から、苦痛の表情が消えていきそうだった。

「離してーっ!!」

時子が、髪を振り乱して、敏恵の腕を、めちゃくちゃに叩いた。起き上がった信敬、龍岳、春浪が、応援をする。けれど、敏恵の手の力はゆるまない。

「お兄さまっ！」

時子が、また叫んだ。その時だった。

「お父さま、やめてください。おねがいです。どうか、やめてください!!」

台所の戸の陰から、紫紺《しこん》の着物の若い娘が、絶叫した。全員が、声のほうを見た。台所の暗い電灯の下に立っているのは、平沢敏恵だった。

「えっ!?」

びっくりした四人が、ふたりの敏恵を見比べた時、紫紺の着物の敏恵が、ふたたび、黒岩の首に手をかけている敏恵に向かっていった。今度の声は、静かだった。

「もう、おやめになってください、お父さま。その手を離してください。これ以上、罪を重ねてはいけません。どうか、この敏恵が、かわいいと思ったら、手を離してください」

その敏恵の目からは、大粒の涙がしたたり落ちていた。

黒岩の首を締めていた敏恵の手から、力が抜けた。喉に食い込んでいた指が離れた。

「うう」

黒岩が、目をつぶったまま、声を出した。

「お兄さま！」

時子が、顔を覗《のぞ》き込む。一瞬のうちに、青くなっていた顔に、赤味がもどってきた。

手を離した敏恵が、ゆっくりと立ち上がって、ぴたりと動きを止めた。

黒岩を介抱している時子をのぞく三人の男も、その敏恵の動きに合わせて立ちあがった。紫紺の着物の敏恵が、藤色の着物の敏恵の前に進み出た。

「お父さま。おねがいです。成仏してください。お父さまの研究の霊動機関は、たしかに成功でした。それは、いま、お父さまの動きを見た、ここにいるみなさんが、認めてくれるはずです。ですから、もう、無益な殺生はやめてください。お父さまは、まちがっています。そんな、お父さまを、敏恵は軽蔑します……」

紫紺の着物の敏恵が、ぽろぽろと涙を落としながらいった。そのことばが終わるのと同時に、もうひとりの敏恵のからだが、ぐらりと揺れた。そして、畳の上にうつ伏せに、どさっと音を立てて倒れた。

「お父さま!」

敏恵が、倒れた敏恵をいたわるようにしゃがみこんだ。

その倒れた敏恵の胸のあたりから、拳《こぶし》ほどの大きさの青白い球形の光が、すーっと抜け出した。それは、しばらくのあいだ、ふわふわと、あたりを漂っていたが、そのまま、音もなく、開いたままになっている台所から、外に出ていった。

「お父さま、ありがとう。……みなさまには、ご迷惑をおかけしましたが、もう、だいじょうぶでございます」

敏恵が、顔をあげていった。

「ひ、人魂《ひとだま》か?」

信敬が、まだ、青白い光の消えていった台所を覗き込みながらつぶやいた。

「はい。父の魂でございます」

敏恵が、立ちあがっていった。

「この婦人は?」

龍岳が、倒れている敏恵に目をやって質問した。

「これは、わたしの姿に似せて作った、ゴム製のカラクリ人形でございます」

「これが、ゴムの人形だって?」

信敬が、信じられないという顔をした。

「はい。父が、五年の歳月をかけて、人間そっくりに作ったものです。父は、このカラクリ人形を霊動機関で動かしておりました」

敏恵が説明した。

「霊動機関とは？」

春浪がいった。

「詳しいことはわかりません。ただ、基本の原理は、人の魂で、ものを動かす力だと申しておりました」

「なるほど。霊動というのは、そういうことだったのか」

春浪がうなずいた。

「では、南田記者や松本刑事を殺したのは、この人形ということになるのか？」

時子に支えられるように立っている黒岩が、人形を見ながらいった。

「はい」

「なぜ、殺したのです？」

龍岳が質問した。

「父は、霊動機関を、生きた人間の魂で動かす研究をしておりました。ところが、南田さんは、それを大ボラだといって否定し、嘲笑したのです。そこで、父は、いまはまだ、生きた人間の魂では動かせないが、死んだ人間の魂ならば動かせると主張しました。すると、南田さんは、それなら、その霊動機関で、自分を殺してみせろといって口論になり、父は、売りことばに買いことばで、よし、やってやると、自ら命を絶って、それを実践して見せたのです」

「すると、平沢さんは、事故で死んだのではなく、自殺だったのか？」

黒岩がいった。

「はい。それで、自らの魂で、このカラクリ人形を動かし、嘲笑した南田さんを殺したのです」

「なるほど、それはわかった。しかし、なぜ、松本刑事まで殺し、黒岩さんを襲ったのです？」

龍岳がいった。

「それは、わたしにもわかりかねます。魂になった父が、犯行を隠そうとする理由もないと思いますが……」

敏恵が、首を横に振った。

「それは、ふたりが、実際には事件に関係のない敏恵さんを疑ったためではないでしょうか」

時子がいった。

「だが、そいつは、筋ちがいというものだろう。敏恵さんに、そっくりの人形で犯罪を犯せば、敏恵さんが疑われるのは、当然じゃないか」

春浪がいった。

「自殺する直前の父は、もう、尋常《じんじょう》ではありませんでした。ただ、自分の口からいうのもおかしいですが、わたしにだけは、優しい父でした。ですから……」

「なんにしても、自ら肉体を捨て、魂になって、研究成果を見せた人間の考えることだ。われわれ、生身の人間とは、一緒にはできんのだろうな……」

春浪が、ふうっと、大きなため息をついた。

「それにしても、人間の魂で、人形を動かすなどということが現実にあるとはねえ……」

命

1

「そうすると、『文学と犯罪』といったような題材でいいわけですか？　いや、文学は少し、おおげさすぎるから『小説と犯罪』といった感じで……。あっ、紅茶はぼくだ」

鵜沢龍岳《うざわりゅうがく》がことばを止めて、白いエプロンをかけた庇髪《ひさしがみ》の女給が、運んで来た紅茶をテーブルの上に置くのを待った。

「そういうことだよ。いつも、偉いさんの堅苦しい訓話ばかりでは、聞くほうも疲れてしまうから、たまには柔らかく、おもしろい話も悪くないと思ってね。どうだい、君は探偵小説にも、ずいぶんと詳しいだろう？」

黒岩四郎《くろいわしろう》が、スプーンでコーヒーを、かきまぜながらいった。

「アラン・ポーにドイルは読んでいます。それから、ソーンダイク博士ものと、涙香《るいこう》さんの作品ぐらいですかね」

龍岳が窓際の草色のカーテンを見やり、それから、部屋の中に視線を移した。

明治四十四年一月三十日の午後三時。この日は孝《こう》明《めい》天皇祭の祝日で、三月を思わせるような暖かさの絶好の外出日和《びより》だったが、ここ、九段《くだん》の靖国《やすくに》神社近くに、最近開店したばかりの高級ミルクホール〔九段〕の店内はすいていた。客は警視庁本庁第一部刑事の黒岩四郎と新進の科学小説家・鵜沢龍岳のほかに、奥のテーブルに中年の夫婦が一組、座っているだけだった。

白い布をかぶせたままの、いくつかのテーブルの上には、水仙や早咲きの梅の花を投げ挿しにした花瓶《かびん》と、ナフキンを畳んで挿したコップが淋しそうに置かれている。

この日、龍岳は黒岩に頼みがあるといわれ、ちょうど、神田神保町《じんぼうちょう》の古本屋に、執筆中の小説の資料を買いにいく用事があったので、ほど近い〔九段〕で待ち合わせをしたのだった。

黒岩の頼みというのは、二か月に一度、警視庁の第一部が、独自に行う講演会の講師依頼だった。

「さすがは、龍岳君だ。それだけ、読んでおれば、題材はいくらでもあるだろう」

黒岩が、やはり自分の頼みはまちがっていなかったという表情をした。

「なんとかなるとは思いますが、ぼくは科学小説家です。探偵物の話ならば、三津木春影《みつぎしゅんえい》さんとか水田《みずた》南陽《なんよう》さんなんかのほうがいいのではありませんか」

龍岳が、紅茶を口に運びながらいった。

「うむ。ぼくは、その人たちのことは、よく知らんが、まあ、いいじゃないか。君がやりたくないというのなら、別だがね」

黒岩がいった。

「いいえ。もちろん、ぼくでよければ、やらしていただきます」

「うん。じゃ、頼むよ。なんなら、科学小説の話をまじえてくれてもかまわんよ。ただし、謝礼金は安いよ。だれにきてもらう場合も一律五円と決まっておるのだが、それでいいかね」

「とんでもない。謝礼金などいりませんよ」

龍岳が、首を横に振った。

「いや、それは、ぼくが出すわけじゃないからね。部で出すのだから、遠慮せんで、受け取ってくれ」

「わかりました。それで、日にちは、いつでしたっけ?」

龍岳が質問した。

「来月十七日の金曜日を予定しておる。時間は午後になると思うが、正式に決定したら、また知らせるよ。いや、君に引き受けてもらえてよかったよ。しかし、この話を聞くと、また、時子《ときこ》が来たいといって騒ぎそうだな。まあ、講演会には入れてやれんこともないが、しばらく黙っておいてくれ」

黒岩がいった。

「はい」

「ところで、龍岳君。君これから、どうするね？　いや、ぼくは警視庁のほうにもどらねばならんのだが、仕事の都合で昼飯を食いそびれてしまったのだ。よかったら、少し早めの夕飯でもつき合わんか。ちょっと歩くが富士見町の一丁目に〔富士見軒〕という、うまい西洋料理店があるんだよ」

「はあ、お供します」

「そうか。じゃ、ぼちぼち、出ようか」

そういいながら、黒岩は窓の外に目をやったが、突然、大きな声を出した。

「掏摸《スリ》だぞっ！」

「えっ!?」

龍岳も声をあげ、窓の外に視線を移した。

「ほれ、向かいの骨董屋《こっとう》だ」

黒岩がいった。

〔九段〕の向かいには、三間幅の道路をはさんで、小さな骨董屋があった。その骨董屋の店頭で、お上《のぼ》りさんふうの老人がひとり、祭日を祝う日章旗を掲げた竹竿の脇に置かれた水瓶を眺めていた。そして、その老人の後ろに、鼠色の中折れ帽をかぶり、かなりくたびれた茶色のオーバーコートを着た若い男が、からだを密着させて立っていた。肩から、これも古びたズック製の鞄《かばん》をかけている。

その若い男は、老人の気をそらせるために、なにごとか話しかけ、背後から右手を、老人の懐《ふところ》に滑りこませていた。

「捕まえましょう！」

「うむ。すまんが、君、ここの払いをしてくれ！」

黒岩は、そういってポケットから財布を出し、龍岳に投げるように渡すと、脱兎《だっと》のごとく店を飛び出した。数人の女給と客の中年夫婦が、なにごとかと、ドアのほうに目をやった時には、もう黒岩の姿はなかった。

龍岳があわてて代金を支払い表に出ると、黒岩がくたびれたコートの男の右腕をつかんで、道路を渡ってくるところだった。男は観念しているのか、さからおうともせず、黒岩に引かれてくる。お上りさんらしい老人も、そのあとから、おどおどした様子でついてくる。

数人の通行人が立ち止まり、黒岩たちを指差したり目で追ったりして、ひそひそとささやいていたが、ほとんどは事件に気がつかなかったようで、一月らしからぬ暖かい日射しの中を、のんびりと行き来していた。

「戦役の負傷兵だそうだ」

黒岩が龍岳のところまで、もどってきて、ちょっと複雑な表情をした。なるほど、男には左腕がなかった。歳《とし》のころ、二十七、八で不精髭《ぶしょうひげ》を生やし、青白い顔をした痩《や》せた男だった。

「あの、刑事さん。どうしても、その人、交番さ、しょっぴいていくだかね?」

老人が、なんとも心配そうに、黒岩の顔を見た。

「そのつもりですよ。掏摸の現行犯ですからね。それが、なにか?」

黒岩がいった。

「いや、おら、刑事さんに財布取りもどしてもらったちゅうに、そういうのはなんだけども、こん人も、お国のために戦った負傷兵で、そう悪い人にも見えんです。なにか事情があったに、ちげえねえですから、もし、できることなら、許してやってもらいてえですよ」

老人が、黒岩の顔色をうかがいながら、おそるおそるいった。

「なるほど。そうですか。いや、あなたが、許してやるというのなら、放免してもかまわんですよ」

黒岩がいった。

「うんだら、そうしてやってくらっせえ。おら田舎者だで、あまり騒ぎが大きくなるのは願い下げてえです」

老人は、警察で、あれこれ聞かれるのを敬遠しているようだった。

「わかりました。それでしたら、わたしにも、異存はありません。あなたに免じて、説諭して放免しましょう」

黒岩がいった。

「へえ。どうも、ありがとうございます。その人も出来心にちげえねえですから、あんまり責めんでくらっせえ」

老人がいった。

「おい、君。おじいさんは、ああいっておられるぞ」

黒岩が男にいった。

「すみませんでした。許してください」

男が、老人に頭を下げた。その時、男の腹がぐぐっと鳴った。

「腹が減っているのか?」

黒岩が男にいった。

「昨日から、なにも食べていないのです」

男が答えた。

「なるほど……。龍岳君、〔富士見軒〕は、またの機会だ。ここにもう一度入り直して、パンでも食うことにしよう」

黒岩が、〔九段〕の入口に目をやっていった。

男は名前を、柴田《しばた》末吉《すえきち》といい、歳は二十八歳。日露戦争では、満洲第三軍で乃木《のぎ》希典《まれすけ》大将の下、旅《りょ》順《じゅん》要塞攻防戦で死闘した白襷《しろだすき》隊の歩兵二等卒だった。

「そうか、君は白襷隊だったのか」

三個目のあんパンを食べながらの、男の説明を聞いた黒岩が、やや見直したという表情をした。

明治三十七年十一月二十六日、難攻不落のロシア軍旅順要塞を落とすべく、乃木大将は第三回総攻撃をかけたが、その際、中村覚《なかむらさとる》少将指揮の下、白襷隊という文字通り白い襷を肩にかけた決死の切り込み部隊が編成され、三千余名が松樹山《しょうじゅざん》第四砲台の夜襲を強行した。だが攻撃は効果なく、白襷隊は死者と負傷者でほぼ全滅の状態となった。

この白襷隊の決死の奇襲攻撃失敗に、大本営は作戦を変更し、翌二十七日、大激戦の末、二百三高地を占領するのだが、白襷隊の悲劇は日露戦役史上でも、もっとも悲惨な戦いのひとつとして、人々の脳裏に記憶され、失敗に終わったとはいえ、生還を顧みず突撃した兵士たちの決死の行動は高く評価されていた。その白襷隊の負傷兵とあれば、だれもが一《いち》目置《もく》くのがふつうだった。

「でも、自分は落伍者の逃亡兵なのです」

男がいった。

「逃亡兵?」

龍岳が、呟《つぶや》くように聞き返した。龍岳は、白襷隊の兵士に逃亡兵が存在したということは、それまで聞いたことはなかったが、そうなると、いくら負傷兵であっても、その評価は、まったくちがうものにならざるを得ないのだ。

「松樹山で、左腕を吹き飛ばされた自分は、命こそ存《なが》らえたものの、もう、すっかり戦争が怖くなり、数日後に、野戦病院から逃亡を計り、戦役終了後も満洲で馬賊をやっていました。同胞たちが、命を投げ出して戦い死んでいったのに、自分は恐怖のあまり逃亡したのです。情けない人間です」

柴田は、そこでちょっと、ことばをとぎらせ、ひと呼吸して続けた。

「しかし、どうしても日本に帰って、世間の人々に知らせたいことがあり、三か月前、密かに日本に帰ってきたのです」

柴田がミルクのカップを置き、無くなった左腕をさするようにしていった。

「ところが逃亡兵という立場上、家にもどることもできず、片腕では、まともな仕事にもつけません。肝心の知らせなければならないこともうまくいかず、うろうろしているうちに、金もなくなり……」

「つい、出来心で掏摸を働いたというのだね」

黒岩がいった。

「そのとおりです」

柴田がうなずいた。

「あんなことをしたのは、はじめてだろうね?」

「誓って、はじめてです」

「ならいいが」

「しかし、危険を冒《おか》して日本にもどり、人々に、どうしても知らせたいことというのは、なんなのですか?」

龍岳が質問した。

「それは、重大なことです。いや、実際には、なにが起こったのか、あるいは起こっているのか、詳しいことは、わからないのです。けれど自分は、これは日本人ばかりでなく、人類にとって、非常に重大なことのように思えてならないのです。でも、そのことを説明しても、だれも信じてくれようとはしません。自分は、この話を新聞紙上で報道してもらおうと、東京中のあらゆる新聞社をまわりました。が、一社として、取りあげてはくれませんでした。また、十人以上の理学者を訪ねて話をしましたが、いずれの場合も一笑に付されました。あなたがたに、お話ししても、とうてい信じてはくれないでしょう」

柴田が、首を横に振った。

「理学者に話したということは、なにか科学に関係することなのですか?」

龍岳がいった。

「自分には、正確にはわかりません。ですが、そう思います」

「最初から、ぼくたちが信じないと決めてしまわずに、話してみてくれませんか? 申し遅れましたが、ぼくは押川春浪《おしかわしゅんろう》先生の弟子で、科学小説家の鵜沢龍岳という者です。あるいは、あなたの話を信ずることができるかもしれません」

「押川春浪先生の弟子! そうだったのですか。いや実は自分は、もう新聞社や学者を訪ねても信用してもらえないので、こうなったら、押川春浪先生でも、お訪ねしてみようかと思っていたのです。春浪先生なら信じてくれるかもしれないと……。ですが、ああいう小説を書かれる先生は、陛下を裏切った逃亡兵のいうことなどは聞いてはくれないだろうと、踏ん切りがつかないでいたのです。そうですか、あなたは押川春浪先生のお弟子さんでしたか。では、お話しします。ぜひとも、聞いてください。話の一部始終は、原稿にして、この鞄の中に入っています。詳しくは、それを読んでいただくとしても、とにかく話を聞いてください」

柴田がからだを乗り出した。

2

翌三十一日の午前十一時。日本橋区本町の博文館《はくぶんかん》三階、〈冒険世界〉編集席。

押川春浪が、柴田末吉の書いた原稿の最後のページを読み終え、ふうっと大きく息をついた。それから、机の上の敷島《しきしま》の箱を取り、中の一本を口にくわえた。そして、編集助手の河岡潮風《かわおかちょうふう》の席に座っている鵜沢龍岳にいった。

「君は、どう思うね?」

「はあ。実際のところ、判断しかねます。ですが、妄想や幻覚にしては、話の筋が通っており、誇張がないように思うのですが」

龍岳が答えた。

「そうか。俺も、同じことを感じたよ。しかしなあ」

そういいながら、春浪は原稿の束の真中ほどの一枚に貼りつけられた、突撃前に記念撮影した白襷隊の兵卒たちの写真を探し出し、じっと見つめた。

「君には、死んだ人間と生き残った人間の区別がつくかい」

「とんでもない。つくわけありませんよ」

龍岳が、軽く右手を左右に振った。

「だが、この柴田という男によれば、この時には、もう戦闘で死ぬ人間と助かる人間が分けられていたというわけだろう」

「そういうことですね」

龍岳がうなずいた。

龍岳が、柴田から聞かされた話、そして渡されて読んだ原稿の内容は、想像を絶する、おどろくべきものだった。

それによれば、白襷隊の兵卒たちは、突撃前の記念写真撮影の時点で、それぞれの運命が決定しており、死ぬ兵と助かる兵がわかっていたというのだ。

撮影の時、柴田は部隊の後方に位置していたが、ふと上を見あげると、頭上三百尺ぐらいと思われるところに、薄銀色の光を発する小さな丸い物が浮かんでいた。最初、偵察用繋留気球《けいりゅうききゅう》かと思ったが、そんな場所に気球はなかったはずだし、どうも形や大きさがちがう。その銀色の物体のほうが小さいし、高さも高いように見えた。

なんだろうと思って、まわりの戦友たちに、あれを見ろといったが、兵士たちはいずれも、なにも見えないと答えた。そんなはずはないと主張しても、目の錯覚だと答えるばかりだ。たしかに写真師も、まわりで撮影を見ている武官たちにも、物体は見えていないらしい。

「変だなあ？」

柴田が、首をかしげた時だった。その銀色の物体がきらりと輝き、柴田たちの上に、放射線状に青い光線が、浴びせられた。そして奇妙なことに、その光線は全員に浴びせかけられたのではなく、七割かたの戦友に浴びせられ、柴田には振りかかってこなかった。

光線が当たると同時に、戦友たちのからだも薄ぼんやりと青く輝き出した。実に奇妙だ。柴田は今度こそと思い、戦友たちに、そのことを告げたが、青く輝いている者も、そうでない者も、まったく気がついていないようなのだ。

そうこうするうちに、銀色の物体は、かき消すように姿を隠してしまった。しかし、戦友たちの多くは、青く輝いたままだ。ふしぎでならない柴田は、それからも、何度か、それとなく戦友たちに、その真実を確かめたが、結局だれひとりとして、それがわからなかった。つまり銀色の物体も戦友の青い輝きも、柴田以外には見えなかったというのだ。

そのまま時がたち、夜になって、いよいよ突撃の号令がかかった。柴田たちは、鬨《とき》の声をあげて松樹山砲台目がけて前進を開始した。と、今度は松樹山の上空に、例の銀色の物体が浮かんでいるではないか。しかし、その謎を詮索している余裕はない。俄然、戦いは激しくなり、ロシア軍の機関銃の前に、ばたばたと戦友たちが倒れていく。

柴田も、もう命はないと思ったが、その時、奇妙な事情に気がついた。というのは、ロシア軍の銃撃を浴びて絶命していく戦友たちが、すべてからだを青く光らせている者ばかりなのだ。柴田と同じように青く輝いていない戦友は、弾に当たっても死ぬような怪我ではないのだ。

そして、さらにおどろいたのは、絶命した戦友のからだが、今度は淡い緑色に光り、それがひと筋の光線となって、松樹山上空の銀色の物体に、次々と吸い込まれていったことだった。

あまりの不可思議な光景に、柴田は茫然《ぼうぜん》と見とれ、ふたたび生き残っている周囲の戦友にそれを告げたが、やはり、だれひとりとして、そのできごとに気がついておらず、相手にもされなかった。

柴田は、自分の見ているものが、なんなのか見当もつかず、銃撃さえも忘れて、ぼんやりと、戦場につっ立っていた。その時、敵軍の弾が左腕を直撃して吹き飛ばし、柴田はその痛みで失神した。そして、気がつくと野戦病院のベッドの上に寝ていたのだという。

だが、正気にもどった時、柴田は銀色の物体も、青く輝いた戦友だけが死んだことも、一切記憶になかった。記憶にあるのは、ただ、戦闘の恐怖心ばかりで、結局、数日後、柴田は部隊から逃亡し、やがて馬賊となる。

ところが半年ほど前のこと、中国人との小競り合いで、馬から落ちた柴田は頭を強く打ち、そのとたんに忘れていた記憶のすべてを取りもどした。

そして、自分が体験したものはなんだったのかと考えた。けれども、真相はわからない。一時は、単なる恐怖心からの幻覚だという結論をさえ導き出した。が、たまたま入手した日本の雑誌で白襷隊の写真を見、戦死者と生存者の名前を確認すると、それが、ことごとく、あのふしぎな青い光に輝いたか輝かなかったかで説明できることがわかったというのだ。

なにかはわからないが、たしかに、常識では説明のつかないことだった。それは、きっととてつもなく、重大なことにちがいない。世間に知らせる必要がある。そう結論した柴田は、自分が逃亡兵であるという危険も顧みず、日本へ帰ってきたのだということだった。

「戦場で兵士は、よく、不可思議な現象を見ることがあるといいますが、そのほとんどは、この柴田氏も最初はそう思ったというように、幻覚でしょう。ですが、柴田氏のこの話は、幽霊を見たとか、その類の話とはちがいます。科学小説にしたいような、いかにも奇妙な話ですよ」

龍岳がいった。

「では君は、この原稿に書いてあることを信用するというのかね？」

春浪が、煙草の煙で輪を作っていった。

「いえ。したい反面、もし、これが真実ならば、いったい、その松樹山の上空にあった銀色の物体がなんであり、兵士たちに浴びせられた青い光はなんであったのか、見当がつきません。もちろん、吸い込まれていった緑の光もです」

「これによれば、緑の光は人間の魂ということになりそうな気がするがね。だが、あまりにも奇妙すぎて、なにが起こったのか説明がつかんなあ」

春浪が、ため息をついた。

「なにかのロシアの新兵器だったのでしょうか？」

「聞かんねえ。君は知っておるかどうかしらんが、おれは日露戦役の時には、〈日露戦争写真画報〉という雑誌の編集助手をしておったのだよ」

「知っています」

「そうか。毎日、ロシア軍の情報が伝えられたが、そんな新兵器の話など、聞いたこともない。だいたい、考えてみたまえよ。もし、それが殺人の威力を持つ光線のようなものだったとしてもだ。なぜ、その時には死なず、後で機関銃で撃たれるのだ。しかも全員を殺さずに、一部の兵士だけを倒すのだ？」

「そうですねえ」

「この原稿によれば、その松樹山上空の銀色の物体は、星のように場所を動かなかったというが、そんな弾丸はあり得ん。空中に止まれるわけがない」

春浪が煙草の吸殻を灰皿で潰し、すぐに次の一本を箱から引き出しながらいった。

「それに、ほかのだれもが気がつかなかったというのが、どうも変ですね。柴田氏と同じような光景を見たという報告は、その後も、まったくないわけでしょ」

龍岳が、少し寒くなってきたのか、両手をこすりながらいった。

「ストーブのほうへいこうか?」

春浪がいった。

「いいえ。だいじょうぶです」

「うむ。いや、軍が箝口令《かんこうれい》を敷いておるのなら別だが、少なくとも俺は、類似の話も聞いたことがない。そんな不可思議な光景が現実にあったとしたら、いくら口止めしても、どこからか漏れてくるものだがね」

「せめて、見た人間が、もうひとりでもいれば……」

「写真撮影の時はともかく、実際に戦場でなにかが起こっていたとしたら、司令部からも見えたはずだがな。とくに、山の上の光ははっきりとしたと思うよ」

「当然、双眼鏡で覗《のぞ》いているわけですから、それが報告されていないというのは、やはり……」

「そうだね。こう考えていくと、どうしても、幻覚とするのが妥当だろう。だが自分で、否定しておきながら、そういうのは変だが、幻覚では、なにか割り切れんところがあるね、この話は……」

春浪が、煙草を指にはさんだ右手の拳で、こつこつと机を叩いた。少し気持ちがいらついている時に、よく見せる行動だった。

「そうなんですよ。じゃ、春浪さん。この話を否定するのではなく、事実だという立場から、どういうことが考えられるかと……」

龍岳がいった。

「やはり、偵察用の繋留気球だね」

春浪がいった。

「でも、それなら、全員に見えなくては……」

龍岳が否定した。

「そうか。すると気球ではないなあ」

春浪が、苦笑しながら、坊主頭の後ろをなでた。

「暗闇の中で銀色に光り、そこから青白い光を兵士に浴びせかける物体か……」

龍岳が、呟くようにいった。

「考えもつきませんね」

「うん。なにか狐狸妖怪《こりようかい》の類《たぐい》のしわざかとも思えんこともないが、俺の立場上、妖怪では説明したくないね」

春浪が笑った。

「いや、まったく、わけのわからんできごとだ」

「柴田氏は、このできごとを戦地逃亡の理由にしているわけではなさそうだし、その気でさえあるのなら、なにも危険を冒して日本にもどってくる必要はないのですから、逃亡のいいわけに、こんな話をでっちあげることもないでしょう。どう考えたらいいんですかね」

龍岳が、首をひねった。

「待てよ、こうは考えられんかね。この男は、腕を吹き飛ばされて失神したといっただろ。その時、夢を見たのだ」

「写真撮影の時からの、一連の夢ですか?」

「そうだよ」

「ですが、そうすると、現実の記憶はどうなります?」

龍岳が質問した。

「そちらのほうは、なにかの理由で忘れてしまった。記憶亡失というやつだな」

春浪が説明する。

「でも、春浪さん。ただ、記憶を失すということはあっても、そこに夢にしろなんにしろ、まちがった記憶が入り込むなどというのは、聞いたことがありませんよ。それとも、そんなことがあるのかなあ」

龍岳が、両手で鼻のあたりをこすった。

「長与君にでも聞いてみるか。それはそれとしてだ。君も、いまふしぎがっていたが、この男は、なぜ、この不可思議なできごとを、逃亡罪で捕まるかもしれんという危険を冒してまで、新聞社や学者のところに持ち込んだのだ。そこのところも、いまひとつ理解できんのだが?」

「それは、本人にも、うまく説明できないようです。

ただ、なにか個人の利益を超えた、重大な事件のような気がして、世間に知らせないではいられない衝動にかられてだと説明しています。昨日、話をした時も、盛んに、それをいっていました」

「まあ、確かに、そうかもしれんね。たまたま、どこの新聞社も取り上げなかったというが、もし取り上げるとなれば、男の身元は、当然、はっきりさせなきゃならんだろう。そうなれば逃亡兵であることは、わかってしまうわけだ。それでも知らせたいというのには、ふつうの感情ではないなにかがあるよ」

春浪が、ふうっと息を吐いた。

「幻覚で片づければ、どうということのない問題なんですがね」

「〈冒険世界〉に、載せてみるか?」

「それも、おもしろいかもしれませんね。ただ、その場合は、よほど真実であるという証拠を揃えて載せないと、小説とでも取られかねないですよ。柴田氏も、最後のよりどころは春浪さんだと思っていたようですから、いやとはいわないと思いますが……。よた記事と思われて、それで終わっては、つまらんですね」

「この男は、いま、どこにおるのだ?」

「黒岩さんの紹介で、本郷の〔晃陽館《こうようかん》〕に泊まっています」

「そうか。一度、直接、会って見ようか」

「それはいいですね。それに、はっきりしたことをいわなかったのですが、柴田氏の手元には、まだ、なにか、この件の謎について記した、残りの原稿があるようですよ」

「ほう。なぜ、それは見せんのだ?」

春浪が、興味深そうにいった。

「まず、この話を、信用してもらえるかどうか、試しているような気配もありますね」

龍岳がいった。

「そいつは、けしからんね。俺に話を持ってきながら、隠しごとはいかんよ。よし、決めた。明日にでも会いにいこう。君も一緒にきたまえよ」

「はい」

龍岳がうなずいた。

その時、卓上の電話が鳴った。春浪が手を伸ばす。

「うむ。そうだが。……やあ、黒岩君か」

春浪がいった。

3

柱の時計が十時を知らせた。茶をすすっていた春浪と龍岳が、同時に時計に目をやった。

「すみません。長い時間、お待たせして」

台所で、翌日の黒岩の弁当のおかずを煮ていた妹の時子が、茶の間の春浪たちのほうを振り返っていった。

「なあに、気にせんでいいですよ、時子さん。ぼくも龍岳君も、勝手に押しかけてきたのですからね。それにしても黒岩君も。毎晩、遅いのでしょう?」

春浪がいった。

昼間、黒岩から博文館にかかってきた電話の内容は、思いもよらぬものだった。なんと、あの柴田末吉が本郷の旅館で病死したというのだ。死因は、心臓麻痺だった。

黒岩の話によると、旅館の女中や番頭、そして医者の話を総合しても、その死に不審なところはなかったという。柴田は朝から調子がよくないと横になっていたが、夕方になって、ひどく苦しみだし、医者がかけつけた時には絶命していた。

びっくりした旅館では、家族に連絡を取ろうとしたが、事情があるということで、宿帳には住所が書いてなく、紹介人の黒岩が連絡を受けることになった。

なにしろ昨日の今日であるから、黒岩もおどろき、なにはともあれ龍岳に連絡を取りたいと、博文館に電話を入れてみたところ、ちょうど春浪と例の原稿の話をしていたところだったというわけだったのだ。

黒岩の説明を聞いた春浪と龍岳は、その死に不審はないといわれたにもかかわらず、どこか割り切れぬものを感じ、黒岩がもどる時間を見計らって、牛込区原町の家に押しかけることにした。だが、黒岩はまだ、もどっておらず、ふたりは三十分以上も待ちぼうけを食わされていた。

「ええ。でも、九時半を回ることは、めったにありません」

時子がいった。

「なにか、事件でも起こったのでしょうか。それとも、あの柴田氏の死因に怪しいところでも見つかったとか」

龍岳が、春浪にいった。

「柴田って、昨日、兄が捕まえた人ですか。元白襷隊だったという？」

時子が質問した。

「そうです」

「死んだのですか、そのかた？」

時子が、びっくりした表情をした。

「ええ、夕方、旅館で。心臓麻痺だったそうですよ」

龍岳がいった。

「まあ、怖い。まだ、若い人と聞きましたが」

「ぼくと、たいしてかわらない歳ですよ」

「死ぬ歳ではないのになあ」

春浪がいった。

「でも、これで、いよいよ例の話の真相が、わからなくなってしまいましたね」

龍岳がため息をつく。

「ほんとうに、病死なのかなあ」

春浪が、どうも腑《ふ》におちないという顔をした。

「すると春浪さんは、例の事件と今日の心臓麻痺が関係あるというのですか？」

龍岳が質問した。

「いや、皆目わからんがね……」

春浪が、奥歯にもののはさまったような口調をした。

「なにか、事件があったのですか？」

時子がいった。黒岩から、柴田が旅順で体験した奇妙な話は聞いていないらしかった。

「おもしろいというか、実に不可思議な話がありましてね」

龍岳が、手短に、話のあらましを説明した。

「まあ、そんな、お話が……」

説明を受けた時子が、目を丸くした。

「そんな体験をなさった人が、突然、死んでしまうなんて、やはりおかしくってよ」

「ぼくも、そう思うんだ」

龍岳が答えた。その時、玄関の戸が開く音がした。

「ただいま。おや、お客さんかい？」

黒岩の声だった。

「お帰りなさい。お兄さま、春浪先生と龍岳さんが、きておられますのよ」

時子が、早足に玄関に迎えに出ながらいった。

「えっ、春浪さんたちが？」

黒岩が、ちょっと、おどろいたような声で、茶の間に入ってきた。

「いや、突然、やってきて、迷惑だとは思ったのだが、あの柴田という男のことが、なんかすっきりせんものだから」

春浪がいった。

「おじゃましています」

龍岳が、おじぎをした。

「やあ、昼間は電話で失礼した。……しかし春浪さんも、さすが一流の雑誌記者ですねえ」

黒岩が、鞄を時子に渡しながらいった。

「というと、やはり、あの男の死には、不審なところがあったのかね？」

春浪が、からだを乗り出した。

「いいえ。死因に不審なところはありませんでしたが、ほかのことで、ちょっと、ばかり。明日にでもお会いして、お話ししようと思っておったのですが、それを察知して、やってこられるというのはさすがだ」

黒岩が感心したようにいった。

「なあに、褒められるほどのことじゃないよ。ただの弥次馬《やじうま》さ」

春浪が笑った。

「なにがあったのです？」

龍岳が、黒岩の説明を待ち切れぬようにいった。

「いま、説明しよう。ちょっと待ってくれたまえ。着替えてしまう。なにしろ、こいつは一張羅《いっちょうら》だから、しわになると困るんでね」

黒岩が笑って隣りの部屋に入り、襖《ふすま》の陰からいった。

「時子。春浪さんに、お酒をお出ししなければいかんじゃないか」

「それが春浪先生は、今度こそ、断然、禁酒をなさったそうで、お茶のほうがいいといわれますの」

「えっ、ほんとうですか！」

黒岩が、襖の陰から顔だけ出して、春浪を見た。

「そんな、珍しいものでも見るような顔をせんでくれたまえ。いや、このあいだ、へべれけになって、またドブに落ちてね。親父に大目玉を食らってしまった。親父に叱《しか》られたからするわけじゃあないが、いい機会だと思ってね」

春浪が、いいわけをするようにいった。

「奥さん、よろこんでいましたよ」

龍岳がいう。

「そうか。しかし、いつまで続くかな」

春浪が笑った。

「あら、ご自分で、そんなことをおっしゃってはいけませんわ」

時子が、春浪の湯呑《ゆの》み茶碗《ちゃわん》に、茶を注ぎながらいった。

「そうか。時子さん、いまのことばは、親父と家内には、内密にしておいてください」

春浪がおどけた。

「どうも、お待たせしました。こんな、かっこうで失礼します」

どてら姿の黒岩が、火鉢の脇の卓袱台《ちゃぶだい》の前に座っていった。

「時子、もう飯は食ったのだろうな？」

「はい。今日は、お兄さまが外で食べて帰るとおっしゃったから。ひとりでいただきました」

「そうか。ならいいんだ。俺にも、茶を一杯頼む」

「はい。ただいま。お茶受けに、お漬物でも出しましょうか」

「そうだな」

黒岩がいった。

「あっ、時子さん。なにもいらんですよ。……で、黒岩君。死因ではなくて、あの男のなにに不審なところがあったのかね？」

春浪が、黒岩の顔を見た。

「はあ。実は、部屋に残されていた鞄の中から、奇妙な書きつけが見つかったのです」

黒岩がいった。

「どんな、書きつけだね？」

「はい。部長に渡してしまいましたので、現物はいま、手元にはありませんが、千八百九十四・二万、千九百四・十万、千九百十四・千万、千九百三十四・五千万という数字を書いた紙が、いかにも、大事そうにしまってありました。こういう数字です」

黒岩が、手にしていた手帳のページを破った紙片を春浪に手渡した。

「ほう。なんの数字だろう？」

春浪が、首をかしげた。

「千八百九十四とか千九百四というのは、西暦の年号ではないですか？」

龍岳が、春浪の手元をのぞきこんでいった。

「うん。ぼくも、そう思ったよ」

黒岩がうなずいた。

「しかし、その後の数字が、なんだか、わからんのだ」

「なるほど。最初の数字は西暦の年号か。千八百九十四年というと……」

春浪もうなずく。

「日清戦役の起こった年ですね。待てよ、千九百四年は、日露戦争の年だ」

龍岳がいった。

「ということは、なにか、この数字は戦争と関係あるのかな」

春浪が、首をひねった。

「われわれも、そう思ったのですが、そうすると千九百十四年、千九百三十四年にも、戦争が起こるというわけでしょうか？」

黒岩がいう。

「ふむ。千九百十四年といえば、三年後か……。だがしかし、もしそうだとしたら、その柴田という男は、予言者ということなのか。あの原稿には、不可思議なものを見たとは書いてあったが、予言をするとは、書いてなかったぞ」

「そうですね」

黒岩がうなずいた。

「でも、あんな不可思議な体験をするぐらいの人物ならば、予言ぐらいできるかもしれませんよ」

龍岳がいった。

「まあ、考えられんことではないな」

春浪がいい、もう一度、紙に書かれた数字を見つめた。

「日清、日露の戦役の年号は偶然で、なにか別の数字という可能性はないかね？　西暦年号なら、年と書かれていなければならないと思うが」

「うーん。年号でないとしたら、なんになるのでしょうか」

龍岳が、腕組みをした。

「十ずつ数字がふえて、最後だけが二十開いておるわけだね。それと、もし、それが年号だとしたら、その右側の数字はなんだろう？」

「わかりませんね」

龍岳が首をかしげた。

「で、黒岩君。君は、この数字が、あの男の体験と、なにか関係があると思うわけかね？」

「さあ、どうでしょうか。ただ、なにか、この数字は謎めいていると思われませんか？　それと、もうひとつ。オーバーのポケットの中に、例の千里眼《せんりがん》の御船千鶴子《みふねちづこ》の死亡記事の載った新聞の切り抜きが入っていました」

「へえ」

声をあげたのは、龍岳だった。

御船千鶴子は、熊本に住む千里眼能力者だった。十五、六歳のころ、その能力に目覚め、明治四十三年、東京帝国大学文科大学心理学部助教授、福来友吉《ふくらいともきち》の実験と紹介で、全国にその名を知られるようになる。

しかし、その年の九月に行われた透視実験で疑惑を持たれ、四十四年の一月十八日、失意のうちに服毒自殺を遂げていた。

「あの柴田氏は、御船千鶴子と関係があったんですかね」

「どうだろうね。なんにしても、あの男の身元は、いまのところ、さっぱりわからんので、いま、軍に調べてもらっている。軍にはちゃんと、逃亡兵の一覧表というのが作られていて、それを見れば家族の連絡先もわかるそうだ。いや、今日はじめて知ったのだが、日露戦役の逃亡兵というのは、ずいぶん、たくさんいたようですよ」

黒岩がいった。

春浪がうなずいた。

「らしいね。俺も、そういう話は聞いておるよ」

「それにしても、御船千鶴子が、この話にからんでくるとは思わなかったな」

「いや、それは、からんでいるかどうかは、わかりませんよ。ただ、切り抜きを持っていただけのことかもしれませんせん」

黒岩がいった。

「ほかにはなにか、ありませんでしたか？　そうだ、黒岩さん、原稿はありませんでしたか？　ほら、あの時、ぼくに渡した原稿以外に、より重要なことを書いた原稿があるというようなことを、ほのめかしていたじゃありませんか？」

龍岳がいった。

「ああ、そういえばそうだったね。だが、持ち物の中に、原稿はなかったよ。なにしろ、あの男の持ち物というのは、あの汚いズックの鞄だけだったからね」

「そうですか。いや、実は明日、春浪さんと、柴田氏のところへ、その残りの原稿を見せてもらいにいこうと思っていたところだったんですよ。なんらかの形で、〈冒険世界〉に掲載してもいいんじゃないかと思いましてね」

龍岳がいった。

「それにしても、あの男は、ぜんたい、なにを知っており、なにを世間に発表したかったのだろうね？」

春浪が、しきりに顎《あご》をさすっていった。

4

「いやあ、春浪さんが、ぼくの下宿にこられたのは、はじめてですね。こちらのほうに、取材でもあったのですか?」

龍岳が、いましがたまで寝ていた蒲団《ふとん》を、押し入れにしまいながらいった。

豊多摩《とよたま》郡渋谷町《しぶやまち》の鵜沢龍岳の下宿。二月二日の午前十一時三十分。

「いや、そうじゃないんだ。ぜひとも、君に知らせたい事件があってね。たぶん今日は、君、博文館のほうへくるんだろうとは思ったのだが、待ちきれなくて飛んできた」

春浪が、あちらこちらすり切れて、けばだった畳の上に、あぐらをかいて座りながらいった。

「なにがあったのです? どうぞ」

龍岳が、蒲団をしまった押し入れの反対側から、煎餅《せんべい》のような座蒲団を引っ張り出し、春浪のほうに押しやりながらいった。

「ああ、ありがとう」

春浪が座蒲団を敷く。そして、ことばを続けた。

「話さなければいかんことは、いくつかあるのだが、まず、これから話そう。こいつを見てくれ!」

春浪が、脇に置いてあった茶色の風呂敷包みを開くと、中から原稿用紙の束を取り出した。古びた原稿用紙だが、一番上の紙には、なにも字が書かれていない。

「これが、どうかしたのですか?」

龍岳が、春浪の向かいに腰を降ろし、原稿用紙に目をやっていった。

「君、これ、なんだと思う。これは、例の柴田という男から君が預かった、あの原稿だ。見てくれ、字が全部、消えている!」

春浪が、なんといっていいかわからないような顔で説明した。

「なんですって!?」

龍岳は、びっくりして原稿用紙をめくった。なるほど春浪のことばどおり、五十枚ほどの原稿用紙は、全部、白紙になっていた。罫《けい》は残っているが、字が一字もないのだ。

「どういうことなんです？」

「それが、まったく、わからん。さっき、机の引き出しから出して見たら、このとおり字が消えていた」

「まちがいなく、あの原稿ですか？」

「まちがいない。それに見てくれ。この原稿用紙は、決して新しいものじゃないよ」

「たしか、字は青いインクで書いてありましたね」

「そうだ」

「どういうことなんです？」

龍岳が、さいぜんと同じ質問をした。

「俺のほうが、聞きたい。今朝、編集部にいったら、昨日、会社に泊まった〈太平洋〉の梶山君が、夜中に窓から、銀色に光る物が博文館の上のほうの空に浮かんでいるのを見たというのだ。それで、もしやと思い、この原稿を見せようと、机の引き出しを開けてみると、これだよ。いったい、なにがどうなったのか、見当もつかん。それで、君の意見を聞こうと、こうして飛んできたのだ」

「銀色の物体が出たのですか？」

「梶山君は、そういっておる」

「あの松樹山に出たのと同じものでしょうか？」

「それは、わからん」

「そうですね。あっちは、柴田氏以外には見えなかったのだし。……でも、その銀色の物体と、白紙の原稿と関係あるんでしょうか？　だれかが、あの原稿と白紙の原稿を、置き換えたという可能性はありませんか？」

「ないわけではないが、だれが、なんのために、そんなことをするのだ。それに、君、この原稿のしみを覚えておらんか。俺は最初に、これを見た時から、ちょうど名前のところに、茶のこぼし跡のようなものがあったので気にしておったのだ」

春浪が白紙の原稿用紙の一点に指を置いていった。一銭銅貨ほどのしみがあった。

「ああ、そういえば、そうだ。字は消えてもしみだけは残っているんですね」

「なっ、やはり、あの原稿の字が消えてしまったとしか考えられんよ」

「しかし、字だけが消えるなんて、そんなおかしなことが……」

「うん。俺も信じられんが、現にこうして、白紙の原稿用紙があるのだからね。それに、あの柴田という男に関しては、なんだか、おかしなことばかりだからな」

春浪が腕組みをした。その時、ゆっくりと階段を昇ってくる足音がした。

「鵜沢さん、入っていいかい？」

障子の外の廊下で、女性の声がした。この下宿家の女主人の杉本フクだった。

「はい。どうぞ」

龍岳が声をかけると、障子が静かに開いて、片手に湯呑み茶碗の二つ乗ったお盆を持ち、もう一方の手に郵便小包を抱えたフクが部屋に入ってきた。

「お茶をもってきましたよ」

フクがいい、春浪に頭を下げた。

「ありがとう、おばさん。こちらが、ぼくの先生の押川春浪さんですよ」

「ああ、これははじめまして。お名前は、いつも鵜沢さんからうかがっております。杉本フクでございます。粗茶ですが、どうぞ」

「どうも恐縮です」

春浪が挨拶《あいさつ》した。

「それから、これ、昨日の夜、渡すのを忘れてしまって」

フクが郵便小包を龍岳に渡した。

「どうも」

受け取った龍岳が、差し出し人の名前を見た。そして、ぴくっと眉を動かしていった。

「これは、柴田氏からきたものですよ」

「なにがきたんだ？」

春浪が、包みを凝視する。

「原稿のようですね。この消えてしまった原稿の続きですよ、きっと！」

龍岳は、開けるのももどかしいといった動作で、べりべりと包みを破った。中から出てきたのは、原稿用紙だった。二十枚ぐらいの束だ。しかし、それは全部、白紙だった。

「どうなっておるのだ。また、白紙の原稿用紙か！」

春浪が怒ったようにいった。

「じゃ、ごゆっくり」

席をはずす時機を逸していたフクが、腰をあげた。

「おばさん！」

そのフクに、龍岳が声をかけた。

「なんだい？」

「昨日の夜か、今朝か。このあたりで、なにか騒ぎはなかったですか？」

「騒ぎ？」

「ええ。たとえば、誰かが夜中に光る物を見たとか？」

「えっ、鵜沢さん、あれ、あんたも見たの？」

フクが、びっくり顔をする。

「あれって？」

「その銀色に光る変なものよ。あれは、三時ごろだったかしらね。おちょうず場の窓から、なんの気なしに空を見たら、銀色の丸い物が光っているのよ。気味悪いから、すぐ寝てしまったけれど、鵜沢さんも見たの？　あれ、なんだったの？」

フクが質問した。

「いや、ぼくは見ていませんが……。そうですか、やはり……」

「まさしく、字が消えてしまったのと、その銀色の物体は関係あるね」

春浪が、大きくうなずいた。

「あれ、軍の新兵器かなにかなの？」

フクがいった。

「え、ええ、そんなところです」

龍岳が、いいかげんな返事をした。

「それが、綱が切れて飛んできちゃったのねえ」

フクは、かってになっとくし、階段を降りていった。

「どう、思う？」

春浪がいった。

「これは、ただごとじゃありませんよ。柴田氏は死んでしまったけれど、なにか、とてつもない陰謀のようなものが感じられますね」

　龍岳が真剣な表情でいった。

「ロシアか？」

「そうではないでしょう」

　龍岳が、首を横に振った。

「では、なんだ？」

「その前に、春浪さんは、ほかにもなにか、ぼくに話したいことがあるとか？」

「うん。そうだ。あの、御船千鶴子の件だが、昨日の夜、潮風君に福来博士の研究室を訪ねさせたのだ」

「なにか、わかりましたか？　柴田氏と御船千鶴子は、つながりがありましたか？」

　龍岳が、たたみかけるようにいった。

「それなんだがね。結論を先にいってしまえば、確証はない。ただ、御船千鶴子は、半月ほど前から、異常になにかを恐れていたというのだ」

「新聞には、丸亀《まるがめ》の新千里眼婦人のなんといいましたか、そうそう長尾郁子《ながおいくこ》の出現を、相当、気にしていたと書いてありましたね」

「それもあったことはあったらしいんだが、福来博士によれば、千鶴子は自分にも、はっきりはいわなかったが、半月ぐらい前に、何者かから電話を受けていらい、非常に脅《おび》えておったらしい。そして家族の話では、服毒自殺する少し前に、家畜だの収穫だのと、口走っていたとも聞いておるそうだ。で、なにか、農業のことに関して、新たな透視能力でも発揮されたのかと思っておったところ、どうも、そういうことではなく、しきりに、空を気にしていたというんだよ」

　春浪が説明した。

「空を？　すると、あの銀色の物体ですか？」

　龍岳がいった。

「わからんが、俺も、それを考えておった。で、電話の主は柴田だろうと思う」

「なるほど。柴田氏が、千鶴子に例の旅順の話をしたところ、なにかを透視したのかもしれませんね」

「それが、銀色の物体と関係あるわけだな」

「かもしれません。しかし、その家畜とか収穫というのは、どういう意味なんでしょうね」

「くそっ、あの男が生きておればなあ」

「いや、これは、柴田氏の死も、やはり、病死とは思えませんね。あまりにも突然のことだし……」

「そうなると、御船千鶴子の自殺だって、なっとくしがたいぞ。少なくとも、福来博士は、自殺はおかしいといっておったよ」

春浪が、ふうっと息を吐いた。

「そうすると、ふたりとも、何者かに殺されたことになりますか。そして、その何者かが、原稿に書かれていたことを、すべて消し去った」

龍岳がいった。

「その何者かというのは、それこそ何者なんだ。銀色の物体と関係あるらしいことはわかったが、魔法でも使わん限り、原稿に書かれた文字を、あんなふうに消すことはできんよ。人間業でできることじゃない」

「実際、犯人は人間ではないのかもしれませんね」

龍岳が、白紙の原稿用紙をにらみつけるようにしていった。

「なに!?」

春浪が、龍岳の顔を見つめた。

「昨日、この原稿が、ぼくの手元に届いていれば、なにかわかったかもしれなかったのになあ」

龍岳が、いかにも残念そうな顔をした。

「いったい、なにが書いてあったのだろう?」

春浪もうなるようにいう。

「なんにしても、柴田氏が、命を奪われるほど、重大なことですね」

「うむ」

「あと、わからないのは、あの数字です」

龍岳がおでこに手を当てる。

「龍岳君、あの数字。なにかの統計じゃないか。その、たとえば、御船千鶴子のことばではないが、家畜の数とか、農作物の収穫高とか……」

「なるほど。とすると、どういうことになるんですかね。明治二十七年が二万、明治三十七年が十万……。あっ!!」

龍岳が、突然、大きな声を出した。

「どうした!?」

春浪も、大きな声で質問する。

「あの数字、ひょっとしたら、戦死者の数ではないですか?」

「戦死者? いや、日清戦役のほうは、はっきり覚えておらんが、日露はそんなに多くないよ。たしか六万人ぐらいだと思ったが」

「それは、日本人だけの数字でしょ。ロシアの戦死者を加えれば、十万人ぐらいになりませんか?」

「おお、そうか。たしかに、そんなとこかもしれんな」

春浪がうなずいた。

「春浪さん」

龍岳が、いかにもあらたまった口調でいった。

「なんだね?」

「これは、あくまでも、科学小説家としての推測にすぎませんが……」

「うん」

「家畜というのは、ひょっとしたら、人間のことじゃありませんか?」

「どういうことだね?」

春浪が、いかにもけげんそうな顔をした。

「ぼくにも、よくはわかりません。ですが、とにかく、どこかに、人間を家畜扱いにしている何者かがいてですね、その命、すなわち、魂を収穫しているんです」

「なんだと? 人間の魂を収穫している?」

「ええ。考えられませんか。戦場で柴田氏にだけ、なぜ、それが見えたのか、いまもって疑問ですが、銀色の物体が、魂を収穫していたとしたら、松樹山での不可思議なできごとの説明がつきますよ。それから御船千鶴子のことばも……」

「そして、その何者かは、それを知った柴田と千鶴子の口封じをし、原稿を白紙にしたか……。なるほど、辻褄《つじつま》は合うな。だが、そうなるとだ。その何者ったら、これまでに集まった情報から、こんなことを考えるという、空想の話なのですから」

龍岳がいった。あきらかに、興奮している春浪の心を和らげようとすることばだった。

「いや、すまん。君の話があまりに突飛なので、つい興奮しまった。いや、まあ、たしかに、いくらなんでも、人間の魂が神に収穫されているなどということはあるまい。さっきの数字も、偶然にすぎんだろう。実際、なにがどうなっておるのかは、まだ、皆目わからんが、真相は、まったく別のものだろうね」

春浪がいった。だが、そのことばは、あくまでもうわべだけのもののように、龍岳には聞こえた。

「そんなことがあっては、たまらんよ。三年後に千万人、二十三年後に五千万人の戦死者の出る戦争があるなんて……。冗談じゃない……」

春浪が、呟くようにいった。

「そんな、ばかな話が……」


とはだれなのだ」

「わかりませんが、人間でない何者かで、人間を家畜と考えている者ということになります」

「人間を家畜と考える者といったら、神か?」

春浪が、茫然とした表情でいった。

「それは、わかりかねます。それに、これは、最初にいいましたように、ぼくの単なる推測ですよ」

「だが、それが事実だとしたらこれは、たしかに、とてつもなく大変なことだ。万物の霊長と思っていた人間が、実は神の家畜で、その意のままに収穫されているというのだからな。しかし、神は、その収穫した魂を、なんに使うのだ?」

春浪が、興奮した口調でいった。龍岳は、無言で首を横に振った。

「たしかに、神から見れば、人間は家畜みたいなものにすぎんだろうが、しかし……」

春浪が、頭を抱えた。

「春浪さん。あんまり、真剣に考えないでください。まだ、そうと決まったわけじゃありません。ぼくだ

絆

1

「いや、飛田君《とびた》の気持ちもわからんではないが、安部《あべ》先生を辞職に追い込むまで暴れてはいかんと思うなあ」

〈東京日日新聞《にちにち》〉記者の針重敬喜《はりしげけいき》が、温かい牛乳を、酒でも飲むように、ちびりちびりとやりながら向かいの席の鵜沢龍岳《うざわりゅうがく》にいった。ここは東京田端《たばた》の駅に近いミルクホール〔すみれ〕。昼前の混雑していい時間帯だったが、客は、龍岳たち以外には、学生が五人と職人ふうの男がふたりいるだけだった。もっとも、それでも店がたいして広くはないので、席の半分はふさがっていた。

明治四十四年三月七日は、朝から抜けるような晴天だった。この日の午前中、鵜沢龍岳と針重敬喜のふたりは、画家の小杉未醒《こすぎみせい》ら芸術家たちの親睦団体〔ポプラ倶楽部《クラブ》〕のテニスコートを借りて、汗を流した。そして、昼前に切り上げて、ミルクホールでひと休みしていたのだ。

龍岳と針重は、龍岳が一年ほど前に〔天狗倶楽部《てんぐ》〕に入会していらいの友人だった。青少年に圧倒的な支持を受けている冒険小説作家で、龍岳の師匠でもある押川春浪《おしかわしゅんろう》を中心としたスポーツ社交団体〔天狗倶楽部〕のメンバーは早稲田大学出身者が多かったが、針重も早稲田の出身で、庭球部時代は早稲田にこの人ありといわれた好選手だった。龍岳とは、とくにこれといった共通点などはなかったが、年齢が針重二十六歳、龍岳二十五歳と近いこと、そして、ふたりの温和な性格が、おたがい親近感を抱かせていた。

早稲田の庭球選手だった針重と、スポーツ好きではあるが、お世辞にもうまいとはいえない龍岳では、テニスの腕は比較にもならなかったが、よく、ふたりは連れ立って、ゲームに興じていた。この日も針重が、龍岳を誘ったのだった。

「ただ、今度ばかりは、安部先生のやりかたにも、疑問がないでもないよ。あれでは、飛田君が、自分ひとり責任を負わされたと憤慨するのもむりはないんじゃないか。そりゃ、たしかに飛田君は主将だったけれども、シカゴに負けた責任の全部が、主将のせいじゃないからね」

龍岳がいった。

「うむ。それはそうだな」

「それに、安部先生も、なにも辞職することはないと思うのだが、先生も責任感の強い性格だから……。一度いいだすと、聞かんところあるし」

「まったくだ。それにしても、つい先日も、美土路《みどろ》君たちと、この件は早稲田の名誉のためにも記事にはすまいと約束していたのだが、いきなり、抜き打ちでやられたのには、いささかまいったよ」

針重が、坊主頭の後頭部に手を当てて、顔をしかめた。

ふたりが話題にしているのは、早稲田大学野球部の内紛問題だった。前年の秋に、来朝したシカゴ大学は、早稲田、慶應などと数試合を戦い、全勝で帰国したが、早稲田の負けかたが、いずれも大敗だったので、その後、野球部内に責任問題が生じていた。

その結果、主将の飛田忠順《ただより》ら四人の幹部選手が責任をとって引退することで、一応の決着はついたのだが、この四月四日に出発するアメリカ遠征団に、部長の安部磯雄《いそお》が飛田のみをはずして、残りの三引退選手を同行することを発表したことから、飛田が激怒し、事態は混乱に混乱を招いていたのだった。

そのこと自体は、関係者なら、だれでも知っていることではあったが、それが、その朝の〈東京朝日新聞〉に、抜き打ち的に、『早大野球部紛擾《ふんじょう》』の夕イトルで記事になってしまったのだ。早稲田の先輩であり、新聞記者である針重が、顔をしかめるのも、もっともなことだった。

「あの記事は美土路君が書いたのかな？」

龍岳がいった。美土路というのは、〔天狗倶楽部〕のメンバーとも親しい、早稲田大学出身の〈東京朝日新聞〉記者だ。

「いや、それはわからん。書いたのは名倉君かもしれない。かれは、なんだかしらんが、最近、野球を目のかたきにしている節があるからね。去年の秋の慶應の福田君の女性問題記事、君も覚えているだろう。あれを書いたのは名倉君なんだ。今度も、そうかもしれないいな」

「なんでも編集長の渋川という人が、野球に批判的だというじゃないか」

「うん。その尻馬《しりうま》に乗っているのが名倉君だという話もあるよ」

「名倉君も早稲田の出身だったろう？」

「そう。政治科だったかな。押川君と同級だよ」

「清君《きよし》と？」

「うん。飲み仲間だったそうだ」

「それなのに、いまは野球批判か」

龍岳が、ふうっとため息を吐いた。

〈東京朝日新聞〉は、明治三十八年、早稲田大学野球部が、はじめてアメリカ遠征した時は、他紙があまり興味を示さない中、率先して安部磯雄の渡米日記を掲載するなど、野球に好意的だったのだが、このところ、少し風向きが変わってきていたのだった。

「まあ、正直なところ、新聞も商売だから、売るためにはなんでもやるからね。同業者として批判ばかりはできないが……。ところで、龍岳君、君、今日はこれから、どうするんだい？」

「うん。博文館《はくぶんかん》に寄るという手もあるけれど、いま、どうしても書けなくて困っている原稿があって、それが、〈中学世界〉だから、下手に編集部にいくとやぶ蛇になる。今日は、このまま、まっすぐ下宿に帰って、せっせと仕事に精出したほうがよさそうだね」

龍岳が笑いながらいった。

「おやおや、原稿に詰まっておったのか。それなのに、俺が一方的にテニスになど呼び出してすまなかったなあ」

針重が、ちょっと申しわけなさそうに、頭をかいた。

「じゃあ、昨日の夜も、寝ておらなかったのだろう？」

「いや。よく、寝たよ。昨晩は、さっぱり筆が進まないから、もう早々とあきらめて蒲団《ふとん》に入ってしまったんだ」

龍岳が、蒸しパンをかじりながらいった。

「しかし、今朝は仕事をするつもりだったんじゃないのか？」

「なに、いいんだ。ちょうど、汗を流したいと思っていたのさ。いやなら、断ったよ」

龍岳が笑顔でいった。

「未醒さんを誘おうと思ったら、今日はどうしてもだめだというんでね。会社勤めの諸君は、水曜日の昼間からテニスなどしておるわけにはいかんし、つい、君を誘ってしまったんだよ」

針重が、眉根にしわを寄せていった。

「いや、だから、そのことは気にせんでいいよ。ひと汗流したら、頭がすっきりして、いい原稿が書けそうな気がしてきた。で、君のほうは、これからどうするんだい？」

龍岳が質問した。

「うん。神田の友人のところにいってこようと思うんだ。実は、ちょっと奇妙な話があってね」

針重が、牛乳をごくりと音を立てて飲み込んだ。

「奇妙なこと？」

龍岳が、パンをかじる手を止めて、針重の顔を見た。

「さすがは鵜沢龍岳先生だな。奇妙なことと聞いて目が真剣になったぞ」

針重が笑った。

「あはははは。なにしろ、いつも話のタネに困っているから、奇妙などということばを聞くと、もしや、その話を小説にすることはできんかと、ついからだを乗り出したくなってしまうのさ。で、なにが、どういうふうに奇妙なんだい？」

「山岸という中学時代の友人なんだがね、この一週間ばかり、なんとも不可思議な夢を見続けているというんだよ」

「不可思議な夢？」

「そうなんだ」

「どんな夢だい？」

「もちろん、夢だから、はっきりしたことはわからんのだけれど、その夢の中の自分は、どうも漁師らしくて、船でどこかの海に漁に出ているという。ところが、突然、天候が悪化し、それまで静かだった海が大時化《しけ》になって、船が転覆してしまうというのだ」

「その人は、なにをやっている人なんだ」

龍岳が質問した。

「尋常《じんじょう》中学の先生だよ」

針重が答えた。

「では、漁師とは、まったく関係がないわけか？」

「ないらしいね。あいつは、もともと東京の商家の息子で、ちょっと事情があって山形にきておったのだ。親戚にも漁師はおらんといっていた」

「なるほど。まあ、現実の自分と無関係の夢を見ることは、珍しくはないな。ぼくも、むかし、相撲取りになった夢を見たことがある。で、その山岸君は、船の転覆の夢を一週間も見続けているわけか？」

「そうなんだ。同じ夢を見ることは、たまにはあるが、一週間というのは珍しいだろう」

針重が首をひねった。

「うん。三日間続けてというのは、ぼくにも経験があるが……」

龍岳がいった。

「しかも不思議なのは、それだけじゃないんだよ」

「というと？」

「夢の中で船が転覆する時、やつは船室におるそうで、海水が侵入してきて溺れそうになるところで、目が醒《さ》める。それはいいのだが、その醒めかたが、徐々に遅くなっているらしいんだよ」

「どういうことだ？」

「つまり最初の時は、船がひっくり返った瞬間に目が醒めたのが、次の晩には水が足首を浸したところで目が醒め、その次の晩は、脛《すね》まできたところで醒めたそうだ」

針重が説明した。

「すると、その次の晩は、膝《ひざ》まで水が迫ってきて、さらに翌晩は股？」

龍岳が、針重の顔を覗《のぞ》き込むようにいった。

「そのとおりさ」

「……ということは、このまま、その夢が続けば、やがて水が顔まできて、山岸君は溺れてしまうというのか？」

「そうなんだ。山岸は、それが気持ち悪いといって心配している」

「なるほど。でも、それは夢なんだから、溺れたって、どうということはあるまい」

「俺も、そういったさ。しかし、それはわかっておっても、気味が悪いっていってね。それと、水の迫ってくる場面が、すこぶる実際的なのだそうだよ。で、非常に気にしておってね」

「それはまあ、たとえ夢の中でも死にたくはないからね。でも、もし、夢の中で溺れ死んだらどういうことになるのかね？　まさか、実際に死ぬわけじゃないだろう」

「まさかね。そんな話は聞いたこともないが、山岸は、すっかり神経になって、学校も休んでおる始末なのだ」

針重が、どうにも弱ったという表情をした。

「いま、その水は、どこまで迫ってきているのだ？」

「昨日の話では胸まできたといっておったから、昨晩は、もう首ぐらいまできたのだろう」

「たしかに、徐々に水が迫ってくるというのは、いやな気持ちだろうな。医者には診てもらったのかい？」

龍岳が、コップの底に二センチほど残っていた牛乳を、ぐっと飲み干した。

「何人かの医者に診てもらったそうだ。けれど、どこといってからだに異常はない、その夢は疲れからくるもので、心配はないだろうと、どの医者も、そういうそうだ」

「でも、本人は、それではなっとくしないわけだ」

「そうなんだよ。いままでにも、似た経験があるとかなんとかいうのなら別だが、そんなことは一度としてなかったというし、山岸はからだも頭もとくに疲れているようなことはないといっている」

「うーむ。素人《しろうと》のぼくの考えでも、それは、ただの疲れとは思えんね。じゃ、なんなのだといわれても、答えようもないけれど」

「とにかく、山岸は、怖がっていてね。なにしろ、水が迫ってきておるから、なんとか、これ以上、夢を見ないようにしたいというのだ。それで、山伏《やまぶし》を呼んで加持祈禱《かじきとう》をしてもらうというから、それよりは、催眠術かなにかのほうが、いいんじゃないかといったんだ。詳しいことは知らんが、催眠術というのは、そういうものを治療できるのだろう?」

「さあ。ぼくも詳しくはない。でも、やってみる価値はありそうだね。催眠術で、そんな夢を見る原因をつきとめることができれば、直す方法もあるんじゃないかな」

「そうか。君は、だれか、評判のいい、催眠術師を知っているかい?」

「渋江《しぶえ》さんは、どうだい。あの人は催眠術師ではないけれど、催眠術にかけては専門家以上に詳しい。以前、渋江さんの、催眠実験を見たことがあるが、それは、みごとなものだった。君、渋江さんは知っているだろ?」

龍岳がいった。

「一時期、春浪さんに対抗して冒険小説や科学小説を書いていた、あの渋江さんだろう? 面識がないが、頼めば診てくれるだろうか?」

針重がいった。

「春浪さんをとおして頼めば、だいじょうぶなんじゃないかな。きっと、引き受けてくれると思うよ」

「そうか。いや、山岸がなんというかわからないが、じゃ、もし診てもらいたいということになったら、春浪さんに連絡してみよう」

針重がうなずいた。

その時、飛白《かすり》の着物に下駄履き、白い登山帽をかぶった、からだの大きな男が、ぬっと店に入ってきた。小杉未醒だった。

「やあ、ここにおったのか。思った以上に用事が早く片づいたので、コートのほうにいって見たのだが、もう、君たちが帰ったあとだった」

龍岳の隣りの椅子に、どっかりと腰を降ろしながら、未醒がいった。

「なんにいたしましょう?」

薄紫の銘仙《めいせん》の着物に、白い前垂れをかけた若い女店員が、すぐに店の奥から出てきていった。

「ビールはあるか?」

未醒がたずねた。

「ビールはございません」

女店員が、首を横に振った。

「そうか。ではラムネでももらおうか。いや、平野《ひらの》水《すい》があれば、そのほうがいい。それと、ワップルがいいな」

「平野水とワップルですね。かしこまりました」

「じゃ、ぼくも、もう一杯、ミルクをもらおう」

龍岳がいった。

「よし、俺もワップルを食うよ」

針重がいった。

2

翌日は、前日にも増した晴天の暖かい日だった。太陽はさんさんと輝き、青い空には白い雲が浮かんでいた。

若い芽を吹きかけた木々がそびえ立つ聖堂の森を右に見て、グレーの背広にハンチング帽姿の痩せた中年の男と、それより十歳ばかり若い薩摩《さつま》飛白の着物に袴《はかま》、パナマ帽をかぶった男が、本郷通りをまっすぐに、神田明神の前を並んで歩いていた。押川春浪と鵜沢龍岳だった。

「ちょっと、場所が入り込んでいるので、ここで待っていてくれとのことだったんですが」

神田明神の鳥居《とりい》の前までやってくると、龍岳があたりを見回しながらいった。

「一時三十分の約束だろう。まだ十分前だ」

春浪が、背広のポケットから懐中時計を出していった。神田明神境内《けいだい》の右側には、江戸時代から続く名物甘酒屋の〔天野屋《あまのや》〕が見える。日曜日でもないというのに、店は賑《にぎ》わっていた。

左側には、風船屋、おもちゃ屋、飴《あめ》屋、小判焼き屋などの露店が並び、参詣《さんけい》客や近所の子供たちが、覗き込んでいる。

「氷屋でも、出ておればいいのになあ」

春浪が、手の甲でおでこを拭《ぬぐ》いながらいった。

「そうですね。でもまだ、氷屋の季節ではないでしょう」

龍岳が答えた。ふたりが、そんなやりとりをしているところに、明神坂下のほうから、季節はずれのパナマ帽をかぶった針重がやってきた。

「やあ、春浪さん。すまんです。待ちましたか?」

針重がいった。

「いや、いまきたところだ」

春浪が答えた。

「そうですか。なら、よかった」

針重が、ほっとしたように答えた。

「それにしても、その帽子はなんだい?」

龍岳が、笑いながら質問した。

「いや、昨日の夜、うっかり、帽子をどぶに落としてしまってね。別のを出したら、これが虫食いだ。しかたがないので、こいつをかぶってきたが、さすがに人が見て笑うんだよ」

「いくらなんでも、パナマは少し早いよ」

春浪も笑った。

「でも、春浪さん、いま氷が食べたいといってたじゃないですか」

龍岳がいった。

「ははは。それも気が早いですね」

針重がおもしろそうにいった。

「そうか、人のことはいえんな。ところで渋江さんは、直接、その君の友人のところへいくといってたが、もうついたのかね？」

「はい。三十分ほど前にこられて、いま、山岸に催眠術のなんたるか、そして、決して危険なものではないということを説明されています」

「そうか。いや、昨晩、電話で渋江さんに、その夢の話をしたら、非常におもしろいという口ぶりだった。はたして、どういう治療を試みるのかしれんが、これは、俺も大いに興味があるね」

春浪がいった。

「そうでしょう。それで、ぼくも、うまくいったら新聞の記事にするということで、出てきたのです」

針重がいった。

「あははは。なるほど。いや、さっきも道々、龍岳君と、針重君は仕事があるはずなのに、今日は会社を休んだのだろうかと、首をかしげておったところなのだ」

春浪が笑顔でいった。

「そのあたりは、ぼくも新聞記者ですから、ぬかりはありません。それに、春浪さんのやり口を、ずいぶん参考にさせてもらいました」

針重も笑顔でいう。

「俺を参考に？」

春浪が、けげんそうな表情をした。

「そうです。春浪さんは、いつも取材と称して、野球の試合を見に抜け出すじゃありませんか」

「いやいや、あれはちがう。あれは実際に〈冒険世界〉の取材をしておるのだ」

「そうですか。でも、いつも記事を書いているのは、橋戸《はしど》頑鉄《がんてつ》さんか平塚《ひらつか》断水《だんすい》さんじゃありませんか？」

「うむ。なに、あれは俺が指示をしてだね……」

春浪が、口をもごもごさせて、いいよどんだ。

「どうやら、この件に関しては、春浪さんのほうに分がありませんね」

ふたりのやりとりを聞いていた龍岳が口をはさんだ。

「あっははは。そうか。では降参しよう。しかし、針重君も龍岳君も、このことは館主や坪谷《つぼや》局長にはいわんでくれよ」

春浪が、顔の前で手を合わせた。

「館主はどうか知りませんが、坪谷さんは、もうとっくに知っていますよ」

龍岳がいった。

「うむ。そういえばそうだ。このあいだも、ほどほどにするようにといわれたばかりだ。針重君、君も気をつけたまえよ」

「ぼくはだいじょうぶですよ。試合を見ても、ちゃんと自分で記事を書きますから」

針重が笑った。

「そうか。まあ、その話はいいじゃないか。それより、こんなところで油を売っていてもしかたがない。早く、その山岸君の家にいこうじゃないか」

春浪は、方向もわからないのに、くるりと鳥居に背を向けると、足早に右の方向に歩き出した。

「春浪さん、左ですよ！」

針重が笑いながら怒鳴った。そして、龍岳と顔を見合わせて肩をすくめて、春浪のあとを追った。


山岸の下宿は、神田も本郷に近い同朋町《どうぼうちょう》の、小さな植木屋の二階の八畳間だった。針重に案内されて部屋に入ると、部屋の中央の卓袱台《ちゃぶだい》兼仕事机をはさんで、背広姿の渋江と、木綿《もめん》飛白の着物に黒メリンスの帯をしめた色の白い、細面《ほそおもて》のやつれた表情の青年が話をしていた。その青年が山岸だった。

「山岸君、こちらが押川春浪さん。それから鵜沢龍岳君だ」

針重が、ふたりを紹介した。

「はじめまして。山岸良作です。このたびは、いろいろお世話になりました」

山岸が頭を下げた。

「いや、いま、例の夢の話を聞いておったのだがね。実におもしろいよ」

渋江が、にこにこしていった。

「それで、もう、これ以上、夢を見ないように催眠術でできるのですか？」

春浪が渋江に質問した。

「できると思う。だが、ぼくとしては、このまま、夢の中で溺れてしまったら、実際の山岸君がどうなるのか見てみたい気がするね」

渋江がいった。

「いや、それは……」

山岸が、困ったような顔をした。

「なに、心配せんでいいよ。そういう気がするというだけで、治療はちゃんとするから」

渋江が笑顔でいった。

「おねがいします」

山岸が頭を下げた。

「では、みんな揃ったし、早速、催眠治療をはじめようか。まず雨戸を閉めて、部屋を暗くしてくれたまえ」

渋江が指示した。

「いいよ。ぼくが閉める」

立ち上がろうとする山岸を手で制して、針重が立ち上がり、南側の雨戸を閉めた。西側は龍岳が閉める。そのあいだに、渋江は持参した鞄《かばん》の中から、蠟《ろう》燭《そく》と蠟燭立てを取り出し、机の上に置いて、マッチで蠟燭に火をつけた。

「では、山岸君はぼくの正面に座り、あとの三人は、そっちに座って、山岸君の気が散らないように静かにたのむよ」

渋江がいい、上着のポケットから鎖のついた金時計を引っ張り出し、蠟燭を左側にずらした。それから時計を自分の胸の高さにぶら下げ、左右に揺らしはじめた。

「顔を動かさずに、この時計だけを目で追ってください。そして、数字を百から少ないほうへ、ゆっくりと教えてください。緊張せんようにね。なにも考えず、時計だけを見るのです」

「はい、百、九十九、九十八、九十七、九十六……」

山岸は、渋江のことばにしたがって、数字を数えはじめた。しかし、やはり緊張しているのか、すぐには催眠状態には入らなかった。しんとした部屋の中に、山岸の数字を数える声だけが響いた。

「七十三、七十二、七十一、七十……」

そこで、声が虚《うつ》ろになった。

「はい。そのまま、続けて」

渋江が声をひそめていった。

「六十九、六十八、六十七……」

山岸の目が閉じ、ことばが止まった。

「催眠状態に入ったよ」

渋江が三人のほうを見ていった。三人が、無言でうなずく。

「質問は、ぼくがしてかまわんのかね？」

渋江がいった。

「どうぞ、おねがいします」

針重がうなずいた。

「わかった。では、治療をはじめよう。山岸君、いま、君は眠って夢を見ていますね。このところ、毎晩見る、あの夢ですよ」

渋江がいう。

「はい。あの夢を見ています」

目をつぶったままの山岸が答えた。

「よろしい。それで、その夢が、どんな夢なのか、詳しく説明してください」

「はい。ぼくは今、船に乗っているのです」

山岸が、しゃべりはじめた。

「それは、どんな船ですか？」

渋江が質問する。

「漁船です。〔第五大漁丸〕という船です」

「場所はどこですか？」

「伊豆稲取の黒浜の沖です」

「君は、そこで漁師をしているわけですね」

「そうです」

「家族はいますか？」

「はい。一年前に一緒になった妻と、一か月前に生まれた赤ん坊がいます」

「今日の、漁はどうですか？」

「大漁です」

「それは、結構。船には、ほかに人が乗っていますか？」

「漁師仲間が四人乗っています」

「天気は、どうですか？」

「さっきまで、いい天気だったのですが、しばらく前から曇ってきました。風も出てきたようです。船が揺れだしました」

「君は、船のどこにいるのです？」

「船室にいます。あっ!!」

山岸が、押し殺したような悲鳴をあげた。

「どうしました？」

渋江が冷静な口調で質問した。

「船が、大きな横波を受けて、いま転覆しました。からだが、からだが……」

「あわてないでください。君は夢を見ているのですよ。それは現実ではありません。夢なのです」

「はい」

「では、それから夢の中の君がどうなるのか、説明してください」

「仲間たちの姿が見えません。ひっくり返った船室に、水が滝のように入ってきます」

「部屋から出られないのですか？」

「だめです。扉のところにいけません。時間が……」

「水は、どこまできましたか？」

「胸、いや首です。もう、鼻まで……。く、苦しい！」

山岸が悲鳴をあげた。

「だいじょうぶです。心配はない。それは、実際じゃない。夢です」

「夢でも、ぼくは死にそうです」

山岸が、苦しそうな表情でいう。

「落ちついて。夢だから、死ぬことはないのです」

「でも！」

「わかりました。それなら、助けを呼びましょう。叫んでください」

「助けて！　助けて!!」

「そう。それで、助けがきます」

「だれも、きません！」

「いえ、すぐにきますよ。どうです。姿が見えるでしょう？」

「ああ、ほんとうだ。だれかが泳いできました。溺れているぼくを水の中から引き上げてくれています。顔が水の外に出ました。息ができます」

山岸が、いかにも、ほっとしたようにいった。

「そのはずです。もう、心配ありません」

「はい。助かりました」

「よかったですね。これで、今度から夢を見ても、あなたは溺れることはありません。ところで、助けてくれたのは、だれですか？」

「助けてくれたのは……」

山岸のことばが詰まった。

「どうしました？」

「それが、変なのです」

「どういうふうに？」

「溺れそうになったぼくを助けてくれたのは、ぼく自身です」

「どういうことですか？」

「もうひとりのぼくが、ぼくを助けてくれたのです」

「それはまちがいないですか？」

「はい。たしかに、もうひとりのぼくです」

「うーむ」

渋江が首をひねって、ちらりと春浪のほうを見た。

「なんです？」

春浪がいった。

「いや。ちょっとね。……こういう場合は、助けてくれるのは、ふつう、まったく知らない人間である場合が多いんだが、自分で自分を助けるというのは、珍しいのでね」

渋江がいった。

「それは、まずいんですか？」

針重がたずねた。

「いや。問題はないだろう。とにかく、君は助かるから心配はいらないという暗示をかければ、それでいいと思う」

「それは、よかった」

針重が、ふうっと息を吐いた。

「いいですか。山岸君。もう一度いいます。君は今夜、また同じ夢を見るかもしれません。でも、いま助けがきたように、今夜も必ず、助けがきます。なんの心配もありません。ぐっすり、眠りなさい」

渋江がいった。

「はい」

山岸が答えた。

3

「すると、解剖の結果は、やはり、溺死だったわけですか⁉」

龍岳が、とても信じられないという顔でいった。

二日後、九日の日曜日。牛込区原町の黒岩四郎の家の茶の間。時刻は午後八時三十分。

「そうだ。死因そのものは、一点の疑いもない溺死だった。しかも肺に溜まっていた水は海水だった」

黒岩が、ゆっくりと顎《あご》をなでまわしながら、これも、なっとくしがたいという表情でいった。

「でも、まさか、そんなことが……」

針重が、龍岳の顔を見つめ、つぶやくようにいった。

事件が発覚したのは、前日の午後三時ごろのことだった。神田同朋町の下宿家で、下宿人を訪ねてきた人が、その訪ねた相手が蒲団《ふとん》の上で死んでいるのを発見したのだ。

通報を受けた神田警察署の刑事と鑑定人が、死体を調べてみると、いかにも奇妙なことが判明した。死んでいたのは、山岸良作という尋常中学の教員だったが、全身に水をかぶり水浸しだったのだ。

その部屋には、全身を水浸しにできるような道具も器具もなにもなかった。あるのは、茶の入った土《ど》瓶《びん》がひとつだった。濡れているのは、蒲団と死体だけで、周囲に水気はなにもない。

鑑定人は、ただちに死体を検査したが、おどろくべき結論を出した。はたして殺人か事故死かはわからないが、どちらにしても死因は溺死にまちがいないと鑑定したのだ。

とすれば、どこかで溺死した死体を、だれかが、その下宿の部屋に運びこみ、蒲団の上に寝かせたとしか考えようがなかった。

だが、それは種々の条件から、九割九分可能性がなかった。つまり山岸は、絶対といっていいほどあり得ない状況で溺死していたのだ。

そんな事件が発生しているとは知らない針重は、前日の催眠術の効果を山岸に取材しようと、下宿を訪れた。そして、山岸が不可解な溺死をしたことを知ったのだ。

針重は、刑事や鑑定人には、例の山岸の不可思議な夢の話はせず、ただちに春浪に電話をした。

おどろいた春浪は、龍岳と渋江に連絡を取り、友人である黒岩《くろいわ》刑事にも電話を入れ、夢の話から催眠術の話までを、ひととおり説明した。もちろん、黒岩を通して、事件の詳細を知りたいと思ったのだ。

黒岩は本庁の刑事であるから、直接の担当ではなかったが、春浪の話を聞き、事件のあらましを把握した。そして、翌日午前、法医学教室で行われた司法解剖に立ち会った。そこで、黒岩が得た山岸の死因の正式な鑑定結果は、やはり、死体発見現場での鑑定と同じく、海水による窒息死というものだった。

春浪が、どうしても仕事の都合で訪問できないというので、龍岳は針重と一緒に、黒岩の家に話を聞きにきたのだった。

「殺人か事故死、あるいは自殺かは、わかりましたか？」

龍岳が、どこから質問したものか考えながらいった。

「それは、わからない。というより、いずれも可能性が、あまりに薄いのだ。一番、可能性の高いのが、あの不可思議な夢の話ということになる」

黒岩がいった。そして、続けた。

「昨日、春浪さんから連絡を受けた時、先に夢の話を聞いてしまったので、あるいは先入観にとらわれておるかもしれんが、これまでの状況を分析するかぎりは、まさかと思うが、夢の中の溺死が現実になったというのが、もっとも合理的な説明のように思える」

「でも、夢の溺死が現実になるなんてことが……。いや、実際、先日、龍岳君とそんな話もしてはいたのですが、そんな馬鹿な話……。あっ、黒岩さんの話を馬鹿といっているわけではないのですが」

針重がいった。

「いや、かまわんよ。おれだって、馬鹿な話だと思っている。怪奇小説ならいざしらず、これが現実だとは思いたくない。けれども、それ以外に説明がつかんのだよ」

黒岩がいった。

「鑑定人の先生は、なんといっているのですか？」

龍岳がたずねた。

「あり得ない話だというばかりだ。でも、実際に死体はあるのだからね」

「こんなことは考えられませんか？　山岸君が奇妙な夢を見て、神経になっていることは、ぼくや針重君を含めて、何人かの人間が知っていたわけです。そこで、その夢の話を利用して、あたかも夢の中の溺死が、現実に起こったように、見せかけて殺した……」

龍岳がいった。

「あってもおかしくはないね。だが、そうなると問題は、だれがどこでどうやって溺死させて、ふたたび下宿の蒲団の中に運び込んだかだ。あらゆる状況から考えて、かれが一昨日の夜から昨日の朝にかけて、下宿を出た可能性は、まったくないんだよ。もちろん、部屋にだれかが侵入した可能性もない」

「もし、侵入しても、あんなふうに、人を殺すのは、ほとんど不可能だ。犯人は、どうやって、だれにも気づかれず、海水を運んできて溺死させ、また立ち去ったのか。忍術使いでも、そんなまねはできんだろう」

黒岩が、ふうっと息を吐いた。

「殺人説はむりですね。もし可能性があるとすれば、自殺でしょうね。山岸は、あの夢でひどい神経になっていましたから、発作的に自殺をした。それも、どうせ死ぬなら、夢のとおりにしてやろうと思った……」

針重がいった。

「それは、いかにもこじつけすぎるよ。だって、あの前の日、山岸君は催眠療法をされているんだもの。それで、助かると暗示を受けたのだから、自殺は変だよ。それに、もし自殺だとしても、殺人の場合と同じことさ。どこから海の水を持ってきて、溺死することができるんだい。あの部屋には、洗面盥《だらい》ひとつなかったんだぜ。なんとか海水は手に入れたとしてもだよ。そうなると、山岸君は、どこかで溺死して、自分で歩いて下宿に帰り、蒲団に寝たことになる。殺されてだれかに運ばれたというのより、もっと可能性がない。どう考えても科学的じゃない」

龍岳が、針重のことばを否定した。

「じゃ、君は夢で溺死したといのは、科学的だというのかい？」

針重がいった。

「いや、そういわれると困るが、死体が歩いてきて蒲団に寝たというのよりは、まだ可能性があるんじゃないかな」

龍岳がいった。

「警察では、これから、どうするつもりなのですか？」

それまで、ずっと無言で、龍岳たちの話を聞いていた四郎の妹の時子《ときこ》がいった。ふだんは、あまり派手な髪型はせず、お下げか、せいぜい庇髪《ひさしがみ》の時子だったが、この日は珍しくウインナ髷《まげ》だった。白地モスリンの単衣に麦藁《むぎわら》色の羽織、紅の入らない藤色羽《は》二重《ぶたえ》の帯をしめている。決して派手ではなかったが、いつもより、少しおしゃれをしているようだった。

龍岳は、家に入り、時子をひと目見た時から、それが気になっていたのだが、針重もいるので、理由を聞き出せないでいた。

「まあ、警察は殺人でないことさえ、はっきりすれば、どんな死にかたであろうとかまいはしないんだがね。今度の場合は、どうも、それだけで割り切ることはできんのだよ。そこで、俺も乗りかかった船だから、むだなことかもしれんと思いながら、静岡県警に黒浜を調べるように指示しておいた」

黒岩がいった。

「あっ、それ、黒岩さんが、警察を使って調べてくれるのですか？　いえ、昼間、春浪さんとも、そんな話をして、結論が出ないようだったら、黒浜を調べてみようといっていたのです」

龍岳が、目を輝かせていった。

「うむ。なぜ、夢で溺れた場所が伊豆の黒浜なのか、なんとも気になる。船の名前まで口にしたというのは、なにかありそうな感じもする」

黒岩がいった。

「なにがあるんですの?」

時子がいった。

「それを調べているんだよ」

黒岩が答えた。

「催眠治療の時は、船の転覆の場所のことなど気にしていなかったけれど、たしかに、こういう事件になってみると、ひっかかるね。それにしても、もし、山岸が、真実、夢の溺死が現実になって溺死したのだとしたら、なぜ、渋江さんの催眠暗示は効かなかったのだろうなあ」

針重が首をひねった。

「渋江さんは、暗示力が弱かったのかもしれないといったけどね」

龍岳がいった。

「でも、あのとき、山岸はたしかに助かったっていってたよなあ」

針重が、確認するように、龍岳の顔をは見た。

「ああ、たしかに、そういった。それで、渋江さんも、暗示をかけることに成功したと、ほっとしてたんだ。ただ、助けにきたのが自分自身だというのが、ちょっと珍しいとはいっていたね」

龍岳がいった。

「それで暗示がうまくかからなかったのだろうか?」

「さあ。そのへんになると、ぼくにも皆目わからんね」

龍岳が、首を横に振った。

「しかし、龍岳君、針重君。もしも、これがまぎれもなく、夢の溺死で実際に溺死したとしたらだよ。これは、どういうことになるんだい。やはり、事故死なのか。それとも、自殺ということになるのか?」

黒岩が、冷たくなった茶をすすりながらいった。

「事故死でしょうかね……。それとも病死ということになるのかな?」

龍岳が、眉根にしわを寄せて答えた。

「こんな話は、ぼくの小説にも出てきたことがありませんからね」

「殺人ではないことは、たしかでしょうね」

針重がいった。

「とにかく、この事件は、どうも解決しようとしても解決にならんような気がするな」

黒岩がいった。

「時子、すまんが、新しい茶をくれ」

「はい」

時子が、小さな卓袱台の前から立ちあがった。と、その時、着物の袖《そで》が、空《から》の湯呑《ゆの》み茶碗《ちゃわん》を倒した。

「おっと危ない！　着物が汚れてしまう」

龍岳が、卓袱台の上に転がった茶碗を、あわてて押さえた。

「あっ、すみません！」

時子が、袖を押さえた。

「ほれ、せっかくのよそいきが、汚れてしまうぞ。だから、おれが着替えたほうがいいといっただろ」

黒岩が、笑いながらいった。

「でも」

時子が、なにかいいたげな表情をした。

「なにね。時子は今日、友人の結婚の披露の席に招かれていってね、さっき帰ってきたところなんだ。そこへ、龍岳君がくるといったら、じゃ、着替えないで、このままいますといってね。だから、龍岳君。しっかりと見てやってくれよ」

黒岩がからかった。

「いやですわ、お兄さま。そんなこと」

時子が、ぽっと顔を赤くした。

「いやだっていったって、ほんとうのことじゃないか」

「ほんとうのことでも、そんなこと……」

時子は、あわてて、お盆の上に湯呑み茶碗と急須《きゅうす》を乗せると、走るように台所へ駆け込んでいった。

「しかし、まあ、あのお転婆《てんば》も、あんなかっこうをすると、なかなか女らしくなるね。最近は、死んだ母親によく似てきたよ」

黒岩がいった。

「ご婦人の歳を聞いては失礼かもしれませんが、おいくつになられるのですか？」

針重がたずねた。

「もうすぐ、二十になる。そろそろ、結婚のことも考えなくてはいかんのだがね」

黒岩が、台所のほうに目をやってった。

「今日、結婚した友人など、十六歳だそうだよ」

「でも、時子さんは、まだ学生だし、近ごろは新しい女とかで、婦人も結婚ばかりではなくなりましたからね」

龍岳がいった。

「時子さんは、婦人運動家なのかい？」

針重が、声をひそめた。

「いやいや、そうじゃないけど、そう結婚を急がなくてもいいんじゃないかとね」

龍岳がいった。

「うむ。まあ、龍岳君がそういうのなら、それでいいだろう。そのかわり、君、時子がいかず後家になってしまったら、責任は取ってもらうぞ」

黒岩が笑った。

「あら、わたし、いかず後家になんかなりませんことよ」

時子が、後ろを向いたまま、台所からいった。

「あははは。知らんぷりをして、ちゃんと話を聞いておる」

黒岩が笑顔でいった。

4

日比谷の帝国劇場入口付近は、龍岳が想像していた以上に混雑していた。正面玄関の前に、次々と人力車が乗りつけられ、背広姿の紳士、洋装の令嬢、潰し島田の粋筋の女性らが降り立ってくる。駅のほうから歩いてくる人々もあり、それらは子供連れの夫婦ものや、角帽の学生が多かった。

知り合い同士、劇場の前で、ばったり出会い、声高らかに、挨拶《あいさつ》を述べている人たちも、幾組か認められた。

龍岳は、それらの人々の姿を見ながら、一瞬、どうしたものかと迷ったが、約束どおり、入場して席で待っていることにした。予定より、だいぶ早く到着し、開演の四時までには、まだ三十分近くもあったが、外で時子と黒岩を待っているのも、なんだかみっともないし、かといって、どこか別の場所で時間を潰す気にもなれなかった。

入場券を青い燕尾服の係に渡し、下駄を青い上草履《スリッパ》に履き替え、黒い改良服に白エプロンの案内嬢に案内されて座った席は、「はの13番」という、舞台から三列目の真ん中の一等席だった。

まだ開演までに時間があるので、観客席は三分の一程度しか埋まっていなかった。館内の照明は煌々《こうこう》と輝き、天井に描かれたあまたの天女が身も軽やかに舞い踊っているのが浮かび出しているように見える。舞台に降りた幕に刺繍された孔雀の模様も、きらきらと輝いていた。

龍岳は、席に腰を降ろすと、あたりをきょろきょろと見まわした。どさまわり芝居や娘義太夫《むすめぎだゆう》、寄席《よせ》は好きだが、あまり芝居や演劇に興味を持たない龍岳が、帝国劇場を訪れるのは、もちろんこの日がはじめてだった。この劇場は、コケラ落しをしてから、まだ十日ほどしかたっていなかった。

龍岳の席の前々列に、三つ並んで席を取っているアメリカ人と思われる西洋人の中年婦人たちが、やはり龍岳と同じように、上を見たり、横を見たり、いかにも珍しそうにあたりを見まわしていた。

黒岩が上司に、三月四日から帝国劇場で公演されている、森律子らが主演する第一回公演「頼朝」の切符を貰ったから、時子と三人で見にいこうといったのは、一昨日の夜、黒岩から山岸の死因の解剖結果を教えられ、あれこれ事件を推理し、結局、結論を出せないまま、針重と黒岩の家を出ようとした時だった。

「君は時子とふたりだけのほうがいいかもしれんが、俺も上司に、感想などを述べなければならんので、午後から休暇を取った。すまんが、一緒に連れていってくれ」

黒岩が龍岳に切符を渡し、笑いながらいった。

もちろん、龍岳はよろこんだ。芝居はさほど興味がないとはいえ、一か月前に日本初の純西洋式の劇場として完成し、人気を集めている帝劇であるから、一度は入ってみたいと思っていたからだ。

さすがに東洋一をうたう劇場だけのことはあると、感心しながら、入口で手渡された絵本筋書《プログラム》きをぱらぱらとめくっていると、頭上から声がかかった。

「龍岳君、早かったね」

珍しく、着物姿の黒岩が立っていた。鉄錆《てつさび》色の羽織と対の単衣を着て、中折れ帽をかぶっていた。

その後ろに、お下げに白いリボンを結んだ、矢飛白《やがすり》に紫紺《しこん》の袴《はかま》の時子がいた。時子は、龍岳と顔が会うと、にっこり笑って会釈《えしゃく》した。龍岳が席を立って、黒岩と時子を奥に進ませた。龍岳の隣りに時子、その隣りの席に黒岩が腰を降ろした。

「ぼくも、いまきたところですが、なにしろ、帝劇ははじめてなので、少し早く入って偵察しておこうと思いましてね」

龍岳がいった。

「偵察って、なんだか、お芝居を見るのじゃなくって、軍事探偵をするみたいでしてよ」

龍岳のことばに、時子が、くっくっと喉を鳴らして笑った。

「あははは。偵察はおかしいですかね。じゃ、観察といいなおしましょう。時子さんは、前にもきたことがあるのですか?」

「はい。コケラ落しの日に券をもらって、おともだちとまいりました」

「それじゃあ、もう時子は帝劇の通《つう》だな」

黒岩がいった。

「いやですわ、お兄さま。たった、二度目で通なわけがありません」

時子がいった。

「しかし、俺たちははじめてなのだから、それに比べれば通だ。なあ、龍岳君」

黒岩が笑いながら、着物の袂《たもと》からチェリーの箱を取り出した。

「あっ、お兄さま。客席での喫煙は禁止でしてよ。お吸いになるのなら、廊下のほうに喫煙室があります」

時子がいった。

「ああ、そういえば、ここは西洋式に客席での煙草も飯もいかんのだったね。うむ、やはり、時子は通だ」

黒岩が煙草を、ふたたび袂にしまいながらいった。

「通、通って大きな声を出さないでください。恥ずかしいですわ」

時子が、ちらりと左右を見ていった。続々と客が入ってきており、もう半分ぐらいの席が埋まっている。

「いや、すまん。冗談は、これまでにしよう」

黒岩がいい、真剣な表情をして、続けた。

「龍岳君。こんな場所でなんだが、まだ時間があるから、芝居が始まる前に話しておくがね、例の溺死事件、黒浜でさらに奇妙なことがわかったよ」

「なにが、わかったのですか?」

龍岳も、真剣な顔で、からだを乗り出した。

「静岡県警からの調査結果によるとだ、あの山岸という青年が死んだ日の、まさにその朝、稲取浦に出漁した漁船が転覆して四人の漁師が死んでいるんだよ」

黒岩がいった。

「ほんとうですか⁉」

「うむ。しかも、その転覆した船の名前は〈第五大漁丸〉だ」

「それじゃあ、あの夢のままじゃないですか!」

龍岳が、手にしている絵本筋書きを握りしめていった。

「そうなんだ。まったく、山岸青年の夢のとおりなのだ。天気がよかったのに、突然、海が時化《しけ》て、横波を食らって転覆したといっている」

「ということは、つまり山岸君は、正夢を見ていたわけですね。いや、正夢というよりも、夢で事故が起こることを予測していたわけですか」

「そういうことになる。そして、もっと奇妙なのは、ひとりだけ助かった漁師がいるんだが……」

黒岩が、ちょっぴり口ごもった。

「えっ⁉」

「転覆した時、船室にいた桜井彌平《さくらいやへい》という漁師でね。二十五歳、あの山岸青年と同じ歳で、一年前に結婚し、生まれたばかりの子供がいる」

「それも、山岸君の夢の話、そのままじゃないですか！」

龍岳が、興奮して、大きな声を出した。

「まだ、おどろくことがあるんだよ。助かった後、この漁師がしゃべったことというのがね」

「どんな話なんですか？」

「うむ。なんだか、しゃべっていても背中がぞくぞくする。時子話してくれ」

黒岩が、大きなため息をついた。龍岳が、時子の顔を見つめた。

「その桜井さんとおっしゃる漁師さんの話によると、転覆した船の船室に閉じ込められて、海水が侵入してきた時、たしかに、だれかが扉を開けて入ってきて、溺れそうになっている自分を助け出し、浜辺まで泳いで連れてきてくれたというのだそうです」

時子がいった。

「えっ⁉　それは、だれですか？」

龍岳がいった。

「それが、その漁師さんは、砂浜に打ち上げられ、気を失って倒れているところを、仲間の人たちに発見されたのですけれども、だれも、その助けた人の姿など見ていないそうです。でも、その漁師さんは、警察の調べにも、仲間にも家族にも、たしかに自分は助けられた。ぜったいに真実だといい張っていたのだそうです。だけれども、だれも、その話を信用する人はなくて、溺れそうになった時の幻覚だろうといっていたのだそうです。ところが、そこへ警視庁から問い合わせがあったものだから、これは、どういうことだろうと、向こうでも、ふしぎだふしぎだと騒ぎになっているらしいのです」

時子が説明した。

「それはそうでしょう。どう考えても、尋常な話じゃありませんからね」

龍岳が、腕組みをしていった。

「さらに奇妙なことは……」

黒岩がいった。

「えっ、まだ、あるのですか?」

龍岳が、これ以上はかんべんしてほしいというような表情をした。

「その命の助かった桜井という漁師なんだがね。両親を早く亡くして、兄妹は妹がふたりということだったんだが、いろいろ親戚の人間の話などを聞いてみたところ、生まれてすぐ、東京に里子に出された双子の兄がいるというのだ。もちろん、どちらも、そのことは知らなかったらしいがね」

「えっ、じゃあ、その双子の兄というのが、山岸君!!」

龍岳が、目を見張っていった。

「いま、神田署の人間が調べているが、まず、まちがいないだろう」

黒岩がいった。

「では、その漁師の弟を助けたのは、山岸君ということになるわけですか? 夢の中で弟が溺れそうになったので、助けたことが、現実になり、その代わり、本人が死んだ?」

龍岳がいった。

「そうなのかもしれん」

黒岩がつぶやいた。

「そうですか。なるほど……」

今度は龍岳が、唸《うな》るようにいった。

「なるほどって、これでなっとくできるわけかね?」

黒岩が質問した。

「いや、できません。つい、ことばが出ただけです。だって、その漁師の青年と山岸君が双子だったからといって、なぜ、山岸君が、弟の事故を自分の事故として、夢で予測したんですか? たしかに、双子はふつうの兄弟より絆《きずな》が強いといいますから、兄が弟の事故を見抜いた可能性はあるかもしれません。でも、それなら、山岸君が催眠術をかけられた時、溺れるのは自分ではなく弟だといわなければ変です」

龍岳がいった。

「その時、溺れているのは自分で、助けにくるのも自分だとおっしゃったのでしたわね」

時子がいった。

「ええ。そういいました」

「それは、こういうことじゃないでしょうか。山岸さんは、自分に双子の弟がいるということを知りませんから、夢の中で溺れている弟を、自分だと錯覚した。そして、助けにいくのも自分……」

「うむ。夢というのは、たしかに、いつのまにか、自分と相手が入れ替わってしまうというようなことがありますね」

「それが、会ったこともない双子の弟の事故を予見した夢だったので、目に見えない強い絆が作用して、ふたりの心が入り混じってしまったのではないでしょうか。それで、合理的な、なっとくのいく説明ができないのかもしれません。山岸さんは、双子の持つ、特別な以心伝心の作用のようなもので、結婚して幼い子供のいる弟のことを、自分のこととして不可思議な夢を見、自分では説明のつけられないまま、自分を犠牲にされたのかもしれません」

時子が説明した。

「たしかに、いま、あの催眠術の時のことばを思い出すと、そんな感じもしますね。そうか、目に見えない双子同士の絆が、この不可思議な事件をひき起こしたというのは、考えられますね」

龍岳が、首を大きく縦に振った。そして、続けた。

「とはいうもののです。どんなに目に見えない双子の兄弟の絆が強く結ばれていたにしてもです、また、夢が正夢であったにしてもです、そのことと、山岸君が弟の身代わりになって、蒲団の上で、溺死したという事実の説明は、やはり、まったくできませんよ」

「そうだね。とにかく、蒲団の上で溺死するなんてことは、どんな説明をしても、ぜったいにあり得ないことだからなあ」

黒岩が唇を噛んだ。

「つまり、この事件は、まだ始まったばかりで、なにひとつ解決されていないということだな」

「そういうことですね」

龍岳がうなずいた。

「二十世紀は、科学の時代だといっておるが、なんの、科学ではとうてい割り切れん話もあるわけだ」

黒岩が肩をすくめた。

いつのまにか、客席は、ほとんど全部、埋まっていた。

「ま、芝居が終わってから、ゆっくり考えてみようじゃないか」

黒岩がいった。その時、甲高いブザーの音が、館内に鳴り響いた。そして、いっせいに明かりが消え、あたりは真っ暗になった。

幻

1

「お待たせしました。室町《むろまち》停留場、室町停留場。三越呉服店前でございます。お降りのかたは、お早くねがいます」

電車が止まるか止まらないところで、車掌が叫んだ。ほぼ、満員だった乗客の八割がざわめきながら席を立ち、座席は空席だらけになった。最後の降車客の老婦人が停留所に降り立つと、替わって、すぐに同じ数ほどの人々が、電車に乗り込んでいった。

鵜沢龍岳《うざわりゅうがく》と、女子高等師範学生の黒岩時子《くろいわときこ》が、室町停留場で電車を降りたのは、午後三時少し前だった。

前々日、押川春浪《おしかわしゅんろう》の家を訪ねた龍岳は、そこで、おもしろいものを見せられた。春浪が作製した強盗予防機というものだった。一種の擬製短銃で、市販の空気短銃を改造して、弾薬の代わりに灰とマグネシウム粉末を用いたものだ。これを発射すると音響が轟《とどろ》き、閃光が輝き、粉末が散乱して、強盗が驚き、視覚を奪われて逃げ道を失うという。

もっとも、春浪の書斎で行われた実験は、何度やっても音も光も発せず、ただ灰だけがあたりに飛び散り、部屋中を灰かぐらにして、亀子《かめこ》夫人の眉をひそめさせただけだった。しかし春浪は上機嫌で、この発明で特許を取り、どこかに売り込めば二万円ぐらいは儲かると笑っていた。

二万円はともかく、龍岳は、この春浪の発明に、いたく刺激された。そこで、自分でも春浪のものよりも性能のいい、擬製短銃の作製を思いたったのだ。

ただし、龍岳の考えたものは強盗予防機ではなく、婦人携帯用の破廉恥漢《はれんちかん》撃退機だった。このところ、破廉恥漢に女性が襲われるという事件が各地で発生し、つい数日前にも黒岩や時子と、なにか事件を防ぐ手立てはないものかと話をしていたところだったのだ。

それで、この日、龍岳は撃退機を作るための材料を求める用件と、もうひとつの用件を兼ねて、日本橋駿河町《するがちょう》の三越呉服店にやってきた。もうひとつの用件というのは、三越呉服店で開催されている恒例の児童《こども》博覧会を見ることだった。龍岳は近く、博文《はくぶん》館《かん》の〈幼年世界〉に原稿を渡さねばならなかった。はじめて、小学校の低学年向きの童話を頼まれたのだ。

もう、おおよその筋はできていた。だが、玩具のことなどで、よくわからないところがあると春浪に話をしたところ、それなら、ちょうどいいといって、児童博覧会の特別招待券を二枚くれたのだ。ついでに、春浪の代わりに挨拶《あいさつ》をしてきてくれという。

そこで、龍岳は時子を誘ったのだった。別になにを買うという目的があるわけでもないのに、三越と聞くと、時子はふたつ返事でいくと答えた。女性は、ただ陳列ケースに並んでいる品物を見て歩くだけでも楽しいというのだ。

駿河町一帯は、日本中の忙しさと賑《にぎ》やかさを一手に引き受けているような感じだった。電車はひっきりなしに北から南、南から北へと走り、自動車、二頭立て馬車、人力車、そして自転車が、せわしく往来している。

三越に出入りする人も少なくなかった。圧倒的に女性が多かったが、入っていく人はいそいそとし、出てくる人は、ほとんど全員が風呂敷包みを胸のところで、だいじそうに抱えていた。

店の前には、ホテルのボーイに似た詰襟《つめえり》の黒い服装のメッセンジャーボーイが、客に頼まれた品物を配達するために、自転車を待機させている。その横には、金文字金紋の三越の自動車、馬車が上得意の客を乗せたり降ろしたり、忙《せわ》しげに出入りしていた。

「たいした、にぎわいですねえ」

久留米《くるめ》飛白《がすり》に袴《はかま》姿の龍岳が、時子にいった。

「ほんとうに」

朱色モスリンの一重に、藤色羽《は》二重《ぶたえ》の帯をしめた時子が、デパートにくるのが、楽しくてしかたがないという表情で明るく答えた。

店に入り、下足番に下駄と草履《ぞうり》を預け、引換えに下足札をもらったふたりは、左右に安値向き反物、履物、旅行用具などの陳列をながめながら、二階へあがった。

二階の前側は、高級品の売場だった。反物類も一階のものとはちがって、錦繡綾羅《きんしゅうりょうら》、お召し織物、金《きん》襴緞子《らんどんす》など高い品物が並んでいる。一本二十五円のスプーン、七十円のコップのところでは、思わず、ふたりは顔を見合わせた。

「こんなコップを使うお家《うち》は、どんなお金持ちかしら?」

時子が、ガラスケースの中を覗《のぞ》きながらいった。

「ぼくたちの所帯では、とても使えませんねえ」

龍岳が笑いながら、時子の顔を見た。と、時子は、なにも答えず、頰を朱に染めた。龍岳は、自分たちのような一般庶民ではというつもりで、ぼくたちといったのだが、時子は、ふたりが所帯を持ったらという意味と取りちがえたのだ。それに気がついた龍岳は、あわてて話題を変えた。

「はて、写真機材の売場は、どこでしたかね。ああ、あっちだ、あっちだ」

龍岳は、わざと大きな声を出して、すたすたと奥に進んだ。写真機材売場でマグネシウムの粉、釣り・狩猟品売場で空気短銃を買った龍岳たちは、休憩室に入ることにした。

休憩室には、十人ほどの男女が陣取っていた。給仕の女性が、忙しげにお茶を運んでいる。テーブルの上には、無料のビスケットが並べられており、三、四人の子供が、おいしそうに、それを頰ばっていた。

お茶を一杯飲み、ひと休みすると、ふたりは三階にあがった。ここは家具売場が中心で、その後ろに食堂があった。児童博覧会の会場は、さらに、その奥だった。係の男に招待券を渡すと、黒羅紗《らしゃ》、詰襟洋服に案内係と書いたたすきを斜めにかけた十三、四歳ぐらいと思われるボーイが現れ、ふたりを貴賓室に案内した。

「なんだか、あれは、ふつうの招待券ではなかったようですね」

龍岳が、これ以上ないというほど上等のクッションのいいソファに腰を降ろしながらいった。

「ほんとうに」

時子も、いささかびっくりした表情で、出されたお茶をすすりながらうなずいた。時を置かずに出てきたのは、初老の羽織袴姿の横山という男性だった。三越では店内で羽織袴を着用しているのは、重役以上と決まっているので、かなり地位のある人らしかった。

「よく、おいでくださいました。博文館さんには、館主、坪谷《つぼや》さん、押川さんに、いつもお世話になっております。どうぞ、ごゆっくり、ご観覧ください。なにか、わからぬことがございましたら、いつでも、わたくしをお呼びください」

龍岳が、春浪の代理で訪問したことを告げると、横山という男性は、すべて承知しているという表情で、ていねいにいった。若い龍岳は、時子と同伴できたことを、ちょっと照れ臭く思ったが、相手は、そんなことは少しも気にしている気配もなかった。

「ありがとうございます。では、拝見させていただきます」

龍岳が礼を述べ貴賓室を出ると、ドアの外に例のボーイが待っていた。ボーイに案内されて右手に進むと、うさぎとたぬきの人形が抱えた形で「児童博覧会々場」と書かれた立て看板があり、外から中の様子がうかがえた。鮮やかな色彩の玩具類、絵本などが陳列されているのが見える。

数十人の見物人が、おもしろそうに談笑したり、腕を組んだりして見物していた。ただし、ふしぎなことに、本来、その博覧会を楽しむべき立場にある子供たちの姿は見えなかった。

時子が、そのことをボーイに問いかけると、ボーイは、いまの時間がたまたまで、いつもは、何十人もの少年少女が見学にきて、実際に展示された玩具に触れながら遊んでいるということだった。

会場に入って、まず、目についたのが、昔話に登場する等身大の人形だった。金太郎、桃太郎から、花咲か爺《じい》さん、浦島太郎などの人形が並んでいる。

その隣りの棚には、外国の玩具が数十個展示してあった。

「これ、スイッツルのおもちゃでしてよね」

時子が、スイスの国旗のついた汽車のおもちゃを見ていった。

「はい。ここにありますものは、すべて人類学者の坪井《つぼい》正五郎《しょうごろう》博士が、外国から持ち帰られたものばかりでございます」

案内のボーイが、いいなれた口調で説明した。

「ほう。坪井博士には、こんな趣味があったのか」

龍岳が感心したようにいった。坪井正五郎は、日本の原住民はコロポックルという無髯《むぜん》の背の低い人種だと主張する異端の科学者で、龍岳などは、おもちゃに関心を持つような人物とは思っていなかったのだ。

「これは、なんだい?」

龍岳が木をくの字型に削り、白く塗った変形のプロペラのようなものを指差した。

「それも、坪井先生が集めてこられたもので、豪洲の現地人が猟に使うブメランというものだそうです」

ボーイがいった。

「これを猟に?」

龍岳が首をかしげた。

「はい。なんでも、それを投げて、鳥や獣を捕るのだそうです」

「ふーん。ふしぎな道具だね。しかし、これが玩具かね」

「子供たちは、投げて遊ぶのだそうですよ。どんなに遠くに投げても、元の場所にもどってくるのだそうです」

「なるほどね」

次のコーナーには、ガラスの陳列ケースがあり、中に昔の絵草紙や江戸時代の双六《すごろく》、かるたなどが飾ってあった。いずれも、龍岳のはじめて見る、珍しいものばかりだ。

その隣りのケースの中には、博文館の〈少年世界〉と〈幼年世界〉の主筆・巖谷《いわや》小波《さざなみ》の著作が展示されていた。巖谷は、おとぎのおじさんと呼ばれる童話作家で、小さい子供たちに絶大な人気を誇っていたから、当然といえば当然だった。

その隣りには、やはり博文館に勤める童話作家の武田《たけだ》桜桃《おうとう》と黒田《くろだ》湖山《こざん》の作品があった。龍岳は、春浪の作品がないかと目を凝らしたが、残念ながら一冊も置いてなかった。

そこから、五段ほどの短い階段を降りると、いよいよ、最新発明の機械的玩具の展示場だった。ゼンマイ仕掛けの自動車、電車、飛行機、ブリキ人形が多く、オルゴールなども、たくさん並んでいる。

時計もおもしろいものがあり、ふくろうの形をしていて、目が左右に動くのや、時間がくると鳩が飛び出してクークーと鳴くものなどがあった。

その次にある玩具というか機械は、一見してなんだかわからない奇妙な形をしていた。高さは一尺五寸ほどで、三個の電池と数個の歯車やゼンマイ、チェーン、布ベルトなどが複雑に組み合わされ、その横にてっぺんに電線のついた鉄兜があった。そして、歯車がカタカタと動き、ベルトがゆっくりと回転していた。ほかの玩具が赤や黄色に彩られているのに対して、その機械は金属や布の色がそのままになっている。

「これは、なんですの?」

時子が、ボーイに質問した。

「はあ、これは……」

ボーイが、ちょっと口ごもった。

「なんだい?」

龍岳も声をかける。

「はい。これは当店の重役の息子さんが作られた夢幻機というものだそうです」

ボーイがいった。

「むげん機？」

龍岳が首をかしげた。

「むげんとは、どういう字を書くんだね？」

「夢、幻です」

「夢、幻？　それで夢幻機」

「夢や幻を見せる機械なのですか？」

時子が質問した。

「はい。その鉄兜をかぶると、とても楽しい夢を、まるで活動写真のように見ることのできる機械だそうです。でも……」

ボーイが、また口ごもった。無言で龍岳と時子が、その顔を見た。ボーイは、少し困ったような顔をした。それから、おそるおそる口を開いた。

「まだ、完成していないんです。ですが、重役の息子さんなので、特別に出品したというわけなのです」

ボーイが周囲をながめ、声をひそめて答えた。

「なるほどね。こんなところにまで、権力の力が働いているんだね」

龍岳が、小さく笑った。

「でも、楽しい夢が活動のように見えたら、すてきですわ」

時子がいった。

「来年の博覧会までには、完成するかもしれなくってよ」

「うむ。そんな玩具ができたら、活動より人気が出るかもしれませんね」

龍岳がいった。そして、頂頭部に電線のついた鉄兜を、ゆかいそうに頭にかぶった。

その瞬間だった。龍岳は、ものすごい不快感に襲われた。からだを立たせておくことができなかった。

「ううっ」

龍岳は呻《うめ》いて、その場にしゃがみこんだ。

「龍岳さん！　どうなさって？」

時子が、叫んで龍岳の左腕にしがみついた。

2

「やあ、気がつかれましたかな？」

龍岳が目を開けると、白衣を着たにこやかな中年紳士の顔があった。どうやら、龍岳は寝台の上に寝かされているようだった。プーンと消毒液の匂いが鼻をつく。

「ここは?」

龍岳が、上半身を寝台の上に起こしながらいった。

「医務室です。わたしは医者です。心配はありませんよ。軽いめまいです。すごい人でしたからねえ。空気が悪くなっていたのでしょう」

「はあ」

龍岳は、あいまいな返事をした。というのは、龍岳が失神した時、博覧会の会場は、それほど混雑しているとは思えなかったし、空気が濁《にご》っているような感じもなかったからだ。そして次の瞬間、龍岳は医者のことばに、ははあと思い当たった。龍岳が、あの夢幻機の鉄兜をかぶって気分を悪くしたことは、まちがいなかった。

しかし、ボーイの話によれば、それは三越幹部の息子の作ったものだという。それで、事件を大きくしないように、空気のせいにしているのだ。姑息《こそく》なことをするとは思ったものの、龍岳としても、あえて異議を申し立てるほどの気もなかった。それより、気になるのは時子のことだった。その部屋の中には、時子の姿は見当たらなかった。医者以外には、薬棚のところで、看護婦が仕事をしているのが見えるばかりだ。

「ところで、連れは、どこにおりますか?」

龍岳がいった。

「連れ?」

医者が、ふしぎそうに首をひねった。

「そうです。若い女性です。朱色の着物を着たお下げ髪の……」

龍岳が説明した。

「はて、わたしは存じませんなあ。あなたはここに、ふたりのボーイに抱えられて運びこまれたのですが」

医者がいった。

「じゃ、外かな?」

龍岳がいった。

「いえ、外には、だれもお待ちではございません」

看護婦が、龍岳たちのほうを振り向いていった。

「わたくし、ボーイに、お連れのかたはおられないかとたずねましたが、だれもいらっしゃらないと」

「そんな！　一緒に歩いていたのですよ」

龍岳が、下半身にかかっている毛布をはねのけた。

「と、いわれましてもなあ」

医者がけげんそうな表情をする。

「先に帰られたのではないですか？」

「そんなはずはない！　なんで、時子さんが、ひとりで帰ってしまうのだ！」

龍岳が怒鳴った。怒鳴ってからはっとした。いまはじめて会った医者の前で、時子の名前を出し、いささか興奮してしまったことを恥じたのだ。

「あっ、いや、すみません。ありがとうございました。もう、すっかり元気になりましたので……。たぶん、連れは、まだ三階のほうにいるのでしょう」

龍岳がいった。と、医者が、いかにも聞きにくそうにいった。

「三階？」

「ええ」

「あなたは、ロシア政府の関係のかたですか？」

「えっ、なんですか？」

今度は龍岳が質問した。

「ちがうようですな。三階というのは、ここの三階ですな？」

「ええ、そうです。なにか、ぼくのいっていることは変ですか？　ぼくは三越の三階のことをいっているのです。ここは、三越ではないのですか？」

龍岳は、早く時子に会いたい気持ちも手伝って、怒ったようにいった。

「うむ。まあ、三越といえば三越だが……。どうも、ちょっと記憶が混乱しておるようですな」

医者が、心配そうに龍岳の顔を見た。そして続けた。

「あなた、今日は何年の何月何日か、おわかりですか？」

「何年て、明治四十四年五月十六日でしょう」

龍岳が答えた。

「うん。日付は合っている。それで、三越ですか……」

医者が、顎《あご》に手を当てていった。

「ちょっと、あなたはなにがいいたいのです⁉」

龍岳は、医者の煮えきらない態度に、やや語調を強くした。

「いや、この店を三越だといわれるのでね。ここは、六年も前からロマノフ百貨店ですからね」

医者がいった。

「なんですって⁉　ここが、ロマノフ……」

龍岳がいった。

「百貨店です」

「それは、どういう……」

「どういうって、あなた。名前が変わったのは、ごぞんじでしょう?」

「知りませんよ。なんで、そんなロシアの皇室の名前なぞ」

龍岳は、わけがわからずいった。

「しっ、大きな声を出すものじゃありません。しかし、わかりましたぞ。あなたは、たしかに、記憶に混乱を生じておる。とにかく、診察し直しましょう。脳を調べなければいけませんな」

医者が、心配げな口調でいった。

「冗談じゃありません。ぼくは、すこぶる気分爽快《そうかい》です。失礼します」

ひと声かけると、龍岳は寝台から飛び降りた。

「君、待ちたまえ!」

医者がいった。

「いや、失礼します」

龍岳が答えた。

「わかった。どちらにしても、精密な検査は、この医務室ではできん。もっと、大きな病院にいってくれたまえ。もし、必要なら青山病院に紹介状を書くから……。ところで……」

「なんですか?」

「下駄をはいていきたまえ」

「えっ!」

龍岳がびっくりしていった。下駄は入る時、下足番に渡したはずだったからだ。が、医者にいわれて、ベッドの横を見ると、たしかに龍岳の下駄が置いてあった。ついでに、医者の足元を見ると、医者も黒い革靴をはいていた。医務室は土足でいいらしかった。

「どうも、ありがとうございました」

なんとも、不愉快な気分だったが、それでも龍岳は医者に、ていねいに頭を下げ、診療室を飛び出した。すぐに、三階の展覧会場に向かおうとした。そこには、時子が待っているにちがいなかった。

医務室は、一階の陰になったところにあった。龍岳は、診療室をでると下駄を脱ぎ、手に持って売場のほうに出てきた。そして思わず、小さな声をもらした。

売場の雰囲気が、先程とぜんぜんちがっていた。ひと口で説明するのはむずかしいのだが、売場全体が西洋ふうな感じがした。店員の半数は洋装だった。客にも洋装が多く、ことに外国人がかなりいた。

その外国人たちは声高にしゃべり、日本人の客を圧倒していた。もちろん、みな土足で店内を闊歩している。

反物売場——いや、さっきまで反物売場だったはずの場所は、洋装品売場に変わっていた——の前では、外国人の女性たちが、しきりに品定めをしている。ことばを聞くと、ロシア語のようだ。

(なんで、こんなにたくさんのロシア人たちが。それに、この売場は?)

龍岳が、あっけに取られていると、背後から、どんと龍岳の背中を突く者があった。

「なに?」

龍岳が振り向くと、背の高い外国人の大男が立っていた。赤ら顔で栗色の髪、同じ色の髯《ひげ》を生やし、中折れ帽をかぶっていた。

その大男は明らかに、龍岳をじゃまもの扱いしていた。太い腕で押し退けようとしていた。たしかに、龍岳は目の前の光景の説明がつかず、一瞬、ぼんやりとはしていたが、そんな乱暴な行為をされる筋合いはなかった。

「なにをする！」

龍岳が、大男の顔を見上げていった。と、大男が、なにか大声で怒鳴った。ロシア語だった。怒った表情で、龍岳の顔をにらみつけている。

「なにをするんだ！」

龍岳が、もう一度、怒鳴り返した。

「ウルサイ!!」

大男が、たどたどしい日本語で叫び、龍岳の胸ぐらを摑《つか》んだ。周囲の客たちの目がふたりのほうに向いた。あたりに、ただならぬ緊張した空気が漂った。近くにいた洋服姿の男性店員が駆け寄ってきて、ロシア語で大男になにか話しかけた。龍岳は、店員がロシア語をしゃべることにびっくりした。店員は、いかにも低姿勢で、もみ手をしながら、謝罪しているようだった。大男が、龍岳のからだから手を離した。

「お客さま、お客さまからも、お謝りなさいませ」

店員が、龍岳にいった。

「なに！　なぜ、ぼくが謝るのだ」

龍岳がいった。

「なぜって、こちら様はロシアのお客さまでございますよ」

店員が小声でいった。

「外国人だからといって、理不尽なことをしていいのか？　ここは日本だぞ」

龍岳がいった。

「あなたは、もしや抵抗運動のかたでございますか？」

龍岳が、なおも抗弁すると、店員が顔をしかめていった。

「なんだ、その抵抗運動というのは？」

龍岳が質問した。

「おとぼけになってはいけません」

店員は龍岳に、そういい、それからロシア人の大男に、ふたたび深々と頭を下げて、なにやら陳謝の意を表しているようだった。すると、ロシア人も、なんとかなっとくした様子で、龍岳を、もう一度、じろりとにらみつけたが、別の売場のほうに歩いていった。

「お客さま、なんでもございません。どうぞ、お買物をお続けくださいませ」

店員が、まだ龍岳と店員を見ている客たちに向かって、精いっぱい笑顔でいった。お客は、その声で、ようやくばらばらと動き出した。

「さて、あなたが運動家だとすると、警察を呼ばねばなりませんが」

店員が、厳しい表情で、龍岳をにらみつけるようにしていった。そして、続ける。

「が、わたしどもも、やっかいごとに巻き込まれるのはごめんです。警察は呼びませんので、すみやかにお帰りください」

「運動家だのなんだの、君のいうことは、さっぱり、わからない。しかし、やっかいごとは、ぼくもいやだ。君にいわれなくても帰る。だが、三階に連れがおるのだ」

龍岳がいった。

「三階に？　三階はロシア人専門の食堂ですよ。すると、お連れ様はロシア人ですか？」

店員がいった。

「なに、ロシア人の食堂？　君はなにをいっているんだ。ぼくの連れは、博覧会場にいるはずだ。黒岩時子という、警視庁刑事の妹だ」

龍岳は、わざと警視庁の名を出した。そういえば、店員が多少、自分に対する態度を変えると思ったのだ。が、店員の態度は変わらなかった。いや、変わったことは変わったが、龍岳の思っていたようには変わらなかった。

「博覧会場とは、なんの博覧会場でございます？」

店員が、わけがわからないという顔をした。

「なんのって、児童博覧会に決まっているだろう」

龍岳がいった。

「当店では、そんな博覧会は催してはおりませんが」

店員が、気持ち悪そうな顔をした。

「ぜんたい、君たちは、ぼくをからかっているのかい」

龍岳は、医務室の医者の態度から後、どうにも気分が悪く、店員をにらみつけた。その時だった。

「龍岳君、龍岳君じゃないか!」

人ごみの中から、声がした。

「えっ!」

龍岳が振り向くと、坊主頭に銀縁眼鏡をかけた着物姿の青年がいた。よく知っている人物だった。〈冒険世界〉編集助手の河岡潮風《かわおかちょうふう》だ。潮風は、すたすたと龍岳のほうに近づいてくると、ささやくような声でいった。

「君、こんなところで騒ぎはまずいよ」

それから、店員のほうを向いた。

「いや、すまん。この男は、ぼくの連れなんだ。ちょっと変わり者でね。後はぼくが責任を持つよ」

そして、袂《たもと》から紙幣を一枚取り出すと、そっと店員の手に握らせた。

「あっ、これは、どうも。では、よろしく、お願い申します」

店員は、軽く頭を下げると、帳場のほうに歩いていった。

「それにしても、いつシベリアから帰ってきたんだい」

「えっ?」

「なんにしても、ある意味ではいい時に帰ってきてくれたね。阿武天風《あぶてんぷう》さんが、昨日死んだんだよ。そこで、計画の立て直しをするために、今夜、春浪さんの家に集まることになっているのだ」

潮風がいった。

「なんだって、天風さんが死んだ?」

龍岳が、びっくりしていった。阿武天風は、龍岳の先輩にあたる冒険小説家だった。龍岳を、とてもかわいがってくれている。一番最近会ったのは、一週間ほど前のことだった。しかし、からだの調子が悪いというようなことはいっていなかったし、死んだという潮風のことばに、龍岳は動揺した。

「うん。気の毒に、特別警察に捕まって、拷問の末……」

潮風が、あたりをはばかりながらいった。

「拷問の末……?」

「ああ、ひどい拷問だったらしい」

「どういうことだ？」

龍岳が、頭を抱えた。

「帰ってきたばかりでは、事情がわからないだろう。とにかく、春浪さんのところにいこうじゃないか」

潮風がいった。

「どうなっているんだ。この店といい、君の話といい……」

龍岳が、頭をかきむしった。

3

龍岳の置かれた立場は、かなり深刻だった。はっきりした原因はわからない。だが、その体験は、常識でははかりしれない、実に不可思議なものだった。どうやら龍岳は、それまで住んでいた世界から、別の世界に瞬間的に移動してしまったらしいのだ。

「では、春浪さんもやはり、ここは、ぼくが住んでいたのとは別の世界だといわれるのですね？」

龍岳がいった。

「それしか、考えようがないじゃないか？　君がわれわれをたぶらかそうとしているのでないかぎりはね」

龍岳から、話のすべてを聞いた春浪がいった。午後八時。東京牛込区矢来町《やらいちょう》の春浪の家。いや、春浪のことばが正しければ、そこは龍岳がさいぜんまでいた世界とは別の世界の押川春浪の家だった。

三越――ロマノフ百貨店で河岡潮風に声をかけられた龍岳は、結局、時子に再会できないまま、引きずられるように春浪の家に連れてこられた。その道々、龍岳は三越でのふしぎな体験を、潮風に説明したのだが、潮風も、そのふしぎが、どういうことであるかを、完全にはなっとくできなかった。

けれどもふたりとも、龍岳が、なにか考えられないような事件に巻き込まれたらしいということだけは理解していた。ことに、科学小説家である龍岳は、それまでの状況から、自分が理由はともかく、それまで住んでいたのとは別の世界に紛れ込んでしまったのかもしれないということを、薄々とは察していた。

春浪の家に到着すると、そこには龍岳の見知った顔が揃っていた。早稲田大学応援隊長である吉岡信《よしおかしん》敬《けい》、工学士で文芸評論家の中沢臨川《なかざわりんせん》、陸軍歩兵中尉・原田《はらだ》政《せい》右《え》衛門《もん》、早稲田大学野球部コーチ・河野安通《こうのあつ》志《し》・自転車世界無銭探検家・中村春吉《なかむらはるきち》、それに春浪だった。おなじみスポーツ社交団体〔天狗倶楽部《てんぐクラブ》〕のメンバーと、それに近い人たちだ。

　ただし、この世界では、この人たちは〔天狗倶楽部〕のメンバーではなく、抗ロシア組織〔天軍戦線〕の幹部たちだった。

「たぶらかそうなんて、とんでもない。ぼくは、事実を述べているだけです」

　龍岳が、大きくかぶりを振った。

「なら、まちがいないよ。君はなんらかの理由で、こちらの別の世界にまぎれ込んでしまったのだ。たぶん、その夢幻機というのが関係しているのだろう」

　春浪がいった。

　信じたくはなかったが、そう考える以外に、適当な理由が見あたらなかった。龍岳は、あの夢幻機の鉄兜をかぶった瞬間に、それまで自分のいた世界と、よく似てはいるが、細部で異なる奇妙な世界に飛びこんでしまったらしかった。

「……そうですね。三越、いやロマノフ百貨店ですか。あすこでは事情が把握できず、いささか取り乱しましたが、たしかに、ほかに説明のつけようがありません」

　龍岳がうなずいた。

「それにしても、不可思議な話だね。別の世界から、この世のものではないものが、やってくるというのならともかく、別の龍岳君がきたというのだからね。こんな話は、春浪の小説にもなかろう」

　中沢臨川が腕組みをし、龍岳の顔をしげしげとながめていった。

「うむ。考えたこともなかったよ。しかし、こうして、まぎれもなく別の龍岳君がいるわけだから、別の世界が存在するのはまちがいない」

　春浪がいった。ひとりの人間が、別の世界から別の世界に、瞬間的に移動してしまったのが事実だとしたら、これは物理学上の大問題だった。かんたんに、信じられる現象ではない。けれど、さすがに科学小説家でもある春浪は、事態の把握が早かった。

「ぼくも、ふしぎでなりません。ここは、ぼくのいた世界と、どういう関係にある世界なのでしょうか。だって、春浪さんはじめ、ここにいるみなさんは、全員、ぼくの世界にもいるのですよ」

龍岳が、ふうっと息を吐いていった。

「もしもの世界だろう。君にとっては、もし、日露戦役で日本が負けていたらどうなったかという世界だ。われわれにとって、君の世界は、その反対にあたるわけだがね」

春浪がいった。

「ぼくは、龍岳君には申しわけないが、まだ一分《いちぶ》は、君を疑っているんだよ」

原田がいった。

「シベリアで、敵に捕まり拷問を受けて、あるいは金銭でももらって変節し、敵の逆間諜《かんちょう》になって、作り話をしているのではないかとね」

「だが、それなら龍岳君も、もう少し上手な嘘をつくだろう。なにも、日本が日露戦役に勝利した世界からきたなどと、突拍子《とっぴょうし》もないことをいう必要はない」

吉岡信敬が、自慢の顎髭をしごきながらいった。

「二百三高地で乃木大将の第三軍が勝利し、日本海大海戦で東郷大将の連合艦隊が、圧倒的に勝ったか。まるで夢のような話だね」

河野がいった。

「この世界では、実際は、その反対なのですね」

龍岳がいった。

「その通り、さっきから説明しているように、日露戦役は、わが軍の完敗だった。乃木大将も東郷大将も激烈な戦死だ」

春浪が答えた。

龍岳が、春浪らに説明された、その世界の日本の状況は悲惨だった。

日露戦役開始までの歴史は、龍岳の知っている歴史と、そっくり同じだったのだが、その後がちがっていた。すなわち、この世界の日本は日露戦争に大敗し、現在、日本全土はロシアによって信託統治されていたのだ。

日本の敗戦が、日本海海戦の連合艦隊全滅で、ほぼ確定的となった時、日本はその調停をアメリカに頼んだ。そして、十億円の賠償金と北海道のロシアへの割譲で、戦争を終結に導こうとした。

が、ロシアは、この提案を受け入れず、明治三十九年一月、日本本土上陸作戦を決行し、攻撃をし続けて、その四月、ついに日本を無条件降伏に陥れたのだ。日本軍は解体され、天皇陛下は捕らわれの身となってシベリアの秘密監獄に幽閉された。

ロシアは日本領土のロシア併合を宣言したが、これにはアメリカをはじめとする列強が反対し、その結果、二十年間の信託統治と決まった。しかし、それは事実上の日本のロシア併合といってよかった。

一応、日本は準政府を樹立したが、これはロシアからの干渉を受けた傀儡《かいらい》政府にほかならなかった。

ロシアは、信託統治期間のうちに、日本の完全ロシア化を計画していた。政治、経済、文化、教育など、あらゆる分野にわたってロシア化をはかり、信託統治期間が終了した段階で、ロシア編入あるいは、属国となる以外は日本が独立国として存在できないようにしようとつとめた。

このロシアの強引な同化政策に対して、日本の各地に抵抗組織が出現した。抵抗組織は、日本の完全独立を目的とし、ロシア人の日本からの追い出しを計画、日夜、傀儡政権に対して戦いを続けていた。

そのひとつが、押川春浪を頭目とする〔天軍戦線〕だった。〔天軍戦線〕のメンバーは、敗戦前は気の合ったスポーツや芸術の仲間たちだったが、敗戦と同時に抗ロシア組織に変化して、現在では日本で五指の中に入る強力な組織になっていた。

しかし、政府やロシアの目に対しては、うまく行動を取り、さほど大きな組織とは思われていなかった。その理由は〔天軍戦線〕が、破壊活動をいっさい行わないことにあった。他の抗ロシア組織が、武力を持って直接的な破壊活動、テロ行動に出たのに対して、かれらは、主に思想活動のほうに動いた。

もちろん最終的には、武力で立ちあがることにしていたが、とりあえずは、ロシア国内の現体制にたいする不満分子に接近することからはじめた。それと、〔天軍戦線〕の最大の目的は、シベリアに幽閉されている天皇陛下の奪還にあった。それを成しとげるまでは軽率な行動は取らないというのが、〔天軍戦線〕の合言葉だった。

春浪らは、ひそかにスイスに滞在中のロシア反政府運動のリーダー、ニコライ・レーニンに密使を送り、ロシア社会主義政府樹立の援護と引換えに、日本の完全独立の協力を要請していた。

その一方で、レーニンとは別の反政府組織にも接触し、シベリア独立国の機運を高めようとした。ロシア軍が、その蜂起鎮圧に全力を注ぐ間に、日本の独立を勝ち取ろうという計算だった。

だが、すべての計画は、まだ、その端緒についたばかりで、本格的活動は、これから先の状態だった。この世界の龍岳は天皇陛下の幽閉先の探索と、シベリア独立運動組織との接触のため、文学の勉強の名の元に、シベリアに潜入していたのだった。

その帰国は、まだ一年以上も先の予定だった。ところが、そんな時、突然、龍岳がデパートに出現したので、潮風がおどろいたのだ。

「君の世界の陛下は、ご健勝であらせられるか？」

春浪が質問した。

「はい、お元気でおられます」

龍岳がいった。

「そうか。それは、なによりだ。こちらの世界では、八方手を尽くして探索をしておるのだが、どこにおられるのか、いまだにご所在すら摑めんのだよ」

それまで、無言だった中村春吉が、はじめて口を開いた。

「ロシアも、ひどいことをしますね」

龍岳がいった。

「やつらは、ひとつの国にふたりの皇帝は必要ないというのだ」

「なにが、ひとつの国なものか！　大日本帝国はロシアに併合されたわけではない！」

信敬が、怒鳴るようにいった。

「この世界の君は、いま陛下のご安否を気づかいながら、シベリアに潜入しておる。慎重を期する、重要な役目だ」

臨川がいった。

「そんな大役を、おおせつかるとは光栄ですね。もっとも、それはぼくではなく、もうひとりのぼくなわけですが」

龍岳が、ちょっと笑った。

「なんだか、話がややこしいね」

潮風も笑った。

「それで、この世界のぼくは、みなさんの期待どおりに働いておりますか？」

「ああ、充分に働いておる。君は科学小説家だといったね。かれも、科学小説家が希望なのだ。しかし、俺もそうだが、いまの体制下では、小説など書いておる余裕はない。まあ、中にはロシアにおもねり、皇帝を礼讃する小説などを書いておる売国奴軟弱文《ばいこくど》士もおるが、俺たちには、そんなことはできん！」

春浪が、力強くいった。

「春浪さんは、ぼくの世界の春浪さんと、少しも変わりませんね」

「そうか。君の世界の俺も、気ばっておるかい」

春浪が、うれしそうな顔をした。

「はい。〈冒険世界〉という雑誌で、活躍しています。小説は大人気ですよ」

「〈冒険世界〉か、やはりね。いや、実は日露戦役の時にやっていた〈日露戦争写真画報〉ね。あれを戦争が終わったら〈冒険世界〉と改題しようと思っておったのだ。そうか、君の世界では計画どおりになっておるのか。早く、こちらにも、そんな時代がこんものかなあ」

春浪が、龍岳の目を見つめて、しみじみといった。

「ところで、阿武天風さんが、亡くなられたそうですね」

「そうなのだ。気の毒なことをした。別の抗露組織に連絡にいったところを、ロシア特別警察に踏みこまれてね」

「しかし、残酷極まる拷問にも、ひとことも、われわれのことはいわず、笑って死んでいったそうだよ」

河野が、しんみりといった。

「そうですか、天風さんらしい。……黒岩刑事は、どうされています？」

龍岳が、話題を変えた。龍岳には、どうしても、この世界での時子の動静が気になってしかたなかった。

「黒岩刑事？」

春浪が、首をかしげた。

「そうです。警視庁第一部の……」

「はて、聞かん名前だなあ」

春浪がいった。

「時子さんという妹がいるのですが」

「ああ、君は、その人と三越にいったのだといっていたね」

潮風がいった。

「そうなんだ」

龍岳が答えた。

「ぼくの世界では、黒岩さんは春浪さんと親しいんですが」

「うーむ。知らんねえ。いや、そういう人がおるのかもしれんが、俺は知らん」

春浪が首を振った。

「そうですか。すると、この世界のすべてが、ぼくの世界と同じということでもないのかもしれませんね」

龍岳は複雑な気持ちだった。別の世界の自分が、黒岩や時子とつきあいがないのは、ちょっぴり淋《さび》しい気がする反面、もし、つきあいがあっても、黒岩が死んでいたり、時子が別の男性のところに嫁《とつ》いでいるようなことを知るよりは、なにも情報がないほうがいいと思ったのだ。

「その時子さんという女性は、君の許嫁《いいなずけ》かね？」

春浪がいった。

「い、いえ。ただの知り合いです」

龍岳が、あわてていった。

「なるほど」

春浪が、小さく笑って答えた。

「それにしてもだ。君は、なぜ、こちらの世界にやってきてしまったのだろうね。なんとか早く、自分の世界に帰らねばいかんぞ」

臨川が、顎をひねりながらいった。それは龍岳が、この世界が別の世界だと理解した時から、心の中で考え続けていた問題だった。だが、こちらの世界で春浪たちが、命をかけてロシアと戦っていることを思うと、帰りたいなどとは口に出せないでいたのだ。

「そうだな」

春浪もうなずいた。

「その夢幻機というやつだが、なんだか、福来《ふくらい》博士が研究している読心機に似ているようだね」

臨川がいった。福来友吉《ともきち》は龍岳の世界では、東京帝国大学文科大学の心理学部助教授で、千里眼《せんりがん》や念写などを研究する超心理学者として知られていた。

「それは、どういう機械なのですか?」

龍岳が質問した。

「うん。相手がなにを考えているのか、心の中を読み取る機械だよ。時折、組織に政府やロシアの間諜が潜入することがあるので、これで相手の真の心を読もうと、福来博士に研究してもらっているのだ。まだ研究中で、完成はしておらんのだが、なんとなく、その夢幻機というのと似ている」

臨川が答えた。

「福来博士も、〔天軍戦線〕のひとりなのですか?」

龍岳がいった。

「もちろんだよ」

春浪がうなずいた。

4

「なるほど、そういう事情であったか」

電話で呼出しを受けて、春浪宅に駆けつけてきた福来は、春浪らの説明を聞くと、龍岳の顔を見て大きくうなずいた。

「たしかに、その夢幻機と、わたしの読心機が同調してしまったにちがいない。四時ごろというと、まさに、わたしが、この読心機の実験をしていた時だ」

「そのふたつの機械は、どういうふうに、関連があるのでしょうな」

春浪が、畳の上に置かれている、ヘルメット帽に避雷針のついたような形の機械を見ながらいった。

その機械は、たしかに龍岳が三越の展覧会場で見た夢幻機に似ていた。ただし、こちらの読心機には、いくつかの小さな付属品が帽子についているだけで、仰々しい歯車やチェーン、ベルトなどはついていなかった。

「これは、諸君らも、ごぞんじのように、人間の心を読み取る機械として研究をしておるものだが、どちらも基本は念動力ですから、ひょっとすると、空間の瞬間的な移動にも使えるのかもしれない。つまり、人間の念の力を増幅して、場所を移動するわけですな。可能性はあります。……にしても、別の世界の人間が、こちらの世界に飛び込んでくるほどの力とはね」

福来が、自分でも信じられないという表情をした。

「なんにしても、龍岳君の世界の機械とこれに相互関係があるのだとしたら、これからも、両世界の人間の行き来が可能かもしれんね」

信敬がいった。

「それが可能なら、ぼくの世界から、こちらの世界に援軍が送れますよ。そうすれば、春浪さんたちも、ロシアの思うままにされないですみます」

龍岳が、瞳《ひとみ》をきらりと輝かせていった。

「いや、もし、それが実際にできたとしても、そうしていいものかどうかは、わからんよ。君の世界とこちらの世界が、物理学的にどう関係しておるのか、おれには皆目わからんが、異なった別の世界どうしが、みだりに接触したら、おたがいの世界の平衡《へいこう》が崩れてしまうのではないか」

春浪が、真剣な顔でいった。

「それは、大いに考えられるね。ひょっとすると、君がこっちへきてしまっただけでも、もうなにか両方の世界に変調が起こっておるかもしれんよ。なにしろ、いま、もうひとりの龍岳君はシベリアにいるわけで、同じ人間ふたりが同時に存在していることになるのだからね。これは、正常な状態では考えられんことだ」

臨川が、春浪の言葉を補足するようにいった。

「君たちの世界から、こちらの世界に援軍が送ってもらえるなら、そうしてもらいたいのはやまやまだ。けれど、それは、たとえ可能でもしてはならんことだろう。われわれの世界で日本がロシアに負けたというのは、厳然たる事実だ。その事実を踏まえた上で、われわれは、これから行動していかねばならん。これは、あくまでも、われわれの世界の問題で、君たちの世界の人間には関係のないことだ」

春浪がいった。

「この世界が、このまま未来永劫《えいごう》、日本がロシアに隷属していかなければならないとしてもですか?」

龍岳がいった。

「そうだ。それが、運命というものだよ。なに、だが心配はいらん。われわれは、必ずや、この大日本帝国を、もう一度、強い国にしてみせるさ。日本人は、一度や二度の敗戦で、しょんぼりしてしまうような民族ではない。われわれには、なにより強い忍耐力と勤勉さがあるよ」

春浪が、笑顔でいった。

「それはそうと、どうやったら、龍岳君を元の世界に帰すことができるのでしょうな」

臨川が福来の顔を見ていった。

「わたしが思うに、これは、この読心機と、その夢幻機なる機械が、同時に作用したための現象だから、また、同じことが起こればいいのだと思う。だから、君はこのヘルメット帽をかぶって、向こうの世界の機械がなんらかの理由で同調するのを待っておればいい」

福来が説明した。

「同調するでしょうかね」

信敬が口をはさんだ。

「だいじょうぶ。きっとするよ。なんといっても、こちらへきたのだから、帰るのは可能だ。それに、わたしは、それぞれの世界の修復機能が作用すると思う。ふたつの世界の関係はわからんが、おたがいに、元の状態にもどろうとする作用が、必ずあるはずだよ」

福来がいった。

「そうか。それなら、ヘルメット帽を早くかぶってみたまえ。われわれとしても、君の世界の話をいろいろと聞いてみたい気はするが、それよりも、君が一刻も早く帰ることが必要だ。時間が経ってしまって、元にもどれなくなったら、大変だよ」

春浪がいった。

「はい」

龍岳が答える。

「よし、これを」

福来が、ヘルメット帽を龍岳に渡した。龍岳は、それを頭にかぶった。

「いいかね。スイッチを入れるよ」

福来が、つばの部分についている赤いボタンを押した。ウィーンとかすかな唸音がした。けれど、なにも起こらなかった。その場に居合わせた一同は、無言で龍岳を見つめた。が、一分経っても、龍岳に変化は起こらなかった。

「……うむ。すぐには、同調しないようだ。しかし、いつ、どの瞬間に同調するかわからんから、そのま ま、かぶって待機しているのがいいだろう」

福来がいった。

「そうか。では、もう少し、話をしよう。君たちの世界には、われわれ〔天軍戦線〕の代わりに〔天狗倶楽部〕なるグループがあると聞いたが、それはどういう集まりなのだね？」

春浪がいった。

「スポーツ社交団体の名目ですが、その実態は酒飲み団体というか……」

龍岳が、ことばを探しながらいった。

「あっははは。酒飲み団体か。そいつはいいね。みんな酒は好きだからなあ。これで世界が平和なら、たしかに、われわれは、寄って騒いでは酒ばかり飲んでおるのだろうな。なあ、臨川」

春浪が、おもしろそうにいった。

「ちがいない。しかし、われわれも、もう五年も六年も、ほんとうに、うまい酒を飲んでおらんねえ」

臨川が、夢見るような表情をした。

「なに、遠からず、飲めるさ」

中村がいった。

「レーニンは蜂起しますかね？」

河野がいった。

「俺は、あの男はロシア人でも信用できると思うがね」

春浪がいう。その時、家の外のほうで、激しく犬の鳴く声が聞こえた。春浪の家の飼い犬ペスだった。

「なんだ！」

全員が、緊張したおももちになった。玄関の扉が、乱暴に開けられる音がした。続いてロシア語の怒鳴り声が聞こえた。

「あなた、ロシアの特別警察です！」

春浪の妻の亀子《かめこ》が、青い顔で部屋に飛び込んできた。

「なに!?　今夜の会合を嗅《か》ぎつけられたか！」

春浪が、腰を浮かした。

「待て、春浪！　ここは、へたに動かんほうがいい」

臨川がいった。

「しかし、これだけの人数が集まっているとなると、いいわけがきかんぞ……」

春浪が顔をしかめた。

「なに、俳句の会とかなんとか、ごまかそう。どうせ露助《ろすけ》どもには、俳句のことなんかわからんから、だいじょうぶだ」

「よし」

春浪が、臨川のことばにしたがって、ふたたび畳に腰を降ろした時、ふたりの制服の警官が、部屋に入り込んできた。

「あなたたちは、なにをしていますか？」

前の男が、部屋の中を見回しながら、流暢《りゅうちょう》な日本語で質問した。

「俳句の会をやっておるところです」

春浪が答えた。

「俳句？　おお、古池や……、ですね」

警官がいった。

「そうです」

臨川が、にこやかに答えた。

「そうですか。まさか、反政府運動の集まりではないでしょうね」

「とんでもない。われわれが、そんな運動家に見えますか？」

春浪がしらばっくれて答えた。警官は、それに答えず、ひとりひとりの顔を見つめていたが、龍岳の頭に目を留めた。龍岳は、まだ例の読心機のヘルメット帽をかぶったままだったのだ。

「その帽子はなんです？」

警官がいった。

「これは……」

質問された龍岳が、ことばに詰まった。

「これは、その頭脳を明晰にして、いい俳句を生み出す機械です。まだ研究中でして、いま実験をしておるのですよ」

福来が、龍岳に代わって答えた。

「ちょっと、見せてごらんなさい」

警官がいった。

「いかん、それに触らんでくれ！」

福来が叫んだ。

「だまりなさい。こちらに見せるのです」

警官が、腰の短銃を抜いた。全員が立ちあがった。警官は、一歩、龍岳のほうに歩み寄った。それを見て、中村が、ぐいと警官のほうに近づいた。そして、いきなり、胸ぐらを摑むと、かけ声もろとも畳の上に投げ飛ばした。倒れた警官に信敬が、のしかかった。短銃をひったくる。

びっくりして、もうひとりの警官が、春浪に短銃を構えた。その顔は本気だった。警官は短銃を発射するつもりだった。龍岳は、とっさに着物の懐《ふところ》に手を入れると、マグネシウムの粉の入った紙袋を摑んで、警官目がけて投げつけた。袋が顔に命中し、中から粉末が飛び出した。目つぶしを食らった警官が、あっと叫んで、顔を押さえた。

そのすきを見て、原田が進み出て、その警官の腕を取り、短銃を叩き落とすと足払いをかけた。警官が、音を立てて倒れた。そこに、河野が飛びかかった。

「こうなったら、しかたがない。ふたりを始末してしまおう！」

春浪が冷静な口調でいった。

「すみません。ぼくのために！」

龍岳がいった。

「なあに、いずれ、こうなることはわかっていたのだ。気にするな」

臨川がいった。その時だった。龍岳の頭に、なんともいえぬ、いやな振動が伝わってきた。

「あっ!!」

龍岳が、両手で頭を押さえた。

「うむ。反応があったかね!?」

福来が、声を張りあげた。

「はい。めまいが……」

龍岳は、そういうのが、やっとだった。そして、そのまま、ぐずぐずと畳の上に倒れ込んだ。

「龍岳さん、どうなさいまして！」

女性の声がした。聞き慣れた声だ。時子の声だった。頭にかぶっている鉄兜を、だれかが脱がすのがわかった。鉄兜を脱ぐと、とたんに、めまいはおさまった。うずくまっていた龍岳が、目を開け、頭を左右に振りながら立ちあがった。三越の案内係のボーイが、鉄兜を手にして、心配そうに龍岳の顔を見ていた。

そこは、まぎれもなく、三越の児童博覧会場だった。龍岳は、たしかに元の世界にもどってきたのだった。まちがいなかった。だが、龍岳は、念のために質問した。

「ここは？」

時子の顔を認めた龍岳がいった。

「えっ！」

時子が、一瞬、質問の意味がわからないという声を出した。

「三越の博覧会場ですか？」

龍岳が、たしかめた。

「そうです。だいじょうぶですか？　ご気分が悪そうでしたが」

時子が、龍岳の顔を覗き込んでいった。

「いや、だいじょうぶです。もう、おさまりました。この鉄兜をかぶったら、とたんに気分が悪くなって……」

龍岳は説明したが、それから先のことばが続かなかった。鉄兜をかぶった後の説明ができなかったのだ。正直なところ、龍岳には自分の体験が、現実だったのか、その夢幻機によって幻を見させられていたのか見当がつかなかった。

「ぼくは、どれくらいの時間、うずくまっていましたか？」

龍岳が、時子にたずねた。

「二十秒、いいえ、このボーイさん、すぐに鉄兜を脱がせてくれましたから、十秒ぐらいでしょうか。それが、どうかいたしまして？」

時子が質問した。

「いや、なんでもありません」

龍岳が答えて、着物の懐に手を差し入れた。空気短銃を包んだ紙が手に触れた。だが、マグネシウム粉の紙袋は、どこを探してもみつからなかった。

「なにを、お探しですの？」

時子が、けげんそうにいった。

「いえ、どうもマグネシウムの粉を落としてしまったようです。帰りに、もう一度、買っていきましょう。それはともかくとして、ボーイ君。この夢幻機は、危険だよ。かぶると、楽しい夢を見るどころか、すこぶる気分が悪くなる。横山さんに、ぼくが、そういっていたと伝えておいてくれたまえ。知らずに子供がかぶるといかんから、片づけたほうがいいと思うね」

龍岳がいった。

「はい。伝えます」

ボーイが答えた。

龍岳は、冷静さを装ってボーイにいったが、その実、頭の中は、混乱しきっていた。時子は、わずか十秒のあいだといったが、その間に、龍岳は半日以上の別世界の体験をしているのだ。いや、それが、まさしく幻でなく現実であったならばの話だが……。

このふしぎを、どうやって解けばいいのか？　龍岳には、まだ、そのとっかかりが見つけられなかった。すべては、これからだった。

が、とにかく、この場だけはとりつくろう必要があった。

「さて、次は、どんな、おもしろい玩具が見られるのかな？」

龍岳は、時子に笑いかけ、先に立って歩きはじめた。それから、ひとりごとのように、ぽつりとつぶやいた。

「いや、平和な世界というのは、すばらしいものだ」

愛

1

「いやあ、潮干狩りなぞ、女子供の遊びだと思っておったが、こうして、出かけてきてみると、なかなか味のあるものだね」

押川春浪《おしかわしゅんろう》が、腰が痛くなったと、休憩に船にあがってきた鵜沢龍岳《うざわりゅうがく》にいった。もちろん、右手には大きめの猪口《ちょこ》を持っている。

「こういうところで、一杯やるのも、悪くないんじゃないですか?」

龍岳が、あたりを見回していった。

品川のお台場付近は、潮干狩りの人々で、にぎわっていた。子供連れの母親を中心に、老若男女、さまざまな年齢の人々が、思い思いのかっこうで、潮の引いた砂を掘り返している。

少し沖側には、潮干船《しおひぶね》が所狭しといった感じで浅瀬に泊まっていた。よく、ぶつからないと思われるほどだったが、実際、さいぜん、海の水が満ちていた時は、そこここで船がぶつかる事故も起きていた。といっても、そこは、いずれも遊びにきた者どうし、やあやあと頭を下げ合えば、話はそれですみ、喧嘩《けんか》などする人間はいない。

だいたい、潮干狩りとはいうものの、女や子供を別にすれば、たいていの男連中は、きれいどころをはべらせてのどんちゃん騒ぎが目的なのだ。少々、船がかすったのなんので腹を立てているようでは、無粋と馬鹿にされる。どの船の人々も、にこやかだった。

船は、龍岳が、ざっと見回しただけでも二十隻はあった。舷側を紅白の幕で囲んだ大伝馬船《でんません》に万国旗、屋号を印した白旗、幟《のぼり》、はては旭日旗まで翻した満艦飾の船から、荷足《にたり》、大荷足、漁船、親子三人ほどの乗った、あぶなっかしい田舟《たぶね》まで、船の種類は雑多だった。

満艦飾の伝馬船は三隻ほど停泊していたが、そのいずれもから、三味線、太鼓の音がひっきりなしに聞こえてくる。どこかの金満家が、金にまかせて芸者、太鼓持ちを引き連れて遊びにきているようだった。その三味の音を聞いていると、伝馬船どうし、おたがいに派手さを競い合い、わざと大きな音を立てているようにさえ思えた。

龍岳たちは、大森海岸のなじみの漁師・柳田源造——通称・源さんの漁船二隻を繰り出していたが、派手な飾りはひとつもなく、どちらの船も船尾に「天狗倶楽部《てんぐクラブ》」と、墨でなぐり書きした、むしろ旗を立てているだけ。いかにも、バンカラ集団の「天狗倶楽部」らしいやりかただった。

参加者は、二隻の漁船合わせて八人だった。吉岡信敬《よしおかしんけい》をはじめ、阿武天風《あぶてんぷう》、河岡潮風《かわおかちょうふう》ら、いつもの「天狗倶楽部」の面々だ。女性もふたりいた、春浪の妻・亀子《かめこ》と黒岩時子《くろいわときこ》だった。

「武俊《たけとし》を連れてきてやりたかったなあ。あれが、一番、楽しみにしておったのだが」

春浪が、あたりの干潟で、貝拾いに夢中になっている子供たちの姿に目をやりながらいった。春浪には、三人の女の子と、ひとりの男の子があった。この潮干狩りの話が持ち上がった時、春浪は四人、全部を連れてくるつもりでいた。

ところが、長男の武俊が、前夜から軽い風邪でぐあいを悪くしてしまった。しかたがないので、婆《ばあ》やに頼んで留守番をさせようとしたのだが、ひとりで留守番はいやだとだだをこね、結局、子供たちは全員留守番ということになった。亀子も、お台場いきはやめるといったのだが、春浪は、前々から楽しみにしていたのだからと、半ば強引に連れてきたのだった。

「春浪さん、酒ばかり飲んでおらんで、貝を拾いませんか？　アサリばかりと思ったら、ハマグリも採れるのですよ」

学生ズボンを膝《ひざ》までまくりあげ、右手に小さな熊手、左手に拾った貝を入れた小型の竹かごを持った吉岡信敬が、友禅《ゆうぜん》の襦袢《じゅばん》に緋《ひ》縮緬《ぢりめん》の腰巻姿の女性のあいだをかきわけるようにして、船のほうに近寄ってきていった。

「いやあ、俺はいい。ここで酒を飲んでおるのが一番だ」

春浪が、六月も十三日というにしては、弱い日差しながらも、晴れあがった空を見上げていった。ふつうなら、もう、そろそろ梅雨《つゆ》がはじまっていてもいい季節だったが、この年は、やや天候が不順だった。冬も、あまり寒くなかったし、梅雨の時期に入っても、雨の気配がなかった。

そのせいか、お台場あたりは、例年なら、五月のはじめには、貝は採れなくなるというのに、まだ、潮干狩りが楽しめた。この異常気象は、なにか悪いことの起こる前兆ではないかと心配する老人などもあったが、〔天狗俱楽部〕の面々に、そんな噂《うわさ》を気にする者もいなかった。

潮干狩りを計画したのは、信敬だった。数日前に、早稲田大学庭球部の連中が、食べきれないほどアサリを掘ってきたので、自分たちも、ぜひいってみようといいだしたのだ。

龍岳や潮風は、すぐに賛成したが、春浪はそれほど乗り気ではなかった。しかし、子供がおもしろがると信敬がいうと、それではと腰をあげたのだ。

「こら、貴様ら！　なにをしておるのか!!」

干潟の左手、海苔《のり》しびのほうから、大きな声がした。あたりで貝を拾っていた女や子供の目が、いっせいに、声のほうに向いた。龍岳も目をやる。

丸顔で、でっぷりと太ったスケッチブックを手にした坊主頭の男が、しびの横でおろおろしている三人の男を怒鳴りつけていた。小杉《こすぎ》未醒《みせい》とならんで、〔天狗俱楽部〕の二大画伯のひとり倉田《くらた》白羊《はくよう》だった。

白羊は、浦和生まれのバンカラ画伯で、まだ賞こそ取ってはいないが、文展や太平洋画会展に、次々と意欲作を出品して、話題になっている新人洋画家だ。

「白羊君、やっとるな」

春浪が、そのようすを見ながら、ゆかいそうに笑った。

「なにを……」

龍岳がいいかけた時だった。

「貴様ら、学生ではないのか！　恥を知れ、恥を‼」

白羊が、また怒鳴った。三人の男たちは、こそこそと陸のほうへ逃げていく。白羊は、憮然とした表情をしていたが、それ以上、男たちを追おうとはしなかった。

やがて、しびのあいだから出てきたのは、亀子だった。亀子は、しきりに、白羊に頭を下げている。そして、ふたりは連れ立って、船のところに帰ってきた。

「どうしたね、白羊君？」

春浪が、船べりにもたれかかるようにして質問した。

「いや、まったくけしからん、出歯《でば》り男だ。しかも、学生だ」

白羊が、苦虫をつぶしたような表情でいった。

「お前が、覗《のぞ》かれたのか？」

春浪が、亀子の顔を見た。

「ええ。しびのかげで用足しをしていましたら」

亀子が、恥ずかしそうにいった。

「あっははは。それはいい。よく、覗いた男たちの目が潰れなかったものだな」

春浪が、笑いながらいった。

「まあ」

亀子が、春浪をにらみつけた。

「春浪さん、そういうことをいってはいけませんな」

まじめな白羊が、困った顔でいった。そして、続けた。

「いや、さっきから、スケッチをしておったら、あの男たちが貝も拾わずに、しきりにしびのまわりをうろうろしておるのです。変だなと思ったら、ご婦人がたが、中へ入るのを待って、出歯っておったのですよ」

潮干船には、便所の備えがない。男はかまわず、船べりからでもなんでも、海に向かって用を足す。しかし、女性はそうはいかないから、場所を探す。ところが、そのあたりには、小用を足すのに適当な場所はなく、海苔しびの陰が、唯一、人目をはばかることのできるところだった。そこで、女性たちが、その陰に入ると、覗きにかかる男たちがいるのだ。

「ご婦人の船遊びは、これが困りますね」

龍岳がいった。

「関西のほうでは、平気でご婦人も尻《しり》をまくるといいますがね」

信敬がいった。

「龍岳君、時子さんがしびのあいだに入ったら、気をつけねばいかんよ」

「破廉恥漢《はれんちかん》が近寄れんように、われわれみんなで、ぐるりとしびを取り囲むか。いや、それでは、出るもんも出んな」

春浪がいった。

「あなた、もう、およしなさいませ」

亀子が、男たちのやりとりに、あきれたという口調でいった。

「ははは。そうだな。なにしろ俺は〔天狗倶楽部〕一の上品といわれておる」

「だれもいってませんよ、そんなこと」

信敬が、すかさずいった。その間が妙だったので、どっと、全員が笑った。

「ところで、天風君は、どこにいったんだ」

白羊が、信敬に問いかけた。

「天風さんは、向こうの船で、もはや、高いびきですよ」

信敬が答えた。

「天風君は、船に乗ると同時に飲んでおったからなあ」

春浪が、天風の船のほうに視線を走らせた。

「あら、あなたも、同じように飲みはじめたんですよ」

亀子がいった。

「うーむ。そうだったか。いや、どうも、潮干狩りには、家内を連れてくるものではないね」

春浪が、おでこにしわを寄せて、頭をかいた。また、全員が笑う。

「笑ったら、腹が減りましたなあ」

信敬がいった。

「そろそろ、時分どきですな」

白羊が、着物の懐《ふところ》から出した時計を見た。

「じゃ、お昼にいたしましょう」

亀子がうなずいた。

「では、潮風君と時子さんを、探してこよう」

龍岳が、船から降りようとした。

「ああ、いいよ。ぼくが探してくる」

信敬が、手にしていた熊手を竹かごの中に入れると、龍岳に手渡す。そして、くるりと踵《きびす》を返した。

だが、時子たちを探しにいく必要はなかった。海岸のほうから、襷《たすき》がけをし、頭に手拭《てぬぐ》いで姉さんかぶりをした時子と、着物の尻をはしょった潮風が、なにやらしゃべりながら、船のほうに向かってくるところだった。

「おーい。飯にするぞ!」

信敬が、ふたりに怒鳴った。それを見て、ふたりが小走りになった。

「君たちの仲が、あまりいいので、龍岳君がやきもきしておったぞ」

時子と潮風が、船に上がると、相変わらず手酌《てじゃく》を続けている春浪が、軽口を叩いた。

「まあ、そんな」

たちまち、時子が頰を真っ赤に染める。

「あなた、もう、さっきから、どうして、そんなつまらない冗談ばかりいうのです。嘘《うそ》ですよ。ほんとうに、ごめんなさいね、時子さん。酔っぱらいのたわごとですから、気になさらないでね」

弁当の包みを開いていた亀子が、あわてていった。

「いえ」

時子が、うつむいたまま答える。

「龍岳君。おもしろい話を聞いたんだよ」
潮風が、話題を転じていった。
「おもしろい話？」
龍岳は、話題が時子から離れたのを、これを幸い
と、潮風のほうにからだを乗り出すようにしてたず
ねた。
「君、半年ほど前に、深川で年増《としま》の芸者の心中事件
があったのを知っているかい？」
潮風がいった。
「いや……。どうだったかなあ。心中は、よくある
からなあ……」
龍岳は、事件のことを思いだせず、あいまいな口
調をした。
「芸者をしている女が亭主に隠れて車夫と姦通《かんつう》し、
逃げようとしてばれ、心中したら、男のほうだけが
助かってしまったという話だろう」
信敬がいった。
「そうそう。その事件だ」
潮風がうなずいた。
「それが、どうかしたのかい？」
信敬が、先を促した。
「それがね、その死んだ芸者の遠縁にあたるという、
お嬢さんと、そこで会ってさ」
潮風がいった。
「その人、わたしの女学校時代の同級生だったんで
す」
時子が口をはさんだ。
「なるほど」
龍岳がいった。
「久しぶりに会って、お話していたんですけれど、
そのうち幽霊の話になって」
時子が、ちょっと、きまり悪そうに、龍岳と白羊
の顔を見ていった。
「幽霊？　ふむ。そういえば、そろそろ、そんな季
節だ」
白羊がいった。
「その死んだ芸者の幽霊が出るとでもいうのかい？」
龍岳が、潮風の顔を見た。

「そのとおりなんだよ」

「ほう。おもしろそうな話じゃないか」

春浪が、手にしていたぐい呑《のみ》を、とんとござの上のに置いた。

2

「ああ、あの事件ね。よく、覚えているよ。ぼくの担当ではなかったが、あまり後味のよくない事件だったからね」

黒岩四郎《くろいわしろう》が、テーブルの上の湯呑《ゆの》みを口に運びながらいった。午後六時。この三月に完成したばかりの日比谷堀端の新警視庁近くの西洋料理店〔春日亭《かすがてい》〕。

潮干狩りで、思わぬ幽霊話を聞かされた龍岳は、事件に大いに興味をいだき、潮風、時子とともに、黒岩をたずねたのだった。

話を聞けなくてももともとのつもりで、なんの連絡もせず、警視庁をたずねた龍岳たちだったが、この晩が、一か月に一度の泊まりの日である黒岩は、事件もなく、時間を持てあましていたようで、かえってうれしそうに、三人を出迎えてくれた。そして、夕食を誘ったのだ。

「姦通のあげく、心中して男のほうだけが助かったわけですからね」

潮風がいった。

「いや。あの事件は、ほんとうは、そうじゃなかったんだよ。もっと、ずっと、この、なんというかね……」

黒岩は、そこまでいうと、周囲に目を配った。店内には、龍岳たちのほかには、三人ほどの客があったが、いずれも席は離れていた。それを確認して、黒岩が声の調子を落とした。

「新聞は、芸者は自業自得だし、俥引《くるまひ》きの男をひどく悪く書いたが、実際は、あの死んだ芸者の内縁の夫というのが悪いやつなんだ。働きもせず、博打《ばくち》と女に狂って、女房に醜業婦まがいのことまでさせて、客を取らせる。ちょっとでも、さからおうものなら、殴る蹴るの乱暴を働く男だったのだ」

黒岩が、しゃべるのが気が重いという表情でいった。

「ほんとうですか？」

龍岳が、眉根にしわを寄せていった。

「ああ、金持ちの旦那《だんな》衆を集めて、女房と手下のようにしている男をむりやり寝かせ、それを見せて金を取るようなことまでした。しかも、その金を一晩の博打ですってしまうというんだから、悪党などというもんじゃない」

「犬畜生にも劣るやつですね。いや、そんなことをいったら、犬がかわいそうだ」

「しかし、黒岩さん。そんなこと、新聞には一行も出ていませんでしたよ。だいたい、記事そのものが、ひどくかんたんだったし」

潮風が、いかにもおどろいたという顔をした。

「それなのさ。どの程度の関係か、詳しくは知らんが、その男の親類に、現職の大臣がおってね。その大臣が、すべての新聞社に記事の差止めをさせたのだ。もし、事実が世間に知られると、自分の首も危ないというんでね。当時、警察にも、箝口令《かんこうれい》が敷かれてね。いや、いまだって、俺が、この話を君たちにしたことがばれたら、首が飛ぶと思うよ」

黒岩が、店の中をぐるりと見回していった。

「もちろん、他言はしませんが、それにしてもひどい話ですね。政治家の横暴は珍しい話ではないけれども」

龍岳が、憤慨した口調でいう。

「では、お兄さま。その芸者さんと俥引きの男の人は、その、姦通ではなかったの？」

それまで、だまって三人の話を聞いていた時子がいった。

「そうなんだよ。いじめられ続けながら、その男から逃げることもできない芸者に、あの俥引きは同情してね。なんとか、内縁の夫から引き離して、田舎にでも逃がしてやろうと考えたのだ。ところが、それがばれて、ふたりとも半殺しの目にあってしまった。で、それなら、いっそ心中しようということになった。まあ、その時には、ふたりに男と女の関係はできていたようだがね。もともとは、姦通などなかったのだよ。悪いのは、その夫のほうなんだ」

「あの娘は、そんな話はしていなかったですね？」

潮風が、時子の顔を見つめていった。

「静子さんは、嘘をつくような人ではありませんから、そんなところまでは詳しく事情を知らないのだと思いますわ」

時子がいった。

「そうだろうね。そういう、裏の事情を知っていれば、時子さんに、幽霊話はしないだろう」

龍岳が、茶をすすった。

「でも、それなら、その婦人が幽霊になって出てきても、少しもふしぎはないですね。ぼくは、亭主を裏切って男と逃げようとし、あげくの果てに自分だけ死んだと書いてあったから、まあ、男に未練が残るのはわかるとしても、身勝手な幽霊だと思っていたんです」

潮風が、坊主頭を、ぽりぽりとかいていった。

「それで、幽霊というのは、どういうことなのだい？」

今度は黒岩が質問した。

「詳しい話を聞いたわけではないのですが、なんでも、その死んだ芸者の妹の家に、毎晩のように、姉の幽霊が出るんだそうです」

潮風が、時子に話を確認するようにいった。

「うむ。そういえば、あの芸者には、妹がひとりおったね。蠣殻町《かきがらちょう》のほうじゃなかったかな？」

黒岩がいった。

「はい。お米屋さんに嫁《とつ》いでいるそうです」

時子が答えた。

「そうだ、そうだ。大きな米屋だったな。そこに出るのか。どんなふうに、出るんだ？」

黒岩が、興味深げな表情をした。

「それが、その妹さんの家には、芸者さんの姉さんの絵が一枚あるんだそうです。そのむかし、知り合いの素人《しろうと》画家に描いてもらったとかで。本人は、その絵がとても気にいっていたそうですが、その芸者さんが死んで、形見分けで妹さんがもらってきたらしいんですね」

潮風が説明した。

「なるほど」

黒岩がうなずく。そして、いった。

「夜中に、その絵の芸者が抜け出すわけか」

「そうなんです。その絵は、ふだんは使っていない客間に飾ってあるということですが、昼間はまったく、どういうこともないんだそうです。それが、夜、夜中の一時だか二時だかになると抜け出して、妹夫婦の部屋に現れ、とても悲しそうに妹の顔を見ているというんですね。そして、しばらく、そうしていてから、すっと消えてしまう」

「絵から抜け出すというのは、まちがいないのかい？」

黒岩がいった。

「最初、お姉さんの幽霊が出た時は妹さんも、非常におどろき恐かったそうです。でも、三日、四日と続くうち、だんだん慣れてきて、ある晩、もしやと絵を見張っていたところ、抜け出すことがわかったそうです」

時子が、ちょっぴり、気持ち悪そうにいった。

「本人が、その絵を大変気にいっていたそうですから、死んでも成仏しきれずに、その絵の姿を借りて幽霊になったんでしょうね」

龍岳がいった。

「ふーん。科学小説家の龍岳君も、その幽霊話を信じているわけか」

黒岩が、いささか意外だという顔をした。

「いえ。完全に信じているというわけでもありませんが……」

龍岳が、困ったような声を出した。

「ぼくも、最初は、幽霊なんて信用してはいなかったんですが、その静子さんという人の話が、きわめて信憑性《しんぴょう》があったものですから」

潮風も、やや照れくさそうにいった。

「お兄さま、さっきもいいましたが、静子さんは、決して、嘘をつくような人ではなくってよ」

時子が声に力をこめた。

「なに、俺も嘘をいっているなどといっているわけじゃない。これまでにも、ずいぶん常識や科学では説明のつかん体験をしてきたからね。幽霊が存在してもおかしくはないと思うがね。ただ、聞けば、この話は、なんとも古風な幽霊話だろ。それを、龍岳君や潮風君が、なんの疑いもなく信用しているようだから、おかしかったのさ」

黒岩がいった。

「では、お兄さまは、この話をどう思われるのですか?」

「うん。俺はまず、その妹を疑うね。疑うといっても、犯罪に関係あるとか、そういうことではないよ。そうじゃなくて、その妹が、無念の思いで死んでいった姉のことを考えるうちに、多少神経になって、幽霊を見たような気持ちになってしまったのかもしれない」

「ははあ。あり得ることですね」

龍岳がうなずいた。

「それから、もっとうがった考えをすればね。妹が、わざと姉の幽霊話をでっちあげているのかもしれない」

「なぜ、そんなことをするんですの?」

時子が質問した。

「さっきいったように、この事件は、大物大臣の保身のために、すべてが姉と俥引きの男が悪いと喧伝《けんでん》された。それを、なんとか晴らそうと、幽霊話を作って世間に広め、真実を知ってもらおうとしているのかもしれない」

「なるほど。さすが黒岩さんは刑事だ。ぼくらよりも、もっと事件の裏を読んでいますね」

潮風がいった。

「当たっておるかどうかは、わからんよ。でも、そういうことがあってもおかしくはないだろう?」

「でも、わたし、ほんとうの幽霊だと思います」

時子がいった。

「それは、みんなが、それぞれ、どう思おうとかってだがね。それにしても、時子もそうだが、いつもは幽霊話なんか、まず疑ってかかる君たちにしては珍しいなあ」

黒岩が、笑った。

「まあ、それはいいとして、幽霊は妹のところに出てきて、なにかするわけかい？」

「いいえ。なにもしないで、淋しそうに妹さんの顔を見つめ、消えていくんだそうです。妹の旦那は、客商売でもあるし、気持ちが悪いから、最初は、その絵を燃やしてしまおうと思ったらしいんですが、かえってたたりがあってもいけないというんで、お寺さんにきてもらって、お経をあげてもらったりしているんだそうですが、効果はないということです」

潮風がいった。

「でね、お兄さま。明日にでも明後日にでも、みんなで幽霊を見せてもらおうということになりましたの」

時子がいった。

「ほれ、きた。お前のことだ。そういう話だろうとは思ったよ」

黒岩が、予期していたとおりだという表情をした。

「あら、でも、そういいだしたのは、わたしじゃなくて春浪先生でしてよ」

「春浪さんは作家だからね。しかし、その幽霊探見の話はおもしろそうだな。俺も参加させてもらいたいなあ」

黒岩が、まじめな口ぶりでいった。

「ほんとうですか？」

龍岳がいった。

「うん。幽霊というのは、話には聞いていても、ほんものを見たことは、一度もないからな」

「だって、お兄さまは、さっき、妹さんが怪しいって」

「あれは、刑事としての考えかただよ。ふつうの人間としては、だれだって幽霊は見たいさ。それで、向こうは見せてくれるといっておるのかい？」

「幽霊が、絵から抜け出すと聞いて、白羊さんが、えらく興味をもたれたようで、いまごろ、その米屋さんに掛けあっていると思います。春浪さんも、一緒にいきましたから、たぶん、だいじょうぶでしょう」

龍岳がいった。

「ふたりだけ先に、今夜、見てくるんじゃないだろうね」

潮風が、少し、心配そうな顔をした。

「それはしないという約束だから……」

龍岳が答えたが、ことばは、あまり自信がなさそうだった。

「ふたりに交渉にいってもらったのは、失敗だったかもしれないなあ」

潮風は、まだ心配している。

「じゃ、これから、みんなでいってみましょうか」

時子が、丸い目をくるりとさせていった。

「今夜はいかんよ。俺は泊まりなんだ。せめて明日にしてくれ」

黒岩がいった。

「とにかく、話がどうなったか、その米屋に電話をしてみようか。店の名前は忘れたが、調べればわかるだろう」

潮風がいった。

「そんなことは、俺のところで、すぐにわかるよ」

黒岩がうなずいた。

「上等カツレツ、お待ちどおさまでした」

年配の女店員が、お盆に注文の品を乗せて、龍岳たちのテーブルのところにやってきていった。

3

徳利《とっくり》を二本、盆に乗せた三十前後の、束髪の女性が、客間に入ってきた。

「お銚子のお代わりを持ってまいりました」

「うん」

同年配の、ふだん着の洋服姿の男が答えた。日本橋蠣殻町の米屋〔相模屋《さがみや》〕の主人・島山彦次郎《しまやまひこじろう》だった。

彦次郎は、妻のりん子から受け取った盆の徳利の一本を、黒檀《こくたん》のテーブルをはさんで反対側に座っている春浪のほうに差し出していった。

「さあ、春浪先生。どうぞ」

「いや。どうも、すまんですなあ。こんなつもりはなかったのだが。すっかり、ごちそうになってしまって」

春浪が、猪口《ちょこ》に酒を受けながら、左手で頭をかいた。

「なにをおっしゃいます。おかまいもできません。ありあわせのものばかりで」

彦次郎がいった。

「そうでございますわ。春浪先生が、おいでになると知っていましたら、もう少し、なにか気の利いたものを買っておきましたのに」

りん子が、夫の隣りに腰を降ろし、笑顔でいった。

幽霊を、ぜひ見たいと〔相模屋〕に頼みにいった春浪と白羊は、よろこんだ主人夫婦に、家の中に引っ張りあげられ、大歓待を受けていた。主人夫婦は、春浪の作品を読む年齢ではなかったが、もちろん、その冒険小説家としての名声は知っていたし、なにかと話題になる〔天狗倶楽部〕の頭目の突然の来訪に、すっかり気をよくしていた。

「いや、恐縮です。でも、今日は潮干船の中から、ずっと飲みつづけでしてね。もう、そろそろ終わりにしないと、肝心の幽霊を見損なってしまうかもしれません」

春浪がいった。

「でも、先生のお酒の強いのは、有名でございますよ」

彦次郎がいった。

「それは、十年もむかしの話です。いまは、もう、すっかり弱くなって、とても、白羊君にもかないませんな」

春浪が、隣りに座っている白羊のほうを見ていった。

「とんでもない。春浪さんは、ぼくの三倍は飲みますよ」

白羊が、顔の前で手を左右に振った。

「それにしても、さきほど見せていただいた、あの絵ですが、素人画にしては、ほんとうに、よくできている。それに、あの絵には、陰鬱《いんうつ》さとか邪悪さとか湿っぽさとかいったものが、まったく感じられない。あれからお義姉《ねえ》さんの幽霊が現れるとは、想像がつきませんな」

「そうでございますか。わたしどもには、絵のことは、よくわかりませんが、ただ、義姉《あね》はたしかに、幽霊となって、あの絵から抜け出してくるのでございます」

彦次郎が、りん子の顔を見ながらいった。りん子が、無言でうなずく。

「お話をうかがったかぎりでは、あなたがたに恨みをいだいて出てくるのではないことだけは確かですから、なにか、この世と縁を断ち切れない、強い思いが残っているのでしょう。それさえわかれば、いかようにも供養してあげられると思うが」

春浪がいった。

「ほんとうに、そうあってくれると、よろしいのですが」

りん子がうなずく。その時、開きっぱなしになっている部屋の廊下に、店の下働きの若い娘が顔を出した。

「なんだね？」

彦次郎が質問した。

「はい。お客さまのお連れのみなさんがお見えになりました」

娘がいった。

「おお、そうか。では、すぐに、こちらにお通ししなさい。で、何人さまだね」

「男のかたおふたりと女のかたがおひとりでございます」

「よしよし、それでは、さっそく、膳《ぜん》の用意をしてな」

「はい」

娘が、障子の陰に隠れると、りん子が立ち上がった。

「では、お客さまは、わたしがお出迎えいたしましょう」

「申しわけありませんなあ、奥さん。われわれふたりでも、相当に図々しいと思っておるのに、この上、三人も」

春浪が、りん子に向かっておじぎをした。

「よろしいんですのよ。そんなこと」

りん子が、にこやかにいった。

春浪と白羊が、幽霊探見の抜け駆けをしないかと心配した潮風が、警視庁の電話で〔相模屋〕に連絡を取った時、ふたりは、座敷にあげられ、すでに酒、魚の饗応を受けていた。電話に出た彦次郎は、話を聞くと、それでは今夜、みなさんでお調べくださいと、潮風たちをも招いたのだった。

潮風たちは、もちろん、ふたつ返事で承知した。どうしても泊まりを抜けられない黒岩だけが口を尖《とが》らせたが、実際の話、三人は黒岩に、さほど気がねすることもなく、〔相模屋〕に向かった。

「ははあ。これが、その問題の絵ですか?」

掛け軸に表装されている日本画を見て、龍岳がいった。

客間に通され、主人夫婦と挨拶《あいさつ》を交わし終えると、三人は、さっそく幽霊画のある、もうひとつの客間に案内してもらったのだ。

その絵は、一尺四方ほどの和紙に描かれた色彩画だった。置屋の格子戸の前の縁台に、白地に紺の大きな花模様の浴衣姿の芸者が、やや横向きかげんに座り、手に団扇《うちわ》を持って、にっこりと微笑《ほほえ》みながら夕涼みをしている図だった。

作者はわからず、素人画家の描いた作品ということだったが、絵の審美眼を持たない龍岳などにも、それは立派な一級品のように見えた。

「お美しいかた……」

時子がいった。

「ありがとうございます。妹のわたしがいうのもなんですが、ほんとうに姉は美人でございました。それなのに、男運が悪く……」

りん子が、そこまでいって、口をつぐんだ。姉に対する思いがこみあげてきたらしく、目がうるんでいた。

「この絵が描かれたのは、いつごろのことでしょうな」

もう一度、見たいと龍岳たちについてきた白羊が質問した。

「それが、姉の生前中は、義兄の監視の目が光っていて、わたしも、会って話をすることもできない状態でしたので、詳しいことはわかりかねますが、二年ほど前のものかと思われます」

りん子が答えた。

「優しそうな顔をしていますね」

潮風が、じっと絵を見つめていった。

「うむ。いい表情をしておる」

白羊が、つぶやいた。

「はい。小さい時から、死んだ両親やわたしに、とても優しい姉でございました。その姉が、どうしてこういう目に遇わなければいけないのかわかりません」

りん子が、白羊に訴えるようにいった。

「悪いやつは、平気な顔で暮らしているというのに……」

正義感の強い潮風が、憮然とした口調でいう。

「それでも、姉は、夫のことを最後まで悪くはいわなかったそうでございます」

りん子が、着物の袖裏《そで》で、涙を拭《ふ》きながらいった。

隣室にもどった龍岳たちは、それからは、あまり幽霊の話はせず、〔相模屋〕夫婦と〔天狗倶楽部〕や〈冒険世界〉の話などをしていたが、やがて夜も更けて、時計の針が、午前一時を回ると、夫婦は二階の寝間に引き下がった。夫婦の話では、姉の幽霊は、なぜか、ふたりが寝間にいる時しか出ないのだというのだ。

春浪は、十二時ごろまでは、盛んに気炎をあげていたが、なにしろ、午前中から飲み続けで、ついに酔い潰れ、部屋の隅で寝込んでしまった。

午前一時三十分。いびきこそかいていなかったものの、夏掛けにくるまり、すうすうと寝息を立てている春浪をのぞく龍岳ら四人は、隣室に近い場所に陣取り、緊張していた。

幽霊画のある隣室との境目の襖《ふすま》は五寸ほど開かれ、部屋の中には、細く光の弱い蠟燭《ろうそく》の明かりがあるばかりだった。隣室には、明かりはまったくない。四人は、それぞれに隣室の幽霊画のある位置が、見えるところに座り、息をひそめていた。

〔相模屋〕の主人夫婦の話では、幽霊が絵から抜け出すのは、だいたい、いつも午前一時三十分から二時の間だとのことだった。

「出るなら、そろそろの時間ですね」

緊張に耐えきれなくなった潮風が、ささやくようにいった。

「うむ」

白羊が、唸《うな》るように答える。そして、ことばが途切れ、また、緊張感の漂う静けさが訪れた。

五分間ほど、そうした沈黙が続いた時だった。なんの前兆もなく、まっ暗な隣室の幽霊画の掛け軸の周辺が、ぼーっと青白く輝きはじめた。

ごくりと、潮風が唾《つば》を飲み込む音がした。全員が、からだを固くさせた。時子の手が龍岳の手を握りしめる。

闇の中で掛け軸が輝き出して、一分たつかたたないうちだった。絵の中から、すーっと、その女性の姿が抜け出た。絵は等身大ではなく、実際の人間の十分の一ぐらいに描かれていたが、抜け出ると同時に、人間の大きさになった。

もっとも、抜け出したといっても、元の絵の女性の姿が消えたわけではなかった。絵の中の女性は、そのまま残り、重なるように、幽霊が抜け出したのだ。

それは、たしかに幽霊としか思えなかった。ふつうの人間のように実体を持たず、全身が薄ぼんやりと青白く微光を放ち、からだを通して向こう側が見える半透明体だった。

一般にいわれる幽霊の例に漏れず、その表情はうつむきかげんで、はっきりとはわからなかった。しかし、少なくとも、絵の中のように微笑してはいない。龍岳には恐怖心は起こらなかった。ただ、淋しそうな感じを、はっきりと受けたことは確かだった。

龍岳は、目を凝らして、その幽霊を見つめた。なにか仕掛けがあるのではないかと、注目した。また、科学的な現象で説明できないかとも思った。しかし、なにも思いつくことができなかった。

幽霊は、龍岳たちが襖のすき間からのぞいてくることに気がついていないのか、ちらりとも、その方向に目をやろうとはしなかった。

そして、歩くというよりも、畳の上を滑るように、廊下のほうに移動すると、開けたままになっている部屋の外に出ていった。それは、瞬《またた》く間といってよかった。掛け軸の前から動き出して、二秒後には、もう幽霊は廊下の奥に消えていった。

「こいつは、まちがいなく、ほんものの幽霊だ」

白羊が、信じられないが信じざるを得ないという複雑な表情をした。

「でも、恐くはありませんでした」

時子が、龍岳の手を握りしめたままいった。

「うん。恐くはなかった」

潮風がうなずいた。

「みんな、そうだったのか」

龍岳もうなずいた。

「これで、あの幽霊は、妹さんのところにいき、しばらく顔を見て、それから消えてしまうわけだな」

白羊がいった。

「さっき、聞いた話によれば、そうですね」

龍岳がうなずいた。

「ふーむ。いまのを目《ま》のあたりにしては、幽霊は認めざるを得んとして、さて、いったい彼女は、妹夫婦に、なにを訴えておるのだろう」

白羊が、ゆっくりと立ちあがり、部屋の中央の電灯のスイッチをひねった。瞬間に部屋が明るくなる。時子が、あわてて、握っていた龍岳の手を離した。

白羊は、次に隣室との境の襖に近寄ると、五寸ほど開いていた襖を、両手でがらりといっぱいに広げた。そして、隣室の電灯を灯した。掛け軸の絵は、前と変わらぬままだ。美人芸者は、微笑をしている。

白羊は、つかつかと、その絵の前に歩み寄ると、中腰になって、また、じっと見つめた。

廊下の奥から足音がした。全員が、足音のほうに目をやった。きちんと服装を整えた、主人夫婦だった。

「ご覧になりましたか?」

彦次郎が、四人の顔をぐるると見回していった。

「たしかに、幽霊のようです」

龍岳がいった。

「やはり、そうとしか思えませんでしょう。わたしどもも、最初はまさかと思いましたが……」

「だが、未練がどこにあるのか、これがわかりません」

夫のことばを、りん子が引き取っていった。

「おい、亀子。武俊は、どうした？」

部屋の隅から、大きなはっきりした声が聞こえた。春浪の声だ。それは、はっきりしてはいたが、寝言だった。

「あっ、春浪さんを忘れていた！」

潮風が、素《す》っ頓狂《とんきょう》な声を出した。その声に、春浪が、ぱっちりと目を開けた。そして、まぶしそうにいった。

「いま、何時だ。そろそろ、幽霊が出る時間ではないのか？」

「もう、幽霊は出てしまいましたよ」

龍岳がいった。

「なに、もう出てしまった？」

春浪が、夏掛けを撥《は》ね飛ばして起きあがり、蒲団《ふとん》の上に正座した。

「いやあ、それは困る。もう一度、出してくれ！」

そのいいようが、いかにもおもしろかったので、時子が、ぷっと吹き出した。それが誘い水になって、軽い笑いが部屋に響いた。

だが、ひとり白羊だけは、あくまでも真剣な表情で、まだ、掛け軸を見つめていたが、いきなり、大きな声でいった。

「そうか。遠くにいる子供たちを見るあの優しい目、左手の位置……。うむ。そうだ、そうに、ちがいない！」

4

「はあ、そうですか。いや、白羊君へというのはわかりますが、なにもしないどころか、不覚にも、眠りこけておったわたしにまで、実に恐縮です」

日本橋本町の博文館《はくぶんかん》応接室。春浪たちが、りん子の家に幽霊探見に訪れた、十日後の午後二時。

春浪が、花色地の月華お召、錆納戸《さびなんど》の半襟《はんえり》、ふっくりと渋い紬錦《つむぎにしき》の帯と、きれいに飾った島山りん子に頭を下げた。りん子も芸者の姉に似た美人だったが、こうして、念入りに化粧をすると、人妻とはいいながら、思わず、振り向きたくなるような美しさだった。

「いいえ。そんな、恐縮していただくようなものではございません」

りん子が、春浪の前のテーブルに置かれた菓子折に、ちょっと目をやっていった。

「そうですか。では、編集部の者みんなで、茶請けにいただきます。しかし、ほんとうに、よかったですなあ」

春浪が、菓子折を、そっと脇に押しやった。

「はい。まったく、みなさんのおかげでございます。あれ以後、姉の姿は、ただの一度も出てまいりません。安心して成仏してくれたものと思います」

「うむ。この世への未練が断ち切れたのですよ。きっと、極楽にいかれたことでしょう」

「はい。うちの主人も、そう申しておりました」

「それにしても、許せんのは、あの悪徳大臣ですな。ひとつ、その行状を暴露して雑誌にでも発表して、懲らしめてやりたいと思うのですが、やはり、上の者がうんといわんのですよ」

春浪が、口をへの字に曲げた。

「いえ。もう、どうぞ、そのことはお忘れください。これまでは、わたしも、なんとか敵《かたき》を討ちたいと思わぬでもございませんでしたが、いまはもう、よろしゅうございます。事件がむし返されれば、また、姉の名前が世間に広まりますし、生き残った殿方にも、お気の毒です。あのかたは、ほんとうに、いい人ですから、汚名を晴らして差し上げたいとも思いますが、かえって迷惑になりかねません」

りん子が、訴えるようにいった。

「そうですなあ。たしかに、奥さんのいわれるとおりかもしれませんな。世の中、利口な人間ばかりではありませんから、いくら正しいことをいっても、わからんやつもおるでしょう。それに、あの馬鹿大臣も、そうなれば、また、なにか悪だくみをしかけてくる可能性もあります。商売に支障があっても困りますな」

春浪が腕を組んだ。

「お店のことなど、どうなってもかまいはいたしませんが……」

「で、その車夫君は、いまはどこに？」

「自分には、俥引き以外の仕事はできないからと、関西のほうで、同じ仕事をしておられます。毎月の命日には、必ず、お線香を送ってくださって」

「うむ。なら、ことを荒立てずに、そっとしておいてやりましょう」

春浪が、うなずいた。

「なに、世間の目はごまかせても、お天道《てんと》さまの目はごまかせんですよ。あの大臣、きっと、いつかボロを出すに決まっておる」

春浪が、唇を噛《か》み締めるようにいった。


「それでは、春浪先生。わたしは、これで失礼させていただきます。お忙しいところを、おじゃましました」

りん子が、腰を浮かした。

「とんでもない。いい知らせをいただき、うれしいかぎりですよ。どうか、先日のぶんも含めて、ご主人によろしくお伝えください」

春浪も椅子から立っておじぎをした。

りん子が、応接室を出ていくのを見送った春浪は、ふたたびテーブルのところまでもどった。そして、菓子折に手を伸ばしかけたが、考え直したように椅子に腰を降ろし、テーブルの上の煙草入れを開けると、一本取り出して口にくわえた。

火をつけ、ふうっと息を大きく吐いた時、扉が開いて龍岳が顔を出した。そして、周囲を見回していった。

「あれ、ひとりですか？」

「うん。君、会わなかったね。〔相模屋〕の奥さんは、いま帰ったところだ」

春浪がいった。

「そうですか。気がつきませんでした。でも、よかったですね。潮風君から聞きました。どうやら、あのご婦人の幽霊も成仏してくれたようですね」

龍岳が、ついいましがたまで、りん子の座っていた椅子に腰を降ろして、笑顔でいった。

「そのようだ。奥さんも、非常によろこんでおったよ。俺は眠っておったというのに、こんなものを置いていかれて、いや、ばつが悪くてね。龍岳君、この話は、わが家の山の神には内緒にしておいてくれよ。また、叱《しか》られるからな」

春浪が、菓子折に目をやりながら苦笑いをした。

「わかりました。これで、ぼくが奥さんに内緒にしておくことは、いくつになりますかね？」

龍岳がふざけた。

「まさか、それをネタにゆすろうというんじゃないだろうね。まあ、頼むよ。いずれ、お返しはする。君と時子さんが所帯を持った後、君が浮気をしてもだまっててやるからな」

「あははは。頼みます。でも、ぼくは時子さんと所帯を持つと決めたわけじゃ……」

「決めてないのか？　ほう、では、時子さんに、そういっておこう」

「ち、ちょっと、春浪さん‼」

龍岳があわてた。

「よし、これで、ひとつ借りを返したな」

春浪が笑った。

「そんな、ひどいですよ。それはペテンです。……それはそれとして、信敬君の話だと、白羊さんが、幽霊折伏の名人だと噂《うわさ》がたって、閉口しているとか」

龍岳が、話題を変えた。

「あははは。あれは愉快だね。どうも、〔相模屋〕の奉公人たちが、噂を流したらしく、さっそく、二、三人の人間が、自分の家にも幽霊が出るので、お祓《はら》いをしてくれと家を訪ねてきたというんだよ。絵描きより、そっちの仕事のほうが儲かるかもしれんね。白羊君の顔は山伏《やまぶし》のようだし、この際、われわれ〔天狗倶楽部〕で教祖に奉ってしまおうか。天狗教というのはいいかもしれんぞ」

春浪が、おもしろそうにいった。

「幽霊の未練が、いつも子供なら、うまくいくでしょうがね」

龍岳も笑った。

潮干狩りの日の夜の幽霊探見で、白羊は考えに考え抜いた末に、芸者の幽霊が成仏できないでいる原因をつきとめた。

それは、子供だった。絵の中の芸者が、遊んでいる子供たちを見つめている目、そして左手をさりげなく、自らのお腹に当てていることに気がついた白羊は、その絵が書かれた時、彼女が妊娠していたにちがいないと判断したのだ。

〔相模屋〕の夫婦は、姉が妊娠したことがあるなどとは聞いたことがなかったようだが、白羊にいわれ、元の芸者仲間などに事情を聞くと、実際、そのころ、そんな事実があったらしいことが判明した。

ところが、子供を身籠《みご》もったことを知った内縁の夫は、それをよろこぶどころか、客を取ることができないと、嫌がる妻に堕胎薬《だたい》を飲ませ、むりやりにおろさせてしまったのだということもわかった。

「お姉さんが、これだけ、優しい顔をされておるのは、母親としてのよろこびを感じておったからにちがいありません。だが、結局、その子供を産むことはできなかった。これが、この世の未練になっているのでしょうな」

白羊は、こういうと、翌日、ひとりで、ふたたび〔相模屋〕を訪問し、そして全霊をこめて、絵の中に、産まれてまもない赤ん坊の姿を描き加えたのだ。

婦人の座った縁台の横に、乳母車の中から笑顔で母を見上げる、乳飲み子の姿を描いたのだった。それによって、元の絵のバランスは崩れ、美人画は台なしになった。

が、白羊の判断は的中していた。赤ん坊の姿が、絵の中に描きこまれると、まさに、ぴたりと幽霊が出現しなくなったのだ。この世に生を受けることのなかった子供の姿が、白羊の筆で生き返り、幽霊事件は一件落着したのだった。

妹夫婦はもちろん、その芸者の親類の者たちは、白羊を大恩人と感謝した。春浪や龍岳たちも、さすがに画家の目は、絵の中の人物の人生まで見通すのかと感心したが、仕事のこと以外で、騒がれるのを好まない白羊は、この件が外部に漏れないように関係者に頼んだ。

けれども、元来が悪いことをしたわけではなし、〔相模屋〕の女中や小僧たちの間から、噂が少しずつ流れ出し、白羊を訪ねてくる者まで現れたということだった。

「君は、白羊君が手を加えた絵を見ておるのだったっけ?」

春浪が質問した。

「いえ。白羊さんが、ぜったいに見てはいかんというので、見ていません」

龍岳が、首を横に振った。

「春浪さんは、見ているのですか?」

「いや、俺も見てはおらん。どんな出来なのだろうな。見てみたいね」

「はい。ぼくも大いに興味があります。でも、見にいったら、白羊さん、怒りますよ」

龍岳が、ちょっと肩をすくめた。

「だから、見るなら内緒でいくのさ。うむ、さっき、奥さんに見せてくれと頼んでおけばよかったな。それとも、明日にでも、近くを通りかかったからとかなんとかいって、寄ってみようか。なに、白羊君だって、心底、見られたくないといっているわけではあるまい。照れておるだけだと思うよ」

春浪が、短くなった煙草を、灰皿の中でもみ消した。そして、柱にかかっている時計に目をやった。

「そろそろ三時だね。ちょうどいい、この菓子でも食おう。虎屋《とらや》の羊羹《ようかん》だそうだ。俺は甘いものは、どうも苦手だが、ふしぎと虎屋の羊羹だけは食える。もっとも、食えるといっても、ほっぺたが落ちるほどうまいと感ずるわけではないから、むりをして食う必要もないのだがね」

「いやあ、渋いお茶を入れてもらって食べる羊羹はうまいですよ」

龍岳がいった。

「そうか。じゃ、君、俺の分まで食っていいよ。それくらい好きな人間に食われたほうが、羊羹も満足だろう」

春浪が、笑いながらいい、菓子折のひもに指をかけた。

その時、乱暴に扉が開いた。蒼い顔をした潮風が飛び込んできた。

「どうしたね? なにか急用かい?」

春浪が、潮風にいった。潮風は二、三歩、部屋の中央に歩を運ぶと、真剣な表情で春浪を見つめた。それから、引きつるような声でいった。

「春浪さん、〔相模屋〕の奥さんは?」

「ちょっと前に帰ったよ。龍岳君と入れ違いだったから十分か十五分ぐらい前かな」

春浪が、龍岳の顔を見ていった。

「そうですか」

潮風が、つぶやくようにいった。

「あの奥さんが、どうかしたのかね?」

春浪が、どうにも潮風の態度が解せないという顔で質問した。

「それが……、いましがた〔相模屋〕の奥さんから編集部に電話がきまして、これから、ご挨拶にいきたいが、仕事のじゃまにならないでしょうかというんです」

潮風がいった。

「どういうことだ?」

春浪が、おでこにしわを寄せた。

「ぼくも、さっぱり、わけがわからなくて、いま、こられたじゃないですかというと、奥さんは、そんな馬鹿なことはない。わたしは、いま店から、こうして電話をかけておりますと……」

「なんだと? じゃ、さっき、ここにきたのは……。こんなものまで、置いていったじゃないか」

春浪が、羊羹の折詰めに目をやった。

「ええ。ですから、ぼくも、紺の風呂敷を持ってこられたと、そういったのです。すると、奥さんが、それは妙だというんです。実は、今日、白羊さんと春浪さんのところに、ご挨拶に伺おうと、昨晩、小僧さんに羊羹を買ってこさせ、紺の風呂敷に包んで、部屋の隅に置いておいたのですが、さっき見たら、それがどうしても見当たらない。いったい、どこへいってしまったのかと首をひねっていたというのです」

潮風が、春浪の手の菓子折を見つめたまままいった。

「白羊君には、電話をしてみたかね?」

春浪がいった。

「はい。やはり、〔相模屋〕の奥さんがこられて、羊羹を置いていったそうです」

「いつごろだ?」

「三十分ぐらい前だそうです」

「それは、ここへきていたのと同じ時刻じゃないか!?」

春浪が、潮風と龍岳の顔を交互に見た。

「そんなことが、どうして……。あれは、いったい……」

「白羊さんが、あの絵の中に、わが子の姿を描き加えてくれたことが、よほどうれしかったのでしょう。それで、妹さんの姿を借りて、本人がお礼にきたのだと思いますよ」

龍岳がいった。

「じゃ、あれは〔相模屋〕の奥さんではなく、あの絵の死んだ芸者さん……」

潮風が、いわくいいがたい表情でいった。

「ほかに、説明がつくかい」

龍岳が潮風の顔を見た。そして、続けた。

「ねえ、春浪さん」

「うむ」

春浪が唸《うな》った。

「いいじゃないですか。恨みをいいにきたのではなく、お礼をいいにきたんですから」

龍岳が、考えこんでいる春浪を、勢いづけるような口調でいった。

「うむ」

春浪が、また唸った。

犬

1

ぽーん、しゅるしゅるという音がして、またひとつ花火が空に駆けあがった。ぱっと光りの花が広がる。人々が、空を見上げる。両国橋の周囲は数万の観客でごったがえしていた。近辺は明るいうちから花火の音がしていたが、五時すぎには橋の上は人でいっぱいになり、河原も浜町河岸、百本杭あたりまでは人の波だった。

明治四十四年八月十七日の隅田川の川開きは、例年にも増して賑《にぎ》わっていた。この年の川開きは、当初八月五日が予定されていたのだが、雨や風で三度も延期され、暦の上では立秋を過ぎた、この日になってやっと開催されたので、待ちこがれて押し寄せた人の数が多かったのだ。

浜町河岸には、見物客目当ての果物屋、氷水屋、ゆで小豆《あずき》屋、寿司屋、ラムネ屋などの露店が立ちならび、店の前の涼台では女や子供たちが、舌鼓《したつづみ》を打っていた。

川には屋形船や屋根船を浮かべ、きれいどころをはべらせて見物する客もあれば、土船、砂利船に乗って騒いでいるものもある。日覆いをかけ、ほうずき提灯《ちょうちん》をつないだ伝馬船《てんません》、茶船で馬鹿囃子《ばやし》に興ずる客もある。それらの見物船のあいだを縫って、小さな猪牙船《ちょきぶね》に行灯《あんどん》を乗せた、通称〔うろうろ船〕が、スイカ、枝豆、するめ、ビール、ラムネ、飴湯《あめゆ》などを売って回っていた。

「橋の上にいってみますか?」

赤い光りのしだれ柳が、ぱっと空に広がったのを、ラムネ片手に浜町河岸側から見上げた鵜沢龍岳《うざわりゅうがく》が、黒岩時子《くろいわときこ》にいった。

「いいえ。わたし、ここで結構でしてよ。よく見えますし、また落ちたら恐いですもの」

時子は、赤い牡丹《ぼたん》模様の浴衣に博多の帯をしめ、髪はいつものお下げではなく、引詰めの束髪にしていた。花火見物のために、ちょっぴり、おしゃれをしてきたのだ。それにくらべ、龍岳のほうは、白飛白《しろがすり》にパナマ帽と、相変わらずのスタイルだった。

この両国の川開きに花火が打ち上げられるようになったのは、享保十八年（一七三三）のことだったが、明治に入ってからは、両国の船宿や料亭主催で、規模も大きく、ますます盛んになり、夏の東京の風物詩のひとつになっていた。

その川開きに事件が起きたのは、明治三十年のことだった。溢《あふ》れんばかりの見物人が橋に上がったため、身動きできず、ついに木製の欄干が折れ、数十人の見物客が川に落ち、かなりの数の死傷者を出していた。もちろん、その後、橋は修理され、以後、同様の事故は発生しなかったが、時子にはこの橋に対する恐怖心があるようだった。

「そうですね。なにも、あの混雑の中に飛び込んでいくこともありませんね。掏摸《スリ》にでも逢うのがいいところかもしれない」

龍岳がいった。

「みなさんは、どちらに、おいでになったのでしょう？」

時子が、人の波を見渡していった。

この夜の同行者は、例によって、〔天狗倶楽部《てんぐクラブ》〕の面々だったが、予定していた人数が都合でひとり欠け、ふたり欠けて最終的に花火見物にきたのは、龍岳、時子、中沢臨川《なかざわりんせん》、弓館小鰐《ゆだてしょうがく》、河岡潮風《かわおかちょうふう》の五人だった。

小鰐は黎明《れいめい》期の早稲田大学野球部の選手やマネージャーをつとめたスポーツマンだが、瓢々《ひょうひょう》とした風貌で、時折、突拍子もないことをやる点では、押川春浪や吉岡信敬の性格とよく似た、〔天狗倶楽部〕

の人気者のひとりだった。いまは、〈東京日日新聞〉の記者であり、〈運動世界〉というスポーツ雑誌の編集長もやっている。

「さて、臨川さんも小鰐君も、うわばみだから、どこかで一杯やっているのでしょう。潮風君も一緒かな？」

龍岳が答えた。もっとも、それは時子に対する説明であって、実際には、三人が龍岳と時子をふたりだけにしてくれるために、早々とどこかに姿をくらましてしまったことを、龍岳は承知していた。

わっと、観客の歓声があがった。中村楼の前の仕掛け花火がはじまったのだ。

「あれが、八方矢車というやつかな？」

龍岳がいった。

「まあ、お詳しい」

時子が、花火の輝きでちらちらする龍岳の顔を見た。

「いや、ぼくも花火のことなんか、ぜんぜん知らんのですよ。ただ、さっき潮風君が、中村楼の仕掛け花火は一番といっておったので、覚えていたんです」

ふたりは、一分以上も続いた仕掛け花火を見ていたが、やがて輝きが消えると、ふたたび屋台店を覗《のぞ》きはじめた。

「あら、変な顔の人形！」

時子が、思わず声をあげたのは、氷水屋の隣りの古物屋だった。川開きには、子供相手のおもちゃ屋は多かったが、薄汚い古物を売る店は珍しかった。腰の高さほどの台の上に、黒い布を引き、その上にさまざまなものが置かれていた。

瀬戸物の蝦蟇《がま》蛙の置物、古めかしい鉄瓶《てつびん》、巻いたままの掛け軸、硯《すずり》、木彫りの仏像……。それらの中に、龍岳も見たこともない、全長四寸ほどの鉄製らしい、奇妙な顔の人形があった。三角頭、吊《つ》りあがった目、とんがった耳、椅子のような背のついた台に足を前に投げ出すようにして座った裸の人形だった。

「ほんとうだ。奇妙な顔をしている」

龍岳は、その金属性の人形を手に取り、アセチレン灯の明かりに近づけるようにして見た。

「それは、ビリケン様だ。舶来の神様でね。家内和合、商売繁盛の福の神だよ」

中年の鉢巻き姿の店主が、愛想よく説明した。

「へえ、これが福の神ねえ」

龍岳がいった。

「なんでも、米国の神様だってことだがね。買わないかい。安くしとくよ。なにしろ、米国通いの船員から手に入れたもんで、これひとつしかないから、一円といいたいところだが、大負けに負けて六十銭でどうだい。いっとくけど、この神様、ここ数年のうちに、日本でも大流行になるよ。実際、もう作っている工場もあるそうだ。でも、こいつは本場ものビリケン様だからね。そいつが六十銭で、家ん中に福がくりゃ、安いもんだ」

店主が笑った。

「そりゃ、まあ、ほんとうに福の神なら安いね」

龍岳は、そういいながら、とりあえず、そのビリケンなる神像を元の位置に置いた。そして、その脇にある緑色の玉のついた金色のかんざしに目をやった。黒っぽい、ごみのようなものが並んでいる台の上で、それだけ光っている。

「この石は、ほんものかい?」

龍岳が、かんざしを指で差していった。

「おうよ。それはほんものの翡翠《ひすい》だよ。いい色してるだろ。ただし、旦那はまじめそうな人だから、正直なところをいっちまうけれど、本体は金じゃないよ。金色してるけど、メッキだ。金メッキね。でも、悪い品じゃない。旦那、思い切って買っちまいなよ。そちらの奥さんにプレ、プレなんとかだ。あっははは。さっきまで覚えてた英語なのに、忘れちまった」

店主の応対は、あくまで明るい。こう愛想よくされると、龍岳としても、そのまま店を離れられないような気がした。

「ねえ、奥さん。いいかんざしでしょう?」

店主は、今度は時子にいった。

「あら、わたし、奥さんなんかじゃ」

時子が、ぽっと顔を赤くした。

「おや、夫婦じゃないのかい。でも、近々、そうなるって顔してるよ」

「たしかに、石はほんもののようだし、悪くはないけど、古物だからなあ」

龍岳が、話題を変えて、かんざしをしげしげと見つめた。

「いや。旦那《だんな》。そりゃ、古物じゃないんだ。あっしが扱ってるから、古物に見えるだろうが、ちょいとわけありで、新品なんだよ。といっても、盗品でもないよ。嘘《うそ》じゃない。三越呉服店で買ったら三円はする品物だ。今日は特別二円にしておこう」

店主がいった。たしかに、それは一見したところでは、人が使ったもののようには見えない。龍岳は、時子に似合うだろうと思った。とはいうものの、屋台の投売りの品とわかっているものを、時子がよろこんでくれるかどうか自信がなかった。

「時子さん、どうです?」

「きれいですわね」

「買ったら、差してくれますか?」

「ええ」

「こんなところの品物でもいいですか?」

龍岳が、時子の顔を見ていった。時子が、無言でうなずいた。

「旦那、こんなところはないよ。正直の政さんの店といえば、商売仲間じゃ有名なんだ」

店主が、怒ったような顔もせず、笑いながらいった。

「それにしてもいいねえ。おふたりさんのやりとりを見てると、こちとらも若いころを思い出すね。よしゃ、この際、おふたりさんの前途を祝して、ビリケン様をおまけにつけて一円五十銭だ。こっちの儲けは、たったの五十銭だけ!」

「よし、じゃ買った」

そこまでいわれては、龍岳としても買わないわけにはいかなかった。成りゆきというものもある。本心から時子が、その店の品物を嫌がっていないかどうかはわからなかったが、これで冷やかしだけで帰ったら店主に悪いような気がした。このあたりが、龍岳の人のいいところだった。

龍岳は、懐《ふところ》から財布を出すと、代金を支払った。そして、かんざしを店主から受け取り、そっと時子の髪に差した。束髪にかんざしは、あまり合っているとはいえなかったが、それは時子の顔に、よく似合った。

「いいねえ。別嬪《べっぴん》さんが差すと、一段といいものに見える」

店主がいった。

「まったく、商売じょうずだなあ」

龍岳が苦笑して、時子の顔を見た。時子も口許《くちもと》を押さえている。

「はい。旦那、お嬢さんにばかり見惚《みほ》れてないで、こっちも忘れないでよ」

店主は、かんたんに新聞紙に包んだビリケン像を龍岳に渡した。

「うん」

龍岳が包みを受け取り、袂《たもと》にしまった。

「今度は諏訪《すわ》神社の祭りにきてちょうだいよ。いい品物、持ってくるから」

店の前を離れる龍岳と時子に、店主が、あくまでも明るい口調でいった。

ぽーん、ぽーん!

また、ふたつ花火が上がった。今度は花傘連星だった。

「きれい」

かんざしを髪に差した時子が、龍岳に寄り添うようにしていった。

しばらく、ふたりだけの時間を楽しんでいた龍岳と時子のところへ、弓館小鰐がやってきたのは、八時少し過ぎのことだった。

「龍岳君、ぼくは、一足先に失礼するよ。護国寺《ごこくじ》の友人のところに寄ってくる」

「仕事ですか?」

龍岳がいった。

「うん。まあ、半々だな。二年ほど英国に遊学しておった大学時代の友人が帰ってきてね。山奥の探検なんかもしたそうで、おもしろい話があるらしい。記事になれば書こうというところだね。なんでも、向こうでも珍しい立派な犬を二頭も買ってきたから見にこいとうるさくてね」

「へえ。犬なら、臨川さんも見たがるんじゃないですか？」

龍岳がいった。中沢臨川は、自分で数匹の犬を飼っていたが、たんなる犬好きの域を越えて、犬の飼いかたの本さえ書こうかという熱心な研究家だった。

「そうなんだよ。で、今夜はむりだが、今度、ぜひ見たいといっておった」

「それなら、ぼくも見たいですね」

龍岳がいった。

「ああ、いいとも。気さくな男だから、話をしておこう。いずれ紹介するよ。じゃ、すまんが、お先に」

小鰐が、パナマ帽を脱いで、時子に会釈《えしゃく》した。

「さようなら」

時子も頭を下げた。小鰐は、人の波を掻き分けて土手を登っていく。その姿が見えなくなるのと入れ替わりに、臨川と潮風がやってきた。

「花火はきれいだが、どうも、この雑踏には閉口だね。いささか歩き疲れた。みんなで近くの茶屋にでもあがらんかね」

牛蒡縞《ごぼうじま》の熨斗《のし》目形にパナマ帽の臨川がいった。

「臨川さんは、ビールではもの足りんというんだよ」

無帽の潮風が笑った。

「龍岳君は下戸《げこ》だから、俺につき合わせるのは申しわけないような気もするが、そろそろ腹も減ったことだろう」

臨川がいった。

「そういえば、わたしもお腹が少し」

時子がいった。

「うむ。時子さんが、お腹が減ったというのなら、これで決まりだ。なにがいいかな？　このあたりに、うまい鰻屋《うなぎや》でも知らんかね？」

臨川が潮風を見た。

「ぼくは食通ではありませんからね。鰻というと神田の竹葉亭《ちくようてい》と築地の宮川《みやがわ》しか知りません」

潮風が、頭をかいた。

「そうか。俺も、このあたりは、めったにこないから、食い物屋など、さっぱりだ。なに、鰻にこだわっているわけではないから、そこいらを歩いて、適当な店があったら入ってみようじゃないか」

臨川がいった。

「早い話が、飲めればいいわけですね」

潮風が茶化した。

「そのとおり。俺は飲めればいい。喰《く》うのは君たちだから、俺はなんだっていいんだよ」

臨川が笑った。

2

弓館小鰐の友人、古河浩一郎《ふるかわこういちろう》は大塚の護国寺の、すぐ近くに住んでいた。龍岳が、押川春浪《おしかわしゅんろう》、中沢臨川、弓館小鰐の三人と、その古河の家を訪ねたのは、両国の川開きから四日後の日曜日の午後三時ごろのことだった。

護国寺の前を通り、低い崖の下の廃屋のような紙漉場《すきば》を過ぎると、東京市経営の広い養樹園があった。これから公園や道端に植えようという樹木が等間隔に整然と並んでいる。その木々に、蟬《せみ》が大量に止まり、うるさいほどの蟬時雨《しぐれ》を呈していた。

古河の家は、その養樹園の後ろ側の、三部屋ばかりの小さな平屋だった。小鰐の話によれば、本人はもう少し大きな家を希望したのだが、予算の関係で、これしか買えなかったと残念がっていたという。

「あれ、おかしいな。たしか、この家だったはずだが？」

家の前の古い門柱を見上げた小鰐が、首をひねった。四日前にあった表札が消えているのだ。

「道をまちがったんじゃないのか？」

春浪がいった。

「いや、この家にはたしかに見覚えがあるのですが。ふむ」

小鰐がため息をつく。そして続けた。

「このあいだ訪ねた時は、夜だったので特に注意したんですよ」

「でも、表札が出ておらんね。犬小屋も見えんよ」

臨川が、背の低い竹垣の中を覗《のぞ》いていった。

「ああ、そうだ。そのあたりに、立派な犬小屋があったんですよ」

小鰐が、玄関の右手に視線をやって、なっとくげにうなずいた。

「そうか。じゃ、やはり、この家じゃありませんね。やあ、失敗しました。これじゃ、新聞記者は失格ですな」

「いや、俺も道音痴だから、人のことはいえんよ」

春浪が、ハンカチで額の汗を拭《ぬぐ》いながらいう。

「なんにしても、このあたりであることは、まちがいありませんから、少し探してみましょう」

小鰐がいい、路地を右手のほうに歩きだした。

「なんだったら、春浪さんと臨川さんは、この辺で待っててください。ぼくと小鰐君で探してきます」

龍岳がいった。

「うん。それがいいね」

小鰐がうなずいた。

「おいおい、そう、ぼくらを年寄り扱いせんでくれ。まあ、春浪は年寄りだが、俺は君らといくらもちがわんのだよ」

臨川が笑った。

「なにをいうか、臨川君。お前と俺だって、たったのふたつしかちがわんのだぞ。年寄りとはなんだ」

春浪もまた、笑いながら臨川にいった。

「まあまあ、おふたりとも……。春浪さんと臨川さんが喧嘩《けんか》したのでは、〔天狗倶楽部〕が潰れます」

小鰐がにやにやしながらいった。

「そもそも、君らがいかんのだな。俺たちを年寄りあつかいするから。さあ、いこう。黙って歩いておれば、なにももめんかったのだ」

臨川が小鰐の顔をにらんだ。

「いや、これはどうも……。では、いきましょう」

四人は並んで歩き出した。だが、その近辺を五分ほど歩いても、古河の家は見つからなかった。そして、結局、最初にやってきた家の前に、もどってしまったのだ。

「やはり、この家にちがいありませんよ」

小鰐が、再度、門柱を見ていった。

「では、引っ越したのかな？」

龍岳がいった。

「まさか。四日前に会った時は、ひとことも、そんなことはいっていなかったし、今日、ぼくたちが訪問すると約束してあるんだ。もし引っ越すとしても、それならそれで、なにか連絡をくれるだろう」

小鰐がわけがわからんという顔で龍岳を見た。

「それは、わからんよ。俺など、何度その日に思いついて引っ越したか、数知れんからね」

春浪がいった。たしかに春浪の引っ越し癖は、仲間うちで有名だった。道を歩いていて空き家があると、突然、引っ越しをしたくなってしまうのだという。

「古河も、この家は少し狭いとはいっていたけれども……」

小鰐が、顎《あご》をなでた。

「ともかく、この家の人に聞いてみようじゃないか。ごめん！」

春浪が、声をかけながら門扉《もんぴ》を開け、玄関のほうに進んでいった。

「はい」

家の中から、女性の返事がした。古河はまだ独身だと聞いていた小鰐が、眉根にしわを寄せた。

「少々、ものをお聞きしたいのですが、こちらは古河さんのお宅では？」

今度は小鰐が春浪に代わって質問した。

「いいえ、ちがいます」

すりガラスのはめこまれた引き戸の向こうから、若い女性の声が返ってきた。戸は開かない。

「古河さんは、一昨日、お引っ越しになられましたよ」

女性がいった。

「やはり」

春浪がうなずいた。小鰐は、信じられないという顔で龍岳に向かって、道を小さく横に振った。

「そうでしたか。すみませんが、ちょっと、お話をうかがえませんか？」

「ごめんなさい。いま、行水をしているところで、戸が開けられないんです」

「あっ、それは、どうも。じゃ、このまま、お尋ねしますが、古河さんは、どちらに引っ越されたのですか？」

「さあ、存じません。わたしどもは、なにも聞いておりません」

女性がいった。そして、続けた。

「なんでも、急いでおいでだったようで、家具調度も、そのまま、わたしどもで譲っていただきましたのです」

「なるほど。いや、四日前に古河君に、今日来てくれといわれていたもので……。引っ越し先は、北のほうとか南のほうとか、そんな話も聞いておられませんか？」

小鰐がいった。

「はい。申しわけありませんが、なにも」

女性が、すまなそうにいった。

「いや。それは、どうも失礼しました」

小鰐がいった。

「古河さんは、犬も置いていかれましたか？」

それまで黙っていた臨川が、質問した。

「い、いえ、犬は連れていかれました」

女性が、ちょっとあわてたようにいった。

「そうですか。それは残念、実は、われわれは古河さんの犬を見せてもらいにきたのでしてね。置いていかれたのなら、見せていただこうと思ったのですが」

臨川がいった。

「犬はおりません。では、これで。お役に立てず、すみません」

女性が、話は終わりにしたいという口調をした。

「いや、どうも、ありがとう。失礼しました」

臨川がいった。

「やはり、引っ越しだったね」

路地にもどると、春浪が歩きながらいった。

「それにしても、ぼくは古河を見そこないましたよ。

どんな理由があるか知らないが、春浪さんや臨川さんに約束をしておいて、いき先も告げずに引っ越すなどと、人を馬鹿にするにもほどがある」

小鰐が、真剣な口調で憤慨に耐えないという顔をした。

「まあ、そう怒るなよ。小鰐君。なにか、のっぴきならない理由があったのだろう。いいじゃないか」

春浪が、逆に小鰐をなだめるようにいった。

「そうそう。どうせ、犬を見にきただけだからね」

臨川も、立場をなくして困っている小鰐を助けるように、明るい調子でいった。

「そういっていただくと、気持ちが軽くなりますが、ほんとうにすまんでした」

小鰐が、臨川に頭を下げた。

「しかし、犬はほんとうに連れていったのかなあ」

臨川がいった。

「と、いいますと?」

龍岳が質問した。

「いや、なにね。家の中に、犬のいるような気配がしたんだがな」

臨川がいった。

「ほう。さすがは、犬に詳しい臨川君だな。気がつかなかった」

春浪が、感心してうなずいた。

「さすがじゃないよ。聞いてみたら、犬はいないという。大はずれだった」

臨川が笑った。

「それはそうとして、どうするね?」

「こうなれば、どこかで冷たいビールでも、ぐっとやるしかないね。実は、俺は古河君とやらの家で、ビールぐらいは出るだろうと期待しておったんだ」

春浪がいった。

「あははは。俺もだよ。酒飲みの考えることは同じだな」

臨川が笑った。

「ですが、このあたりにはビールの飲めるところはないでしょう」

小鰐がいった。四人は、養樹園の前までもどっていた。

「やはり、池袋まで出んとだめかな」

「墓地の茶屋で飲むわけにもいかんしなあ」

臨川が、雑司《ぞうし》ケ谷《や》墓地の方向に目をやっていった。

「親戚の墓でも、お参りにきた帰りとでもいうならともかく、ただ寄って飲むのはいかんね。しかたない。だれかの墓を適当に見つくろってお参りするか」

春浪がふざけた。その時だった。

「春浪さん!!」

四人の背後から、男の声がした。全員が振り向く。五間ほど後ろで長身の洋服の男性と、着物姿の若い女性が手を振っていた。警視庁本庁第一部刑事の黒岩四郎《しろう》と、その妹・時子だった。

「やあ、黒岩君じゃないか! なにをしておるんだね、こんなところで?」

春浪が、怒鳴るようにいった。黒岩と時子が、走るように四人のほうへやってくる。

「どうも、こんなところで会うとは思いませんでした」

「こんにちは」

時子が四人に会釈した。時子の髪には、翡翠のかんざしが差してあった。龍岳の心に、うれしさが広がった。

「やあ、時子さん。花火の晩はどうも」

小鰐がいった。

「で、なにがあったんだね。事件か?」

春浪が、挨拶《あいさつ》が終わるのを待ち切れないようにいった。

「はあ。昨日の夜、この近くで時子の学校の友達が、破廉恥漢《はれんちかん》に襲われたというので、ちょっと調べにきたのです。幸い、顔や手足に引っ掻き傷を負った程度で、大事にはいたらなかったのですが、時子の話を聞くと、どうも妙なところがある事件でしてね。犯人が素っ裸だったというんです」

「素っ裸?」

臨川が聞き返した。

「ええ。それで、本人の口から話を聞きにきたのですよ」

黒岩が説明した。

「ふむ。おもしろそうな話だが、とにかく、この炎天下ではたまらん。蕎麦屋《そば》でもなんでもいい。冷たいのをひっかけながら聞こうじゃないか」

春浪がいった。

「調べのほうは、もういいのですか？」

春浪が、一方的に話を進めるので、龍岳が黒岩に気を使っていった。

「うん。夜、もう一度、見にきてみようと思っているけれどね。まったく暑いので、ぼくらも氷水でも食べようと話していたところなのだ。しかし、みなさんは、なぜ、こんなところに？」

黒岩がふしぎそうにいった。

「散歩だよ、散歩」

臨川が笑顔でいった。

「この暑いのにですか？」

黒岩が、目を丸くした。

「いや、実はぼくが、大へまをやってしまいましてね。友人を訪ねてきたら、引っ越していたんですよ」

小鰐が、後頭部をに手を当てていった。

「春浪さんや臨川さんに、迷惑をかけてしまって」

「いいから、いいから。小鰐君、気にするな。これで、うまい酒が飲めるんだから文句はない」

臨川がいう。

「そうだとも。龍岳君なんか、いま腹の中で、相手が引っ越していてよかったと、大喜びしておるぞ」

春浪が、ちらりと時子に目をやっていった。

「春浪さん‼」

龍岳が、額にしわを寄せていった。

「……ん。俺はなにか、悪いことをいったかな。とにかく、ビールの飲める店を探そう」

「そうですね。今日の代金は、全部、ぼくが持ちますから」

小鰐がいった。

「そうか。では、今日は浴びるほど飲んでやろう」

春浪がいった。

「そのいいかただと、まるでいつもは控えておるようだぞ」

臨川がからかった。全員が爆笑した。

3

「なるほど。では、その暴漢はいちがいに、婦人を凌辱《りょうじょく》しようとしたとも思えんというわけか?」

黒岩の話を聞いた春浪が、蕎麦にはほとんど手をつけず、コップを持ったままいった。護国寺近くの小さな蕎麦屋の二階だった。

「はい。飛びかかって押し倒されたけれども、そういう素振《そぶ》りは見せなかったというのです」

「しかし、素っ裸で飛びかかってきて、なにもせんというのは奇妙だね」

小鰐がいった。

「だが、逆に考えると、道端で婦人を襲うのにだよ。いくら夏とはいえ、猿股も褌《ふんどし》もせずに、素っ裸で待っているというのも変といえば変だろう」

春浪がいった。

「すると、もの盗りですか?」

小鰐がたずねた。

「いや、そうでもないらしい。財布はもちろん、なにも取られてはいないというからね」

黒岩が説明する。

「となると、なにが目的で、そのお嬢さんを襲ったのだ」

臨川が、うまそうにビールをあおってから質問した。

「それが、わからないのです。暴行が目的でもなく、金目当てでもないというと、ほかになにが考えられますかね」

「こいつかな」

春浪が、右手の人差し指を、耳の上のほうに当てて、小さく円を描いた。

「葦原《あしはら》将軍の親戚ですか?」

小鰐がいった。

「あるいは酔っぱらいが、ふざけて抱きついたんじゃないのか。おれも時々、芸者や女中に抱きつくぞ。もっとも、さすがに裸ではやらんがね」

臨川が笑った。

「天風《てんぷう》君や信敬《しんけい》君は、時々、素っ裸で芸者を追いかけ回しているがね」

春浪も笑いながらいう。

「酔っぱらいかとも思ったのですが、被害者は酒の匂いはしていなかったといっています。それに、身のこなしの素早い男で、人が通りかかったら、あっというまに逃げてしまったそうですが」

黒岩がいった。

「顔は見なかったのですか?」

龍岳がたずねた。

「見たそうです。昨晩は月の明かりが明るかったので、よく見えたけれども、長髪で髭《ひげ》の濃い男だそうでした」

時子が説明した。

「長髪で髭面? それじゃ、犯人は決まったも同然だ」

春浪が笑いながらいった。

「だれだ?」

臨川がいう。

「中村春吉《なかむらはるきち》君だ」

「はっははは。なるほど、しかし、彼はいま満洲にいっておるぞ」

中村春吉は、十年ほど前に、自転車で世界無銭旅行をしたバンカラ探検家で、〈天狗倶楽部〉のメンバーではなかったが、春浪たちと親しい存在だった。春浪が中村の口述をまとめて、探検記を出版したりしている仲でもあった。

「なに、急に女性が恋しくなり、帰ってきたのかもしれん」

「飛びかかって、ねじ伏せたということは、単なる露出狂とも思えませんな」

小鰐が、話の軌道を修正しながらいった。

「そうなのだ。お嬢さんは、顔と腕に、ひどい引っ掻き傷を受けておってね。どういう爪をしたやつなんだか、まるで犬にでも引っ掻かれたような傷痕だよ」

黒岩が説明した。

「気の毒に。後に残らんければいいがな」

春浪がいった。

「ええ。きれいな人ですから、傷が残ったらかわいそう」

時子が、人ごとではないという表情でいった。

「時子さんも、気をつけなけりゃいかんですぞ。そういう破廉恥漢が出てきたら、とにかく金玉を蹴りあげるか、握り潰すにかぎる。こいつをやれば、たいていの男は泡を吹く。とはいうものの、いきなりでは、なかなかむずかしいから、龍岳君でも稽古台にして、ふだんから練習しておくといいですなあ」

そろそろ酔いの回ってきた春浪が、ゆかいそうにいった。

「まあ」

時子がうつむく。

「ちょっと春浪さん。ここで、ぼくは関係ないでしょう」

龍岳が抗議した。

「まあ、いいじゃないか。時子さんのために、稽古台になってあげたまえ。あっはははは」

春浪は、すっかり、いい調子だった。

「それで、黒岩さんは、今晩もまた出るかもしれないからと?」

小鰐がいった。

「うん。いや、これは、まったく勘にすぎないが、なんとなく、そんな気がする」

黒岩がうなずいた。

「じゃ、ぼくも一緒に見張っていていいですか。うまくいけば、特種《とくだね》になる。『黒岩刑事全裸男を逮捕!!』という見出しは、どうです?」

小鰐がいった。

「おいおい、見張るのはかまわんけれど、まだ、ぼくは捕まえたわけじゃないよ」

黒岩がいった。

「なあに、黒岩君なら、たしかに捕まえるさ。警視庁一の刑事だからね」

春浪がいう。

「持ち上げますね」

黒岩が笑った。

「うん。その代わり、俺が事件を起こした時は、見逃してくれ」

春浪がいい、みんなが笑った。

下戸の龍岳、まだ仕事の残っている黒岩、女性の時子をのぞいた三人は、そのまま、午後七時すぎまで飲み続けた。さすがに、小鍔は、その後のことがあるので、控え目にしていたが、春浪と臨川は、もうへべれけだった。

「そろそろ、引き上げたほうがいいんじゃないですか？」

龍岳が、おそるおそる進言すると、ふたりは、酔いが醒《さ》めるまで、少し寝ていきたいという。代金に少し色をつけるというと、店主は、それをふたつ返事で了承した。

「では、ふたりの酔いが醒めたら、俥《くるま》を呼んで、家に送ってくれ」

龍岳が店主にいった。

「へい。かしこまりました」

店主がうなずいた。約束どおり、その場の勘定は小鍔が支払い、四人は店の外に出た。外は、ようやく薄闇がかかってきたころで、空気は、なまぬるかった。

そのあたりの人通りは、あまり多くはなかったものの、正体不明の裸男が出現するには、まだ時刻が早そうだった。そこで、四人は護国寺を参詣《さんけい》することにした。

「あ、そうだった！」

境内《けいだい》に入り、賽銭《さいせん》をだそうと、懐に手を入れた龍岳が、小さな声を出した。

「どうしたね？」

黒岩がいった。

「いえ。春浪さんたちに見せようと思って、こんなものを持ってきていたのを、すっかり忘れていました」

龍岳が、懐から金属製の神像を取り出した。

「なんだ、ビリケンじゃないか」

小鍔がいった。さすがに、新聞記者の小鍔はビリケンを知っていた。

「ビリケン？」

黒岩が、覗《のぞ》き込む。

「ええ。このあいだの花火の日に、屋台の親爺《おやじ》に、成りゆきで買わされてしまいましてね。なんでも、米国の福の神だそうですよ」

龍岳は、そういいながら、ビリケン像を黒岩に渡した。

「なんだか、こまっしゃくれた顔をした神様だね」

黒岩が笑った。

「お寺にビリケンじゃ、宗旨がちがうから、もめるかもしれないぞ」

小鰐が笑う。

「まあ、穏便にやってもらおう」

龍岳は黒岩から返されたビリケン像を、ふたたび懐にしまうと、一銭玉を賽銭箱に投げ入れた。

四人が養樹園の裏手の、前夜、時子の友人が襲われたあたりにもどったのは、八時半ごろだった。そこは、例の小鰐の友人が引っ越してしまった家からも二分ほどしか離れていない場所だった。

「出ますかね」

小鰐が、もう、すっかり暗くなった周囲を見回していったが、空には、満月に近い月が出ているので、真の闇というわけではなかった。

「出なければ、出ないに越したことはないがね」

黒岩がいった。

「……ん。なにか動く気配がしたぞ？」

四人は、養樹園の裏口の開きっぱなしになった門の陰になったところで、様子をうかがっていたのだが、小鰐が背後の養樹園の奥を覗くようにしていった。

「どれ？」

龍岳たちは、小鰐の見つめているほうに視線をやった。だが、少なくとも、龍岳の目にはなにも見えなかった。

「よし、見てこよう」

小鰐がいい、自然の林とはちがって、木々の背も低く、せいぜい三尺ぐらいの高さの樹木が、等間隔にきれいに植えられている園内に入っていった。中には二、三の細い道があり、表門と裏門が通り抜けられるようになっている。

ただし、夜はめったに、通り抜けをする人間はいないのだが、前夜、時子の友人は帰りを急いで通り抜けし、全裸男に襲われたということだった。

「わあっ!! だれかっ!」

園内、二十間ほど奥から、小鰐の悲鳴が上がったのは、中に入っていって一分たつかたたないという時だった。

「どうした!?」

黒岩が叫んで、声のほうに駆け出した。龍岳と時子も後に続く。

抜け道から二間ぐらいの銀杏《いちょう》の木の並んでいる下で、ふたつの影が、取っ組み合っていた。長い、肩まで垂れるようなぼさぼさの髪の毛、原始人を思わせる髭面、全身毛むくじゃらの筋骨の発達した全裸の男が、仰向けに倒れた小鰐の上に馬乗りになっていた。全裸の男は、怒ったような顔で歯をむきだし、小鰐の首を締めようとしている。前夜、出現したのと同じ怪人にちがいなかった。

「時子、退《さが》っていなさい!」

黒岩が、小鰐たちのほうを見ながらいった。

「はい」

全裸の怪人を前にして、弥次馬《やじうま》精神の旺盛な時子も、さすがにひるんだようだった。足早に三、四歩、後じさると龍岳のからだの後ろに隠れるようにした。龍岳も時子をかばう態勢を取る。

「おい、お前! 両手を放して、弓館君から離れろ!!」

黒岩が、上着の内ポケットから短銃を取り出して、怪人に向かっていった。

「ウォーッ!」

怪人の目が、黒岩を見た。白目が充血し、瞳がらんらんと輝いているのが、月の光でも、はっきりとわかった。それは、尋常《じんじょう》な人間の目ではなかった。黒岩が、思わず息を飲んだ。

怪人は、両手の力をゆるめない。小鰐が、苦しがって、手足をばたばたさせる。首を締められているので、声が出せないようだ。

「手を放さんか！　放さんと撃つぞ!!」

黒岩が短銃を、怪人に向けた。

「ウウッー!!」

怪人は、また吠えるような声を出したが、まだ手を放さない。黒岩は短銃を空に向けると、引金を引いた。ぱんと弾けるような音がした。怪人は、その音に、びくっと一瞬、からだを震わせたが、手は小鰐の首に食い込んだままだった。

「しかたない」

黒岩は、自分にいい聞かすように、怪人の右肩のあたりに狙いをつけた。怪人と黒岩の距離は、一間ほどしか離れていない。短銃の弾が当たれば、怪人が大けがをするのは必至だった。が、躊躇《ちゅうちょ》していたら、小鰐の命が危ない。黒岩は、ふたたび引金を引いた。

「ガウッ!!」

瞬間、怪人は小鰐のからだから、吹っ飛ぶように後方に倒れた。弾は、狙いたがわず怪人の右肩に命中した。

「弓館君！」

黒岩が、小鰐に駆け寄った。龍岳も時子に、その場を動くなと手で合図して、小鰐のそばに走る。

「小鰐君！」

龍岳は、黒岩は動きを合わせて、小鰐のからだを起こした。

「くそっ！」

小鰐が、目をぱちぱちしながら、上半身を起こす。

「だいじょうぶか？」

龍岳がいった。

「うむ。だいじょうぶだ。いきなり、飛びかかってきたんだ。ものすごい力だった」

小鰐が、上半身を起こして、地面に座りこんだようなかっこうで、すぐ後ろに、仰向けに倒れている全裸の怪人のほうを見ていった。

「死んだのですか？」

「いや。急所ははずした」

黒岩がいった。その時だった。

「ガウウッ‼」

怪人が叫び、左手を地について起き上がろうとした。小鰐が、びっくりして、龍岳の手を借りて立ちあがった。続いて、怪人が立ちあがった。右肩からは鮮血が滴《したた》っている。しかし、怪人の動きは、さして打撃を受けているようにも見えなかった。怪人は、歯をむき出して黒岩をにらみつけ、肩をいからして飛びかからんばかりの態勢を取った。

「なんてやつだ」

小鰐が呻《うめ》くようにいった。その声が終わらないうちに、怪人が、今度は黒岩のほうに突進してきた。黒岩が、短銃を二発、たて続けに発射した。弾は、今度も怪人の胸に命中した。けれども、その足は止まったものの、怪人は倒れなかった。

それどころか、両手を万歳するようなかっこうで、高くあげ、腹に響くようなうなり声をあげた。強さを誇示しているような態度だ。短銃の弾を、至近距離から三発も受けたにもかかわらず、怪人は、たしかにたいした打撃は受けていないようだった。

「逃げましょう！」

龍岳が叫んだ。

「うむ！」

黒岩が答え、四人は養樹園の出口のほうに向かって走り出した。

4

養樹園の出口に向かって走った四人だったが、外には出られなかった。なぜなら、出口から三間ほどのところに、もうひとり怪人がいく手をはばむように立っていたからだ。こちらの怪人も裸だったが、胸や腰の線から、女だということがわかった。

だが、その顔は人間ではなかった。顔は長い灰色の毛に覆われていた。ぴんと立った耳、尖《とが》った鼻。その下の口には、鋭い牙のような歯が並んでいた。手足には、長い爪が生えている。犬の化物にちがいなかった。

「あっ‼」

小鰐が声をあげて、まず走るのをやめた。あとの三人も足を止める。背後で、全裸の怪人の唸《うな》る声がする。龍岳が振り返った。怪人は、二間と離れていないところまで追ってきていた。

「どうしよう！」

龍岳がうめくようにいった時、全裸の怪人が時子に飛びかかろうとした。

「危ない‼」

龍岳が時子を後ろに押しやり、自分が怪人の前に一歩進み出た。怪人が龍岳にからだをぶつけた。その体重を受けきれず、龍岳が背中から地面に倒れ込んだ。黒岩が怪人に、短銃の弾を、また二発撃ち込んだ。しかし、効果はなかった。

怪人の顔は、より凶悪になっていた。後から現れた犬の顔をした女に似通ってきている。全身の体毛も濃くなったようだ。ふたりの怪人が仲間らしいことは、だれの目にもわかった。

全裸の怪人は、倒れ込んだ龍岳にのしかかり、鋭い牙の生えた口で、喉に噛《か》みつこうとしていた。龍岳は噛みつかれまいと、必死で抵抗する。龍岳の懐から、ころりとなにかが転がり落ちた。ビリケン像だった。

怪人の背後に回った小鍔が、怪人の腰にしがみついた。怪人が、うるさそうに小鍔のほうを見た。すきができた。龍岳はビリケン像を右手に摑《つか》むと、怪人の顔をめがけて殴りつけた。あまり力のある龍岳ではなかったが、その態勢から出せるすべての力を出して、叩きつけた。ビリケン像は、怪人の額に当たったが、怪人はひるまなかった。

黒岩は、女怪に対峙していた。弾の切れた短銃の筒のほうを握りしめ、いつでもかかってこいという態勢を取っていた。が、女怪は龍岳と怪人との動きを見つめているばかりで、動こうとはしなかった。

龍岳は怪人の顔を殴りつけても、効果がないとわかると、とっさに、そのビリケン像を怪人の耳まで裂けた口の中に押し込んだ。怪人は大きな口を開けて、龍岳の喉笛を狙っていたが、まさか口の中にものを突っ込まれるとは予想していなかったようだ。

あわてて、顔を引いたが、口の中では、ビリケン像がつっかえ棒になっていた。開いた口を閉じられなくなったのだ。龍岳が、さらにビリケン像を口の奥に押し込むと怪人が、はじめて苦しそうに悲鳴をあげた。

「龍岳さん、これ！」

一瞬、怪人がひるんだのを見て、時子が髪に差していたかんざしを抜いて龍岳に渡した。

「うん」

龍岳は、荒い息で答えて、それを受け取ると、逆手に構えた。そして、間髪《かんはつ》を入れず、かんざしを怪人の左の首筋に突き刺した。

「ワウウッ!!」

怪人が叫び声をあげた。そのからだが、ばねじかけの人形のように、龍岳のからだから離れた。そのあおりを食らって、腰にしがみついていた小鰐が、振り飛ばされて、どっと尻《しり》もちをついた。

怪人が叫んで、龍岳のからだから離れるのを見て、女怪が黒岩を突き飛ばして、怪人のそばに走った。黒岩の手から短銃が落ちる。出口のほうに進むのをじゃまするものがなくなったので、時子が判断よく、道路のほうに駆け出した。

「だれか、だれか来てください。警察を呼んでください！」

首筋にかんざしを突き刺された怪人は、両膝《ひざ》をついて手をぶるぶる震わせていたが、やがてなっとくできないという表情をしながら、左手でかんざしを引き抜いた。とたんに、鮮血がホースから噴出する水のように流れ出た。口につっかえ棒になっていたビリケン像が、ごろんと地面に落ちた。

鮮血を吹き出している怪人を女怪が、いとおしそうに抱きかかえた。

「あなた……」

女怪が、はっきりした日本語でいった。

「これでいい。……これでいいんだ」

女怪の膝に頭を乗せた怪人が、うめくようにつぶやいた。首筋を刺されているせいだろう、つぶやき終わった時、口から血が溢《あふ》れ出してきた。

女怪は、犬の手で怪人の頭をなでさすった。そして、悲しそうな表情で、空を見上げた。翌日が満月らしい明るい月を見上げた。それから、ゆっくりと黒岩たちのほうに顔を向けると、静かな口調でいった。

「お騒がせしました。でも、この人に悪意はありませんでした。どうか、許してやってください」


女怪は、怪人の左手に握られたかんざしを手に取った。それから両手で、尖ったほうを自分の左胸に当てて握り、軽く会釈すると、力を込めて突き刺した。それは、一瞬のできごとだった。

「あっ!!」

小鰐が声を出した。しかし、近寄ることはできなかった。いままで暴れまくっていた怪人に対する恐怖心が、足を動かさせなかったのだ。龍岳も黒岩も、ふたりの怪人を見つめるだけで動けなかった。

女怪は胸にかんざしを刺したまま、呻き声ひとつあげずに、三人のほうを見ていたが、五秒ほどすると静かに目を閉じ、そのまま、前こごみに、怪人のからだに重なり合った。

その重みを感じたのか、怪人が、もうほとんど動かない手で、女怪を抱きしめるようなしぐさをした。

養樹園の入口のほうで、ばたばたと人の足音がした。時子を先頭に春浪と臨川と、もうひとり見知らぬ顔の男が駆け込んできた。

「春浪さん!」

龍岳がいった。

「おお、ぶじだったか!」

春浪が怒鳴った。

「酔いも醒めたので、春浪とふたりで、もう一度、古河さんの家を訪ねたのさ。そしたら、縛られて押入れに入れられていてね。それで、君たちを探しにきたら、ちょうど時子さんに出くわしたんだ」

臨川がいった。

「古河、引っ越してなかったのか?」

小鰐が、春浪たちと走ってきた男の顔を見ていった。

「おお、弓館。噛まれなかったか!」

古河は、小鰐の問いには答えず、心配そうな表情をした。

「俺はだいじょうぶだが」

小鰐が龍岳を見た。

「ぼくもだいじょうぶです」

龍岳がいった。

「そうか。それは、よかった」

古河が、ほっとした顔をした。

「どういうことなんだ。お前は、この怪人を知っているのか?」

小鰐がいった。

「小鰐君、おどろいちゃいかんぞ。かれらは人狼《ひとおおかみ》だったんだ」

臨川がいった。

「人狼?」

小鰐より先に声を出したのは、龍岳だった。

「あの満月の夜になると、狼に変身するという、伝説の怪人ですか?」

「そうだ。その人狼だ。君たちが見たように、実際には、完全な狼の姿になるのではなく、こんな怪物に変身するのだがね」

臨川がいった。

「でも、今夜は満月じゃありませんよ」

龍岳がいった。

「事実は、すべて伝説どおりではないんです」

古河がいった。

「あっ、ふたりのお顔が……」

時子が、折り重なっている怪人を見ていった。

龍岳たちが会話を続けているあいだに、怪人たちの姿に変化が起こっていた。いつのまにか、ふたりとも、からだ全体を覆っていた灰色の毛が消え、顔や手足の形も人間にもどっていた。柔和《にゅうわ》な表情の若い男女が、眠っているように目をつぶっている。

「ぼくは、人殺しをしてしまったんですか?」

そのふたりの死顔をみて、龍岳が口に手を当て、当惑顔でいった。

「いや、かれらは人間じゃなかった」

古河がいった。

「そのとおりだ。まちがいなく怪物だったよ。龍岳君、心配しないでいい。警察には、ぼくがはっきり説明する」

黒岩が、いまは人間の姿にもどった怪人たちを見下ろしていった。

「そうですか。それを聞いて、ほっとしました。しかし、これは、ぜんたい、どういうことだったのです？」

龍岳が質問した。

「かんたんにいえば、わたしが英国のスコットランドで手に入れて連れ帰った犬が、実は犬ではなく人狼だったのです」

古河がいった。

「つまり、あなたが手に入れた時は、このふたりは、犬というか狼の姿をしていたわけですね」

黒岩がいった。

「そうです。わたしも、英国では人狼の伝説は聞いていましたが、それによると、人狼というのは、ふだんは人間の姿をしていて、満月になると狼に変身するということでした。ですが、かれらはちがいました。ふだんは、狼の姿をしていて、満月が近づくと怪物になるのです。みなさんが、ごらんになった通りです」

「なるほど。ですが、貴君は、そのことを日本にくるまで気がつかなかったのですかな？」

春浪がいった。

「はい。船の中で、いまにして思えば、そうだったのかと思い当たるふしは、あることはありますが、まさか、人狼とは思いませんから……」

古河がいった。

「それはそうですな。人狼とわかっていて連れてくる人間はいない」

春浪がうなずいた。

「ふたりとも、日本人の姿をしておるのは、どういうわけなのです？」

今度は、龍岳が質問した。

「それは、本人の口から聞きましたよ。ふたりでスコットランドを旅していて、人狼に噛まれ、自分たちも、その一族になってしまったのだそうです」

「でも、よくお前は殺されなかったなあ」

小鰐が古河にいった。

「うむ。それが、男のほうは、怪物に変身すると、まったく人間的な理性が消えてしまうんだが、女のほうは理性が残っていてね。さほど凶暴にもならなかった」

古河が説明した。

「それで、女のほうが、俺をうまく、男のほうから匿《かくま》ってくれてね。今日、君たちが訪ねてくると知って表札をはずし、引っ越ししたと思わせ、俺も手足をしばられ、さるぐつわはされたものの、殺そうとするようなことはなかったんだ。俺のほうも、満月の時期が過ぎたら、医者に見せて、なんとか治療できないかと考えていたんだが……。かわいそうなことをした」

古河が、倒れているふたりに目をやっていった。

「夫が死んでしまったので、自ら命を絶ってしまったわけだな」

臨川がいった。

「そうとわかっていれば、女のほうだけでも助けることができたかもしれなかった」

小鰐がいった。

「いや、ふたり一緒に人間の姿にもどって死ねたのだから、これで満足だろう」

古河が首を横に振った。

「そうか。しかし、俺や龍岳君や女学生を襲ったのは？」

小鰐が、さらに質問した。

「いまもいったように、男のほうは怪物になると、自分でもなにをやっているのかわからなかったらしい。それでも、昨晩は女学生に飛びかかっている最中に、突然、正気にもどって家に帰ったんだそうだ」

「ふむ」

小鰐がうなずいた。

「それにしても、よく、銀の武器を持っていたね」

古河がいった。

「銀の武器？」

小鰐が聞き返す。

「そう。人狼は、短銃の弾でも、刀で斬っても死なんのだよ。かれらを倒せるのは、唯一、銀でできた武器だけなんだ」

「そうか。それで、短銃にもびくともしなかったのか」

黒岩が、小さくうなずいた。

「なにを使ったんだい？」

古河が、怪人に目をやっていった。

「かんざしです。でも、あれが銀製品とは知らなかった。露店で、金メッキだといわれて買ったんですよ。ビリケン様にも助けられた。あれを口の中に突っ込まなければ、ぼくはたしかにやられていましたよ。そうか、あれは銀だったのか」

龍岳がいった。

「銀に金メッキをしたかんざし？　ずいぶん、変なものがあったたな」

春浪がいった。

「そうですね。でも、そのおかげで助かりました。ぼくは、もう無我夢中で突き刺しただけなんですよ。……すると、あのかんざしが銀製品じゃなければ、ぼくは、喰《く》い殺されていたわけだ」

龍岳が、肩をすくめた。

「いや、喰い殺されるんじゃなくて、あなたも人狼になっていたところですよ。理由は知りませんが、人狼に噛みつかれた人間は、必ず人狼になるんです。その代わり、それ以外のことでは、人狼にはなりません」

古河がいった。

「爪で引っ掻かれたのは、だいじょうぶだろうね」

小鰐が、喉のあたりをさすりながらいった。

「それは、だいじょうぶだ」

古河が答えた。

「そうか。よかった」

小鰐がいった。

「でも、小鰐君も龍岳君も、ほんとうに噛みつかれなかったかい。危ないから、しばらく、銀の煙管《キセル》でも持っていようかしらん。時子さんも、しばらくのあいだ、龍岳君とは歩かんほうがいいですぞ。いつ、送り狼にならんともかぎらんからね。はっははは」

　春浪が、冗談をいって笑った。それから、倒れているふたりに視線をやり、着ていた夏羽織を脱ぐと、龍岳に渡していった。

「あのふたりに、かけてやってくれ」

情

1

「龍岳《りゅうがく》先生じゃありませんか。どうも、こんだあ、てえへんな騒ぎになっちまいやしたね」

鵜沢《うざわ》龍岳が、道端の電柱の脇に立ち止まり、手拭《てぬぐ》いで首筋の汗を拭っていた時だ。ふいに斜め横の路地のほうから声がした。聞き慣れた声だった。龍岳が声のほうに目をやると、髪のだいぶ薄くなった頭にねじり鉢巻き、どんぶりのついた紺地の腹がけ姿の小柄な、歳《とし》のころ四十前後の男の姿が見えた。魚屋の新公《しんこう》だった。

時刻は、もう六時半を回っていたが、夏の日は長く、まだ、あたりは夜の帳《とばり》の兆しもなく、周囲には、むっとした熱気が漂っていた。

「やあ、新さん」

龍岳が、笑顔でいった。

新公は、早稲田の鶴巻町で小さいながらも魚新という名の一軒の店を持った魚屋だ。なかなかの働きもので、朝早くから夜遅くまで、よく動きまわる。ただ、新公には困った道楽があった。

困ったといっても、博打《ばくち》とか女遊びといった道楽ではないから、おかみさんや子供も世間体《てい》をはばかるほどではないのだが、これが無類の野球好きなのだ。それも並の好きではない。とくに、その早稲田贔屓《びいき》は、いささか度をはずれていて、どんな高価な魚を買いにきた客でも、早稲田をひとことでもけなそうものなら、ぜったいに売らないと徹底している。

数年前、早稲田大学野球部の合宿所に出入りするようになり、選手たちと親しく会話を交わすようになってから、野球狂になってしまったらしい。自分でも、近所の商売人や職人仲間を集めて、戸塚野球団なるチームを作って選手兼マネージャーなどをやっている。

もちろん、見るのも夢中で、すぐ近くの戸塚の運動場の早稲田の試合ならともかく、横浜のグラウンドでも羽田のグラウンドでも、ちょっと名の知れたチームの試合があると、仕事をほっぽりだして飛んでいく野球好きだ。

もっとも、野球を好きになる前は博打にうつつを抜かし、いくら働いても、貧乏ぐらしだったそうで、早稲田野球部の合宿所では、博打をやめるのを条件に、取引きをすることになったため、新公の家族はおおいによろこんだということだ。

新公は野球に関しては、勉強家でもあった。文字はひらがな、カタカナがやっと読める程度だったが、野球のルールについては、大学の選手やコーチよりも詳しいといわれるほどで、野球用語はすべて英語で覚えており、実際、〈運動世界〉といったスポーツ雑誌に、野球のルールに関する談話を寄せたりもしていた。

そんな男だったから、押川春浪《おしかわしゅんろう》が率いる〔天狗《てんぐ》倶《ク》楽部《ラブ》〕の面々とも、いつのまにか親しくなり、〔天狗倶楽部〕の御用達の立場を獲得し、〔天狗倶楽部〕が酒盛りをする時の肴《さかな》は、いつも新公の店から調達した。〔天狗倶楽部〕のメンバーも、新公を仲間として認めていて、倶楽部が揃いの名入り半纏《はんてん》を作った時は、新公にも一枚与えた。その半纏を着て、野球応援にいき、〔天狗倶楽部〕のむしろ旗を振り回す時の、新公のうれしそうな顔はなかった。

新公は、本名を三矢《みつや》新太《しんた》郎《ろう》というのだが、〔天狗倶楽部〕や早稲田の野球選手で、本名で呼ぶものはいなかった。みんな新公、新公だ。自分の子供のような歳の選手たちから、そう呼ばれても新公は少しも気にしていなかった。

だが、龍岳は、十も十五も年上の相手を新公と呼ぶのには抵抗があり、いつも、新さんと呼んだ。新公を、新さんと呼んだのは早稲田野球部部長の安部《あべ》磯雄《いそお》と龍岳ぐらいのものだったろう。

「春浪先生のところにでも、いかれるところですかい？」

新公がいった。

「いや。今夜は、みんな集まるらしいけど、ぼくは、どうしても急ぎの仕事があっていかれないんだよ」

龍岳が、ぽりぽりと頭をかいた。そして、続けた。

「さっきまで、図書館で調べ物をしていてね。河野《こうの》君に会ったら、ひどく憤慨していたよ」

「そらあ、決まってまさあ。あっしだって、黙っちゃいられねえ。あんまり腹が立つから、朝日新聞にねじこんでやろうかと思ってたところでさあ」

「朝日が野球の悪口を書くのはともかくとして、あの新渡戸《にとべ》博士の談話はなあ」

龍岳がいった。

「そうですよ。新渡戸博士は、法学博士だか農学博士だか知らないが、野球のことなんざ、これっぽっちも知っちゃいねえのに、なにが巾着《きんちゃく》切りの遊戯だってんだ！」

新公が、右手の平のつけ根で、鼻をこすりあげるようなかっこうをした。

「おいおい、ぼくに、そんなに怒らないでくれよ」

龍岳が笑った。

ふたりが話題にしているのは、この日——明治四十四年八月二十九日の〈東京朝日新聞〉に掲載された「野球と其《その》害毒」という記事だった。明治の初期に日本に伝えられた野球が、第一高等学校無敵時代を経て、早稲田、慶應がその王座を争うようになったのが、明治の三十七年、八年。

早慶が台頭してくるとともに、野球ファンは急激に増大し、各新聞なども野球記事に紙面を割くようになった。

明治三十八年四月、日露戦争のまっただ中、早稲田野球部は、大学の創設者・大隈重信《おおくましげのぶ》の鶴のひと声で、スタンフォード大学を中心としたアメリカ西海岸へ野球遠征をした。その成績は、決して、かんばしいものではなかったが、この野球の本場への遠征は、日本の野球界に革命的進歩をもたらせた。

この遠征の時、〈東京朝日新聞〉は部長として同行した安部の遠征日記を連日掲載するなど、野球の普及に対して、きわめて好意的だった。その〈東京朝日新聞〉が、前年の秋から、なぜか野球攻撃に転じたのだ。その理由は、はっきりしなかったが、その主張するところは、基本的には野球選手の素行が悪い、各学校は校名を高めるために、野球を利用しているなどというものだった。

八月二十二日から二十五日にかけても「野球界の諸問題」として、野球を攻撃し、その三日目には、〔天狗倶楽部〕を名指しで野球選手を煽動《せんどう》し驕《おご》らせる悪者と書いた。これに対して怒ったのは、弟の押川清《きよし》が元・早稲田大学野球部の第三代主将で、自らも野球大好き——というよりも野球の普及に全力投球している押川春浪だった。春浪らが抗議をすると、朝日の記者は押川春浪の自宅に電話をかけ、〔天狗倶楽部〕ごときの抗議で天下の朝日新聞が野球攻撃を止《や》めるかと、逆におどしにかかった。

ところが、一部には自社の野球攻撃キャンペーンを快く思っていない朝日社内の人間もあり、調停も試みられたのだが、結局、話はまとまらなかった。

その結果、〈東京朝日新聞〉は八月二十九日から「野球と其害毒」という、野球攻撃記事の連載を開始したのだが、その第一回に談話を寄せたのが、当時、社交的な学者らしくない学者として、いい意味でも悪い意味でも世間から注目を浴びていた新渡戸稲造《いなぞう》博士だった。

だが、この新渡戸博士の談話なるものが、誤謬《ごびゅう》と偏見に満ちたものだった。野球は常に相手をペテンにかけよう、計略に陥れようとする巾着切りのスポーツだと発言し、さらに、まったく事実を取り違えて、早稲田の選手を攻撃していた。

〔天狗倶楽部〕メンバーの阿武天風《あぶてんぷう》は、ただちに新渡戸邸を訪問し、その真意を聞きただそうとした。が、博士は翌々日に日米交換教授で米国へ出発する準備もあったのだろう、阿武を四時間も待たせた結果、結局、面会を拒否したのだ。

怒り心頭に発した〔天狗倶楽部〕の面々は、その夜、春浪の家に集合して、対策を講じることとなった。龍岳も元・早稲田野球部の花形投手で、現在も〔天狗倶楽部〕や早稲田野球部選手ＯＢで組織する〔稲門倶楽部〕などで野球を楽しんでいる、早稲田大学簿記講師・河野安通志《あつし》に、声をかけられたのだが、迫った締切があり、ちょっと時間が取れなかった。

「新さんは、春浪さんの家にいくのかい？」

龍岳がたずねた。

「いや、あっしは、偉い先生がたと一緒に話ができるような人間じゃありやせんや。それに、今日は、あんまり売上がよくなかったんで、れこがね」

新公が右手の小指を立て、それから両手の人差し指を眉毛の上に並べて、鬼の角《つの》のまねをした。

「ははは。べらんめえの新さんも、奥さんにはかなわないか」

龍岳が笑った。

「いや、あっしも、そう恐いものはねえんだが、嬶《かかあ》はどうもね」

新公が、ぽんとおでこを叩いた。

「しかし、先生の仕事もてえへんだね。いろいろ、調べて書かなきゃならねえんだから」

「なあに、仕事は、どんなものでも、みんな、たいへんなもんさ」

「ちげえねえ。いや、あっしも、実はいま、得意先からの帰りなんだけどね。こいつが、むずかしい注文で困っちまってるんでさ。そこの旦那《だんな》は、小豆《あずき》相場をやってるんだけども、その売り買いを、なんとかって宗教のお告げとかでやっててね。ところが、その神様だかなんだかから、昨晩、夢の中でお告げがあり、今日から十日間、一尺以上の大きさの鯛《たい》を毎日、家族で食べるようにっていったんだそうでね」

新公がいった。

「そいつは、いい商売じゃないか」

龍岳がいった。

「なんの。これで、天気のいい日はいいが、海の時化《しけ》の日なんか、河岸にいったって、そんな鯛なんぞありゃしませんよ。でもって、十日間揃えられなかったら、お出入り差止めだってんですからね。まったく、まいっちまうよ。……そうだ、先生。先生、マネキンての知ってますか？」

鯛の話をしていた新公が、突然、話題を替えた。

「マネキン？　知らないなあ」

龍岳が、首をひねった。

「先生が知らないんじゃ、あっしが知らなくてもむりはねえな」

新公が笑った。

「なんだい、そのマネキンてのは？」

「なんでも、菊人形の下地にするような紙を糊《のり》で固めた人形ですよ。ほら、前に下谷《したや》の川越呉服店が、こいつに着物を着せて、人間が着ているように見せて売ったのが話題になったでしょ」

「そうだったかな。ちょっと、思いだせないが」

「とにかくね、そのマネキンの、もっと立派というか、本物の人間らしく見えるやつを研究ってんですかい、作ってる人がいましてね」

「その神様のお告げのあった人かい？」

「いいえ。その隣りにある、おんぼろ下宿の書生っぽなんですよ。なんでも、美術学校を目指していたが、考え直したとか」

新公がいった。

「なるほど。で、それが、朝日の野球となにか関係あるのかい」

龍岳が質問した。

「あっ、こりゃ、いけねえや。あっしが、かってな話はじめちまって。いや、野球とはなんの関係もねえんですよ。ただね、その神様のお告げのあった小豆の旦那の家の女中が、気持ち悪がってたもんだから、つい、変な話になっちまった。すいやせん、よけいな時間取らせちまって」

新公は、そういって、頭を下げると龍岳の元を離れようとした。

「ちょっと、待ちなよ、新さん。そこまで話したら、最後までいってくれなくちゃ。気持ち悪いって、なにが、気持ち悪いんだい？」

龍岳がいった。

「いいんですかい、先生、時間？」

「ああ、いいから話してくれ」

「いや、それがね。その書生の下宿部屋と女中部屋は、おたがい窓を開けると、低い塀を挟んで、中がお見通しになるような場所にあるんだそうですが、いま、夏で、窓を開けていやしょ。女中のほうは、すだれなんぞをおろして、向こうから部屋の中が見えないようにしてるんだけども、書生のほうは、開けっ放しでね。で、そのマネキンとやらを作ってるんだけども、その時、まるで人間の女にでも話しかけるように声をかけながら、作るんだそうで。『おまえは、かわいいね。きっと、いいマネキンにしてやるからね。名前はお里《さと》がいいね』ってぐあいだそうでさあ」

新公が、歌舞伎の女形のような声を出していった。

「あっしがやっても、ずいぶんと気持ち悪いけど、なにしろ、毎日々々、そういって、気持ち悪い声だしながら、作ってるんだそうですよ。で、その女中が嫌がっていましてね」

「ふーん。そっちのほうの気《け》でもある男なのかね？」

龍岳がいった。

「いや。女中の話じゃ、少なくとも、外見は男らしい男だそうですがね」

新公がいった。

「別にその女中に危害を加えるというわけでもないのだろう」

「まあ、そりゃそうですが、嫌だ、嫌だって顔しかめてましたよ。紙を煮たり、塗料の匂《にお》いも臭《くさ》くてしようがないんだそうでね。家じゃ、旦那が神がかりになっちまうし、隣りの家じゃ、マネキン騒ぎだって、嘆いてましたよ」

「しかし、それで警察を呼ぶわけにもいかんだろうしなあ」

龍岳が、顎《あご》に手を当てた。

「そうですね」

新公がうなずく。

「世の中には、いろいろな人間がいるからなあ」

龍岳が、ふーっとため息をついた。

「マネキンか。一度、見てみたいもんだな。彫刻とはちがうわけなんだね？」

「ええ。よくは知らねえけど、いわば、紙人形ですからね。彫刻のような高級なもんじゃねえんでしょう。なんでも、その書生っぽは、いいマネキンを作って、三越呉服店あたりに売り込もうとしているらしいですよ」

「なるほど。それは、悪くはないかもしれないな。着物を衣紋《えもん》掛けに掛けて見るより、人形が着ているほうが、それらしく見えるだろう。ただ、その気持ち悪いことば遣いはなんなんだろうね」

龍岳がいった。

その時だった。龍岳の背後から、太い女性の声がかかった。

「おまいさん、なにしてんだよ。栃木屋さんの旦那が店でお待ちだよ。約束してたんだろう？」

龍岳が振り向くと、背中に乳飲《ちの》み子をおぶった、太めの仕事着姿の女性が立っていた。龍岳は、はじめて見る女性だったが、ひと目で、それが新公の妻であることを理解した。

「あっ、いけねえ！　そうだった!!　先生、ごめんなすって」

新公が、龍岳にぺこりと頭を下げた。

2

「それじゃあ、その男は、女性に変態的、破廉恥《はれんち》な行為をしようとしたというわけではないのだね」

白シャツ姿の黒岩四郎《くろいわしろう》が、小さな卓袱台《ちゃぶだい》を挟んだ向こう側で、四郎の浴衣の袖のほころびを繕《つくろ》っている妹の時子《ときこ》の指先を見つめながらいった。八月三十一日の午後八時、黒岩の家。

「それは、その男の人のいうことを聞いていたら、どうなっていたかはわかりませんけど、町子さんは、すぐに逃げ出してしまったそうですから」

時子が、縫い針に髪の油をつけながらいった。

「うむ。それは賢明だったな。そういう、変な男に出会ったら、なるべく、かかわらんことだ。お前は、そういう時、すぐに興味を持つ向こう見ずな性格だから、従《つ》いていったりしてはいかんぞ」

黒岩がいった。

「あら、向こう見ずなんかじゃありませんわ。ただ、探偵的興味があるんです。刑事の妹ですもの」

時子がいった。

「俺の仕事とお前は関係ない。お前は学生ではないか」

黒岩が、麦茶をすすった。

「でも、お兄さま、もし、その男が実は出歯亀《でばかめ》のような破廉恥漢で、わたしが、それを捕まえたとしたら、大手柄でしてよ」

「おいおい、お前は、そういうことまで考えているのか。冗談じゃないぞ。『出歯亀事件』のように、捕まえるどころか、殺されてしまったら、どうするつもりだ。まったく、お前は……」

黒岩が、あきれはてたという表情で時子の顔を見た。

出歯亀事件というのは、明治四十一年三月に東京府下多摩郡の大久保で起きた女性の暴行殺人事件だった。出っ歯のため「出歯亀」というあだ名の植木職人兼鳶《とび》職の池田亀太郎は、覗《のぞ》き行為の常習犯だったが、二十二日の夜、下谷電話交換局長の妻を銭湯の塀のふし穴から覗き見した。そして、ほろ酔いかげんだったこともあって、裸体に欲情してしまい、その女性が風呂屋から出てきた後をつけて、近くの空き地で暴行殺人に及んだというものだ。

物的証拠もなく、冤罪《えんざい》だという説もあったが、事件の内容が内容だけに、新聞雑誌は、この出歯亀事件をおもしろおかしく取り扱った。池田亀太郎は、無期懲役の判決を受けたが、その後も無罪を主張し続けていた。

「でも、わたし、いま学校の授業で、薙刀《なぎなた》を習っておりますもの」

「そんなものが、役に立つか。だいたい、いつも外に出るたびに薙刀を持っていくわけじゃあるまい。そんなかっこうをして外を歩いていたら、とんだ巴《ともえ》御前《ごぜん》だ」

黒岩が肩をすくめた。

「それにしても、妙な男だな。しかし、たとえば、妻に頼まれて買いにきたとも考えられるじゃないか」

「そんな。襦袢《じゅばん》だけとか、半襟《はんえり》とか、そんなものを買うというのなら、奥さんか妹さんにでも頼まれたということもあるでしょうけれど、お腰、伊達締め、腰紐、なにからなにまでひと揃いというのは、ふつうではありませんわ。お兄さま、わたしが、三越でお腰を買ってきてくださいと頼んだら、買ってきてくれまして？」

時子が黒岩の顔を見た。

「うーむ。足袋《たび》ぐらいならともかく、お前の腰巻は買えんなあ」

黒岩が、頭をかいた。

「ね、そうでしょ。しかも、それを見ず知らずの、そのあたりにいる女の人に頼むっていうのも変でしてよ」

「まあ、そうだな」

黒岩がうなずいた。

「はい。できました」

時子が、針についた糸を、糸切り歯でぷつんと切っていった。

「やあ、すまん。では、着替えるか」

黒岩は浴衣を受け取り、隣りの部屋に入っていく。

時子が、裁縫箱を片付けながらいった。

「お兄さま、西瓜《すいか》を冷やしてあるのですけど、食べますか？」

「おお、いいね。西瓜も、そろそろ時期が終わりだな。食おう、食おう」

襖《ふすま》の蔭から黒岩の声がした。

「井戸か？」

「ええ」

「それじゃあ、俺が取ってきてやろう」

「だいじょうぶです。わたしが、取ってきましてよ」

「そうか。じゃ、頼む。すぐそことはいえ、気をつけろよ」

黒岩がいった。短い中に、妹に対する優しさのこもったことばだった。

黒岩が、浴衣に着替えをすませて茶の間に入ってきた時、時子は台所で西瓜を切っていた。

「手伝おうか?」

黒岩がいった。

「いいえ。だいじょうぶです」

時子が答える。

「そうか。それで、さっきの話だが、そのお前のともだちの町子さん以外にも、同じように声をかけられた女性がいるんだって?」

黒岩が卓袱台の前に、腰を降ろしながら質問した。

「ええ。それは、町子さんからの、また聞きですから、詳しくはわかりませんけれど、町子さんが断ったようすを見ていた、三越の店員が、ほかにも声をかけられて断った人がいたといっていたとか」

時子が、お盆の上に三角に切って並べた西瓜を卓袱台の上に置きながらいった。

「うまそうだな」

黒岩がひと切れを手に取る。

「八百屋さんが、甘さは保証付きですって」

時子も座った。

「まあ、どこの八百屋も売る時は、そういうもんだ」

黒岩がいって、ぱくと西瓜に食らいついた。

「なるほど、うまい」

「わたしも」

時子も西瓜を食べた。

「ほんと、おいしい」

「うむ。その八百屋は正直者だな。これなら、ほんとうにうまい。警視庁で表彰してやろうか」

黒岩が冗談をいう。

「まあ、お兄さま」

時子が笑う。

「しかし、いまの西瓜は、すっかり、この縞模様になってしまったな。俺が子供のころは、西瓜といえば南瓜《かぼちゃ》みたいな色をした黒い皮のやつばかりだったが、最近は、あれは姿を見んね」

「ああ、わたしも覚えがありますわ。黒い皮の……。あれが、もともと、日本の西瓜なのでしょ?」

「らしいね。この縞模様のやつは、西洋から入ってきたものだそうだ。黒い皮の味は忘れてしまったが、やはり、こちらのほうがうまいから、こればかりになってしまったんだろうなあ」

黒岩が、西瓜の縞模様に目をやりながらいった。

「見た目も、このほうがきれいだし、水菓子は、外国のものにかなわないようですわね。バナナもおいしいし」

時子がいった。

「そういえば、昨日、部長がバナナをたくさんもらったから、少し分けてやろうといっていたが、あれは、どうなったのかな?」

黒岩が、首をかしげた。

「それはそれとして、話がまた、その三越の男にもどるがね、歳《とし》はいくつくらいだったって?」

「二十歳前後らしいですわ。そんなに、汚いかっこうはしていなくて、こざっぱりした着物を着ていたそうです」

時子が説明した。

「なるほど」

黒岩がいった。

ふたりが話しているのは、前の日、時子の学校の友達が、見知らぬ男に声をかけられたことだった。

町子という女性が、ひとりで三越デパートに秋物の半襟を買いに出かけたところ、ひとりの生真面目《きまじめ》そうな、しかし、ちょっと、なにかに取りつかれたような表情の書生が近づいてきて、若い婦人物の下着からコートまで、ひと揃いを見立ててくれないかといったというのだ。

もちろん、町子は気持ち悪いので、それを断ったが、ほかにも同じように声をかけられた女性がいたらしいという。その話を、町子から聞いた時子が、それをまた、黒岩に話していたというわけなのだ。

「まさか、女装趣味でもあるまいな。そういう趣味の男なら、自分で選ぶだろうし。それで、その男は、結局、品物を買ったのだろうかね?」

「さあ。町子さんは、早々に帰ってきてしまったそうですから」

時子が、布巾《ふきん》で手を拭いながらいった。

「明日、部下に三越に話を聞きにいかせてみようか。犯罪とは思えんが、なんか気になるな」

黒岩がいい、ふた切れ目の西瓜に手を伸ばした。その時だった。

「ごめんください。夜分、すみません。鵜沢です」

玄関のほうから声がした。鵜沢龍岳の声だった。時子の顔が、ぱっと明るくなった。黒岩が腰をあげようとした時は、もう時子は廊下に飛び出していた。

「やあ、今晩は遅いじゃないか。なにごとだね」

部屋に入ってきた龍岳に、黒岩が声をかけた。

「はあ。いままで安部磯雄先生の家で、例の朝日の野球問題の対策会議を開いていたのです」

龍岳がいった。

「なるほど。まあ、座りたまえ。それで、どういうことになったのだ」

黒岩がたずねた。

「はい。それが、読売と東京日日《にちにち》が、朝日に対抗して野球擁護《ようご》論の連載をしてくれることになりまして、安部先生や春浪さんも、大いに書くことが決まりました。春浪さんは、さっそく、明日の日日《にちにち》に連載です」

「ほう、それは、よかったね。だが、この野球論争に読売、日日が加わるとなると、いよいよ新聞戦争だね」

黒岩がいった。

「龍岳さん、西瓜をどうぞ」

時子が、ふたりの会話の合間を見て、ことばをはさんだ。

「はい。ありがとうございます。それじゃ、ひとつ」

龍岳が、西瓜に手を伸した。

八月の二十九日に始まった〈東京朝日新聞〉の「野球と其害毒」という連載は、さすがに世間に話題を呼んだ。それに対して、春浪をはじめとする〔天狗倶楽部〕一派の野球擁護論に乗ったのが、〈東京朝日新聞〉と新聞販売戦争をしている〈読売新聞〉、〈東京日日新聞〉だった。

「読売では、近く、日本青年館を借りて野球擁護の演説会をやろうとさえいっています」

龍岳がいった。

「なるほど。俺は野球のことは、どうもよくわからないが、たしかに選手の素行問題などもあるにせよ、朝日のように目くじらを立てる必要もないと思うがね」

黒岩が、小さな微笑をもらしながらいった。

「昨日の朝日に載った府立第一中学校の校長の談話はあんまりでしたわ」

時子がいった。

「なんといっているんだ?」

「ボールを右手で投げ、右手でボールを打つから、野球選手の右手と右肩は変形してしまうというんです」

野球好きの時子が、興奮した口調でいった。

「その件は、ばかをいっちゃいけないと、河野君がさっき、憤慨していたよ」

龍岳がいった。

「なんにしても、この論争は、まちがいなく〔天狗倶楽部〕側の勝ちだよ。でも、朝日は、なんで突然、野球が害毒だなんていいだしたんだろうなあ」

龍岳が西瓜の種を手の平に受け取りながらいった。

「新聞販売の戦略だよ。いま、野球を攻撃すれば人目を引くからね。朝日の渋川という部長は、なかなかの策士らしい」

黒岩がいった。

「春浪先生は、怒っておいででしたでしょ」

時子がいった。

「うん。はじめのうちは、冷静だったのだが、話が進むうちに、だんだん怒りはじめてね。春浪さんが、あんなに怒ったのを見たのははじめてだった」

龍岳がいった。

「清君のこともあるし、あれほど野球の普及に力を入れているのだものなあ。それを害毒だなどといわれれば、怒りたくもなるだろうね」

春浪の野球好きを知っている黒岩が、うんうんとうなずいた。

「直接の記事を書いているのは、名倉《なぐら》という記者なんだが、今度会ったら殴ってやると息巻いて、安部先生にたしなめられていましたよ」

「名倉を殴るか。しゃれみたいだね」

黒岩が笑う。

「安部先生は、なんとおっしゃっているのですか?」

時子が質問した。

「先生は、冷静でね。あの新渡戸博士の談話も、記者が捏造したにちがいないと話しておられた」

「新渡戸博士も、知らない野球のことまで発言なさらなければよろしかったのに」

時子がいった。

「いや。ああいうところで、知らないことでも発言するところが、新渡戸博士の新渡戸博士たるゆえんなんですよ」

龍岳が笑った。

「ところで、龍岳君。わが家には、別に用事がなければきてはいかんという決まりはないが、なにか用なのかい?　その野球の話を報告にきたのでもあるまい」

黒岩がいった。

「ああ、そうでした。実は、いま探偵ものの小説を頼まれているのですが、なにか種になるような事件はないかと思いましてね。明治三十八年の本所の十一人組の窃盗団の話を、小説ふうに脚色しては、どうかと思って、黒岩さんに、ご相談にきたのです。中学生向きの雑誌ですから、あんまり無惨な事件はまずいと思いましてね」

龍岳がいった。

「そうだなあ。ちょっと、時代が古いような気もするが、あの窃盗団の話ならいいかもしれないな。ほかに、これといって……。強姦《ごうかん》事件なんかは、いくつもあるが、中学生向きにはまずいし」

黒岩がいった。

「女装男の殺人なんていうのは、小説になりませんこと?」

時子がいった。

「女装男の殺人?　そんな事件があったんですか?」

龍岳が時子の顔を見た。

「いえ。お友達に、ちょっと、変な話を聞いたものですから」

「ほう。どんな、話ですか?」

龍岳が、からだを乗り出した。

「なあに、事件でもなんでもないんだよ」

黒岩が、苦笑しながらいった。

3

翌九月一日の午後四時、黒岩、龍岳、時子の三人は、魚屋の新公が小豆の旦那と呼んでいる、例の突然、神がかりになり連日、鯛を注文しているという相場成金の家の隣りの、汚い下宿屋の前に立っていた。

「やっぱり、マネキン作り青年と、時子さんのお友達が声をかけられたのは、同一人物だったようですね」

龍岳が、下宿屋を見上げながらいった。入口に〔明光館〕と看板がぶら下がっている。

前夜、時子たちから、三越呉服店に挙動不審な男がいたということを聞いた龍岳の頭の中に、たいした脈絡もなく、ぱっと浮かびあがったのは、新公から教えられたマネキン製作の書生のことだった。マネキンに着せるために、女性ものの着物を買う。たしかに、その買いかたに疑問がないではなかったが、そう考えると辻褄《つじつま》は合うのだ。

結局、前の晩は龍岳は黒岩の家に泊めてもらうことになり、翌朝、黒岩は自ら三越を訪ねて事情を聞き、龍岳は新公を訪れ、過日の立ち話の時よりも詳しい話を聞いた。そして、なにか奇妙な事件があると、顔を出さないではいられない時子と、三人で午後、早稲田大学近くのミルクホール〔マルボーロ菓子店〕で落ち合い、その書生を訪問してみることになった。

別に犯罪にかかわるようなことをやっているわけではないので、どう話を進めようかと考えた三人だった。最初は、龍岳が小説のネタにしたいので、マネキンのことを聞きたいとしようかとも考えたが、成金屋敷の女中が、薄気味悪がっていることもあるので、近所から苦情が出ているということで、黒岩が正攻法で書生に対応することになった。

「中野総一郎《なかのそういちろう》君は、お出《い》でですかな？」

〔明光館〕から、下駄をつっかけて外に出てきた学生に、黒岩が聞いた。

「はあ。いると思います。彼はめったに、外には出ませんから」

学生が答えた。

「部屋は、どちらですか？」

「二階の一番奥です。扉のところに、紙で作った若い女の生首みたいなものを、ぶら下げてありますから、すぐにわかりますよ」

学生が、なんともいえない小さな笑いを口許《くちもと》に浮かべた。

「マネキンですね？」

龍岳がいった。

「ええ。よくごぞんじですね。じゃ、みなさんは、そのお仕事の関係の……？」

学生が、龍岳たちの顔を見回した。

「まあ、そんなようなものです。どうも、ありがとう」

黒岩が答え、三人は下宿家に入っていった。その書生、中野総一郎の部屋は、学生のことばどおり、すぐにわかった。しみだらけの唐紙《からかみ》の襖《ふすま》に、彫刻かと思わせるような美人の女性の首が下がっていた。

たしかに、学生がいったように、よくできているだけ、ほんとうの人間の生首のようで、見た目はいいものではなかったが、作品としては、悪くないようだった。

「ごめん。警視庁のものだが」

黒岩が、襖の外から声をかけると、すぐに唐紙が開いた。小ざっぱりしたシャツにズボン姿の男が顔を出した。

「中野総一郎君だね？」

黒岩がいった。

「はい」

書生が答える。

「ぼくは、警視庁の黒岩四郎というものです」

黒岩が、チョッキのポケットから、警察手帳を取り出して、中野に示していった。

「なにごとですか？　ぼくは犯罪など犯した覚えはありませんが」

中野が、ちょっと、びくついた口調でいった。

「いや、君を犯罪者として逮捕しにきたのではないのです。ただ、近所から少々、苦情が出ていましてね」

黒岩がいった。

「ちょっと、上がらせてもらえますか？」

「ああ、どうぞ。作業中なので、汚くしていますが」

中野がいい、唐紙を広く開けた。六畳間の部屋だった。紙をぐつぐつ煮た時のと、糊の匂い、そのほかにも、なんだか、よくわからないものの入り混じった匂いがしていた。窓は開いていたが、それでも、匂いはかなり強かった。

部屋の中央に、少し大き目のテーブルのようなものがあり、その上に、作りかけの人形の顔と糊の入った罐《かん》、刷毛《はけ》などが置いてある。窓の右側に、人間の等身大の人形が三体立っていた。いずれも女性の人形で、鬘《かつら》をかぶせられ、襦袢をきていた。人形といえば、ただの人形だが、それがマネキンにちがいなかった。よくできていて、生きているようにとはいかなかったが、ちゃちな菊人形の紙人形などとは比較にならなかった。

龍岳も黒岩も、美術にはあまり詳しくなかったが、〔天狗倶楽部〕メンバーの画家・小杉未醒《こすぎみせい》や倉田白羊《くらたはくよう》が、この場にいれば、その出来を褒めたのではないかと思われるような作りだった。

「まあ、おじょうずに」

時子が、三体の人形、中でも中央の一体を、しげしげとながめていった。

「ああ、これは、ぼくの妹でね。ぜひ、君のマネキンがみたいと従いてきたんだ」

黒岩が、時子を紹介した。

「ぼくは、科学小説家の鵜沢龍岳といいます。やはり、弥次馬《やじうま》ですよ」

龍岳が、小さく笑った。

「ああ、あなたが龍岳先生ですか。〈冒険世界〉で、時折、拝見しています」

中野がいった。それから、時子のほうを向いて続けた。

「それにしても、このマネキンを褒めてくださるとは、うれしいですね。これは、里子《さとこ》といって、ぼくが一番、気にいっているマネキンなんです」

中野の顔はうれしそうだった。いかにも気まじめそうな青年だ。ただ、たしかに、異常というのではないが、思いつめたような雰囲気が感じられるところがある。このあたりが、町子には気持ち悪かったのだろう。

「マネキンに名前を付けておいでですの?」

時子がいった。

「ええ。作っているうちに、どうしても情が移ってしまいましてね。右のが雅子《まさこ》、真ん中が里子、左が澄子《すみこ》というのです」

中野がいった。

「これを、呉服屋や百貨店に売り込もうというわけですね」

龍岳がいった。

「そうです。いま、いくつかの呉服店が使っているマネキンは、あまりに出来がよくない。そこで、もう少し、ほんものの人間らしいマネキンを作ろうと思ったのです」

中野がいった。

「これなら、立派なものだ」

龍岳がうなずいた。

「ありがとうございます。ですが、苦情というのは?」

中野が黒岩の顔を見た。

「いや、君が、これらのマネキンを作るに際して、魂を打ち込んで作っていることは、よくわかりました。ただ、大きな声で、かわいい、かわいいなどというのが、気持ち悪いという人がおりましてね」

黒岩がいった。

「ああ。なるほど。たしかに、ぼくはマネキンに話しかけながら仕事をします。一種の癖なんですね。それと、そのほうがマネキンに親近感が湧くものですから。注意はしているのですが、つい興奮すると……」

中野が、いささか、きまり悪そうな表情でいった。

「それと、君は昨日、三越呉服店で、女の人に何人も声をかけたでしょう?」

黒岩がいった。が、それは、とがめる声ではなかった。

「はい。このマネキンたちに着物を着せてみようと思いましてね。どこに売り込みにいくにも、一応、着物を着せて見て、直すところは直そうと思ったものですから。ただ、男のぼくが、女性の下着まで買うわけにもいかず、近くにいた女性に、買ってもらえないだろうかと声をかけたのですが、それが、かえって気持ち悪く思われてしまったようでした」

中野が、困ったような顔をした。

「その声をかけられたひとりが、わたしのお友達だったんです」

時子がいった。

「そうでしたか。それは、なんとも、申しわけないことをしました。気持ち悪い男が近寄ってきたと思われたでしょうね」

中野がいった。時子は、それには返事をしなかった。

「それで、まあ、店員に話を聞いて、ちょっと、注意をしておこうと、君を訪ねたわけです」

黒岩がいった。

「そうですか。これから、声を出すほうも、着物を買うほうも気をつけます。申しわけありませんでした」

中野がぺこりと頭を下げた。

「それにしても、さすがに、警察というのはたいしたものですね。三越で声をかけた男が、ぼくだというこことを、たった一日で見つけてしまうというのでは、悪いことはできませんね」

中野が真剣にいった。

「なにか、悪いことをたくらんでおるのかい?」

黒岩がいった。

「いえ。めっそうもない。そんなことはありません。

ぼくは、マネキンの本場の仏国《フランス》でも、まだ完成していない、すばらしいマネキンを作ろうとしているだけです」

「あははは。そうしてくれたまえよ。犯罪は、決してうまくいくものではないからね」

黒岩が笑った。

「しかし、これなら、すぐにでも売れそうだ」

龍岳がマネキンに、目をやっていった。

「いえ。まだまだ、研究、改良をするところが、たくさんあるんです」

中野が答えた。

「あの、あなたが一番、出来がいいといっていらっしゃる里子さんは、妊婦を象《かたど》ったものなのですか?」

時子が質問した。龍岳は、それまで気がつかなかったが、いわれてみると、下腹のあたりが、ほかの二体より、少し太い感じがする。と、中野の表情が、一瞬びくっとしたように見えたが、すぐに笑顔になって答えた。

「さすがは、女のかたですね。そのとおりです。マネキンとひと口にいっても、若い婦人、子供、男、いろいろ作らなければいけません。里子は妊娠五か月の女性を想定したマネキンです。変な話ですが、五か月の胎児《たいじ》を持った女性のお腹のかっこうは、どんな形になるのだろうと、産婦人科の医者の家の前をうろうろしたり、生殖と出産の本を買ってきて読んだり、苦労しました」

中野が、照れ臭そうに笑った。

「お腹の大きい人に、見せてくださいというわけにもいきませんから」

「だが、君もやはり、男だね。まず、最初に作った三つが、すべて若い女性なんだから」

黒岩がいった。

「いやあ、それをいわれると、お恥ずかしいですが、やはり売り込むにしても、男やお婆《ばあ》さんのマネキンよりは、若い女性がいいと思いましてね」

「それはそうですよ。しわくちゃのお婆さんのマネキンを買ってくださいといわれても、ぼくも買わないなあ」

龍岳が笑った。

「ですが、こうして、三つ作ってみたら、このお腹の大きい里子のマネキンが、一番気にいってしまったから、ふしぎなものです。みなさんには、理解していただけないかもしれませんが、ほんとうに情が移ってしまって、里子がマネキンのような気がしないのです。まるで、ほんとうの女性のような……。男は、かわいい女性のお腹の中に子供がいると思うと、なにか、やさしくしてやりたいという気持ちになるものなのでしょうかね」

中野がいった。

「ふーむ。そのへんはどうもね。われわれ三人は、いずれもひとり身だからなあ」

黒岩が顎《あご》をひねった。

「まあ、とにかく、君の事情は、よくわかりました。変態でも破廉恥漢でもないので、実際、ほっとしたよ。ただ、あまり仕事に熱中のあまり、近所の人に変な目で見られないように注意してください。それから、この窓にはすだれかなにかしたほうがいいでしょうな。匂いが嫌だといっている人もいるらしいから」

黒岩がいった。

「わかりました。これから、気をつけます」

中野が答えた。

「じゃ、われわれはこれで。いい作品ができて、高く売れることを祈っていますよ」

黒岩がいった。時子は、黒岩と中野の会話のあいだも、ずっと、里子というマネキンを見つめていたが、黒岩が部屋を出ようとすると、中野に軽く会釈《えしゃく》して、その後に続いた。

「いい青年じゃないですか?」

廊下に出た龍岳がいった。

「ええ。でも、やはり、少し、ふつうではないところがあるみたい。あの里子というマネキンに対する執着心なんて……」

時子が、小声でいった。

4

〔マルボーロ菓子店〕で、龍岳、時子、〈冒険世界〉編集助手の河岡潮風《かわおかちょうふう》らが、例のマネキン研究青年の話を、〈冒険世界〉の記事にしたらどうだろうかと、相談していた。九月六日の午後四時のことだった。と、通りのほうから半鐘《はんしょう》を叩く音が聴こえた。

「大変だ。下宿家が火事だ!」

表で、人の叫ぶ声がした。店の主人が、その声に外に飛び出した。それぞれの席に座っていた学生を中心にした客たちも腰を浮かせる。

「どの下宿家だい?」

店の主人が、大きな声を出しながら走ってきた男に声をかけた。

「明光館だ」

男が、答えた。その時、さらに近くの火の見櫓《やぐら》の半鐘が、また、けたたましく鳴った。

「あの下宿家だ!」

龍岳が席から立ち上がった。

「えっ?」

潮風が、不思議そうな表情をする。

「ほら、いまいっていたマネキン青年の下宿だよ」

龍岳がいう。

「なんだって。いってみよう。すぐ、そこじゃないか!!」

潮風が席を蹴った。

「うん」

三人は、店を飛び出すと、火事の現場に向かった。〔マルボーロ菓子店〕から〔明光館〕は走れば五分ほどの距離だ。三人が店を飛び出したのを見て、つられるように、数人の客も火事の現場のほうに向かって走り出した。表通りを、すでに走っている人も、なん人もいる。

三人が、火事場についた時は、幸いなことに、もう火事は、鎮火していた。けれど、あたりには、まだ消防車が一台と、消防団の手押し消防ポンプ車が三台ほど残っており、鳶職《とび》の人々が、燻《くすぶ》った材木を片づけていた。警官は、もう帰ってしまったのか、まだ到着してないのか、姿が見えなかった。あたりには、火事場特有の焦げた臭いが充満している。
三、四十人の弥次馬は、山のようになって、消防団員や鳶職の人々の行動を見守り、あれこれと、噂《うわさ》話をしている。それによると、火元は、例の中野青年の部屋らしかった。下宿家自体は三分の一が燃えたほどですんでいたが、中野青年の部屋は、丸焼けになっていた。
「どなたか、亡くなったのですか？」

時子が、弥次馬のひとりにたずねた。パナマ帽の洋服の紳士だった。

「火元の部屋の青年が死んだとかで、さっき、担架で運ばれていったが……」

紳士が答えた。

「じゃ、中野君が！」

龍岳が時子と顔を見合わせた。

「あなた、あの青年と知り合いですか？」

紳士が尋ねた。

「知り合いというほどのものではありませんが、ちょっと、縁のあるものです。すみません、少し、前に出してください」

龍岳は時子の手を引くと、弥次馬をかき分けて、前に進み出た。潮風が続く。

「龍岳君！」

背後から声がした。

「えっ？」

龍岳が振り向くと、弥次馬の最前列に春浪がいた。隣りに新公もいる。

「どうも、先生」

新公が軽く頭を下げた。

「君たちも、弥次馬か？　俺は用事で大学の安部先生のところに向かう途中で、じゃんの音を聞いて、飛んできたのだ」

春浪がいった。あまりいいとはいえなかったが、春浪は大の火事の弥次馬趣味を持っていた。冬の晩に寝巻姿で数時間も火事を見物していて、風邪をひいたという話を、以前、雑誌に書いたこともあるくらい、火事好きなのだ。

「いえ。そうじゃないんです。この火元の青年を、今度の〈冒険世界〉の記事にしようかといっていたところなんですよ」

潮風が、龍岳に代わって答えた。

「なに⁉」

野球問題にかかりっきりで、ここのところ、〈冒険世界〉をそっちのけにしている春浪が、眉根にしわを寄せた。そのやり取りを、正真正銘の弥次馬たちが、興味深そうに見つめている。

「死んだ青年は、マネキンとかいう人形を製作していたと聞いたが」

春浪がいった。

「はい。なんでも本場の仏国に負けないようなマネキンを作るのだと、張り切っていたのですが」

龍岳がいった。

「マネキンてなんですか?」

近くにいた、中年の女性が質問した。

「呉服店などに置く、人間の等身大の人形ですよ。これに、ほんものの着物や洋服を着せて売るのです。そうすると、実際に人間が着た時の感じがわかるでしょう」

龍岳が、ていねいに説明した。

「ははあ、なるほどね」

その中年女性は、説明を理解したのかしないのか、うんうんとうなずいた。

「で、その青年のなにを記事にしようとしてたんだ?」

春浪が潮風にいった。

「いや、ぼくは見ていないのですが、龍岳君と時子さんが、あんまり、そのマネキンの出来がいいので、なんらかの形で記事にならないかといっていたんですよ」

潮風がいった。

「そうか。そいつは、おもしろそうだったのになあ。せめて、そのマネキンだけでも残ってはおらんかな」

春浪がいった。

「だめでしょう。マネキンは紙を原料にしたものですから、この燃えかたでは……」

龍岳が、燃え落ちた部屋のほうを覗き込むようにしていった。その時だった。

「……ん、これは、なんだ？」

燃えた部屋を調べていた消防士が、奇妙な声をあげた。

「なに？」

同僚の消防士が、指差したほうを覗き込む。その声に、弥次馬たちも、いっせいにからだを乗り出した。

「なにが、どうしたね？」

春浪が、まるで、その消防士たちの上司でもあるかのように、ふたりに近づき声をかけた。

「これなんですが」

消防士のほうも、春浪の態度が、あまりに堂々としていたので、つい上司に報告するようにいった。

それは、丸いというか半球形の紙の張りぼてのようなものだった。全体が焦げていて、一見したところでは、なんだかわからない。

「龍岳さん、あれ、あのマネキンの里子さんのお腹の部分じゃ……」

時子が、龍岳の顔を見上げた。

「うん。そうだ。そんな感じがする。あれだけ、燃え残ったのか……」

龍岳がいった。

「おや？」

その張りぼてを、手にした棒でつついていた消防士が、けげんそうな声を出した。

「中で、なにか音がするぞ。割ってみるか？」

ひとりの消防士がいった。

「うん」

もうひとりが、うなずいた。

「待ってください。割らないで!!」

時子が、消防士のほうに進み出て、びっくりするような大きな声を出した。龍岳はもちろん、春浪さえもがおどろくような声だった。

「どうしました、お嬢さん？」

消防士が、ふしぎそうに、時子の顔を見た。

「割るのは、ちょっと待ってください！」

時子は、消防士に懇願するようにいい、くるりと弥次馬連のほうに振り向くと、また、大きな声を出した。

「この中に、産科のお医者さまか、お産婆《さんば》さんはいませんか⁉」

「わしは、いまは医者はやめているが、三年前までは産科医だったが」

時子のことばに答えるように、七十前後と思われる絽《ろ》の羽織を着た、品のいい老紳士が、弥次馬の中から声をあげた。

「では、こちらにきて、これを調べてみてください」

時子がいった。

「なにを調べるって？」

老紳士が答えた。

「この張りぼてです」

時子がいった。

「中に、中に赤ちゃんがいるんじゃないかと……」

その時子のことばに、弥次馬連が、どうっとどよめいた。龍岳もそのことばが信じられないように時子の顔を見た。

「時子さん……」

「わかっています。でも、とにかく、調べていただきたいのです」

時子は、龍岳の声を押さえるようにいった。

「どういうことか、話がよくわからんが……」

かつて医者だったという老紳士は、消防士の足元の、表面が軽く焦げた半球形の張りぼてに近づくとしゃがみこんだ。そして、その半球形のもっとも膨らんだ部分を指で触っていたが、やがて、そっと耳をつけた。そのままでいること、約十秒。

弥次馬たちが、ざわめきはじめた。

「どうです？」

消防士のひとりが質問した。

「しっ！」

老紳士がいった。そして、顔をあげて続けた。

「そんな、ばかげた話はない」

「そりゃ、そうでしょう。いくらなんでも、そんな中に赤ん坊がいるわけがない」

消防士がいった。弥次馬たちも、うなずく。

「ちがう‼」

老紳士の声は、びっくりするほど大きかった。

「このお嬢さんのいわれるとおりだ。この中には胎児がいる。もちろん、生きておる。はっきりと、心臓の鼓動が聞こえるよ。それも、まだ五か月になるかならんかというところの胎児じゃ」

「やっぱり」

時子がいった。

「どういうことなんだ、時子さん？」

龍岳が質問した。

「わたしにも、わかりません。でも、わたしは、最初にあのマネキンを見た時、あれは、作った脹《ふく》らみではなくて、ほんとうに妊娠しているのだと思いましたの」

時子がいった。

「しかし、これは、どう見ても紙のはりぼてじゃ。仮に、添い寝人形として、……その、なんじゃ。ご婦人の生殖器官に似たものが作ってあった、淫猥《いんわい》器具の類だとしてもじゃ。そんなもので妊娠するわけはない」

老紳士が、首を左右に振った。

「胎児が入っているというのは、まちがいないんですか？」

消防士が老紳士に念を押した。

「わしは、四十年も産科の医者をやっておった人間じゃ」

老紳士が、静かに答えた。

「どうすればいいのでしょう？」

もうひとりの消防士がいった。

「とにかく、できるだけ急いで大学病院に運ぶことじゃろうな。人力を呼んでくれ。わしも、一緒に従《つ》いていこう」

老紳士がいった。

「おう。俥《くるま》なら、あっしので間にあうでしょう」

弥次馬の中から、一見して車夫とわかる男が名乗り出た。

「おお、お頼み申す」

老紳士が答えた。それから、時子のほうに向いていった。

「お嬢さんも、一緒にいかれますかな？」

「いえ。わたしは……」

時子が、首を横に振った。

「そうですか。それでは、もし、気が変わったら、ここにきてくだされ」

老紳士は、懐《ふところ》から一枚の名刺を取り出すと、時子に手渡した。

「はい」

時子が答えた。

「では、そっと、それを俥に」

老紳士が、張りぼてを人力車に運ぶように、消防士に指示した。

「さて、龍岳君。これで、どうやら、一篇のふしぎ神秘小説が書けそうだが、科学小説家としては、これを科学的に説明せんといかんね」

春浪が、わざとおもしろそうに、龍岳の顔を見た。

「たまには、春浪さんが書いてみたらいかがですか？」

龍岳が、大げさに肩をすくめた。

「うむ。俺が書いてもいいことはいいのだが、君も知ってのとおり、俺はいま野球問題のほうで大変だ。とうてい、神秘小説などにかかわっておる時間はない」

春浪がいった。

「そんな……」

龍岳がいった。

「潮風君。来月号のしめ切りは何日だったっけな」

春浪が、また、わざと大きな声でいった。

「中野さんの情が、あのマネキンを妊娠させたのでしょうか？」

時子が、人力車に運ばれていく、張りぼてを目で追いながら、呟《つぶや》いた。

水晶の涙雫《なみだ》

プロローグ

曇雪

風波荒みて、船の動揺は頗《すこぶ》る烈《はげ》しく、白雪は濛々《もうもう》と降り頻《しき》りて、昼尚《なお》暗く、氷山も絶え間なく、去来するのである。

午後に及びて天候は、益々《ますます》険悪、魑魅魍魎《ちみもうりょう》も出《い》でんかと、思はる丶計《ばか》りの魔の海と化してしまつた。

船は刻一刻、恰《あたか》も風前の灯火の如き、最も危険なる運命の波上に漂ふて、目的のコースに向はぬ、船員の苦慮、辛心は一通りではない。

流石《さすが》の船長も、遂に本航海を、悲観せざるを得なくなつた。

夕食後船長は、隊長に向つて「如斯《かくのごとく》天候ばかり続いては、到底今は第三策たる、南緯七十一度の圏内に、上陸することすら、覚束《おぼつか》なくなりました。斯《か》く毎日く、天候の不良なのでは、地理不明瞭《ふめいりょう》なる地域に於《おい》て、上陸地点の撰定《せんてい》すら、殆《ほとん》ど不可能といつてもよろしい位、加之《これにくわえて》日一日と氷山は多くなる、日光は益《ますます》薄弱となつて、寒威は愈《いよいよ》募り、昼間も次第に短縮になりますし、次第に氷結期に迫つた、徴候となつたのです。門前の虎を遁《のが》るれば後門の狼《おおかみ》のある今日、徒《いたずら》に暴虎馮河《ひょうが》の勇にはやらんより、一度豪洲に引返して、更に今秋の解氷期を待つて、突進した方が、寧《むし》ろ策の得たるものではないでせうか」と提議したのである。船長の意見として、爰《ここ》に出るより外なくなつたのである。

隊長もかく船長に出られては、最早万事休すである。海上に於いては、船長が主権を掌握して居るので、其《その》行動の如何《いかん》は、船長の意見に任すより外ない。殊に南緯七十一度付近は既に幾多の探検隊に依つて、探査された区域である。探検の徳義上に於ても、好くない処《ところ》であるからと考へたので、決然船長の提議に、同意したのである。然して豪洲に引返すとすれば、シドニーを撰《えら》ぶことに決した。

（明治四十四年三月十四日　多田春樹『南極探検日記』）

「多田《ただ》君。なにをしておるのだね？」

小さな西瓜《すいか》ぐらいの大きさの氷の塊を甲板の上で、

雪まみれになりながら砕いている書記の多田恵一《けいいち》に、隊長の白瀬矗《しらせのぶ》がいった。空は黒灰色で、雪は絶え間なく降っている。

「はあ。せっかく、ここまできていながら、だまってシドニーにもどるのは、いかにも残念なので、いま海からこの氷を掬《すく》いあげたところです。こいつを細かく砕いて壜《びん》に入れ、シドニーまで持っていこうかと」

多田が顔をあげて、白瀬を見ながらいった。

「そんなことをしたって、途中で溶けてしまうよ」

白瀬が笑った。

「わかってはいますが……」

多田が、氷に目をもどしていった。

「まったく残念だ。しかし、野村君が先に進めないというのでは、どうしようもない」

白瀬がうなずいた。

「きみの気持ちもわかるが、風邪をひくぞ。早く船室に入りたまえ」

「ええ。すぐ、もどります」

多田が答えた。そして、金槌《かなづち》で氷を叩いた。破片が飛んだ。そのひとつが多田の右目に跳ねた。

「あ、痛！」

多田が声をあげる。

「だいじょうぶか？」

白瀬が、多田の顔を覗《のぞ》き込んだ。

「なに、だいじょうぶです」

多田は、手袋をした右手で、目を擦《こす》った。そして確認するように、もう一度いった。

「なんともありません」

「そうか。それならいいが……。わたしは先に船室にいくよ」

白瀬が、多田の無事なのを認めていい、くるりと踵《きびす》を返した。

「はい。ぼくも、すぐに」

多田が答えた。その時、船がぐらりと揺れた。わずか二百トンの開南丸《かいなんまる》には、南極の冬は厳しすぎた。

「でも、春になったら、必ず、もう一度くる……」

多田は、降りしきる雪で見えない、南極大陸のほうを見つめ、つぶやくようにいった。

1

晴

昨夜打合の通り、午前九時半から、大隈伯《おおくまはく》邸に伺候《しこう》すると、前後して佐々木、押川、村上、各幹事、神谷、堀内両氏、野村船長等も集る。早速伯も出られて、例の洋室で先づ船長の報告的談話あり、次《つい》で予は、白瀬隊長よりの、伝言等を発表し、船長は航海日誌を、予は探検日誌と、スケッチを提出して、伯はじめ諸子の閲覧に供す、これが大略畢《おわ》ると、一同昼食の馳走《ちそう》を受けた。久しぶりの伯邸の饗応《きょうおう》に、半年以前度々戴《たびたびいただ》いた食堂で列席す、今日の馳走は、日本料理特に我々の為めとあつて、念入の御料理であつた。

午後五時伯邸を辞して、後援会仮事務所（真砂町神谷氏宅）に引揚げた。　（六月十七日『南極探検日記』）

報告を終えた看護婦の顔は、蒼白《そうはく》だった。泣き出しそうな表情をしているのは、その責任を自分に科せられるのではないかと思っているせいだろう。が、報告を受けた東京帝国大学付属病院の担当医師で脳外科医の川口俊郎博士は、空《から》になった寝台を見つめたまま、いつまでも無言だった。

事件が発覚したのは、午後九時少しすぎのことだった。いつものように担当の看護婦が、各病室の見回りにいくと、特別病室の白鳥義彦《しらとりよしひこ》少年の姿が寝台から消えていたのだ。病室のドアに錠は下りていなかったが、少年が病室を出ていくことなど万にひとつもあり得なかった。見舞いに訪れる人物も、ほとんど決まっていた。

特別病室は建物の一番奥にあり、訪問者は、いくつもの受け付けを通らなければならなかった。が、少年の姿は、たしかに消えていた。小さな窓が開きっぱなしになっていた。おそらく、そこから外へ出たものと思われた。

川口博士は、寝台の周囲を点検した。もしや、これが誘拐事件でもあるならば、誘拐者の足跡が残っていないかと思ったのだ。けれど誘拐らしき痕跡《こんせき》は、なにも残っていなかった。

病室は、いつもと少しも変わらず、ただ、寝台の上の白鳥少年の姿だけがなかった。栄養液の点滴装置も、漏れ出さないように、きちんと台に掛けられている。掛け蒲団《ぶとん》は、整然と寝台の足元にふたつ折りにされていた。それを見ても、誘拐と考えるのはむずかしいことだった。また、万一、誘拐であるとすれば、その目的の見当がつかなかった。

特別病室にいることからも察せられるように、白鳥義彦少年は、ふつうの患者ではなかった。もう七か月も前から、いつ命をなくしてもふしぎではない半死状態の患者だった。もっと厳しいいいかたをすれば、生きていることのほうがふしぎな状態の患者だった。

父親の首吊《くびつ》り自殺の巻き添えで、脳の組織も、かなり傷つき、心臓が止まるのも時間の問題と思われた。病院に運びこまれた時から、すでに瞳孔《どうこう》の反応はゼロではないが非常に鈍く、いつ反応しなくなってもおかしくない状態だったのだ。

この状態では、たとえ心臓をはじめとする臓器が働いていても機能が低下して、ほどなく死ぬのがふつうだ。だが、白鳥少年の心臓は一週間経っても、一か月経っても、半年経っても動き続けていた。

もっとも、なにも治療が試みられなかったわけではない。栄養注射と乾燥血輸血によって生きているのだ。医者の中には、現在の医学の力では、とても少年を回復させるだけの技術も治療法もないから、たとえ肉体が生きていても、安楽死をさせるべきだとする意見もあった。

冷たいことばのようだが、それには入院費の問題もあった。少年の回復する見込みのない半死の状態での入院には、一日一円としても、月に三十円という大変な費用がかかる。ある程度の蓄えはあったにせよ、資産家でもなく、父親も死んでしまった家庭で、その母が、入院費用を捻出《ねんしゅつ》するのは容易なことであるはずがなかったのだ。

けれど安楽死には反対意見も多く、なによりも母親が、それを拒否した。少しでも瞳孔の反応があり、心臓が動いているうちは生きていると思いたいし、どんな奇蹟《きせき》が起こって、生き返るかわからないと信じていたいというのだった。入院費用は、土方《どかた》仕事をしてでも稼ぎ出すという。

その母親の一途な気持ちにほだされたわけでもないが、そこで病院側から、ひとつの提案がなされた。少年に開発されて間もないリンゲル液注射や輸血や、そのほかの栄養注射の人体実験的研究をさせてくれるなら、入院費を無料にしようという交換条件だった。病院としても、この白鳥少年のようなケースは珍しく、ほとんど脳の機能がだめになっているのに、これほどまでに強靭《きょうじん》な臓器を持っていることに興味があったのだ。

母親は、少年の回復に一縷《いちる》の望みを抱いて、この病院側の申し出に同意した。しかし、病院も人体実験を堂々と世間に発表はできない。それを知っているのは、病院内でも川口博士をはじめとして、ほんの一部の人間に限られていた。

白鳥少年は、それまで十人ほどの専門家に診察されていた。けれど、ただのひとりとして、少年の回復を信じるものはいなかった。もし、ある程度の回復があったとしても、とても通常の生活ができるからだにもどれる可能性はないという診断を、すべての医者がした。

それでも母親は必ず毎日、病院を訪れ、ふしぎにも、あまり痩《や》せていかないからだを拭《ふ》いてやり、手足をたんねんに動かして運動させた。とはいっても、白鳥少年が突如、元気になって寝台から抜け出すとは、ぜったいに不可能なことだった。ぜったいということばは、そう軽々しく使うべきではないが、この場合は、ぜったいといってまちがいなかった。

「今日も、白鳥夫人は、お見えになられたのかね?」

川口博士が、看護婦に質問した。

「はい。いつものように、午後二時から三時まで、お見えになりました。わたくしは、廊下ですれちがっただけですが、受け付けに記録が残っております」

看護婦が答えた。

「なるほど。きみが、すれちがった時、なにか変わったところはなかったかね？」

川口博士がいった。

「いいえ。ただ、いつものように、お世話をおかけしますと、わたくしに、頭を下げられただけでした」

「そうか。ほかに、だれか少年を訪ねてきたものがあるかね。ほれ、あの時々くる、態度の大きい陸軍の大尉だかなんだか……」

「吉田《よしだ》大尉でございますか？」

「そうそう、その吉田」

「いいえ、今日は、お見えになってはおりません」

「そうか。ほかには？」

「六時に多田恵一というかたが見えられております」

「多田恵一？　あの南極探検隊書記の多田恵一かい？」

川口博士が、おどろいたような表情で看護婦を見た。

「さあ、それは、わたくしには。ただ、少年のお母さんとは、古い知り合いだといっておられました」

看護婦が答えた。

「はじめて、病院に見えたかたです」

「そうか。では、やはり、あの多田氏だろう。だが、多田さんがきたからといって、白鳥少年が病院を抜け出すほど元気になるわけはない。とにかく、わたしは院長に電話をする。きみは、白鳥夫人に電話してくれ。ただし、少年が行方不明になったことはいわずに、緊急の用事があるから、すぐ病院にきてほしいとね。それから、このことは、ほかのだれにも一切他言無用だ」

川口博士が、厳しい口調でいった。

「わかりました」

看護婦がうなずいた。

「ほう、それは知りませんでした。野村船長に下船問題がねえ。探検が失敗だっただけに、いろいろな問題が噴出してきたのでしょうね」

押川春浪《おしかわしゅんろう》がいった。ここは、牛込《うしごめ》区矢来町《やらいちょう》の春浪の家。テーブルをはさんで、向かい側に座っているのは春浪の父の押川方義《まさよし》、こちら側の春浪の横に春浪の弟子筋に当たる新進科学小説家の鵜沢龍岳《うざわりゅうがく》と、春浪が主筆を務める武侠《ぶきょう》冒険雑誌〈冒険世界〉編集助手の河岡潮風《かわおかちょうふう》がいた。

　押川春浪は明治九年生まれの、冒険小説作家兼雑誌編集者で、当代随一の大出版社・博文館《はくぶんかん》に勤務している。明治三十三年『海底軍艦』という愛国軍事科学小説でデビューし、以後も矢継ぎ早に傑作を発表して、一躍、青少年読者のカリスマ的存在になったが、先輩作家で春浪のデビューに力を貸した巌谷《いわや》小波《さざなみ》の要請で、いまは小説執筆と並行して、博文館の雑誌編集に力を注いでいる。

　この時間の春浪の家、しかも来客とあれば、いつもなら、まずテーブルの上には徳利《とっくり》の三、四本は並んでいるはずだったが、この夜は酒はなかった。その代わりに、サイダーの壜《びん》にコップ、かりんとうと草加煎餅《そうかせんべい》の入った菓子皿が置いてあった。

　最近の春浪は、特に酒量が増えていた。飲み過ぎて、会社に出られない日も少なくなかった。それを心配した父・方義は春浪に禁酒を命じた。

　春浪自身も、酒がからだにいいとは思っていないので、方義にいわれると、素直に禁酒する。しかし、それが、どうしても長続きしないのだ。この年に入ってからだけでも、もう何度、注意を受けたかわからない。が、やはり止められないでいた。

　だが、さすがに久しぶりに父が家を訪ねてきたこの夜は、酒に手を出すわけにはいかなかった。

　方義は横浜バンド出身のプロテスタントで、初期のキリスト教界に、その名を残す功労者だった。仙台の東北学院の創始者でもあった。中国大陸に渡って、一大事業を成そうと院長の座を捨てた武士道魂を持った侠骨漢《きょうこつかん》で、まさに春浪の父親というべき快男児だった。

　この日、方義は特別に用事があって春浪の元を訪ねたわけではなかった。方義は、白瀬中尉の南極探検後援会の幹事を務めており、昼間、友人でもあり後援会の会長でもある早稲田の大隈重信伯爵の邸に、最初の南極探検に失敗し、オーストラリアのシドニーから一時帰国した開南丸・野村直吉船長と書記の多田恵一の報告を聞くために集まったのだ。

　そして場所が近いので、その帰途に春浪の家に足を運んだというわけだった。方義が家にきたことを、春浪の妻・亀子《かめこ》は電話で勤務先の博文館に伝えた。早く帰宅するようにとの伝言だった。

　電話を受けた春浪は、もちろん居残り仕事もせず、すぐに帰ることにしたが、結局、止められないでいる酒のこともあり、ひとりで家に帰るのが気が引けて、ちょうど編集部にいた河岡潮風と鵜沢龍岳を強引に連れてきたのだ。

　もっとも、潮風は方義の属する本格的な後援会ではなかったが、やはり南極探検を後援する青年弁論倶楽部《クラブ》団体［丁未《ていび》倶楽部］のメンバーであったから、方義の話は聞きたかったし、龍岳も師である春浪の父に会うのははじめてのことなので、どちらもよろこんでの訪問だった。

　野村船長の下船問題というのは、方義が大隈邸を出る間際に、大隈に耳打ちされたことだった。なんでも、シドニーにいる南極探検隊の内部で隊員間から野村船長不信任の声があがっているので、別の船長と交代してもらえないだろうかと多田がいっているというものだった。

「まったく、探検に失敗したばかりか、そんな内部抗争があってはいかんなあ」

　方義が、コップのサイダーを飲みながらいった。

「出発前から、白瀬隊長と多田さんが、しっくりいっていないという話は、ちらっと耳にしていましたが、今度は隊員と野村船長ですか」

　坊主頭に銀縁眼鏡の潮風が、ため息をつくようにいった。

「探検は隊員の和が成功、不成功を決めるものだよ。大谷探検隊が成功したのだって、隊員どうしの結束が固かったからだ」

　春浪がいう。

「こんなことなら、白瀬君ではなく［天狗《てんぐ》倶楽部］が南極にいけばよかったか。はははは」

方義が珍しく、冗談をいった。

「いや、しかし〔天狗倶楽部〕はモーターボートで大島に渡るのにさえ失敗してますからね」

春浪がいった。数年前〔天狗倶楽部〕では、だれがいいだしたのか、モーターボートで伊豆の大島にいこうということになり、ある朝、数人が乗り込んだのはいいが、エンジンをかける段階で、早くも故障が起き、東京湾すら出ることができなかった失敗談があるのだ。その時は、そのまま家に帰るわけにはいかないと、全員、その足で熱海《あたみ》に遊びにいき、数日間、どんちゃん騒ぎで遊び惚《ほう》けて、知らん顔して帰ってきた。が、結局、その話を新聞社にかぎつけられて記事にされ、天狗連、鼻をへし折られたものだ。

〔天狗倶楽部〕というのは、二年前に春浪や春浪の親しい友人で京浜電車会社の技師兼、ロシア文学を中心に文芸評論活動をしている中沢臨川《なかざわりんせん》らが結成した、早稲田のスポーツ人脈を中心とした社交団体だった。

野球をやり、相撲を取り、旅行をし、登山をする。そして最終的には、飲んでどんちゃん騒ぎをやる。児戯にも似た行動の好きなバンカラ集団だった。

主なメンバーをあげれば、元海軍軍人で冒険小説家の阿武天風《あぶてんぷう》、やはり作家の柳川春葉《やながわしゅんよう》、春浪の弟で元早稲田大学野球部第三代主将・押川清《きよし》、同じく第二代主将・橋戸頑鉄《はしどがんてつ》、明治三十八年の早稲田野球部渡米の際、二十四連投して鉄人投手と謳《うた》われた河野《こうの》安通志《あつし》、早稲田大学応援隊長で虎髯《とらひげ》将軍の異名をとる吉岡信敬《よしおかしんけい》、学習院の元投手兼主将、現東京帝大生の三島彌彦《みしまやひこ》、画家の小杉未醒《こすぎみせい》に倉田白羊《くらたはくよう》……。その顔触れは、枚挙にいとまがない。

「それはともかくとして、野村船長交代論に対して、大隈伯はなんといわれたのですか？」

潮風が方義に質問した。

「まだ、結論は出していない。少し、ようすを見ようということだ」

方義が答えた。

「そうですね。一隊員ならともかく、船長をおいそれと交代するわけにはいかないでしょう」

龍岳が、控え目にいった。

「そういうことだね」

方義がうなずく。

「多田君と白瀬隊長のほうは、どうなんですか?」

春浪がたずねた。

「まあ、確執はあるものの、どちらもおとなだから、なるべく表に出さないようにやっているようだ」

方義がいった。

「多田さんは、どちらに宿泊されているのですか?」

潮風が質問した。

「なんでも、本郷弓町《ほんごうゆみちょう》の本郷館に止宿するということだ。これは後援会のほうで指定したらしい。わしは詳しいことは知らんが、だれか後援会の人間が、本郷館と関係でもあるのかもしれない」

方義がいった。

「早く、会いたいですね。今夜は、もう遅いかな?」

潮風が柱の時計を見た。針は十時を回っている。

「多田君は、今夜は大学病院にいくといっていたが……」

方義がいった。

「どこか、ぐあいでも悪いのですか?」

春浪がたずねた。

「いや、そうじゃない。ほれ、お前も知っておろうが、大学病院に入院しておる、半死の少年、あれが、なんでも多田君の知り合いの息子なのだそうだ。それで見舞いにいくと」

「なんですか、その半死の少年というのは?」

龍岳がいった。

「あれ、龍岳君は知らなかったのか? もっとも、このことは大学病院で隠していて、新聞記事にもなっていないからね」

潮風がいった。そして続けた。

「あれは半年ほど前の話だ。神田小川町《おがわまち》の衣料問屋の番頭が、店の金を遣い込んだのがばれて、首吊り自殺したという事件があっただろう?」

「ああ、あったね。子供を道連れにしたとか……」

龍岳が答えた。

「それで、その番頭は死んだのだが、子供のほうが、まだ死んでいないんだ。いや、心臓は動いているけれど意識のない状態で、からだの機能がだめになっている。そういうことは、たまにはあるらしいが、たいていは数日で死んでしまう。ところが、その子供は半年以上も生きているというんだよ」

「はあ。そんなことがあるものなのか？　はじめて聞いた。ふーん。科学小説の題材になりそうだな」

「ははは。きみはなんでも小説の種だね。それで大学病院のほうでも、非常に珍しいことだというので、経過を見守っているらしい。まだ、死んだという話は聞かないから、生きているのだと思うがね。ぼくは、たまたま医科大学の学生に友人がいて、その男から聞いたんだよ」

「そういえば、あの学生、なんといったっけな。小《こ》酒井《さかい》君だったか」

春浪が口をはさんだ。

「ええ。小酒井光次《みつじ》君です」

潮風が答えた。

「彼が江戸時代の探偵小説について〈冒険世界〉に原稿を書きたいとかなんとかいう話は、どうなったのだ？」

春浪がいった。

「そうですね。ここしばらく会っていないので……。学業のほうが忙しくなってしまったのかもしれませんね」

「江戸時代の探偵小説の研究ですか。おもしろそうだな」

龍岳がいった。

「それはそうと、話はもどりますが春浪さん。あの半死の少年ですが、なんでも、阿武天風さんの遠い親戚《しんせき》だそうですよ。つい最近まで天風さんも知らなかったらしいんですが、奥さんのほうの関係らしいです」

潮風がいった。

「ほう。それは、初耳だな」

春浪が答えた。

「それでですね。天風さんがいうには、あの自殺は怪しいと」

「自殺が怪しいとは、どういうことだい？」

春浪が、軽く身を乗り出した。

「いや、あれは実際は自殺ではなく、だれかに殺されたんじゃないかというんだそうです。金の遣い込みなんかも濡れ衣《ぬれぎぬ》だし……。ぼくも詳しくは知りませんが、なんか天風さん、ひとりで、そのへんのことを調べているみたいですよ」

潮風がいった。

「ほんとうか！　それは水臭いな、天風君ともあろうものが。俺に話してくれれば、応援するものを」

春浪が、眉根にしわを寄せていった。

「いや。わしには、天風君がだまっておる気持ちがわかるよ。おまえに話をしたら、騒ぎが大きくなるばかりで、まとまる話もまとまらなくなるからな」

方義がいった。

「お父さん、そいつは、ひどい」

春浪が、ぽりぽりと頭をかいた。

「なにが、ひどいものか。なあ潮風君。しかし、きみは、よく、この愚息の部下としてやっておるね。いや、実際のところ、きみがいなかったら〈冒険世界〉は出てはおらんだろう。父親として、心から感謝する」

方義が潮風に頭を下げた。

「先生、そんな。頭を上げてください。とんでもないですよ。ぼくなど、どれくらい春浪さんから、いろいろなことを教えていただいたかわかりません」

潮風が、あわてていった。

「なあに、無理せんでいいよ。わしには、わかっておるのだから」

方義が笑う。

「でも、ほんとうに、あの事件が自殺ではなく殺人事件だったとしたら、これは、みんなで調査をしてみたいものですね」

龍岳がいった。

「天風さんも、黒岩《くろいわ》さんにでも相談してみればいいと思うのですが」

潮風がいった。

黒岩四郎《しろう》は、警視庁本庁の第一部、すなわち殺人課の刑事で、〔天狗倶楽部〕員ではなかったが、春浪や龍岳たちと親しいあいだがらにあった。また黒岩の妹の時子《ときこ》は、東京女子高等師範学校の学生だったが、鵜沢龍岳とは相思相愛の仲で、ほとんど許婚《いいなずけ》のような関係にある。

「まあ、天風君にも、なにか思うところがあるのだろう」

春浪が、方義にからかわれたせいか、まじめな口調でいった。

2

晴

今朝は亀君や、茂君や、亀君の父さんと共に、記念の撮影をして後、半ケ年間蓄へたる髯《ひげ》を剃《そ》り落して、久しぶりに若くなつた。ヒゲの為めに、間違はれるからである。

午前十時、後援会に出頭、野村船長と相会し、二人俥《くるま》を連ねて、市内各新聞社を始め、長谷場氏、国民党政友会の両本部を歴訪し、午後は佐々木、田中、三宅各幹事の自宅を訪問して、旧交を温め、且《かつ》従来の厚誼《こうぎ》と、尽力されたのを謝した。押川幹事の宅は、遅くなつたので、明日に延し船長と青山で別れたのは、午後七時であつた。

（六月十八日『南極探検日記』）

警視庁本庁第一部刑事の黒岩四郎が、牛込区原町の自宅を出たのは、午前七時のことだった。東京電気鉄道の市ヶ谷田町一丁目駅に向かって歩いていると、法身寺の境内の入口で、若いがいかめしい表情をしたカイゼル髯の巡査が、ひとりの少年の腕を抱え、引きずるように、通りのほうに連れてこようとしているのが目に入った。

白い病院衣を着た十歳ぐらいに見える、坊主頭の少年だった。靴も草履《ぞうり》もはいておらず、素足だった。少年は巡査に抵抗していた。からだも大きくなく、痩《や》せ気味ではあったが、巡査が腕を引っ張っても、なかなか動かない。見た目よりも、ずっと力があるようだった。

通りすがりの人々は、ちらちらと、ふたりのほうを見てはいるが、相手が巡査なので、なるべくかかわりあいになりたくないという態度で、無言で歩いていく。

黒岩は最初、よくある浮浪児の万引き、かっぱらいの類の事件かと思った。が、少年が、いかにも利発そうな顔をしており、病院衣が気にかかった。

「きみ、どうしたのですか？」

黒岩は、寺の境内《けいだい》のほうに向きを変え、ふたりに近づくと声をかけた。

「なんだ、貴様は？　見せ物ではない。あっちにいけ！」

少年に手こずっている巡査が、横柄《おうへい》な態度で黒岩にいった。

「いや、失敬。ぼくは、警視庁第一部の黒岩刑事だ」

黒岩は、そういいながら、背広の内ポケットから警察手帳を出して、巡査に見せた。とたんに、巡査の顔色が変わった。

「はっ、これは本庁の刑事殿ですか。失礼いたしました。自分は、原町派出所の……」

少年を捕まえていた手を離して、敬礼しながら説明しようとする巡査のことばを、黒岩が手で制した。原町派出所の巡査なら黒岩も顔見知りだったが、その巡査の顔を見るのは初めてだった。おそらく最近、配属されてきたのだろう。

「いや、名前はいいよ」

「はっ、ありがとうございます」

巡査がいった。名前を知られて、本庁刑事に対して横柄な態度を取ったことが知られれば叱責《しっせき》を食うにちがいなかった。それが、名前は聞かないというのだ。巡査にとっては失点を免れることができる。ありがたい黒岩のことばだった。

巡査の手を離れた少年は、黒岩のからだの陰に隠れるようにした。

「それにしても、こんな子供がどうしたのだね？」

黒岩がいった。

「はあ。それが今朝の巡邏《じゅんら》で、この寺にきて見ますと、本堂の賽銭箱《さいせんばこ》の横に寝ておったのです。賽銭泥棒かと思いましたが、病院衣を着ております。なにを聞いても答えませんし、ひょっとしたら、青山の脳病院から脱走でもしてきたのではないかと思いまして、とりあえず、派出所に連れていこうとしたのですが、これがなかなか、力の強い坊主でして……」

巡査が苦笑した。

「なるほど。いや、ぼくも、ちょうど通りかかったら、大の大人、それも巡査が小さな子供に手こずっているので、どうしたのだろうと、きてみたわけさ」

黒岩がいった。

「なにも、しゃべらんのかね？」

「はい。強情な坊主でして、なにを聞いても、うんともすんとも……」

「坊主、名前は？」

黒岩が少年に質問した。少年が首を横に振る。

「病院から出てきたのかい？」

黒岩がいった。少年は無言のままだ。

「どれ、ちょっと見せてごらん？」

黒岩は少年の病院衣の、襟《えり》の部分をのぞいた。にじんではいたが、大学病院という文字が読み取れた。

「大学病院から脱出してきたらしい」

黒岩が巡査にいった。

「脳病院ではないのですか？」

巡査がいった。

「ちがうようだ」

「病院に連絡いたしますか」

巡査がいった。

「おじさん。連絡しないで」

少年が黒岩の顔を見上げて、はじめて口を開いた。

「なんだ、坊主、ちゃんと口がきけるんじゃないか」

黒岩が、優しい口調でいう。

「それにしても、いくら六月とはいえ、このかっこうで寺で寝ていたのか。よく、風邪をひかなかったものだな」

「どういたしますか。病院に連絡をするなら、派出所から……」

巡査が、またいった。

「いや、いいよ。ぼくの家は近くだから、とりあえず連れていこう。子供はきみたち巡査の制服やサーベルを見ただけで怖がるものだ。この子は責任持って、ぼくが預かるよ」

黒岩がいった。

「そうでありますか。承知いたしました。いや、実は自分も、あまり、この子供が強情なので困っておったところです。では、お任せしてよろしいですか」

巡査がいった。

「うん。だいじょうぶだ」

黒岩が答えた。

「そうですか。では、よろしく、お願いいたします」

巡査が、手間がはぶけたという口調で、うれしそうにいった。

「よし、坊主。おじさんの家にいこう。腹も空いておるのだろう」

少年が、こくりとうなずいた。

「では、よろしく、お願いいたします」

巡査が、黒岩に敬礼した。そして、くるりとからだをまわした。

「わかった。どうも、ごくろうさん」

黒岩は巡査にいい、少年に続けた。

「お巡りさんは、恐かったかい？」

「いいえ。恐くありませんでした」

少年のことばは、しっかりしていた。

「坊主は、いくつかな？」

「十歳です」

「ふむ。しっかりしているね。それで、どこが悪くて病院に入院していたんだい？　少し痩せ気味のようだが……」

黒岩が、自分の家のほうにもどりながら質問した。が、少年は今度はなにも答えなかった。

「なぜ、逃げ出したのかな？」

黒岩が質問を変えた。だが、これにも少年は答えない。

「坊主、ちょっと待っていてくれ。勤め先に電話をしておかないとクビになってしまうからね」

まだ店を開けていない雑貨屋の横に、自働電話のあることを知っている黒岩がいった。少年は、黒岩と巡査とのやり取りで、自分の正体はわかってはいると思ったものの、わざと警視庁ということばを使わず、勤め先といった。あえて、少年に恐怖心を抱かせないための配慮からだった。

「すぐ、終わるから待っていてくれよ」

黒岩は薄赤に塗られた六角形の自働電話ボックスに入ると、遅刻する旨を警視庁に電話した。

黒岩の家は、そこから歩いて五分ほどのところだった。閑静な住宅街の一角の平屋だ。錠をはずして家に入る。ふたり住まいの妹の時子は、前夜、珍しく友人の家に泊まりにいっていたので、家は留守だった。もっとも時子がいても、もう学校に出かけている時間だ。

「まず、足を洗わねばいかんな」

黒岩は風呂場からバケツに水を汲《く》んで、雑巾《ぞうきん》といっしょに玄関に持ってきた。

「ありがとう、おじさん」

少年が、うれしそうにいって、汚れた白い足を洗った。

「履物は、途中でなくしたのか？　それとも裸足《はだし》で飛び出したのか？」

黒岩がたずねた。

「裸足で」

少年が明るく答えた。

「はははは。そうか。元気だな。では、あとでおじさんが、草履を買ってやろう。しかし、裸足で病院を飛び出す元気があるくらいなら、それほどたいした病気ではないな。さあ、おいで」

黒岩は少年を、玄関から居間に案内した。

「そのかっこうでは寒いだろう。なにか着たほうがいいが、子供のものはあったかな。俺の小さい時のが残っていればいいんだが……」

黒岩は少年を卓袱台《ちゃぶだい》の前に座らせると、次の間の箪笥《たんす》をあけた。そして、しばらく、ごそごそと中をひっかきまわしていたが、小さな久留米飛白《くるめがすり》の着物を見つけ出した。

「うむ。これこれ、これは、おじさんが子供の時に着たものだが、坊主にちょうどいいだろう。着てごらん。帯もある」

「ありがとう。おじさん」

少年が笑った。かわいらしい笑顔だった。少年は病院衣を脱ごうとした。

「そのまま、上から着なさい。そうしないと寒い。その病院の着物は襦袢《じゅばん》がわりにちょうどいい」

「はい」

少年が答える。黒岩は、少年のそばによると、着物を着るのを手伝ってやった。着物は、少年にぴったりだった。

「これでよし。暖かくなっただろう。次は、食べ物だな」

黒岩は、台所に入っていった。そして、首を振りながら出てきた。

「なにもないなあ。こういう時、時子がいてくれるといいんだが……」

黒岩は居間にある蠅帳《はいちょう》を開けた。黒岩の、この日の朝食は、時子がいないので、前の晩に買っておいたアンパンだったのだ。

「うん。あったあった。一昨晩《おととい》の残りの、里芋の煮っ転がしがある。腐ってはおらん。喰《く》えそうだ。喰うか」

黒岩が、どんぶりに鼻を近づけて、匂《にお》いをかぎながらいった。

「はい。里芋は大好きです」

少年が答えた。目がきらきらと輝いている。着物を着て、からだが暖まってきたせいか、頰《ほお》も、いくぶん赤みを帯びたようだ。たしかに顔色が青白く瘦せ気味で、どこが悪いのかわからないが、黒岩には少年が、すこぶる元気そうに見えた。

「まだ、ほかにもなにかあるだろう。いま探すから、とりあえず、これを食べていてくれ」

黒岩は、小型のどんぶりに入った里芋の煮つけに箸《はし》をそえて、少年に渡した。

「いただきます」

少年が箸を手にしていった。

「いくら考えても、わからん。ふしぎな事件じゃなあ」

阿武天風が腕組みをし、天井をにらみつけるようにして唸《うな》った。ここは、最近、天風が浅草から引っ越してきたばかりの小石川区関口水道町の、小さな貸家。時刻は午前の十一時少し過ぎ。

その居間のテーブルをはさんで天風、向かい側に白茶色のお召しに繻珍《しゅちん》の帯、濃い茶地の羅の被布《うすものひふ》姿の、美人が座っていた。白鳥雪枝《ゆきえ》だった。

例の大学病院の特別病室から、前夜、突如、姿を消した白鳥義彦の母親だ。外出している天風の妻・雅子《まさこ》の遠い親戚に当たる。

名前のように肌の白い美人で、実際の年齢は二十八歳だったが、それより、ずっと若く、二十三、四歳に見えた。

が、その美人もこの日は、腫《は》れぼったい瞼《まぶた》で目を充血させていた。前夜、急遽《きゅうきょ》、川口博士から大学病院に呼び出され、義彦少年の姿が忽然《こつぜん》として消えてしまったことを聞かされた雪枝は、ひと晩ほとんど眠っておらず、泣いていたのだ。

しかし、大学病院からは、事件は内密にしてくれといわれるし、自分になにができるのか考えもつかなかった。そこで、唯一、相談相手になってもらえそうな天風を訪ねたのだ。

というのも天風は、妻から雪枝の夫である白鳥幸三郎の自殺の話を聞き、その事件に疑問を持ち、調べをしていることを、雪枝は知っていたからだった。


天風は雪枝には、知られないように行動していたのだが、雅子が、それとなく雪枝に話をしていたのだった。

雪枝に、突然訪問された天風は、はじめとまどった。天風としては、自分の結婚の時、そのままごとのような披露の席で、雅子に雪枝の夫の事件を聞き、なにか腑《ふ》に落ちないものを感じて、かってに探りを入れていたからだ。いわば、好奇心ではじめたことであり、特に正義感を発揮しての調査ではなかった。

「お気の毒だが、義彦君は、死んだ人間も同じだった。それが突然、生き返るなどということは考えにくい。かりに生き返ったとしても、すぐに、そのまま病室を脱出するというのは、不自然だ。半年も食事をせず寝たきりの人間は、足の筋肉も弱っているだろうし、歩けるとは思えない。頭ははっきりしていても、長いこと寝たままで歩けなくなってしまった戦友を、これまで何人も見ております。わしは、やはり、誘拐説を取りますな」

天風が腕を組んだままいった。

「それに、もし脳の機能が元にもどり、自分で病院を脱出したのだとしたら、まず、母親のあなたのところに帰るはずでしょう。しかし、それもしていない。ということは、どこに姿をくらましてしまったというのでしょう。どうしても帰れないとしたら、それはなぜです。だから、誘拐説のほうが、現実性が強いと思うのです」

「ですが、天風先生。もう死んでしまったも同然の子供を、だれがなんのために誘拐しなければならないのでしょうか?」

雪枝が白い絹のハンカチで、目頭を押さえながらいった。

「そこですな、問題は。あなたには、なにか思い当たるふしはありませんか?」

天風が質問した。

「さあ。大学病院では、義彦の状態は非常に珍しいというので、たくさんの先生がたが診察をして、できることなら、生き返らせてくださろうとして努力をしてくださいました。もちろん、人間の生と死に関する格好の研究材料だというお考えで診察してらした先生もおいでではあったようですが……」

雪枝がいった。

「なるほど。すると、そういう考えの医者が誘拐したと考えられないこともありませんな」

「でも、それなら、なにも誘拐をしなくても……」

「これは関係ないかもしれないが、義彦君の病室には、時折、陸軍の大尉が出入りしていたようですが、あの人物は何者ですか?」

天風が質問した。

「ああ、吉田大尉でございますね。それが、わたくしにも、はっきりとわかりません。ご本人は夫の友人だったと申されるのですが、わたくしの知るかぎり、夫にあのような軍人さんの知り合いはおりませんでした」

雪枝が説明した。

「そうですか。どうも、なにやら怪しい男ですな」

「はい。なんで、あんな姿になった義彦に興味を持たれるのか」

「ひょっとすると、その男が犯人かもしれませんぞ」

「でも、なんのために……」

「うむ。それが、わからんのです。ただ、その大尉は、わしの調べたところでは、昨年、陸軍の参謀本部に、秘かに新設された特別任務班の班長なのです」

「その特別任務班とは、なんでございますの？」

雪枝が首をかしげた。

「それは、まだ、わかっておりません。どうも、軍の最高機密のようでしてね」

天風が答えた。

「軍の機密と義彦が、どうつながるのでしょうか？」

「それについては、いま、わしが調べております。ただ、わしは海軍の人間なので、友人の陸軍軍人に探ってもらっております。原田《はらだ》という男でしてね。これは信用のおける人物ですよ」

「そうでございますか。ありがとうございます。それで、夫が自殺ではなく殺されたのだという証拠はあるのでしょうか？」

雪枝が、おそるおそるという感じで質問した。

「なんとも、いえません。ですが、わしは自殺ではないと思っております」

天風がうなずいた。

「ほんとうに、そうなら、よろしいのですが」

「親戚のかたたちが、あなたに辛《つら》く当たるような話も雅子から聞いておりますが」

「いえ。そんなことは、なんでもないことでございます。ですけれど、もし夫の遣い込みというのが無実にもかかわらず、汚名を着せられたうえ、自殺ではなく殺されたのだとしたら、どんなにか無念だったことでございましょう。成仏もできないでいると思います。その真実がわかれば、安心して極楽へ参ることができると思います」

雪枝が、またハンカチで涙を拭《ふ》いた。〔天狗倶楽部〕の一員で、バンカラでは、ほかのメンバーにもひけを取らない天風には、この美人の涙は苦手だった。

「まあ、奥さん。もう、しばらく時間をください。わしが、きっと、ご主人の汚名を晴らしてあげましょう」

「ありがとうございます」

雪枝が頭を下げた。

「いや、万一、ご主人が金を遣い込んだのだとしてもです。それを吉原の女に注ぎ込んだなどと、そんな馬鹿な話はない。なにか理由があったのですよ……。しかし、ここに軍の特別任務斑などというものが出てきたとなると、汚職事件なども考えられないことはないですが、衣料問屋、それも軍出入りでもない衣料問屋の番頭さんが、どう関係してくるのか……」

天風が、また腕を組んだ。

「やはり夫が軍と関係があるのでしょうか？」

雪枝が、また同じような質問をした。

「いや、それも、まだ、わかりません」

天風が、首を横に振った。

「それはともかく、奥さん。話はもどりますが、もし義彦君が、自力で病院を抜け出したとした場合、あなた以外の人のところにいくとしたら、だれか考えられますか？」

「いいえ。それは考えられません。それに、親戚の家にでもいったのなら、いくら、わたくしを快く思っていない人たちとはいえ、連絡ぐらいはくれるはずです」

「そうですなあ。だとすると、やはり誘拐ということになるのか」

天風が、テーブルの上の冷たくなった茶をすすった。


「さて、どうも、おかしなことになってきたぞ」

黒岩が、少年の顔を見ていった。少年は無邪気な顔をして、読めるのか読めないのか、大人の客と同じように一人前に新聞をテーブルの上に広げ、蒸しパンをほおばり、ミルクを飲んでいる。ここは黒岩の家に近いミルクホール〔なでしこ屋〕。

巡査ともめている少年を家に連れ帰った黒岩は、食事を与え、とにかく腹を満たさせると質問に入った。ただの家出、浮浪児のたぐいでも、もちろん問題はあるが、この少年の場合は大学病院の病院衣を着ていたからだ。

どんな事情があって病院を抜け出してきたにしても、病気の少年を、そのまま、ほうっておくわけにはいかない。その時、黒岩は少年が、病気で入院したものの、家族に会いたくなったかなにかで、耐えきれなくなって、脱走してきたのだと思い込んでいた。

そこで、あれこれ質問をするのだが、年齢が十歳であるということ以外、なにひとつとして答えようとしないのだ。口調は、はきはきとしていて、どうでもいいことはしゃべるが、かんじんなことはいわない。名前も住所もいおうとしない。

かといって、精神に異常があるような言動はしなかった。ただ、強情なのだ。が、その強情さも憎らしくはなく、むしろ、見ていると愛くるしいくらいだった。

そうこうするうちに時間は経つ。黒岩にも仕事がある。いつまでも少年にかかわってはいられなかった。そこで黒岩は、しかたなく、昼食を兼ねて少年と外に出た。そして、少年にミルクホールで食事をさせ、自分は近くの酒屋に走り、大学病院に電話を入れた。これこれこうで、そちらの病院の病院衣を着た少年を保護しているといったのだ。

ところが、病院の受け付けから返ってきた答えは意外なものだった。自分のほうには、それに該当する、脱出した少年の病人はいないというのだ。

もっとも、それには理由があった。黒岩は知らなかったが、川口博士は、その白鳥少年の行方不明事件を自分の不手際になってはいけないと、院長以外には、ぜったい黙っているように担当の看護婦に箝《かん》口令《こうれい》を敷いていたのだ。だから、それを受け付けが知っているわけはなかった。

「なにが、おかしいの?」

少年がパンを食べる手を止めていった。

「坊主のことだよ。どうして、名前も住所もいってくれないんだ。その病院の着物は、どうしたんだい?」

黒岩が、少年に質問した。

「拾ったの」

少年が答えた。

「拾った？」

「うん」

「どこで？」

「忘れちゃった」

「前に着ていた着物は？」

黒岩がいった。

「捨てた」

「捨てた？　どういうことなんだ。浮浪児には見えんし」

黒岩が頭をかきむしった。

「ぼく、浮浪児じゃないよ」

「では、いってくれ。名前と住所。いいか、坊主。おじさんは、刑事なんだよ。おどかすつもりはないが、その気になれば、坊主を警察に連れていって、身寄りがないのなら、孤児院に入れてしまうこともできるんだ。すると、坊主は病気でもないわけか」

「昨日までは病気だったけれど……」

「いまは治ったんだな」

「いまは……」

少年が口ごもった。

「まあ、どちらにしても、たいしたことはなさそうだ。とにかく、名前と住所だ」

「どうしても、いわなければ、だめ？」

少年が、丸い目で黒岩を見つめた。

「だめだ。警察に連れていく。もし理由があって、坊主が、どうしても病院にも家にも帰りたくないというのなら、おじさんが、なにかいい方法を考えてあげよう。だから、名前と住所をいってくれ。頼む、このとおりだよ」

黒岩が少年に両手を合わせた。少年は、その黒岩の顔を、じっと見つめた。どちらの表情も真剣だった。しばらく顔を見つめ合っていたが、突然、電気でも走るように、ふたりの心になにかが通じた。

「わかったよ、おじさん。ぼく、おじさんを信じる。全部、話すよ」

少年がいった。

「そうか。話してくれるか。いや、助かった。これは、今日は警視庁を休まねばならんかと思ったんだ」

黒岩が、ちょっと、おどけた口調でいった。

「で、名前は?」

「ここではいえません。もう一度、おじさんの家に帰ってくれますか」

「なんだ、また、もどるのか。できれば、このまま坊主を家に送って、出勤したいんだがなあ」

黒岩が、眉根にしわを寄せた。

「お願いです、おじさん。家にもどってください。重要な話なんです」

少年は、哀願するようにいった。

「よしよし、ここまで遅くなれば同じことだ。いいよ、もどろう。もうパンはいいのか。遠慮はいらないぞ」

「はい。ごちそうさまでした。もう満腹です」

少年が、ぺこりと頭を下げた。

「よし。じゃ、出よう」

黒岩がいった。

吉田悌作《ていさく》大尉の家は、芝区三田四国町の慶應義塾近くの住宅街にあった。二階建てのレンガ造りの洋館だ。吉田大尉は親子二代の職業軍人で、父親はもう退役していたが、日清、日露の両戦役を戦った筋金入りの軍人だった。その息子の吉田大尉も、陸軍参謀本部付の切れ者として知られていた。

技術将校ではないのだが、陸軍士官学校を卒業して、参謀本部に配属されていらい、なぜか技術部門、特に新兵器開発部門の一員として、ずっと道を歩んできている。本人も、その仕事が嫌いではないようだった。

吉田大尉の家の二階の一室に、明かりが灯っていた。もう時刻は午後八時だというのに、明かりの灯っているのは、その部屋だけだった。いくら昼間の長い六月とはいっても、外には夜のベールが下りている。

「いいか。あの少年が、どこへいったのか、あるいはだれが連れ去ったのか、どんなことがあっても探し出せ。そのためになら、金に糸目は付けん」

その部屋は外見に相応《ふさわ》しい、ていねいで立派な造りだった。家具、調度品も一見して高価なものであることがわかる。天井のシャンデリアが、ひときわきらびやかだった。

大理石を加工して作られたテーブルを真ん中にして、部屋の奥側のソファに腰を降ろしている三十五、六歳と思われる、着物姿の男が怒鳴るような口調でいった。吉田大尉だった。

「へい。必ず、探し出します。その代わり、報酬のほうは……」

向かいの席の男が、いかにも卑屈そうな態度でいった。年齢は吉田大尉より五歳も上だろうか。中肉中背だが猫背で、ぼさぼさの髪にはかなり白いものが混じった、浅黒いあばた顔の男だった。灰色の汚れた作業服の上下をきている。緒方耕三《おがたこうぞう》という男だった。

「心配するな。たんと出してやる。今日、とりあえず十円渡しておこう」

吉田が、テーブルの上のブランデーの入ったグラスを口に運びながらいった。

「へい。ありがとうございます」

男が、うれしそうにもみ手をし、にっと笑った。歯が黄色く汚れている。

「しかし、緒方。これは、何度もいうように、ぜったい、ほかの人間には悟られてはならん秘密行動だぞ。それを忘れんようにな。もちろん、軍関係者にも秘密だ。あの少年がいなくなったことを特務班のほかの者に知られたら、俺の身さえ危ない。その代わり、うまく見つけだしたら、金もやる。女も抱かせてやる」

「ほんとうですか」

「ああ、お前、浅草だかの料理屋の女中にぞっこんだといったな。その女を抱かしてやろう」

「へえ。ありがとうございます」

緒方がまた、うれしそうに、くっくと喉を鳴らして笑った。

「礼は仕事が成功してからだ。それから、今日以後、お前は俺がこいといわんかぎりは、俺の家には出入りしてはいかん。連絡は電報、電話。このいずれかでしろ」

「へい。承知しました」

緒方がうなずいた。

「参謀本部へは電話はしていいが、緒方とはいうな、偽名を使え。俺がいない時には、伝言などしてはならんぞ」

「わかりました」

「むろん、われわれの計画の全容はいえんが、俺の仕事は日本陸軍の機構を根底から造り直すことになるかもしれん、大仕事なのだ。失敗は許されん」

吉田大尉が、ふたたびグラスを口に運んだ。

「大尉さんは、そんな重要なお仕事を……」

緒方が、機嫌を取るような口調でいった。

「そうだ。この仕事には、日本の国運がかかっているといっても過言ではない。その仕事の手伝いを、お前にやらせてやろうというのだ。しかも、金まで与えてな」

「ありがとうございます」

「お前が中村二等卒と仕組んで、軍の物資を横流ししようとした時……」

「大尉、その話は、もう、どうか……」

緒方が頭を下げた。

「まあ、聞け。あの時、俺はお前を使える男だと思ったのだ。だから、助けてやった。中村は、まだ重《じゅう》営倉《えいそう》に入っておるのだぞ」

「へい。大尉のご恩は一生……」

「恩を売る気は俺にはないが、俺はお前を信頼している。しっかり、やってくれ」

「へい。必ず」

「うむ。頼む。俺が出世するということは、お前も、いい目を見られるということだからな。まあ、そんなに縮こまっておらずに、一杯やれ!」

「ありがとうございます」

「それにしても、おかしな事件だ。何者がどこへ、あの少年を連れていったのだろう。それとも医者は否定しているが、脳の働きが回復したのだろうか。もし、そうだとしたら……」

吉田大尉は、そこまでいってことばを止めた。

3

晴

午前中、後援会でいろ〳〵の、打合せをした、午後船長と共に、押川氏、小川氏、副島氏等の自宅を歴訪して、挨《あい》拶《さつ》を述べた。

夕方神谷氏を訪ひて、いろ〳〵懐旧談をした。

（六月十九日『南極探検日記』）

上野山下に近い南稲荷町の、もう御《お》徒《かち》町《まち》に近いところの路地の奥に〔松谷畳店〕という、小さな畳屋がある。間口二間ほどの店で、家も古い。

その二階の戸袋のところに、貸間と書かれた木札がぶら下がっていて、風に小さく揺れていた。店では、主らしい五十前後の男が、はちまきに胸当て姿で、額に汗しながら仕事に精出している。店の奥は、住まいになっているようで、箪《たん》笥《す》や卓《ちゃ》袱《ぶ》台《だい》などが見える。割《かっ》烹《ぽう》着《ぎ》姿の、主より三つ四つ若いと思われる婦人が、せわしげに動いていた。

店のあるところは狭い路地で、両側の家々の中には、道に縁台を出している箇所もあり、玄関というほどのものでもない入口の扉横に、植木鉢などを並べている家も少なくなかった。犬がけだるそうに寝そべっている家もあり、典型的な下町風景だ。

その路地に、ちょっと、風景に似合わないようなグレーの麻の背広に中折れ帽をかぶった若い男が入ってきた。十歳ぐらいの久《く》留《る》米《め》飛《が》白《すり》の着物をきた少年の手を引いている。男は、路地の奥の〔松谷畳店〕の前で歩を止めた。そして、しばらく店の中を覗《のぞ》き込んでいた。

畳を張り替えている主が、そばに置いてある鉄《てつ》瓶《びん》に手を伸ばし、飛び出し口をくわえて口に水を含み、作業中の畳の表面に、勢いよく、ぷうっと吹きかけた。そして、ふっと顔をあげた。

「……ん。だれだい。お客さんかい？」

主が、手の甲で口を拭《ぬぐ》いながらいった。

「いえ、ぼくです。黒岩です。どうも、為吉《ためきち》おじさん、ごぶさたしています」

背広の男が、中折れ帽を取っておじぎした。

為吉と呼ばれた主人の、目が丸くなった。

「おお！　なんだい、黒岩さんじゃないか‼」

「はい。ほんとうに、ごぶさたしてまして」

黒岩四郎がいった。

「やあ、よくきてくれたねえ。なに、ごぶさたったって、あんた、ちょくちょく葉書くれるから、元気にしてるのは、わかってたよ。けど、よくきてくれたね。おい、嬶《かかあ》！　ちょっと、こっちこい！　黒岩さんが、お出《い》でなすった！」

為吉が立ち上がり、奥の部屋のほうに向かって、怒鳴った。

「そんな大きな声をお出しでないよ。だれがお出でだって？　あっ、黒岩さん‼」

奥から足早に出てきたのは、為吉の妻のカツだった。

「まあ、よくきてくれたわね。どうしたの？　二年ぶりぐらいかしら？　大川《おおかわ》の花火で会っていらいね。どう、元気？　警視庁は、今度、引っ越したんでしょう。時ちゃんは、女子高等師範にいきなさったんだってねえ」

カツが、たたみかけるようにいった。

「おい、お前。そう、いっぺんに話しかけたって、黒岩さん、答えられやしねえよ。あいかわらず、この調子でね」

為吉が、カツのほうを見て、苦笑しながらいった。

「おじさんもおばさんも、むかしと変わっていませんね」

黒岩が笑った。

「ははは。そうかい。ともかく、中に入ってくんねえ。こんなところで立ち話もなんだ。時間はあるんだろ」

「はい。実はおふたりに、ぜひ、お願いがありまして」

黒岩がいった。

「おお、そうかい、そうかい。わかった、わかった。その願いっての聞こうじゃねえか。さあ、ずっと奥へ。もっとも、あんまり奥へ入ると、裏に抜けちまうけどね」

為吉が笑いながらいった。

「じゃ、失礼します」

黒岩がいった。

「こんにちは」

少年も頭を下げた。いうまでもない、それは白鳥義彦少年だった。

「おお、こんちは。しっかり挨拶《あいさつ》できるねえ。さあ、お上がり」

為吉が先に立ち、草履《ぞうり》を脱いで居間に上がる。続いて黒岩、義彦少年、カツが上がった。

急いでカツが畳んであった卓袱台の足を伸ばして、部屋の中央に置いた。そこは六畳間で、奥にもうひとつ四畳半が見える。さすがに畳屋だけあって、畳は青々としてきれいだ。

カツが来客用の座蒲団《ざぶとん》を並べ、黒岩と義彦少年を座らせた。為吉は、自分の座蒲団に座る。

「で、なんでえ、頼みってえのは？」

卓袱台を真ん中にして、腰を降ろすなり為吉がいった。

「ちょっと、あんた、お待ちよ。あたしにも、黒岩さんの話を聞かせておくれよ。いま、お茶入れるから」

カツが台所から、ガスに火をつけながらいった。

「ああ、そうか。わかった。坊やにサイダーかなんかないのかい？」

「それがあいにく、平野水《ひらのすい》なら一本あるんだけど」

「甘くなくちゃ、しょうがねえだろう。そいつに砂糖入れてみちゃどうかな」

「そうだねえ」

「おばさん、ぼく、お茶が飲みたいんです」

義彦少年がいった。

「ごめんね。坊やにまで気遣わしちゃって」

カツがいった。

「いいえ。ほんとうに、どうぞ、おかまいなく」

黒岩もいった。

「なに、かまおうたって、なにもできねえよ。しかし、黒岩さんも変わらないねえ」

為吉がいった。

「いやあ、ぼくのほうこそ、おじさん、おばさんが変わっていないので、びっくりしてるんですよ」

「ははは。世辞がうまくなったね。でも、こっちは変わったよ。気持ちはむかしのままだが、からだがいうことをきかねえんだ」

松谷為吉、カツ夫妻。このふたりは、黒岩四郎、時子兄妹にとって、生涯忘れられない恩人だった。

黒岩兄妹は長野県孀恋村《つまごいむら》の生まれだが、早く両親に死に別れ、たらいまわしにされるように、親戚のあいだを転々として暮らした。そのじゃまもの扱いの生活に耐え切れなくなったふたりが、ほとんど着の身着のままに近い状況で、東京に出てきたのは、黒岩十六歳、時子八歳の時だった。

ほとんどが、ふたりを冷たく扱う親戚の中で、唯一、優しいことばをかけてくれる駒込《こまごめ》の叔母を頼って出奔《しゅっぽん》したのだ。訪ねた叔母は優しかった。だが、叔母の家にも子供は多く、義理の叔父はふたりに対して、いい顔をしなかった。

そこで、ふたりは叔母に迷惑をかけたくないと、だまって家を飛び出した。しかし、頼みの叔母の家を出てしまえば、もういくあてもない。足の向くままに上野公園のベンチに腰を降ろし、ゆく末を案じている時に、声をかけてくれたのが、仕事帰りの為吉だった。

若い時、ひとりっ子を亡くした為吉夫妻は、黒岩兄妹の話を聞くと、いたく同情し、ふたりに住まいを提供してくれた。ちょうど、その時、貸間にしていた二階の八畳間が空いているから、そこに住んでいいというのだ。

黒岩が下宿代が払えないというと、出世払いでかまわないという。ふたりにとっては、夢のような話だった。親戚の冷たさに人間不信になりかかっていた黒岩だったが、まだ幼い時子のことをも考え、為吉の世話になることにした。

為吉夫妻は金持ちではなかった。けれど、下町の人情に溢《あふ》れた、心の底からの善人だった。黒岩兄妹は、為吉夫妻の世話になりながら、働いて学問を身につけた。そして、黒岩は明治大学を卒業すると警視庁の試験に合格し刑事になった。

どうにか、兄妹ふたりが食べられるだけの給料を得られるようになって、ふたりが為吉夫妻の下宿を出たのは四年前のことだった。黒岩は、少しずつ、出世払いという約束の金を為吉に返そうとした。

が、為吉は、それを受け取ろうとはしなかった。黒岩が出世をし、時子が幸せな結婚をしてくれるのが自分へのお礼だというばかりだった。

下宿を出てからも、時子は、二、三か月に一度は必ず、為吉夫妻を訪ねていた。が、黒岩のほうは、心の隅では常に気にしながらも、この二年ほど、ふたりを訪ねていなかった。

「この人も、これまで、よく働いてくれたからね。ガタが出てきてもしようがないけど、もう少しだけ、がんばってもらおうと思ってね」

カツが卓袱台の上に、お茶とハッカ菓子、金平糖《こんぺいとう》、煎餅《せんべい》の入った菓子入れを置いていった。

「悪いねえ。こんな子供だましみたいなもんしかなくて」

カツがいった。それから、義彦少年のほうを見ていった。

「坊や、遠慮しないで、お食べよ」

「はい」

義彦が、はきはきした口調で答えた。

「まあ、利発そうな坊やだね」

カツが為吉の横に座る。

「それで、あらたまって黒岩さん。頼みってえのは、なんでえ?」

為吉が質問した。

「はい。この子を、しばらく預かってもらえないでしょうか?」

黒岩が為吉の顔からカツの顔に視線を移しながらいった。

「この坊やを?」

カツが、金平糖を食べている少年に目をやっていった。

「そりゃ、かまやしねえが、また、どういうわけなんだい？」

為吉がいった。

「はい。それが、ちょっと、わけありの子供でして……」

黒岩がことばを濁した。

「わけあり？」

カツがいった。

「すみません、おばさん。理由があって、いまは、なにもいえないんです」

「あたしたちにもかい？」

「はい。申しわけありません」

黒岩が頭を下げた。

「なんだい、黒岩さん、水臭いね」

カツが、ちょっと不機嫌な声で、続けようとした。

「よさねえか。黒岩さんが、こうして頭下げて聞かねえでくれってんだ。いまは聞くのはやめようぜ。その代わり、あとできっと話してくれるね」

為吉がいった。

「はい。あと十日もたてば、必ず」

黒岩がいった。

「よーし、わかった。安心してくれ。この坊主、責任持って、この松谷為吉が預かろう」

「すみません。おじさん。それから、この子のことは、たとえ時子でも、だまっていてください」

「えっ、時ちゃんにも、しゃべっちゃいけないのかい？」

カツが、目を丸くした。

「はい。お願いします。ぼくから預かったということは内密に……。名前もできたら、別名で。そのことは、この子に説明してありますから」

黒岩が、軽く会釈《えしやく》した。

「……ははあ、わかったよ、黒岩さん。この子、ひょっとしたら、あんたの……。隅におけないわね、黒岩さんも」

カツが笑った。

「は、はあ」

「いいよ。どんな、理由か知らないけど、子供に罪はないものね。時ちゃんにも内緒にしておくから、心配しないでいいわよ」

「すみません、かってなお願いばかりで」

黒岩が、また頭を下げる。

「いいってことよ。で、坊主、名前は？」

為吉がいった。

「白鳥義彦です」

義彦が元気よく答えた。

「そうか。何歳だ？」

「十歳」

「うむ。元気そうな子だ。しばらく、このおじさんやおばさんと、いっしょに暮らせるな」

「はい。よろしく、お願いいたします」

義彦が、ぺこりと頭を下げた。

「うん。いい子だ」

為吉が、にっこり笑っていった。


「まったく、天風君も、いつものきみらしくないね」

阿武天風から原稿を受け取った押川春浪が、突然、話題を変えていった。

「なにがですか？」

天風がけげんそうな顔をする。

「なにがじゃないよ。例の白鳥幸三郎の事件を調べているそうじゃないか」

春浪がいった。

「潮風君から聞いて、はじめて知ったよ」

「はあ。いや、春浪さんに話すまでのこともないと思いまして」

天風が背広のポケットから、煙草を取り出して、いささか困ったような口調をした。

「なにが話すまでのこともないだ。潮風君には話したんだろ」

「はあ、そうですが」

天風がチェリーに、マッチの火をつけながらいった。

「チェリーか。俺も一本もらおう」

春浪がいう。

「あ、どうぞ、どうぞ」

天風が煙草の箱を春浪のほうに向けた。

「このごろ、敷島《しきしま》に少し飽きてきたので変えようと思っておるんだ」

「そうですか」

天風が答えた。日本橋本町、博文館三階編集室の〈冒険世界〉編集部。時刻は、午前十一時。ちょうど、黒岩が〔松谷畳店〕を訪ねているころだった。

「しかし、あの事件が自殺ではなく、他殺かもしれないという根拠はあるのかい？」

春浪がいった。

「ええ。わしは、第二番頭の高島《たかしま》という男が怪しいとにらんでおるのです。あの店の主人は、白鳥幸三郎の自殺と遣い込まれた金額が、それほどの大金ではなかったということで、すべてを幸三郎の仕業と決めつけてしまったようですが、わずか二百円足らずですよ。自殺しなければならないような金額じゃないじゃないですか」

天風がいった。

「まあ、そうだな」

春浪が、煙草の煙をふうっと吐いた。

「それに、十歳の子供を道連れにするのも解《げ》せない。自分の不始末は不始末だとしても、なぜ、なんの罪もない子供まで道連れにしなければならんのでしょう」

「うむ。で、その第二番頭のなんとかという男が怪しいというのは？」

「まず、幸三郎の自殺で自分が第一番頭になったこと。それから、急に金回りがよくなったらしいのです。まあ二百円ですから、たいしたことはないにしろ、事件以後、電話なども取りつけたというし。それにもうひとつ、これは最近知ったことなのですが、幸三郎の奥さんは、元々あの店の女中さんでしてね。その高島という男は、ぞっこんだったらしいんですよ。それが、同じ店のいわばライバルである幸三郎氏といっしょになってしまった。これは、だいぶ、うらんでいたようじゃが」

天風が、煙草の灰を灰皿に落としていった。

「なるほど。だが、そんなものは、男と女の好き嫌いの問題だ。うらんでもしょうがあるまい。それに十年も過ぎて、子供までできているのではないか。だのに、まだ、その奥さんに未練を持っておったのか」

春浪が顔をしかめた。

「ええ。しつこいたちの男で、なにかというと、その話をしていたといいます。いまだに、あきらめきれないと……。店の者から、それとなく聞いたんですがね」

「女々《めめ》しい男だな」

「ただ、まあ、男と女の関係は、かんたんに割り切れんですからね。それに、自分の恋した女性といっしょになった男が上司で、しかも毎日、同じ店で顔を合わせていたわけじゃから、たしかに、すっぱりとあきらめきれんかったということはあるでしょう。現に、その奥さんの話によれば、四十九日も終わらないうちに、外で会ったら、それとなく再婚をいい寄ってきたようです」

天風が煙草をもみ消した。

「だが、その男は妻子持ちではないのか?」

春浪が、けげんそうな表情をした。

「それが、三年ほど前に細君を病気で亡くしておるのです」

天風が説明した。

「そうか。そいつは、ちょっと不審な点が多いな」

春浪がいった。

「そうなんですよ。店では店の信用に関わるというので、結局、さっきもいいましたように、すべてを幸三郎氏の仕業にして、警察のいうままに、それ以上の捜査も頼んでもいないわけですが、もし幸三郎氏が、ほんとうに遣い込んだとしたら、その金の使い途《みち》もわかっておらんのです。吉原《よしわら》で女に注ぎ込んだということになっていますが、わしの調べたかぎり、そんな男ではありゃせんのですじゃが」

岡山出身の天風は、時々、ことばに方言がまじり、それが東京弁といっしょになって、どこのことばだかわからなくなることがある。

「ふむ。そいつは、たしかにおかしい。なるほど、きみはそんなことを調べておったのか」

「はい。その奥さんは雪枝さんというのですが、雅子のまた従姉妹《いとこ》という関係になるんじゃそうで、話を聞いて、不審に思いましてね。それに、遣い込みしたうえ、子供を道連れにしたというので、雪枝さんは親戚中から、冷たい目で見られているちゅうのです。こういう話を聞いては、ほうっておけませんからなあ」

「そりゃそうだ。男子たるもの、そういう不幸な婦人の話を聞いては黙ってはおれん。それに、悪人がのうのうとお天道《てんと》さまの下を、のさばって歩いておるのは許せんな。よく、わかった。だが、天風君。仕事の合間に、ひとりで調べるのは大変だろう。俺はなんにもできんが、ひとりで、こそこそやっとらんで、龍岳君とか黒岩君に、協力してもらったら、どうだい？」

「はあ。それも考えなかったわけではありませんが、もし、まったくのわしの見当はずれでは、みんなに迷惑をかけるばかりだと思いまして」

天風がいった。

「なんだか、いつものきみらしくないね」

「そうですか。でも実際、黒岩さんにはちょっと手伝ってもらおうかと思っておるのです。というのは、一昨日の夜ですが、半死の状態で大学病院に入院していた子供が行方不明になってしまったんです」

「えっ、あの子供が？　その死んだ番頭の子供だろう？」

「はい。幸三郎氏の子供です。自殺の道連れになったことになっている」

天風がいった。

「どうしていなくなったんだ？」

春浪が、今度は着物の袂《たもと》から、自分の煙草を出して火をつけた。

「いや、それがわからんのです」

「わしは誘拐かもしれんと思っています。というのも、少年が行方不明になる数時間前に、奥さんが見舞いにいった時は、それまでと変わらない半死の状態だったそうじゃから、突然、回復して病院を脱出するということは考えにくいのです。それは、医者も同意見だそうですが」

天風が、喉がいがらっぽくなったのか、ポケットから清心丹《せいしんたん》の箱を取り出して、数粒を口に含んだ。

「だが誘拐だとすると、だれが誘拐するんだ。真犯人か。もし幸三郎氏とその子供が他殺だったとしたら、それを殺そうとした人間がいる。親は死んだが子供は、まだ死んではいない。そこで、万一、回復されて真相をばらされてはまずいということか」

春浪が、顎《あご》をひねった。

「わしも、それを考えたのですが、それなら誘拐などとめんどうなことはせずに、病室まで侵入したのだから、殺してしまえば、それで終わりでしょう。わざわざ誘拐する必要はないと思います。それに、なんといっても、その少年は、医者も回復の可能性はないといっている病状なのですから、危険を犯して、そんなことをする必要がありますかね。高島が犯人だとしても、それを疑っておるのは、警察ではなく、わしひとりですし、そのことを高島が知っているとも思えません」

「では、だれが……」

「それが、わからんのです。あるいは、軍関係の人間かもしれんのですが」

天風がいった。

「軍？　軍も関係しているのか？」

春浪がいった。

「ええ。事件の直後から陸軍の特別任務班の大尉が、少年に興味を持っていたことは、たしかなんじゃが」

「それは？」

春浪が質問した。天風は、自分が知るかぎりの吉田大尉の行動を説明した。

「ですが、もし、軍が少年を必要としたとしても、誘拐することはないと思うのです。軍なら正面から、そう命令すれば、それですむ。少年を衛戍《えいじゅ》病院に移管することなど、どうということはありません」

「そのとおりだな。うーん。聞けば聞くほど、奇妙な話だな。で、警察は捜査しないのかね？」

「それが、大学病院としては、極秘に少年を人体実験に使っていたことが世間に知られてはまずいと、知らせたくないようですし、奥さんも、このことが新聞紙にでも載れば、また事件がむし返されるので、できれば警察沙汰《ざた》にはしたくないといっておるのです」

「そいつは、わかるな。となると、やはり、われわれの出番だぞ。黒岩君にだけは相談しても、いいんじゃなかろうか」

春浪が、吐き出した煙草の煙を、目で追いながらいった。

「黒岩さんなら、信用できますからね」

天風がいった。

「しかし、軍は、その少年に、なんで興味を持っているのだろう。特別任務班というのは、主に新兵器開発研究をするところじゃないのかい?」

「そうなんですよ。で、いま原田君に探りを入れてもらっとります」

「ああ、そいつはいいね」

春浪がうなずいた。

「そうそう。それから、奥さんは、南極探検の多田書記の知り合いだとかで、少年が行方不明になった夜に、病院に見舞ってますが、まさか多田さんが誘拐したわけでもないでしょうな」

天風が、小さく笑った。

「ああ、先日、親父が多田君が大学病院にいくとかなんとか話しておったが、多田君はあの少年の家族と知り合いだそうだね。思わぬところで、人間のつながりがあるものだな」

「なんでも、南極探検隊の隊員の着るものを、幸三郎氏を通して、その衣料問屋に安く下ろしてもらえないかと頼んだらしいですね。白瀬中尉の横槍《よこやり》で、話はだめになったそうですが」

天風がいった。

「なるほど。おもしろい話になりそうだな。いや、ほんとうは、おもしろがるなどというのは不謹慎だが」

春浪が上唇をなめながらいった。

「もう、お兄さまったら、一晩、わたしが家を留守にすると、めちゃめちゃなんだから」

黒岩時子が、広げっぱなしになっている新聞を片付け、卓袱台の上の菓子盆を蠅帳《はいちょう》にしまいながらいった。

「お煎餅なんか、湿気っちゃってるてよ」

「まあまあ、時子さん。男なんて、そんなものだよ」

龍岳が、口をとがらせている時子をなだめた。

「龍岳さんも、そうなの？」

時子が振り返る。

「そうですよ。時子さん、ぼくの下宿に、何度もきているじゃないですか」

龍岳がいった。

「そういえば、そうね」

時子が、くすっと笑った。

「あら、お客さまだったのかしら。湯呑《ゆの》みが出ている」

時子が、台所の流しを見ながらいった。

「それで、お菓子を出したのね。でも、金平糖なんて、子供みたいなもの」

時子は、そういいながら、さっさと流しの湯呑み茶碗《ちゃわん》を洗うと、前垂れで手を拭《ふ》きながら、居間にもどってきた。それから、ふと、隣りの部屋の箪笥に目をやった。龍岳も、その視線を追った。下から二番目の引出しが、きちんと閉まっていない。

「お兄さまは、ほんとうに、だらしないんだから」

時子が、またいった。

「それにしても、なにを探したのかしら？」

時子は、そのまま引出しを閉めずに、両手で開いた。中はぐしゃぐしゃになっていた。大きな風呂敷が、無造作に放り込んであるのが龍岳にも見えた。

「あら、これ？」

時子が、けげんそうな声を出した。

「どうかしたんですか？」

龍岳が声をかける。

「ええ。兄が子供のころに着た着物を、記念に取っておいたのですけど、それを出したらしくて、なくなっているんです」

時子が、ぎっしり詰まっている引出しの中を調べながらいう。時子は、その段を調べ終えると、別の段も調べはじめたが、やはり首をひねっている。

「どこに持っていかれたのかしら?」

龍岳には、むろん見当もつかず、答えようもなかった。

「変だわ。ほかにはなにもなくなっていないし、あれだけ……。あんな古い着物、人にあげられるようなものでもなし」

「大切なものなのですか?」

龍岳がいった。

「ええ。大切といえば大切なんですけれど……。着物は、ただの安物の飛白《かすり》なんです。ただ、お母さまが縫ってくれたもので、形見のようにして、どの親戚にいかされた時にも、あれだけは手放さなかったんです」

時子がいった。

「そうですか」

時子たち兄妹の生い立ちを、多少知っている龍岳は、それ以上は質問しなかった。時子の表情は不安げだった。

「なにか、黒岩さんに事情があったのでしょう」

「そうですわね」

時子がうなずいて、簞笥の引出しを閉めた。そして続けた。

「あら、ごめんなさい。お茶も入れないで」

「いいんですよ。黒岩さんが、帰ってきてから、いっしょにいただきます」

龍岳が笑顔でいった。

「食事はすませて帰るが、そんなに遅くはならないといっていたのに」

時子が時計を見た。時刻は、午後の七時半だった。

「ぼくなら、急ぐ仕事じゃないから。ちょっと、現在、書いている原稿で、警察の組織系統のことがわからないものだから、お聞きしたいと思っただけなんです。ほんとうは、電話でもよかったんですが、おうかがいしたほうが時子さんの顔も見られるから……」

龍岳がいった。

「えっ！」

龍岳のことばに、時子は一瞬、ことばを詰まらせ、たちまち、顔を耳まで真っ赤にした。そして、走るように台所に入っていった。

「それにしても、今年は梅雨《つゆ》らしくない天気が続きますねえ」

龍岳が、時子のようすを見て話題を変え、背後から声をかけた。

「え、ええ。ほとんど雨が降りません。洗濯物は乾いていいんですけれど」

時子が、鉄瓶をガス台にかけながら、龍岳のほうを振り向かずに答えた。

「ただいま！」

玄関のほうで、男の声がした。黒岩の声だった。

「はーい」

時子が答えた。

「あっ、ぼくが出ます」

龍岳が時子を制して、立ち上がった。

「すみません」

「なあに、玄関の鍵を開けるぐらいのこと」

龍岳はいい、玄関に向かった。引き戸の錠を開けると、片手に鞄《かばん》、片手に風呂敷をぶら提げた黒岩が入ってきた。

「お帰りなさい。おじゃましています」

龍岳がいった。

「やあ、久し振りだね」

黒岩がいった。

「はい。昼間、電話でもお話ししましたが、ちょっと、教えていただきたいことがありまして」

龍岳がいった。

「ああいいとも。俺にわかることならなんでも。しかし、教授料は高いぞ」

黒岩が、冗談をいった。

「いくらですか？」

「そうだな。時子と交換ではどうだ」

「黒岩さん」

龍岳があわてて、声をひそめた。

「いや、龍岳君。ほんとうに、そろそろ考えてくれんか。いっしょになるのは、いつでもいいが、少なくとも許嫁《いいなずけ》の約束ぐらいしてくれんかね」

黒岩がまじめにいった。

「は、はい」

龍岳が緊張して答えた。

「お兄さま、お帰りなさい」

龍岳と黒岩が顔を見合わせているところに、時子が廊下に出てきた。時子には、ふたりの会話は聞こえていないようだった。

「ただいま。これ、土産だ。停留所のそばでバナナの叩き売りをやっていたので、値切りに値切って買ってきた」

黒岩が笑顔で、風呂敷包みを時子に差し出した。

「あら、バナナは久し振りですわ」

時子がうれしそうな表情をした。三人は居間に入った。

黒岩が着物に着替え、卓袱台を前に所定の位置に座る。卓袱台の上には、バナナの大きな房がひとつと、茶が出ていた。

「どうだった、友だちの家は?」

黒岩が時子に質問した。時子は、前日、学校で親しくしている友人の家に、誕生日祝いに招かれ、一泊してきたのだ。

「はい。ごちそうを、たくさんいただいて、とても楽しかったですわ。町子さんが手風琴《アコーディオン》を演奏してくださって、ローソクを立てて誕生日の歌を歌って、風月堂《ふうげつどう》のケーキをいただきました」

時子がいった。

「誕生日の歌なんてのがあるのか?」

黒岩が質問した。

「ええ。ハッピィ、バースディ、ツウ、ユーって」

時子がいった。

「へえ。ハイカラなんだなあ」

龍岳が感心したようにいう。

「なんでも、アメリカ式だそうです。そのお友だちのお父さまが、長いことアメリカに住んでいらしたものだから。でも、家族揃って誕生日祝いなんてすてきでしたわ」

時子が、ふと、淋《さび》しそうな表情をした。

「家《うち》は両親が早く死んだからな。よし、今度のお前の誕生日には、龍岳君や〔天狗倶楽部〕の連中を呼んでどんちゃん騒ぎをやるか」

黒岩が、わざと陽気な調子でいった。

「それはまずいですよ、黒岩さん。例によって、必ず天風さんと信敬君の裸踊りがはじまりますからね」

龍岳が笑った。

「そうか。では、龍岳君だけだな。ところで時子、今度、お前はいくつになるのだったっけな」

「いやなお兄さま。つい、このあいだもお聞きになったばかりじゃありませんこと」

「そうだったかな。しかし、もう、そろそろ、なあ、龍岳君」

「は、はあ」

龍岳が、困ったように頭をかいた。

「なに、俺の友だちに、妹がある男と好き合っておって、いつ、いっしょになってもおかしくないのに、なぜか、もたもたしておると嘆いておるやつがいるんだよ。せめて婚約だけでも早くしてくれると、ありがたいのだがと、その男はいっておった」

黒岩が、時子と龍岳の顔を見くらべながらバナナを一本、房からもぎ取って、皮をむきはじめた。

「男のほうが求婚すれば、すぐにも話は決まると思うのだがね。その妹のほうも、ふだんは元気がいいのだが、結婚話になると、赤い顔をするばかりで、口を濁しておる。どう、思うね、龍岳君」

黒岩が、バナナを食べる。

「は、はあ。それは、その妹さんが、学校を出てからと考えているのではないですか」

龍岳がいった。

「ほう、きみはよく、その妹が学校にいっていると知っておったね」

黒岩が、にやっと笑った。

「あ、いえ。なんとなく、そんな気がしたもんですから」

龍岳が、あわてて答えた。

「そうか。学校を卒業するのを待っておるわけか。まあ、そういうことなら、その兄貴としても、一応、安心だがね。これで、妹がいかず後家《ごけ》にでもなったらと、心配しておるんだよ。さあ、きみも食べたまえ。うまい、バナナだ」

「はい。いただきます」

黒岩が話題を変えたので、龍岳が、ほっとしてバナナに手を伸ばした。

「それはそうと、お兄さま!」

時子が、報復戦のつもりか、ちょっときつい声を出した。

「お兄さま、わたしが留守のあいだに、あの形見の着物、お出しになりませんでした?」

「……ん。ああ。あれか。出したよ。いや、昨日、子連れの来客があってね。その子供が着物に茶をこぼしてしまったものだから、着替えをさせてやったのだ。ほかに子供の着物がなかったのでね」

黒岩が、かなり、あわてたようすで答えた。

「どなたが、お見えになったのですか?」

時子がいった。

「なに、お前の知らん友人だ」

「でも、お兄さま。お茶をこぼしたぐらいで、あの着物をお貸しにならなくても」

「うん。そうも思ったのだがね。まあ、もどってこないわけじゃないのだから、いいじゃないか。ちゃんと返してもらうよ」

「お兄さま、わたしになにか、お隠しになっておいででしょう?」

時子が黒岩の顔を見つめた。

「そんなことはないよ。青木という男でね。古い友人だ」

黒岩が、湯呑み茶碗を手に取っていった。

「聞いたことない名前ですわ」

「大学時代の友人だよ。……ところで、龍岳君。今日は、なんの話だって?」

黒岩が、あきらかに、それ以上、時子に話を追求されるのを避けるように話題を変えた。

「はあ。実は、いま書いている小説なのですが、事件が最初、埼玉県で起こりまして、埼玉県警が捜査しているのですが、やがて似たような事件が東京でも起こるのです。この場合、両方の警察の関係は、どうなるのかと……」

「なるほど、そういうことか。これは、場合にもよるのだが、まず両警察、つまり埼玉県警と警視庁が連絡を取り合ってだね……」

黒岩が、そこまでいった時、バナナを一本食べ終わった時子が立ちあがった。

「お話中、ごめんなさい。今夜、龍岳さん、泊まっていかれるでしょ」

「はあ、いや。帰るつもりでおりましたが」

龍岳がいった。

「いいじゃないか、龍岳君。その仕事、急いでいるのかい。久し振りじゃないか、泊まっていきたまえよ」

黒岩がいった。

「ぜひ、そうなさって」

時子も、さいぜんとは、うって変わって笑顔でいった。

「そうですか。じゃ、そうさせてもらいます」

龍岳が答えた。

「では、お風呂沸かしますわね」

時子がいった。

「ああ、そうしてくれ」

黒岩が答える。

「いや、風呂までけっこうですよ」

龍岳がいった。

「なに遠慮するな。きみは他人じゃないんだから」

「そうですわ」

時子もいった。

「そうですか。じゃ、いただきます。水汲むの手伝いましょうか?」

龍岳がいった。

「いいえ。もう汲んでありますの。あとは火をつけるだけですから」

時子が、そういいながら風呂場のほうに歩いていった。

4

晴

午前午後共、後援会で事務。

午後六時より、牛込吉熊楼に於ける、丁未倶楽部諸君、発起の歓迎会あり、野村船長と他の幹事諸氏も共に参会、大に馳走になる、席上船長及予の簡単な報告演説と、倶楽部員側からは、栗山君の歓迎の辞があり、佐々木、田中両幹事も一場の挨拶があつた。

（六月二十日『南極探検日記』）

白鳥雪枝の家は、本郷の森川町にあった。幸三郎が自殺し、義彦少年が回復の見込みのない半死の状態になってから、小さな貸家に引っ越してきたのだ。家賃も安かったし、なによりも、大学病院に少年を

見舞いにいくのに便利だったからだ。

この白鳥雪枝の家を、黒岩四郎が訪ねたのは、午前十時ごろのことだった。

「いえ、ここでけっこうです。ちょっと、お話をうかがいたいだけですから」

家に上がるようにすすめられた黒岩は、警察手帳を見せ、名を告げたあと、そういって上がり框《かまち》に腰を降ろした。

「そうでございますか。それでは、いまお座蒲団《ざぶとん》とお茶だけでも」

唐桟《とうざん》の着物の雪枝がいった。黒岩は、雪枝をひと目見た時、これまでにない胸に響くものを感じた。雪枝はやつれた表情をしていたが、その美貌《びぼう》は衰えていなかった。

「はあ。それでは……」

黒岩は座蒲団も茶も断ろうと思いながら、つい断りきれなかった。正直、雪枝の立ち居振る舞いに見とれてしまったのだ。こんな経験は、はじめてのことだった。

雪枝が持ってきてくれた座蒲団に、黒岩は腰を降ろしなおした。

「それで、どのようなご用件で？」

雪枝がいった。

「はい。それが義彦君のことです」

黒岩がいった。

「えっ、では義彦のことを警察で？」

雪枝が、びっくりした表情で、目を丸くした。病院では内密にしておくといってくれていたのに、刑事がきたのでおどろいたのだ。

「いえ。警察で捜査しているわけではありません。ちょっとしたことから、ぼくが、個人的に義彦君のことを知ってしまいましてね。それで行方を追っております」

黒岩がいった。

「さようでございますか。ありがとうございます。それで、なにか手がかりは？」

雪枝が安堵《あんど》の色と心配を、いっしょに顔に表していった。

「結論から申しますと、わからないとしかお答えできません。ただ、ぼくの摑《つか》んだ感触では、義彦君は元気になって、どこかに潜んでいるのではないかと思われます」

「ほんとうでございますか⁉」

雪枝が大きな声を出した。

「はい。その可能性は、非常に強いと思われます」

黒岩がうなずいた。

「義彦は、どこにいるのでございましょう？」

雪枝が、目に涙をためながら質問した。

「残念ながら、それは、まだわかりませんが、そう遠くないうちに、ぼくが必ず探し出して、ご連絡しましょう」

「ありがとうございます。ほんとうに、ありがとうございます。でも、お医者さまも、義彦が元通りになるのは、奇蹟《きせき》以外にはありえないと申しておりましたのに……」

雪枝が着物の袖《そで》裏で、涙を拭《ぬぐ》った。

「その奇蹟が起きたのです。いや、起きたのではないかと思われます」

黒岩が、あわてていいなおした。

「それが、ほんとうなら、どんなにうれしいことか……」

「それで奥さん。ご主人は、ひょっとしたら自殺ではないという話もあるようですね」

「はい。わたくしは、警察や夫が勤めていた店の旦《だん》那《な》さまのお話から、自殺だと思って疑っておりませんでした。たしかに、夫がお金を遣い込んで、吉原で女に注ぎ込むというのは信じがたいことですが、警察で、そうおっしゃるのですから、そう思っておりました。ですが最近になって、遠い親戚のかたが、それは話がおかしいと、内諸で調べてくださっております」

「ほう。それは、なんという人ですか？」

黒岩がいった。その話は、黒岩には初耳だったのだ。

「元海軍の軍人さんで、阿武さまと申すかたでございます」

雪枝がいった。

「阿武？　阿武天風君ですか？」

黒岩がいった。

「さようでございます。刑事さんは、阿武さまをごぞんじでいらっしゃいますか？」

雪枝がいった。

「ええ。よく知っておりますよ。そうですか。阿武君が調査を……」

黒岩が大きくうなずいた。

「それで、阿武君はなんと？」

「自殺は考えにくいと、いっておられました」

「そうですか。実は、ぼくも、そう思っておりましてね」

「じゃ、夫の身は、やはり潔白なのでございましょうか！」

雪枝がいった。

「ではないかと思います。お気の毒ですが、殺されたというのが真相ではないかと」

黒岩が声を落としていった。

「そうでございますか。でも、だれがなんのために……」

雪枝が鼻と口を手でおおった。

「ぼくも、それを調べております。必ず、真犯人を見つけ出してみせます。ですが、ひとつだけ、約束をしてください。ぼくが義彦君やご主人のことを調べていることは、どんなことがあっても、だれにもしゃべらないでいただきたいのです。病院関係者はもちろんのこと、警察に聞かれても、なにも知らないといってください。阿武君にも、しゃべられては困ります。このことは、奥さんとぼくだけの秘密にしておいていただきたいのです。なぜ、そうしなければならないか、いまはお話しできませんが、いずれ、ご説明できる時もくると思いますので、それまでは……」

黒岩がいった。

「はい。断じて申しません。どうか、よろしく、お願いいたします」

雪枝が、深々と頭を下げた。

「おお、緒方か。いや、いまならかまわん。ほかに、だれもおらんからな。で、どうだ。子供の居場所の見当はついたのか？」

参謀本部の特別任務班執務室で、葉巻煙草を手にした吉田大尉が、緒方からかかってきた電話を取っていった。

「いえ、それが、さっぱり。昨日の夜から見張っているんですが、子供が会いにきたようすはありません」

受話器の奥で、緒方のくぐもった声がした。

「お前は、どこにいるのだ？」

「へい。うまいぐあいに、未亡人の家の斜め向かいの二階に貸部屋がありましたんで、そこに入り込んで見張っています」

「そうか。それは、うってつけだったな。お前としては上出来だ。金を惜しんで、外でも見張っておるのかと思ったぞ。金が足りなくなったら、すぐに送るから、しっかり見張るんだ。で、母親に変わった行動は？」

吉田大尉がいった。

「ありません。ただ、今朝、三十少し前ぐらいの男が訪ねてきました。十五分ほどで帰りましたが」

「何者だ、そいつは?」

「残念ながら、わかりません。見張りの手伝いのダチ公を呼んであるんですが、まだ、きませんので。あとをつけようかどうしようか迷ったんですが、もし、俺があとをつけているあいだに子供がくるといけないと思って……」

緒方が、怒られるのではないかと心配そうに、おそるおそるいった。もともと、どういう人生を送ってきた人間であるのか、こういう時のしゃべりかたが、いかにも卑屈な感じがする。

「そうか。しかたあるまいな。しかし、その、お前の仲間というのは信用できるのか?」

「へい。そいつは、ご心配なく。金さえやれば、なんの疑いも持ちません。それに、ある旦那がご執心で未亡人を見張るのだといってあります」

「俺が、その旦那の役か。まあ、いい。頼むぞ。だが、もし、こちらの真意を知られたら、その男の命はないぞ。場合によっては、お前の命も保証できん。心してかかれよ。これは、おどかしではないからな」

吉田大尉が、厳しい口調でいった。

「へい。よく、わかっております。俺も、まだ命は惜しいし、金も女も欲しいですから。へっへへへ」

緒方が、いやらしく笑った。

「うまくやれば、このあいだいったように、金も女も自在だ。いうまでもないと思うが、あの家にくる手紙や葉書は、すべて調べるのだぞ。電報もだ。うまく家人らしく、よそおってな。あの家には電話はなかったな」

「へい。ありません」

「そうか。では、呼出しを受ける時は、どこの家を借りるのか調べておけ」

吉田大尉が葉巻の灰を、灰皿に落としながらいった。

「そうだ。お前、電気の技術は扱えるのだったな」

「へい」

「では。なんとかして、その呼出し電話の家をつきとめたら、盗聴電話を取りつけろ。いや、俺のほうに連絡しろ。なんとか軍を使って、盗聴電話をつけてやる」

「お願いします」

「ああ。しっかりやってくれ。この計画に成功したら、お前を正式に軍属に取り立ててやることも考えている」

「ありがとうございます。きっと、子供を見つけてみせます」

「うむ。しっかり、やってくれ」

吉田大尉が、そこまでいった時、扉をノックする音が聞こえた。

「……ん。だれかきたようだ。切るぞ」

吉田大尉は、一方的にいって、がちゃんと受話器を置いた。そして、ドアの外に向かって誰何《すいか》した。

「だれか？」

「はっ、菅野伍長《ごちょう》であります」

扉の外から返事が聞こえた。

「よし。入れ！」

「はい。入ります」

扉が開く。軍服に身を包んだ、若い男が入ってきて敬礼した。

「どうした？」

吉田大尉がたずねる。

「実験体第二十六号が、先程、死亡しました」

菅野伍長が報告した。

「またか。うまくいかんな。二十六号は、何日生きていた？」

「六日です」

「やはり、そんなものか。人間と猿のちがいはあるが、こうしてみると、あの少年の生命力は驚異的だ」

吉田大尉が、うなるようにいった。

「大学病院の少年ですね」

菅野伍長が確かめる。

「そうだ」

「いっそ、こちらに連れてきてしまったら、どうなのでしょうか？」

「それは何度も考えた。が、母親もいる。医者もいる。万一、われわれの計画がばれたら世間の問題になる。いや、世間は、どうにでもごまかせるが、他のロシア、ドイツをはじめ列強に知られるのはまずい。いまは、少年を連れてくることはできん」

吉田大尉が、首を横に振った。吉田大尉は、少年が行方不明になっていることは、おくびにも出さずに、平然とした口調でいった。

「あの少年が、こう生き延びるとわかっていたら、最初から衛戍《えいじゅ》病院にでも入院させるのだったが、われわれとしても、こんな状態は予測していなかったからな」

「第二十六号は、やはり解剖してみますか？」

菅野伍長がいった。

「そうしてくれ。やってもむだだとは思うが、上になにも報告しないわけにはいかない」

吉田大尉が、葉巻の火を消しながらいった。

「わかりました。それから、ひとつ、お耳に入れておきたいことがございます」

菅野伍長が、やや声の調子を落とした。

「なんだ？」

吉田大尉がいった。

「長山軍医殿が、この計画に批判的になってまいりました。ことあるごとに、批判的な言動を発しております」

「そうか。わかった。しかし、いま長山軍医に計画から抜けられては困る。よし、近く、自分が話をしてみよう。そのことは、上の者にはいわんようにな。われわれの足並が乱れておると思われると困る」

吉田大尉がいった。

「はい」

菅野伍長が答えた。


「義彦君、元気か」

［松谷畳店］の二階に上がった黒岩が、茶を置いていったカツの足音が、階下に消えるのを確認していった。

「状況は、ますます、よくなっている」

飛白《かすり》の着物姿の義彦が答えた。それは、たしかに少年の声ではあった。が、義彦の口調ではなかった。いや、声も義彦少年のものより少し低くなっている。けれども黒岩は、まったく冷静な表情でうなずき、答えた。

「それは、よかった。あと何日で、完全に回復するね？」

黒岩がいった。黒岩のことばも、義彦に話しかけるものではない。

「われわれは、全力を尽くしている。もう肉体のほうは、ほぼ完全に元にもどった。あと五日間で、脳も完璧《かんぺき》に元にもどるだろう。それから、真犯人を追い詰める」

義彦がいった。

「うむ。しかし、それは、われわれがやらなくてもいいかもしれなくなった。ぼくの友人が、やはり疑問を抱いて、調査をしているのだ」

黒岩がいった。

「なるほど。けれども、この少年は現場を見ている。これ以上、確実な証拠はない」

義彦がいった。

「そう。最終的には、阿武君と協力することになるだろうね」

黒岩がいう。

「それは、きみの判断にまかせる。が、目的を果たすまでは、決して、われわれのことを口外しないでもらいたい。いや果たしても、他言無用に頼む」

義彦がいった。

「念を押すには、およばないよ。口が裂けてもいわんさ」

「頼むよ」

義彦がうなずいた。

しかし、それは実際には、まだ義彦ではなかった。実は義彦のからだを借りた未知の生物のことばだったのだ。

未知の生物……。

黒岩が、白鳥義彦少年が実は人間ではなく、義彦の脳に共生している未知の生物だと知ったのは、巡査の手から保護した、その日の午後のことだった。三日前だ。

名前もいわず、住所もいわず、奇妙な言動を取る義彦にミルクホールで食事を与えながら、黒岩が事情を説明しろと迫ると、義彦は黒岩に家に連れ帰ってくれといった。黒岩は、それを認めた。

「では、話を聞こうか？」

卓袱台《ちゃぶだい》を挟んで座った黒岩に、義彦は静かに語り出した。それは、少年の声ではあったが、義彦ではなかった。

「この少年の名前は白鳥義彦。住所は本郷森川町」

「この少年とは、どういうことだ？」

黒岩は、義彦の口調の変化に目を見張り、わけがわからず質問した。

「ことば通りだ。われわれは、この少年自身ではない。少年のからだを借りているものだ」

義彦がいった。

「なんだと？」

黒岩が目をむいた。

「おどろくのもむりはないが、事実なのだ」

「そんな！　では、何者だというのだ？」

「順を追って話そう。まずは、われわれの話を聞いてもらいたい。質問は、それからにしてくれ」

義彦が黒岩を見つめた。

「わかった……」

黒岩が答えた。

「われわれは、南極からやってきた。多田恵一という男に寄生して」

「多田恵一氏に寄生して？」

「そうだ」

義彦の口からこぼれ出る物語は、黒岩の想像を絶するものだった。

太古、原始地球の海に発生した原始生命は、徐々に進化を繰り返し、動物と植物に分かれ、やがて海から陸へ進出していった。だが、ここに、それらの進化とは、まったく別の進化形態を取った一種の蛋《たん》白質《ぱくしつ》細胞群があった。この蛋白質細胞群は、自ら形態的には、ほとんど進化をせず、別の形で進化をしていく生物群、正確には動物群の神経系統や脳に共生し、形態的には原始生物でありながら、知的には陸上に上がった動物群以上に発達した生物として進化した。

寄生した生物の脳から酸素やぶどう糖などの栄養源を吸収し、代わりに脳を刺激し、その動物の進化を促すと同時に、自らも知的生物として精神的にのみ進化するのだ。

やがて、その知的蛋白質生物は、どの共生相手より知的に進化した生物に成長した。両生類、爬虫類《はちゅう》の時代が終わり、哺乳類《ほにゅう》の時代が訪れると、さらに、その知的蛋白質生物は飛躍的に進化し、ついには原始猿類を発生させ、人類の誕生の引金を引いた。

人類は知的蛋白質生物にとって、最高の共生相手だった。人類の脳ほど住みやすい場所はなかったのだ。知的蛋白質生物は、人類に火を持つことと道具を使うことを教え、人類を地球の支配者にした。そのため人類の脳は驚異的に発達したが、その大部分に知的蛋白質生物が共生した。

逆にいえば、知的蛋白質生物が共生範囲を広げたために、人類の脳は巨大化したのだ。こうして、両者の関係は最良の状態で進化を続けていたが、思わぬ落とし穴があった。それは、人類の進化の過程で生まれた特殊な内分泌腺液《ないぶんぴつせんえき》で、これが知的蛋白質生物の敵となってしまったのだ。

なぜ、特殊な内分泌腺液が発生したかは、わからない。ただ、脳を刺激されて知的進化した人類が、このままでは、やがて蛋白質生物に支配されてしまうと、本能的に防御手段をこうじたのかもしれなかった。知的蛋白質生物に、人類を支配する意志は毛頭なかった。かれらは、あくまで、よいパートナーとしての共生を希望していた。だが、人類はかれらを体内から追い出しにかかった。

知的蛋白質生物は、まったく、その意志がないにもかかわらず、自ら共生相手の人類の体内に、進化の副産物ともいうべき、敵を生み出してしまったのだった。

人類の脳から撤退せざるを得なくなった知的蛋白

質生物は、新たに他の生物への共生を狙ったが、その時には、もうすっかり人類の脳に適合した生物になっており、移り住むことは不可能だった。

その結果、形態的には、わずかに進化して、ミクロン単位のゼリー状のからだを持った知的蛋白質生物だったが、人類の脳という住処《すみか》なくしては、なすすべもなく、次々と滅んでいった。地球上からすべての知的蛋白質生物が滅びかかった。

だが、まったく死滅したわけではなかった。南極の真水の氷の中に、最後の数体が仮死状態で生き残った。それから数百万年の時が流れ、二体の蛋白質生物が含まれた氷塊が、南極大陸から氷棚に押し出され、南極海を漂いはじめた。

氷塊は徐々に解けていき、それは、もう、わずかな塊となって、海水に吸収される寸前だった。二体の知的蛋白質生物の消滅する時が近づいていた。かれらは海水の中では生きることはできないのだ。

その時、その氷塊を、海から掬《すく》いあげた人物がいた。もちろん、その人物は、その氷塊の中に、かつて人類と共生関係を営んでいた知的蛋白質生物が存在することなど知るよしもなかった。白瀬中尉率いる、日本の南極探検隊員の多田恵一が、それを掬いあげた人類だった。

氷が割られると、二体の知的蛋白質生物は仮死状態から生き返り、目の粘膜から多田の脳内に潜入した。そして、ふたたび人類と共生ができるかどうかを探った。敵となる内分泌腺液は消えているように思えた。そして、かれらは、それを願っていた。

しかし、知的蛋白質生物と共生しなくなって数百万年を経ていたにもかかわらず人類は、まだ、かれらにとって敵である内分泌腺液を有していた。多田の脳に潜入して一か月経ったころから、その内分泌腺液が排出されるようになった。多田を乗せた開南丸は南極海からオーストラリアのシドニーに転進し、知的蛋白質生物が人類との共生が不可能であることを知った時、多田は船長の野村と日本に向かっていた。

知的蛋白質生物が、多田の脳に共生できる期間は、ぎりぎり五か月だった。そのままでは、知的蛋白質生物が滅びるのは時間の問題だ。

だが、生き延びる可能性はゼロではなかった。つまり、五か月ずつ別人の脳に移動をし続ければいいのだ。けれど、それよりも安全なのは、ふたたび南極の氷の中にもどり仮死状態で生命を永らえることだった。脳から脳を渡り歩くのは危険が多いし、知的蛋白質生物にとっても、人間にとっても、プラスになることはなかった。

多田は第二次探検の資金を集め、半年後、再度、南極に向かうことになっていた。そこで知的蛋白質生物は、いったん多田の脳を離れ、多田が南極にもどる時に、もう一度、脳に移ることに決めた。それまで生き延びることができれば、また南極の氷の中に眠ることができる。

知的蛋白質生物たちが、次の共生相手を探している時、多田は大学病院に半死の少年を訪ねた。知的蛋白質生物にとって、この少年の脳は、絶好の隠れ場所だった。少年のからだの内分泌腺液は、大人のものより微弱だったし、その脳は傷つき、ほとんど機能していないから、少年は動くこともない。これほど、安全な場所はなかった。かれらは、少年の脳に寄生することにした。

ところが知的蛋白質生物は、少年の脳に接触し、少年の秘密を知った。父親が殺され、少年も殺されかかり、回復の可能性のない半死の状態になりながら、肉体が必死で死に抵抗していることを知ったのだ。かれらにとって、少年の脳から、その真実を探り出す作業は容易すぎるほど容易なことだった。

体内から触手を、ほんの数秒、少年の記憶部位に触れるだけでよかった。もっとも、真犯人が何者であるかは、すぐに認識することはできなかった。その記憶を留めている部位が、一番ひどく傷ついていたのだ。それが判明するまでに回復させるのには、少し時間がかかりそうだった。

そのまま、そっと少年の半死の脳の状態の中に潜んでいることが、かれらにとって、どれほど安全なことかはわからなかった。けれども、かれらはゼリー状生物ではあっても、人類よりも知的な生物だった。その不遇な少年を、そのまま見殺しにすることはできなかった。

決断は早かった。かれらは少年の脳の機能を回復させることに決めた。かれらには、それができた。それまでに、約十日の日にちが必要となる。かれらが病院の医者に、その存在を悟られる可能性は少なかった。が、病院で少年が回復すると、南極に帰れなくなる可能性があった。医者たちが、奇跡的に回復した少年を拘束することは、まちがいなかったからだ。

ただちに、かれらは少年の脳を操って、病院を脱出した。阿武天風が不可能と考えた、ベッドに寝たままで萎《な》えた足をはじめ、からだを動かすことも、むずかしくなかった。脳を制御することで造作なく可能にした。知的蛋白質生物は、ついでに少年と少年の父の仇《かたき》を取ることを決意した。その段階で、かれらは黒岩と出会ったのだ。

黒岩には、義彦少年の口を借りて説明する、その知的蛋白質生物とやらのいうことは、半分ぐらいしか理解できなかった。共生という意味は知ってはいたが、まず人類より高度な知能を持った蛋白質の生物という概念がわからなかった。

しかも、その生物が人類を進化させたなどといわれても、そのまま信じることなど不可能だった。人類の脳は、ほかの動物に比して、その容積が極端に大きい。にもかかわらず使用されていない部分が多いのは、かつて人類と知的蛋白質生物が共生していた名残《なごり》だと説明されても、黒岩には、よくわからなかった。

とはいうものの、現に目の前に、半死の状態で脳の機能が回復するとは思われないと診断された少年が動き、しゃべっているのだ。それが事実である以上、信じないわけにはいかない。

黒岩は、知的蛋白質生物の説明を聞いた時、鵜沢龍岳を呼びたいと思った。科学小説家の龍岳なら、きっと理解するにちがいない。だが知的蛋白質生物は、それを思いとどまってくれといった。自分たちの存在は、黒岩以外には教えたくないというのだった。妹の時子にさえ、知らせないでくれと、かれらは願った。

それは黒岩にとって、極めてむずかしいことであるし、辛《つら》いことだった。だが、少年の脳の機能を回復させ、自殺と見せかけた真の犯人を追い詰めるためには、やらなければならないことだった。

「正直いって、刑事としての能しかないぼくには、きみ、いや、きみたちか。どちらにしても、いまの話は理解できない。きみたちがいうように、そんな原始的な姿をしていながら、人間より高い知能を持った生物など、想像することもできない。でも、信じよう。それしかない」

黒岩は、ため息をついた。

「もう少し、学校で博物学を勉強しておけばよかったよ。もし、きみたちが、なにかをたくらんでいて、ぼくをだましているのだとしても、ぼくには疑うこともできない。たしかに、きみたちは、ぼくをだましているのではないと約束してくれるか?」

「もちろんだ。約束する。その代わり、われわれが、だれにも知られず仕事を成し終え、南極に帰るのを手伝って欲しい」

知的蛋白質生物がいった。そして続けた。

「われわれは、きみを信じているが、万一、きみがわれわれの存在をだれかに明らかにした時は、少年を元の元気な姿にもどすことはできなくなるかもしれない。また、きみの命も保証できない場合もある。われわれは、かつて人類と共に生きてきた。だが、いまは、それもできない。仲間は、ほんのひと握りが南極の氷の中に眠っているだけだ。われわれも、自分たちがかわいい。このまま滅びたくはない。わかってくれるか。われわれが生き延びれば、やがていつか、新たな共生関係の持てる生物が、この地球上に出現するかもしれない。何千万年、何億年先のことかわからないが……」

知的蛋白質生物がいった。

「わかるよ。だれだってむだに死にたくはない。まして や種族の存亡がかかっていれば当然だ。きみたちが約束としてくれるなら、ぼくも約束する。決して、他言はしない。きっと約束する。人間以外の生物と約束をするのは、これがはじめてだがね」

黒岩が笑った。

「われわれもさ」

知的蛋白質生物がいった。

「ところで、その知的蛋白質生物というのは、いかにもいいにくいね。なにか、もう少し、かんたんないいかたはないのか？」

黒岩がいった。

「そう。人類のことばでいえば、共生知性体というのがいいかもしれない」

「共生知性体。うむ、このほうが、頭の悪いぼくには覚えやすそうだ」

こうして、黒岩と共生知性体の長い会話は終わった。

そこで黒岩は、どうしたら、この少年のからだを借りた生物を、人目につかないようにすることができるか考えた。そして、かつて下宿人として世話になった〔松谷畳店〕に匿《かくま》ってもらうことに決めたのだった。もちろん、ただの人間の少年としてだ。

実際、黒岩は偶然とはいいながら、自分がこんな事件に関わってしまったことを恐ろしく思い、頭を混乱させもした。しかし、黒岩四郎という人間は心の奥に武士の魂を持った日本男児だった。ここまで事件にかかわって、義彦少年や共生知性体を見放すような男ではなかった。


「それで龍岳君。黒岩君は忙しそうだったかい？」

「いえ。現在は、これといった事件も担当していないようです。少なくとも、昨晩は、そんな話は出ませんでした」

龍岳が、箸《はし》でたぐった蕎麦《そば》を途中で止めていった。

「そうか。では、ちょうどいいな」

春浪が口をもぐもぐさせながらいう。ふたりは博文館近くの蕎麦店〔橘屋《たちばなや》〕で、夕食を取っていた。〈冒険世界〉の原稿を届けにきた龍岳を春浪が誘ったのだ。

「なにがですか？」

龍岳が聞き返した。

「いや、黒岩君に内密に手伝ってもらいたいことがあるのだ。ほれ、このあいだ、親父が家にきた時、話題になった大学病院の少年な」

「ああ、父親の首吊《くびつ》り自殺の巻き添えを喰って半死の状態で生きているという」

「うん。あの少年が行方不明になったんだよ」

春浪が箸を止めていった。

「行方不明ですか？」

「うん。大学病院では隠しているが、まちがいない。天風君がいっておった」

春浪は、天風がしぶしぶ春浪に語ったことを龍岳に説明した。

「なるほど、不可思議な話ですね。すると黒岩さんには、刑事としてではなく個人的に、その少年の行方と、父親を自殺に見せかけて殺した第二番頭を調べてもらうわけですか」

詳しい話を聞いた龍岳が、質問した。

「そうだ。それに、陸軍の特別任務班というのが、なにをやっているのかもな」

春浪が、どんぶりのつゆをすすった。

「天風君は、ひとりで調べるようなこともいっていたが、こういうことはひとりよりも、人数がおったほうがいい。といっても、われわれ素人《しろうと》には、たいした手伝いはできんだろう。その点、黒岩君なら、捜査はお手のものだ」

「なるほど、それは確かです」

龍岳もうなずく。

「警察の正式な再調査としてやれば、もっとかんたんなんですがね」

「そうなんだが、それは母親が希望しておらんのだよ。大学病院もからんでくるし、軍も関係しているとなると、おおっぴらにはできんのだ」

春浪がいった。

「わかります」

龍岳が、お茶を飲みながらうなずいた。

「だから、黒岩君に協力を求めるにしても、それ以上には広めたくはない。まあ、せいぜい潮風君までだ。時子君には、隠すわけにもいかんだろうが……。秘密捜査となると時子君は、また、大喜びしそうだが、きみ、適当に手綱《たづな》をしめてくれたまえよ」

　春浪が笑った。

「はあ、しかし、ぼくに手綱をしめろといわれましても」

　龍岳が頭をかく。

「できんというのかね。そんなことでは世帯《しょたい》を持っても、尻《しり》に敷かれるぞ。俺の家と同じになる。あははははは。女は強いからな。一度、弱みを見せたら、もう二度とにらみが効かん。きみもいまが大切な時だ。時子君のいいなりになっておってはだめだよ」

「いえ、いいなりにはなっていませんが……」

「いや、俺の見るかぎり、どうも、きみのほうが押され気味だな。ひとつ、信敬君にでも奮え《フレー》、奮え《フレー》をやってもらうか。あっはははは」

　春浪が店内に響くような声で、笑った。奮え、奮えというのは、「天狗倶楽部」のエールだ。ほぼ満員の客が、いっせいに春浪たちのほうを見た。客の中には春浪の顔を知っている者もあるらしく、連れとひそひそ喋《しゃべ》っている。

「春浪さん、みんなが見てますよ」

　龍岳が、いごこち悪そうにいった。

「気にしない、気にしない。これしきのことで、おどおどしておっては、とうてい大物にはなれんぞ。それはそうと、いまの話、信敬君にだけはせんようにな。また、あとで、なにか手伝ってもらうことになるかもしれないが、いま話を知られると、うまくいくものもいかなくなる」

　春浪は、父・方義に自分がいわれたのと同じようなことをいった。

「そうですね。信敬君はいい人間ですが、やることが派手ですからね」

　龍岳が笑った。

「ありゃ、派手すぎるよ。まあ、俺も親父にいわせると、まとまる話をぶち壊す人間だというが、信敬君に比べれば、なんのなんの」

春浪は、自分で自分を批評して、おもしろそうにいう。

「まあ、そういうわけで、明日にでも黒岩君に会うつもりでおるのだが、きみもいっしょにこんかね」

「いいんですか?」

「むろんだよ」

春浪がうなずいた。

5

晴

午前中、後援会にて執務。

午後来客を待つて、本郷館に帰る、河岡潮風、竹内節次、大西定太郎の諸兄、相次で来訪、諸氏と共に麦酒《ビール》を抜いて、共に大に談ず。

（六月二十一日『南極探検日記』）

日比谷堀端の新警視庁そばの西洋料理店〔春日亭《かすがてい》〕のテーブルに四人の男が座っていた。時刻は午後三時で、店が一番空《す》いている時間だ。しかも四人が注文したのは、コンソメのスープのみで、店はほとんど商売になっていない。

ただ、客のうちのひとりが常連の警視庁刑事・黒岩四郎だったので、店は嫌な顔はしなかった。しかし、たいくつそうで、店員のひとりなどは厨房《ちゅうぼう》に近い椅子に腰を降ろし、こくりこくりと舟を漕《こ》いでいる。生あくびをしている女店員もいる。

四人は三十分ほど前から、ひそひそと声を落としてしゃべっていた。黒岩のほかは、押川春浪、鵜沢龍岳、阿武天風の三人だった。

「そうか、協力してもらえんか」

春浪が、大きくため息をついて、残念そうにいった。

「いえ、いまもいいましたように、ぜんぜん、なにもできないというわけではありませんが、やっかいな統計を出す仕事を命じられてしまいまして……」

黒岩が、すまなそうに説明した。

「それに、自殺という形で決着がついているものを、いまから、ひっくり返すとなると、かなりめんどうなことになります」

「だから、きみのところにきたのさ」

春浪が、黒岩のめんどうといったことばに、ちょっと反発するような顔をした。とにかく、この日の黒岩の態度は春浪には意外だった。三人は、例の白鳥幸三郎自殺事件の調べ直しの件で黒岩に協力を求めにきたのだが、黒岩の態度が、ばかに冷たいのだ。

実際、春浪も龍岳も、黒岩ならよろこんで手伝うといってくれると思っていたのが、協力はできないという。明治時代になってからの殺人事件に関する統計調査をしなければならないというのが、その理由だが、いつもの黒岩なら、それでもやりましょうと答えるところだろうに、まるで乗り気でない態度をした。

「わかった。黒岩さん。とにかく、乗りかかった船だ。わしが動いてみる。その代わり、なにか情報があったら、頼みます」

天風がいった。

「ええ。それは、もちろんです。いや、あの仕事さえなければ、ぼくのほうから頼んででも、みなさんの仲間に入れてもらうんですが」

黒岩が申しわけなさそうにいった。

「それにしても、少年の行方は、まったく見当がつかないのかね？」

春浪が黒岩と天風の顔を交互に見て、たずねた。

「少なくとも警視庁には、なにも情報は入っていませんね。なにしろ、母親も病院も捜索届けを出していないのですから、進んで捜査のしようもありません」

黒岩が答えた。

「いったい警察では、あの少年が生きていることを知っているのかい？」

春浪がいった。

「はあ、それは、死んだ場合は大学病院から連絡が入ることになっていますが、半年以上前の自殺事件ですから、担当者も、もうほとんど事件を忘れているでしょう」

「そういう意味では、好都合ですな。わしらが動いても、注目される心配がないんじゃから」

天風がいった。

「調査報告だけは、見せてもらえるね」

春浪がいった。

「ええ。外部持ち出し禁止ですが、なんとかしましょう。時子から龍岳君にでも渡すようにします」

黒岩が答えた。

「わかりました」

龍岳がうなずいた。

「まったく、お役に立てず、すみません。そろそろ、ぼくは帰らないと。ここの払いは、ぼくにつけておいてください」

黒岩が椅子から立ちあがった。

「なに、そんなことは気にせんでくれ。〈冒険世界〉の取材費にしておくから」

春浪がいった。

「すみません。では、ごちそうになります」

黒岩は三人に頭を下げると、テーブルを離れた。

「だいぶ、忙しいようですな」

黒岩の後ろ姿を見送りながら天風がいった。

「ふむ。それにしても、今日の黒岩君は、なにか、よそよそしかったなあ。そうは、思わんかい？」

春浪が龍岳にいった。

「そうですね。でも、黒岩さんは、われわれとちがって役人ですから、そう自由な行動もできないんじゃないですか」

龍岳がいった。

「ははは。龍岳君には黒岩君の悪口はいえんな」

春浪が笑う。

「いえ。そういうわけではないんですが……」

龍岳が口を濁した。

「さて、黒岩君が頼みにならんとすると、どうするね？」

春浪が天風の顔を見た。

「まあ、なんとか、やってみますよ」

天風が答えた時、店員のひとりが大きな声を出した。

「いらっしゃいませ！」

ふたり連れの客が入ってきたのだった。会話が途切れた。

「その第二番頭、いや、いまは一番番頭になった高島泰助《たいすけ》という男は、少年が病院からいなくなったことは、もう知っているのですか?」

コップの水を飲んで、龍岳が天風に質問した。

「いや、知らんはずだ。白鳥夫人の話では、その男は少年は死んだと思っているらしい」

天風がいった。

「でも、葬式やなんかは……」

龍岳がたずねる。

「大学病院で死んで、葬式は病院内で内輪ですませた、ということにしてあるらしい。だから、その衣料問屋の主人も、少年が死んでいなかったことは知らんはずだ。もし、病院関係者が教えてでもいれば話は別だがね。が、それはないじゃろう。わしの調べたかぎりでは、高島は事件の直後に一回、病院に少年を見舞っただけだ。その時、夫人に、安楽死させたほうがいいと提言したそうだよ。夫人が怒っておった」

天風が説明した。

「そういうことをいいながら、一方で夫人にいい寄っておるのか?」

春浪がいった。

「あきれた男だな」

「まったくです。それも、線香の一本もあげにいこうとせず、道端で会った時に、そういったそうです。もっとも夫人のほうも、線香などはあげてもらいたくないといっておりましたが」

天風がいった。

「それで、高島が白鳥氏を殺したというのは、まちがいないのですか?」

龍岳がいった。

「絶対的な証拠は、なにもないがね。わしは、そうにらんでおるんじゃ」

天風がいった。

「その証拠を、われわれが固めようというわけですね」

「そうだ。なにか物的な証拠が欲しいのだが、残念ながら、いまのところ、なにもない」

天風が腕を組んだ。

「白鳥氏が自殺したのは、王子の飛鳥山《あすかやま》でしたね?」

「うん。息子と並んで、桜の木に首をくくってぶら下がっていたそうだ」

「発見者は?」

春浪が口をはさんだ。

「朝早く、散歩にきた年寄りだそうです」

天風が答えた。

「その老人に話を聞きにいくか」

「わしも、それを考えたのですが、わしがいって、はたして答えてくれるかどうか。親戚だといえば答えてはくれるにしても、そんなことが警察に知られると、めんどうくさいし……。で、黒岩さんに頼めないかと思ったのですが」

「そうだなあ。へたな行動をして、騒ぎをぶり返しては、夫人に気の毒だな」

「でも、いずれ、やらねばならんでしょう。なにか警察が見落としたことを発見できるかもしれないし……」

「うむ。だが、高島という番頭が真の犯人なら、わざと少年が病院から逃げたということを教えてはどうだろう。実際はわからんが、すっかり元気になって逃げたといえば、真の犯人なら、あわてるんじゃないか。なにしろ、少年は事件の一部始終を知っているわけだから」

「それは、わしも考えておったのですが、やってみますか?」

天風が、からだを乗り出した。

「わざわざ、教えるのではなく、それとなく耳に入るようにするんだね」

「おもしろそうですね。その役目、ぼくがやりましょうか」

龍岳がいった。

「小説家が取材しているといえば、そう不自然でもないでしょう」

「それなら、わしがやってもいいが、ここはきみに頼もうか」

天風がいった。

「承知しました」

龍岳が答えた。

「それにしても、少年は、どこに消えてしまったんだろうな」

春浪が煙草を口にくわえ、マッチをすった。

「ほんとうに、おかしな事件ですよ。まえにもいったように、陸軍の特別任務班もかかわっているようじゃし」

天風がいった。

「ホルムスやソーンダイクなら、すぐに解決してしまうんだろうがね」

春浪が笑った。


「よく、きてくださいました。どうぞ、お上がりください」

玄関の錠をはずし引き扉を開けた割烹着《かっぽうぎ》に姉さんかぶりの手拭《てぬぐ》いをした白鳥雪枝が、黒岩の姿を認めると、あわてて頭の手拭いを取りながらいった。

「いいえ。今夜は、特に用事があったわけでもないのですが、義彦君のことで心配なさっているのではないかと思いまして」

黒岩が、たたきのところに立っていった。それは事実だった。黒岩が共生知性体との約束を守るかぎりは、雪枝に知らせることはなにもなかった。黒岩は雪枝の家にくるまえに、義彦少年に会っていた。そして、少年が確実に脳の機能を回復しつつあることを、共生知性体に教えられていた。

だが、それを雪枝に知らせることはできない。とすれば、雪枝を訪ねる理由はなかった。けれど黒岩の足は、いつのまにか雪枝の家に向かっていた。前日に、はじめて雪枝にあった時から、黒岩の胸はときめいていた。黒岩は独身だが、もう二十九歳になる。その胸のときめきが、なんであるかは充分に承知していた。

「これ、つまらんものですが」

黒岩が近くの和菓子屋で買ってきた包みを、雪枝に渡した。

「ありがとうございます。そんなに、お気を遣っていただいて。ともかく、お上がりになってお茶だけでも召しあがっていってください」

雪枝が、心から歓迎することばを黒岩に向けた。

「はあ。それでは、いささか図々しいですが、ちょっとだけ」

黒岩は遠慮せずに、そう答えると靴を脱いだ。

こぢんまりした家だった。部屋は二間《ふたま》。居間になっている八畳に六畳だった。それでも雪枝ひとり暮らしなら、広さは充分なのだろう。家賃の問題もあるのかもしれない。六畳の奥に、作りかけの造花の入った茶箱が見えた。

「お線香をあげさせてください」

黒岩は、仏壇の前で亡くなった白鳥幸三郎の位牌《いはい》に頭を下げ、線香に火をつけると、両手を合わせた。

「ありがとうございます」

雪枝が会釈《えしゃく》し、黒岩を上座に座らせると、ワッフルの乗った菓子皿を卓袱台《ちゃぶだい》の上に置いた。

「なんのおかまいもできませんが、いま、お酒を買ってまいりますから。黒岩さんは、日本酒がよろしいですか、それともビールのほうが……」

「あっ、いや、ぼくは下戸《げこ》ではありませんが、酒はあまり好きではありませんので、わざわざ買いにいっていただくにはおよびません」

黒岩が、胸の前で手を左右に振った。

「ほんとうでございますか？」

割烹着を脱いで、山吹色の格子柄の銘仙《めいせん》の着物になった雪枝がいった。雪枝の表情は前日よりも明るく、さらに美しいと黒岩は思った。

「ええ。嘘《うそ》は申しません。どちらかといいますと、甘いもののほうが好きなくらいです。これはジャミつきのワップルですね。大好物です」

黒岩が笑顔で、ワッフルをひとつ手にした。

「そうでございますか。では、いま、お茶を入れますから」

雪枝が台所に入っていく。

「あ、奥さん。どうぞ、もう、おかまいなく」

「はい。なにもいたしません。ですが、お茶ぐらいは」

雪枝が食器棚から、湯呑《ゆの》み茶碗《ぢゃわん》を出しながらいった。

「恐縮です」

黒岩が雪枝の後ろ姿に軽く頭を下げた。

「その後、義彦の行方は、手がかりがございましたのでしょうか？」

雪枝が、お茶を黒岩の前に置き、自分も腰を降ろしながら質問した。

「はあ。生きていることは、まちがいないのですが」

黒岩が、湯呑み茶碗に手を伸ばして答えた。

「ほんとうでございますか！　でも、どうして、それが」

雪枝が、声を大きくした。

「ぼくも刑事です。少しは、情報が入ってきますからね」

黒岩は、雪枝の顔から目をそらせていった。生きていることは、まちがいないといった時の雪枝の顔が輝いたからだ。ここで事実を、少なくとも上野の下宿屋に匿《かくま》っていることを話せれば、どんなに気が楽になるかわからなかった。そして、どんなに雪枝によろこんでもらえるか……。だが、黒岩に、それをいうことはできなかった。

「どっちのほうに、いるのでしょう？」

雪枝がいった。

「すみません、奥さん。まだ、そこまでは摑《つか》みきれていないのです。それに、へたに義彦君の居場所がわかってしまうと、真犯人や軍に知れてしまうおそれもありますので……」

黒岩がいった。

「そうですわね。でも生きていて、元気を取りもどしたのなら、せめて手紙でも葉書でも……。とはいっても、あの子は、まだ十歳ですわね」

雪枝が淋《さび》しそうに笑った。

「いや、居場所がはっきりししだい、なんらかの方法で、奥さんのところへ本人から連絡をするように努力しますよ」

「ありがとうございます。突然、夫を失い、義彦も、もう助かる見込みがないと思っていたのが、せめて義彦だけでも帰ってきてくれたら……」

雪枝が、指で涙を拭った。

「きっと帰ってきます。元気な姿で。それも、そう遠くない将来ですよ。元気を出してください。もし、なにか困ったことがあったら、いつでも、ぼくに相談してください。できるかぎり力になりましょう。ぼくには、妻も子供もありませんが、奥さんの義彦君を思われる気持ちは、痛いほどわかります」

「ほんとうに、なんと、お礼を申しあげていいやら。阿武さんといい黒岩さんといい、ご親切にしてくださって……。黒岩さんは、どうして、おひとり身でいらっしゃるのですか」

雪枝が質問した。

「どうも、こんな軟弱な人間のところにきてくれる女性がありませんでね。牛込の原町のほうに、女子高等師範に通っている妹とふたりで住んでおります」

「まあ、軟弱だなんて。黒岩さんは、立派な紳士でしてよ」

「いやあ、どうも、そんなことをいわれると照れ臭いですな」

黒岩が頭をかいた。

「ご両親は、どうなさっておいでですか?」

「はあ。ぼくが十二歳、妹が四歳の時に事故で……」

「そうでございますか。よけいなことをお聞きして、申しわけございません」

雪枝が軽く頭を下げた。

「わたくし、今度の事件で、自分ばかりが、この世の中の不幸をひとりで背負っているような気になっておりましたが、みなさん、それぞれに苦労をなさっているのでございますね」

「でも、人生はいい時もあれば悪い時もあります。巡り合わせですから、奥さんにも、また、いい時がきます。一介の刑事風情《ふぜい》がきいたふうなことをいいますが、しばらくの辛抱ですよ。ご主人は、いたしかたありませんが、義彦君はきっともどります。それに奥さんは、まだお若いしお美しいのですから、いくらでも、これから、いい話がおありでしょう」

黒岩が、雪枝の顔を見ず、茶をすすりながらいった。

「まあ、黒岩さん、お恥ずかしいことをおっしゃらないでください」

雪枝が、ほんとうに恥ずかしそうに、うつむいた。

「いいえ、ぼくは事実をいっているだけです」

「ありがとうございます。でも、わたくし、恥ずかしゅうございますわ。お持たせですみませんけれど、お菓子をお持ちいたしましょう」

雪枝が、黒岩を見ないようにして、そそくさと台所に向かって立ちあがった。黒岩は、それをだまって見送った。そして、自分でも信じられないというように深呼吸をした。実際、信じられなかった。自分自身、ふだん、そんなことばが、すらすらと女性の前で出せる人間だとは思っていなかったからだ。

「あら、おいしそうな、お菓子!」

台所で包みをほどいて、和菓子を小皿に移している雪枝がうれしそうな声を出した。

「お気に召していただけましたか。なにがお好きなのかわからんので、適当に包んでもらったのですが」

黒岩がいった。

「いいえ。みんな、大好きなものばかりでございますわ」

雪枝が、盆に皿を乗せて運んできて、それぞれの前に置いた。

「お持たせを、どうぞ、どうぞとおすすめするのも変ですけれど、どうぞ、おあがりください。わたくしも、いただきます」

そういって、雪枝が草餅《くさもち》をくろもじで半分に切って、口に入れた。

「おいしい」

「そうですか。それは、よかった。じゃ、ぼくもいただきましょう」

黒岩は水羊羹《みずようかん》を口に運んだ。

「おいしゅうございますでしょ？」

雪枝がいった。

「あっ、ええ」

雪枝の白いが、やや荒れた指先を見ていた黒岩が、あわてて返事した。

「奥さん、立ち入ったことをお聞きしますが、もし、よろしければ、お答えください」

「はい。なんで、ございましょう」

雪枝がけげんそうな顔をした。

「失礼ですが、生活費のほうは、どうされておられますか？」

「はい。内職と夕方、近くの工場で賄い婦《まかなふ》として三時間ほど働いております。おかげさまで、義彦の入院費は病院に免除にしていただきましたし、この家の家賃も特別安くしていただいておりますので、なんとか……」

「そうですか。奥さんならば、賄い婦などしなくても、もう少し、ましな仕事がありそうだが。いえ、決して賄いの仕事をばかにしているわけじゃありませんが」

黒岩が茶を飲みながらいった。

「でも、わたくし、帳簿がつけられるわけではなし、これといって、できる仕事もございませんから」

「奥さんは、裁縫はいかがですか。着物など縫えませんか？」

「はい。まあ、自分のものぐらいは一応は……」

「そうですか。では、ぼくの着物を、ひとつ縫っていただけませんか。妹に、だれか適当な人はいないかと頼まれているんですが」

黒岩がいった。

「はあ。よほど、むずかしいものでなければ……」

「そうですか。じゃ、ぜひ、お願いします。明日にでも、持って参りますから」

「でも、黒岩さん、そんなに急におっしゃられても……」

「なに、急ぎはしませんから、造花作りよりは収入にもなると思いますし」

「ありがとうございます。ご親切に」

雪枝が会釈した。

「いや、どうも、さしでがましいことばかりいって」

「とんでもありません。黒岩さんのご親切、痛いほど身にしみます」

「いえ。おせっかいなだけです。ところで、奥さん。阿武君からは、その後、連絡は入りましたか？　実は昨日、阿武君に会ったのですが、ぼくの事情から事件の捜査に協力はできないと答えたのです。ひょっとして、気分を害しているかもしれませんが、あくまでも、ぼくの調査のことはだまっていてください。いずれ、説明のできる時がきますので」

黒岩がいった。

「わかりました。そのことは決して口外いたしません」

雪枝が答えた。

「それから、こちらの呼出し電話の番号を教えていただけませんでしょうか。どんな緊急の用事があるかわかりませんので」

黒岩が、内ポケットから警察手帳と万年筆を取り出していった。

「はい。すぐ近くのお米屋さん、〔越後屋《えちごや》〕さんと申しまして本郷二局の三七五番でございます」

「わかりました」

黒岩は、その番号を手帳に書き込むと、ふたたび内ポケットにしまった。その時、柱の時計が八時を知らせた。

「やっ、もう、こんな時間だ。失礼しなければ。奥さん、とにかく、なにか困ったことがあれば、警視庁第一部のぼくのところに電話してください。いない時は伝言をしておいてくだされば、こちらから連絡いたします。では、明日、もう一度、縫っていただく着物の生地を持っておうかがいします」

そういって、黒岩がたちあがった。


雪枝の家から出てきた黒岩を、斜め向かいの下宿屋の明かりの消えた二階から見張っている男がふたりいた。ひとりは、うす汚れた作業服の緒方、もうひとりは緒方のドヤ仲間の坂本多吉《さかもとたきち》だった。こちらの作業服も、うす汚れている。年齢は、坂本のほうが三つ四つ下に見えた。

「サカ、おめえ、あの男のあとをつけてくれ。昨日もあの家にやってきたんだ。何者か調べて報告しなきゃならねえ」

「その、後家さんに夢中の軍人さんにか？」

「そうだ」

緒方が答える。

「いいけどよ。兄貴は、なにを調べてんだい。ただ、後家さんが、どんな生活してるかだけじゃねえだろう。もう少し、俺に教えてくれてもいいじゃねえか？」

「だめだ！　おめえは、俺のいうとおりに動いてくれりゃあ、それでいいんだ。ほんとうは、その軍人と関係があるということも黙ってなくちゃならねえのを、おめえがうるさく聞くから教えてやったんだ。よそへいって、絶対に口にするなよ。なに、この仕事、やりたくなきゃ、やらなくたっていいんだぜ。いやなら、とっとと、どこかに消えちまいな。金の欲しいやつは、いくらでもいるんだ。ほれ、どうするんだ。早くしないと、野郎の姿、見失っちまうぜ」

緒方が窓から、黒岩の後ろ姿を見ながらいった。

「わかったよ。いくよ」

坂本が答え、階段のほうに向かった。

「いいか、くれぐれも、つけていることをさとられないようにな」

「ああ、まかしといてくれ」

坂本は、そう答えると、ばたばたと階段を降りていった。

そして玄関の扉をそっと開け、黒岩のあとを足早につけはじめる。黒岩は、気がついているのかいないのか、振り向くこともせず、電車の停留所のほうに向かっていく。

緒方は、それを見届けて部屋を出ると、近くの自働電話に走った。ボックスに入ると、受話器をはずし、五銭玉を投入した。吉田大尉の声が受話器に聞こえるまでに二分とかからなかった。

「吉田ですが」

電話に出た吉田大尉に、緒方が怒鳴るようにいった。

「よ、吉田さん。緒方です。昨日の男が、また白鳥の未亡人のところにやってきました」

「なに、またきたのか。で、何者なのだ、その男は？」

吉田大尉が、緊張した声を出した。

「わかりません。ただ、俺の勘じゃ、警察の人間じゃないかと……」

「警察の人間？　証拠はあるのか？」

「いえ。ですけれど、身のこなしが、なんとなく」

「すぐ、あとをつけろ！」

吉田大尉が大きな声を出した。

「へい。もう、ダチ公の坂本という男に、つけさせました」

緒方が、ちょっと得意げに答えた。

「そうか。しっかり調べろ。警察でも、子供のいなくなったことを捜査しているのか。だが、病院では警察に知らせていないはずだが……。とにかく、その男の素性《すじょう》を調べろ」

吉田大尉がいった。緒方の期待した、褒めことばは吉田大尉の口からは聞かれなかった。

「へい」

「それから、呼出し電話先は、わかったか？」

「へい。五軒ほど離れた先にある〔越後屋〕という米屋です」

緒方が答えた。

「〔越後屋〕だな。よし、わかった。明日にでも、お前のいる部屋で盗聴できるように工事をしてやる」

吉田大尉がいった。

「ですが、電話がかかってきますかね？」

「馬鹿！　それがわかれば苦労はいらん。それを知るために、工事するのだ」

「へい」

「それから、未亡人からも目を離すなよ。今夜は俺は、十二時ごろまでは起きておる。なにかあったら、また電話をしろ。ただし、つまらんことでは、うるさく呼び出さんようにな」

吉田大尉がいった。

「へい。わかりました。ダチ公のつけている男が警察の人間だとわかったら、どうしやしょうか？」

「そうだな。特別な動きがなければ、連絡は明日でもいい。判断はお前にまかせる。頼むぞ」

「へい」

緒方が答えた。

6

晴

午前午後共、同情者歴訪、福本日南氏、辻新次氏を始め、数戸を訪ふて、尚将来の尽力を乞ふた。又力行会に島貫氏を訪ひ、吉野隊員の伝言を伝へた。

夜は神谷氏を訪ひ、日光丸にてシドニーの本隊に送るべき物品の事に付、問合せた。

（六月二十二日『南極探検日記』）

神田小川町の衣料問屋〔山崎商会〕の主人・山崎正太郎は、人物は悪くなさそうだったが、龍岳と時子の訪問には迷惑そうな表情をした。それでも龍岳が作家であり、時子が警視庁刑事の妹であると知ると、ぞんざいな応対はしなかった。

ふたりの通されたのは、事務所ではなく、店の奥の客間だった。檜造《ひのきづく》りの床の間に、宮本武蔵《みやもとむさし》の達磨《だるま》の掛け軸がかかっていた。紫檀《したん》のテーブルの上には、茶が置かれている。

「ほんとうに、小説にするわけじゃないのでしょうな。そんなことされたら、店の信用に傷がつきますから、それだけは……」

ひと通りの説明を聞いた山崎が、みごとな白髪をなでながら龍岳に頭を下げた。

「いえ。いま、ご説明したように、決して小説になどはいたしません。ただ、ぼくとしましては、犯罪者の心理というものを追求してみたいと思いまして、いろいろな事件の調査をしているのです」

龍岳がいった。

「そうですか。それなら、よろしいのですが。つまり、あなたがお知りになりたいというのは、なぜ丁稚《でっち》時代から二十年もまじめに仕事をし、別嬪《べっぴん》の妻を娶《めと》り、第一番頭にまでなった男が、店の金を遣い込んで、吉原の女に注ぎ込んだのかということでございますね」

山崎がいった。

「ええ、まさに、その通りです」

龍岳がうなずいた。

「それは、こちらが聞きたいぐらいですよ。実際、白鳥は正直で、まじめな人物でした。それが百九十六円という金を、女に遣ったというのですからね」

「白鳥さんは、まえから遊廓《くるわ》遊びを？」

時子が質問した。

「いいえ。まじめな男でした。そりゃ、男ですから独り身の時には、たまには店の連中と遊びにいくようなこともあったようですが、女に狂うなどとは……。わたしも、はじめに、白鳥が自殺した、その原因が商売女だと聞いた時は、耳を疑って信じられませんでしたよ。魔がさしたのだとしか、思えませんな。正直な気持ち、いまでも、詫《わ》びを入れてもどってくれれば、許してやりたいと思うくらいです。それぐらい、二十年間、店のためには、よく働いてくれました。あの男がいなければ、この店だって、ここまで大きくすることができたかどうか……」

山崎が、ふうっとため息をついた。

「でも、失礼ですけれど、それにしては、ご主人は未亡人に冷たいのでは……」

時子が、ずばりと切り込んだ。

「わたしも、それは気にしておるのです。ただ、わたしどもも商売でございますからね。金を女のために遣って自殺した男を、そうかばうわけにもまいりません。お客さまにも山崎は、なにを考えているのだといわれましょうし、第一、それでは店の者にしめしがつきません」

「なるほど。おっしゃること、よく、わかります。それにしても、白鳥さんは、なぜ、幼い子供まで道連れにしたのでしょうか？　それが、ぼくにはふしぎでならないのです」

龍岳がいった。

「ほんとうですね。これも、魔がさしたというのでしょうか。子供が犯罪者の子だと後ろ指を差されるのを不憫《ふびん》に思ったのかもしれませんねえ」

「でも、子供に罪はないのに」

時子がいった。

「かわいそうなことをしました。白鳥は子ぼんのうで、ひとりっ子だったこともあって、それはかわいがっていたのですが、それだけに、置いていくのが辛《つら》かったのかもしれません」

山崎がお茶をすすりながらいった。

「奥さまも、このお店においでになったかたで、相思相愛でいっしょになられたとお聞きしましたが」

時子がいった。

「ええ。女中頭をやっておりました。別嬪で頭もよくて、時々、店を手伝わせたりもしておりましたが、そのうちに、ふたりは好き合うようになりましてね。美男美女で働き者、いい夫婦と思っていたのが、こんなことになろうとは……。人間の運命もわからないものですねえ」

「奥さまは、白鳥さんの吉原通いを知っていたのでしょうか？」

時子がいった。

「さあ。それは、わたしには……」

山崎が首を横に振った。

「実はご主人」

龍岳が、あらたまった口調をした。

「はっ？」

山崎が、ちょっと身を固くした。

「白鳥さんのお子さん、義彦君が大学病院に入院されていたのは、ごぞんじですね」

「はい。知っております」

「その後を、ごぞんじですか」

「二週間ぐらいたって、病院で死んだと聞きましたが……。ちがうのですか？」

山崎が、けげんそうな表情をした。

「ぼくたちも、正確なことは知りませんが、それが実際には、少年は生命《いのち》を取り止め、元気になったという噂《うわさ》があるのです」

龍岳が、声をひそめていった。

「ほんとうですか!?」

「いえ。あくまでも、噂だけなので、なんともいえませんが。その噂は、ごぞんじありませんでしたか？」

「いや、まったく知りませんでした。そんな噂が……。すると、あの子は母親といっしょに暮らしているわけですか。たしか、本郷のほうに引っ越したように聞いていますが」

「いいえ。いっしょには暮らしていないようです。ただ、大学病院は退院して、どこかに身をひそめているというのです」

「なぜ？」

「それが……」

龍岳が、わざとことばをとぎらし、ひと呼吸入れて続けた。

「少年は、父は自殺ではない。ある人に殺されたといっているというのです」

「自殺ではなく、殺された？　犯人はだれです？」

山崎が信じられないという表情をした。

「それは、わかりません。なにしろ、そもそも少年が生きているというのが噂ですから、どこまで話がほんとうなのか」

「なるほど。わたしは警察が自殺だというから、他殺だなどと考えてもみなかったが……。おふたりは、それを探っているのですか？」

「いいえ。もし、噂が事実だとしても、それは警察の仕事です。ぼくたちは、最初に申しあげたように、人間の心理の研究です。ただ、いろいろ調べているうちに、そんな噂が耳に入ったのです」

龍岳がいった。

「そうですか。大学病院にはいってごらんになりましたか」

「ええ。そんな事実はない、義彦少年は死んだと否定しています。ただ、葬儀はどうしたかと聞いても答えませんので、ちょっと疑問もあるのですが。しかし、まあ、ご主人がごぞんじなかったのなら、単なる噂でしょう」

「とは思いますが、気にはなりますね。雪枝、いえ、白鳥の細君のところへは、いってみられたのですか？」

「いいえ。まだです。お話を聞くのが、お気の毒な気がしまして」

　龍岳がいった。

「そうですか。では、うちのいまの第一番頭の高島が丁稚時代からいっしょに仕事をした仲ですから、ようすを見にいかせてみましょう。なに、白鳥が自殺ではなく他殺で子供も生きているとなれば、わたしも、店の体裁《ていさい》だけをいってはおられません。細君や子供には、できるだけのことをしてやらねばなりません」

　山崎がいった。

「でも、ご主人。何度もいいますが、これは、あくまでも、噂にすぎませんから」

　龍岳がいった。

「わかっております」

　山崎がうなずいた。

「あっ、これは、どうも、お忙しいところを長居をしてしまいまして、申しわけございません。ありがとうございました」

　龍岳が頭を下げた。時子も会釈《えしゃく》する。

「いやいや、なんのおかまいもしませんで」

　山崎がいった。


　いったん、前を通りすぎた黒岩は、思い直してくるりと踵《きびす》を返した。それと同時に、看護婦のような白い洋装をした二十二、三と思われる女のロシヤパン売りが、大きな声をあげた。

「パン、ロシヤパン！」

　引いている箱車には、前面に大黒様の面が取り付けられ、箱の横にはペンキで「ロシヤパン」と書いてある。ロシヤパン売りは、たいてい男で、女の売り子は珍しかった。

「四つ、もらおうか」

　黒岩がいった。

「ありがとうございます」

　売り子は、うれしそうに答え、箱を開けると中からパンを四つ出し、新聞紙にくるんで黒岩に差し出した。

「いくらだい？」

「一個一銭五厘です」

「じゃ、四個で六銭だな」

黒岩は、ポケットから五銭玉と一銭玉を出して、売り子に渡した。

「ありがとうございました」

売り子が、にっこりとおじぎした。

黒岩は、そのパンを包んだ新聞紙の包みを小脇に抱え、南稲荷町の路地に入っていった。路地の入口から［松谷畳店］の看板が見えていた。

「おじさん、こんにちは」

店の前で、黒岩がいった。だが、店の中に為吉の姿はなかった。その代わり、奥からカツの声がした。

「黒岩さんだね。うちの人は、今日は出張《でばり》仕事でね。まあ、お上がりよ。坊やに会いにきたんだろう？」

台所仕事をしていたのだろう、カツが濡れた手を前垂れで拭《ふ》きながら出てきた。

「坊や、今日も元気にしてるよ」

「そうですか。おじゃまします」

黒岩はカツに会釈し、店に入った。そして、靴を脱ぐと部屋に上がった。

「おばさん。これ、いま、そこで買ってきたんです。おやつに食いましょう」

黒岩が、新聞紙の包みをカツに渡した。

「おや、ロシヤパンだね。久し振りだよ。ありがと」

カツが、笑顔でいった。

「礼をいわれるほどのもんじゃありませんよ」

黒岩も笑った。

「義坊を呼んであげましょう」

カツがいった。と、その声が終わるか終わらないうちに、階段を降りてくる足音が聞こえた。

「黒岩のおじさんでしょ」

義彦が、階段の途中から居間を覗《のぞ》き込むようにしていった。

「そうだよ。おやつにパンを買ってきてくれたんだよ。みんなで、いただこうかね」

カツがいい、台所に湯を沸かしに入っていった。

「調子はどうだね？」

卓袱台《ちゃぶだい》の前に座った義彦に、黒岩が子供に語りかけるとも大人に語りかけるとも、どっちともいえない口調でいった。

「うん。元気だよ。おじさんもおばさんも、とっても、よくしてくれるんだ」

共生知性体が、完全に義彦の口調でいった。

「おやおや、お世辞がうまいねえ。別によくなんぞしちゃいないんだよ。でも、なんでも食べてくれるし、日を追うごとに元気になってきているようだよ」

カツが台所から、黒岩に背中を向けたままいった。実際、義彦の青白かった顔色は赤みがさし、腕や足なども目に見えて太くなり、しっかりとしていた。

「そうですね。やっぱり、おばさんに預かっていただいて、よかったですよ」

黒岩がいった。

「少しだけ予定より回復が遅れているが、とりあえず順調だ」

義彦が、今度は声を極端に落としてカツに聞こえないように、大人の口調でいった。

「うん。そのことは、また、あとで……」

黒岩も声をひそめて答える。義彦がうなずいた。

「珍しく、コーヒーの粉なんてものをもらったんで入れてみたんだけれどね」

カツが、ふつうの湯呑《ゆの》み茶碗《ぢゃわん》にコーヒーを入れたお盆を持って、台所から出てきて、卓袱台の上に置いた。

「ほんとうは、コーヒー用の茶碗があるんだろ。でも、うちには、そんなものないから、これでがまんしておくれ。あっ、お匙《さじ》を忘れた。砂糖もだよ。慣れないもんはだめだね。あっははは」

カツが快活に笑いながら、蠅帳《はいちょう》から透明のガラス壜《びん》に入ったザラ目の砂糖と、食器棚からスプーンを三本取り出してきて、自分を含めて三人の前に並べた。

「さあ、どうぞ」

カツが砂糖を黒岩にすすめた。

「そうですか。じゃ、先に」

黒岩はスプーンに一杯の砂糖を茶碗に入れ、義彦にいった。

「おまえは、何杯だい？」

「二杯」

義彦が答える。

「よし」

黒岩はうなずいて、義彦の茶碗に二杯の砂糖を入れた。

「おばさんは？」

「あたしゃ、三杯。砂糖が少ないと苦くてねえ。うちの人は、コーヒーなんてものは、なにも入れずに飲むのが通《つう》だなんていって、やせがまんして、そのまま飲んでたけど、外国人は、ほんとうに、このまま飲むのかい？」

「人それぞれですよ。自分の好きな飲みかたすればいいんじゃないんですか」

黒岩が、スプーンでコーヒーをかきまぜながらいった。

「牛乳を入れて飲んでもいいんですよ」

「へえ。牛乳をね。今日は買ってないから、今度入れてみようかね。じゃ、パンをいただこうかしら」

カツが新聞紙の上のパンを手に取り、ふたつに割った。

「いただきまーす」

義彦もパンを取り、こちらは、そのままかじりつく。

「おいしいねえ。そうそう、黒岩さん。もらいもんなんだけどね。鎌倉のほうのお菓子屋さんが作っているピスケに似たお菓子でね、鳩三郎《はとさぶろう》というのがあるんだよ。義坊はおいしいっていってるけど、あたしゃ亭主は、バターを使ってるとかで、ちょっと油ぽくて苦手なんだ。黒岩さんや時ちゃんはハイカラだから食べるだろう。たくさんあるから、あとで半分持っていかないかい」

「ああ、鳩サブレーですか、いただきます。時子が以前、鎌倉から買ってきたことがあります。ぼくは好きですよ」

「あれ、鳩サブレーっていうのかい。あたしゃ、鳩三郎だとばっかり思ってた」

カツが、きまり悪そうに笑った。

「それが、なんでも、ほんとうは鳩サブレーだけれども、店の主人が鳩三郎と呼んでいるんだそうですよ。だから三郎でいいんです。サブレーっていうのは、フランス語だとか聞きましたがね」

「へえ。フランス語なのかい。文化だねえ」

「それ、おいしいんだよ」

義彦が口をはさんだ。

「ちゃんと、義坊のぶんは、取っておくからね」

カツがいった。

「うん」

義彦がうなずいた。

「ところで、黒岩さん。まだ、だめなのかい？」

カツが黒岩の顔と義彦の顔を、ちょっと見比べていった。

「すいません。もう少しだけ待ってください。必ず、説明しますから」

黒岩がいった。

「ああ、いいんだよ。ちょっと、いってみただけさ。だけど、義坊は利発な子だね。あたしや亭主に、いろんなことを教えてくれてね。でも、黒岩さん、学校にいかせなくていいのかい？」

「え、ええ。いま、ちょっとだけ休学させていますが、すぐにいかせます」

「そうかい。なら心配ないね。こんな利発な子、将来が楽しみだね」

「ええ」

黒岩がうなずいた。

「ふたりで、話があるんだろう？　二階にお上がりな。あたしも、やらなきゃならない仕事があるから。おいしかった」

パンを食べ終わったカツが、気を利かして黒岩にいった。

「そうですか。じゃ、すみませんが上にいかせてもらいます」

黒岩が、茶碗に残っていたコーヒーをすすって立ちあがった。まだパンを食べ終わっていない義彦も立ち上がる。

二階に上がるとふたりは、襖《ふすま》を閉め、畳の上に直接、向かい合って座った。

「回復が遅れているって？」

黒岩が低い声でいった。

「ほんの少しだ。心配はいらない」

義彦が大人の口調で、これも声を落としていった。

「それで、真犯人はわかったのかい？」

「いや、その部分の回復が遅れているのだが、すでに顔は識別できる」

「そうか。では、明日にでも、容疑者の写真を持ってこよう」

「そうしてくれ」

義彦がうなずいた。

「ところで、質問していいかな。まえから気になっていたことなんだ。きみたちは、いま義彦君の口を借りてしゃべっているわけだが、その時、義彦君はどういう気持ちでいるんだい。そもそも、自分の頭の中に、きみたちがいることを、義彦君はわかっているのか？」

黒岩が質問した。

「いや、やろうと思えば、少年にわれわれの存在を知らせることは可能だ。だが、いまはそうしていない。われわれが少年の口を借りてしゃべっている時には、少年の脳は眠った状態というか、活動を停止した状態になっている」

「さっき、下で義彦君の声でしゃべっていたのは？」

「あれは、少年の意志だ。だが、まだ少年は言語機能が傷ついているため、うまくしゃべることができない。そこで、われわれが、少年に気づかれないように手伝ってしゃべらせている。きみとはじめて会った時の会話は、すべて、われわれの演技だった。だが、いまは少年の意志をことばにするのを手伝っているだけの状態にまで回復しているのだ。もう少しで脳は完全に回復する」

「なるほど」

黒岩がいった。

「けれど、この治療は、きみに説明することはできないが、思う以上に、われわれの体力を消耗するのだ。特に短時間で回復させようとするとね」

共生知性体が答えた。

「ありがとう。感謝するよ」

「なに、気にすることはない。われわれは自らの意志で、この少年を助けることに決めたのだし、真犯人を探すのを手伝うことにしたのだ。昨日、われわれは、はじめて少年から母親の像を読み取ることができた。美しい人だ。そして、優しい人だ。われわれとしても、少年を元気にして彼女をよろこばせてやりたい」

「ぼくもだよ」

黒岩がうなずいた。

「きみなら、ふたりを幸せにできる」

「えっ!?」

「おどろかなくてもいい。われわれと人間の共生時代は長かった。われわれには精神感応術はないが、ある程度はわかるのさ」

共生知性体が、義彦の顔を借りて、小さく笑った。

「そうか……」

「いい時代が続いていたのに、なぜ人間は、われわれとの共生を好まなくなったのだろうな」

「それは、ぼくには……」

「いや、ひとりごとだ」

「ところで、義彦君から、時折、病院に訪れていたという軍人の情報は得られただろうか?」

黒岩がいった。

「それは、わからない。その軍人が病院を訪れたのは、事故以後のことだ。少年は、なにも認識していない」

「わかった。軍が義彦少年に、なぜ興味を持っているのか、調べてみるよ。……それから、ひとつ頼みたいことがあるのだが」

「なんだね?」

「きみたちが、いや義彦少年が元気でいることを母親に知らせてもらうことはできないだろうか。もちろん、きみたちとの最初の約束がある。だから、どうしてもとはいわない。だが、できるなら、電話で声を聞かせる程度のことをしてもらうわけにはいかないだろうか。子供の声を聞いたら、雪枝さん、いや母親が、どれほど安心するか……」

黒岩が、義彦の目を見つめた。

「それは危険なことだ。母親がもし、それをしゃべってしまったら……。われわれの存在が世間に知られる可能性がある」

共生知性体がいった。

「やはり、やめておいたほうがいいね」

黒岩がいった。

「そうだな。……しかし、きみは知らせたいのだろう?」

義彦の顔は、かすかに笑っていた。


「警視庁第一部の刑事だと?　そいつは、まちがいねえんだな」

坂本から報告を受けた緒方が、念を押すようにいった。

「まちがいねえよ。ぜったいだ。家までついていったんだからな。牛込の原町だ。女子高等師範に通っている妹とふたり暮らしでよ」

坂本が答えた。

「よく、調べたな」

「そりゃ、そうさ。金になるなら、なんでもやるよ。煙草屋の婆《ばあ》さんに聞いたら、あれこれ教えてくれたよ」

「で、どういう関係なんだ?　あの未亡人とは?」

緒方が、斜め向かいの白鳥雪枝の家を、二寸ほど開けた窓の隙間《すきま》から覗きながらいった。

「そこまではわからねえ。ただ、二十九だかになって、ひとり者だってからよ」

「事件を捜査しているのではないのか」

緒方が腕を組んだ。

「事件てなんだい?」

「いや、それは、こっちのことだ」

「ちぇっ、兄貴は人に仕事させといて、なにも教えてくれねえんだから。いいじゃねえか。そんなにけちしなくても」

坂本が顔をしかめた。

「いや、けちをして教えねえんじゃねえんだよ。昨日もいっただろうが。知らねえほうがいいんだ。場合によっちゃあ、俺は生きちゃいられねえ、危ねえ話なんだよ。だから、おめえが話を知ったら、おめえだって、生命にかかわるかもしれねえ。俺りゃ、おめえのためを思って、内緒にしてるんだ」

緒方がいった。

「ほんとかい、そいつぁ」

坂本が首を縮める。

「嘘《うそ》じゃねえ」

「くわばら、くわばら。じゃ、聞かねえほうがいいや」

「そういうこった。ほれ、駄賃だ」

緒方は作業服のポケットから、一円札を一枚取り出すと、坂本に渡した。

「へへっ、ありがてえ」

坂本が、うれしそうに、一円札を拝むように両手で受け取った。

「でもよ、兄貴。後家さんとはいっても、あんな別《べっ》嬪《ぴん》だ。刑事でもなんでも、惚《ほ》れたっておかしかねえなあ。俺も、あんな別嬪、一度、抱いてみてえや」

「おい、サカ！　今度は、あの後家さんを尾行してもらうことになるかもしれねえが、妙な気、起こすんじゃねえぞ。いいな！」

緒方が、鋭い口調でいった。

「わかってるよ。冗談だよ。俺りゃ、品川あたりの女で充分だよ」

坂本が、薄笑いをしながらいった。

「おっ、噂をすれば、なんとやらだ。後家さんが家を出てきたぜ。さっそく、あとをつけろ」

緒方がいった。

「でも、買物籠《かご》持ってるぜ。買物だろ」

「いいから、いわれた通りにしろ。でねえと、いまの一円、返してもらうぞ」

「わかったよ。いくよ。まったく、人使いが荒れえんだから」

「ぐずぐずいってねえで、いくんだ。俺も電話してこなくちゃならねえ」

坂本に続いて、緒方が立ちあがった。

「どうだね。きみも一席、ぶってくれんか。南極探検に反対ということはないだろう」

春浪が、煙草の煙をぷかぷかと吐き出しながらいう。

「もちろん、反対じゃありません。でも、ぼくは演説はうまくありませんから」

龍岳が答えた。春浪が龍岳を口説いているのは、七月十四日に神田の錦輝館《きんきかん》で行われる予定の南極探検再挙準備演説会での演説だった。

「なに、うまくないのは、俺も同じだ。潮風君も出るし」

春浪がいった。

「じゃ、なおさらですよ。潮風君のような演説の名人といっしょじゃ、恥をかくだけです」

「そんなこといわんで。きみが出ると出んでは客の集まりがちがう。ほれ、これを見たまえ。これは、みんなきみの小説を絶賛した手紙だ」

春浪が、編集机の上の右手に重ねてあった手紙、葉書類の束を龍岳の前に置いた。厚さは二寸もある。春浪のことばは嘘ではなかった。それらは、いま龍岳が〈冒険世界〉に連載している科学冒険小説『土星の怪魔王』に対する読者の絶賛の声だったのだ。

「でも、〈冒険世界〉の読者と南極探検の後援者は別でしょう」

龍岳は、なんとか春浪の申し出を断ろうとしていった。

「そんなことはない。それに龍岳君。今度の演説会には、ちょっとしたかけひきもあるんだよ。きみも知っての通り、南極探検の後援会は村上濁浪《むらかみだくろう》君の〈探検世界〉がやっている。ところが、親父の話をきくと、どうも内部で主導権争いがあって、うまくいっておらんらしい。むろん、だから〈冒険世界〉で後援会を乗っ取ってしまおうなどという気はないが、今度の演説会はわれわれ〈冒険世界〉組が主になって人集めをして見せたいんだ。くだらん見栄でもあるがね。それに村上君の〈探検世界〉は経営も苦しいらしい。ひとつ、ここで盛り返す手伝いもしてやりたい。競争雑誌はないよりあるほうがいい。そのほうが、両者が伸びるのだ」

春浪がいった。

「うむ。さすがに春浪君は、いいことをいうね。まさに、その通りだよ。龍岳君、出たまえ、出たまえ。なあに春浪君の次に演説すれば、どんなへたな演説だってじょうずに聞こえる。春浪君は小説はうまいが演説はへぼもいいところだ。あっははははは」

春浪の声が大きかったので、話を聞いていた隣りの〈実業少年〉編集部の石井研堂《いしいけんどう》が、これまた、大きな声で口をはさんだ。博文館の編集室内全体から、笑い声があがった。

「研堂さん、そんなに、ぼろくそにいわなくったって」

春浪が頭をかいた。

「だって、さっき、自分でへただといったじゃないか」

研堂がやり返す。

「そりゃ、いいましたけどね」

春浪がいった。

「では、いいではないか、龍岳君、やりたまえよ。なにごとも勉強だ」

今度は研堂が龍岳にいった。ここまでいわれては、龍岳も断れなかった。

「はあ。それじゃ、やってみます」

「うん。それがいい」

春浪が満足そうにうなずいた。

「それにしても〈探検世界〉は、よくないのですか?」

龍岳が質問した。〈探検世界〉というのは、南極探検隊後援会幹事でもある成功雑誌社の村上濁浪が主筆の探検・冒険雑誌で明治三十九年に創刊された。内容は〈冒険世界〉よりも探検記事に重きが置かれているが、いわば〈冒険世界〉の先輩雑誌でもあり、創刊当初には春浪なども寄稿していた。

ところが春浪の〈冒険世界〉が出ると、読者を喰《く》われてしまって、かなり経営が苦しくなっていた。村上が南極探検隊後援会の幹事になり、〈探検世界〉

で全面的に探検隊バックアップ記事を掲載しているのも起死回生の手段だったのだ。

「あまり、よくないようだね。きみ、なにか書いてやったらどうだ?」

春浪がいった。

「はい。でも注文がこないのに、こちらから書かせろとは……」

龍岳が答えた。

「今度、村上君に会った時、話をしてみるよ」

「はい」

龍岳がうなずいた。その時、編集室の扉が開いた。矢飛白《やがすり》にオリーブ色の袴姿《はかますがた》、学校帰りの黒岩時子が入ってきた。

「こんにちは」

時子は入口で、明るく挨拶《あいさつ》をすると、〈冒険世界〉の編集部のほうへ、まっすぐ歩いてきた。

「やあ、時子さん」

春浪が時子を笑顔で迎えた。

「春浪先生、おじゃまします。石井先生、お久し振りでございます」

時子が春浪と研堂におじぎした。

「やあ、元気そうだね。相変わらず別嬪さんだし」

研堂がいった。

「まあ、嫌な石井先生」

研堂とは、すっかり顔なじみなので、時子がいい返した。

「別嬪といって、にらまれてはかなわんなあ」

研堂が笑う。

「先生は思ってもいらっしゃらないのに、口だけいわれるんですもの」

時子が反撃する。

「そんなことはないよなあ、龍岳君。時子さんは別嬪だよなあ」

「は、はい」

龍岳が、どもりながら答えた。そして、あわてて話題を変えた。

「なにか、わかったのかい?」

「ええ」

時子が、ちょっと、まわりを見回した。そのしぐさに、春浪が敏感に反応した。

「一階の応接室にいこうか」

「俺には聞かせられん話らしいな」

研堂が三人のようすを見ていった。

「そうなんですよ。大特種《とくだね》でしてね。これ
ばかりは研堂さんにも……」

春浪が軽く受け流した。そして、席を立った。

一階の応接室に入った三人は、ソファに腰を降ろした。

「それで、なにがわかったのだね？」

春浪がたずねた。

「あの〔山崎商会〕の高島という番頭さんが、昨日の夜、大学病院を訪ねたというんです」

時子がいった。

「ほんとうかい？」

龍岳がからだを乗り出した。

「ええ。学校の帰りに病院に寄って、確かめてきてよ。受け付けで、白鳥少年のことを、あれこれ聞いたそうだわ」

「病院は、少年が生きていたことや、病院から姿が消えたことはいわなかったんだろうね」

「受け付けの人は、その話は、ほんとうに知らないようでしたから。少年は、とっくに死んだと答えると、ほっとしたように帰ってったということよ」

時子が答えた。

「そうか。それならばいいんだが、やはり怪しいな。昨日の昼間、ぼくたちが主人と会って、すぐ、その夜に確かめにいくんだから」

龍岳が、口をへの字に結んだ。

「うむ。その番頭が犯人であることは、まちがいなさそうだ。さっそく、餌《えさ》に食いついてきたか」

春浪が腕を組んだ。

「そうなると、白鳥氏殺害の証拠を摑《つか》んで、警察に訴えることになりますね」

龍岳がいった。

「だが、慎重にやらんと、かえって擬装工作をされてしまうかもしれん。なんとか尻尾《しっぽ》を摑みたいが」

「はたして、少年が回復したとして、犯人の顔を覚えているでしょうか?」

「どうかな?」

「それに、もし、覚えていたとしても、十歳の少年のことばが証拠として認められるのでしょうか?」

時子がいった。

「法律のことは、よくわからんが、難しいかもしれんな」

春浪が、ため息をつく。

「とにかく、まずは少年を発見することですが、どこにいるのでしょう。もし万一、あの高島という番頭が犯人だとして、われわれより先に少年を発見してしまったら、今度こそ殺されるにちがいありません」

龍岳がいった。

「いったい、何者が、どこに連れ去ったのだろうな。不可思議な事件だ。黒岩君が、もう少し協力してくれたらなあ」

「あの……」

春浪のことばに、時子が、ためらいがちに口をはさんだ。

「なんです?」

春浪がいった。

「これは、龍岳さんにもいっていなかったんですが、この三、四日、なにか兄の態度がおかしいんです」

時子がいった。

「どんなふうに?」

春浪がたずねる。

「とても、そわそわしているし、時々、上の空で、わたしの話を聞いていないことがあります」

「それが、事件と関係あるというのかい?」

龍岳がいった。

「わからないの。だけど、なにか変だわ。このごろ、急に身だしなみが、よくなったし。昨日なんか、出かける前に、オーデコロンを振りかけていましたわ。兄がオーデコロンをつけているのを見るなんて、はじめてのことなんです」

時子がいった。

「これは、仮の話だけれど、もし黒岩さんが白鳥少年の行方を知っていたとしてもだよ。身だしなみやオーデコロンとは関係なさそうな気がするね」

龍岳がいった。

「それは、むしろ、女性問題ではないかな。黒岩君。好きな婦人でもできたのではないか」

春浪がいった。

「あっ！」

春浪のことばに、時子が、はっとしたような表情になった。

「そうですね。わたし、それに気がつきませんでした。ずっと、いっしょに住んでいながら、いままで兄が女の人を好きになったなんて聞いたこともなかったし……」

時子が、なおも、びっくりした表情でいう。

「黒岩君も男だ。歳《とし》も歳だし、そういう人が出てきてもふしぎではないよ」

春浪が笑った。

「ええ、ほんとうに。わたし、なんで、それに気がつかなかったのでしょう」

時子が、恥ずかしそうな顔をする。

「身近にいると、あんがい気づかないものかもしれませんよ」

龍岳がいった。

「だとすると、時子さん、相手の婦人に心あたりはあるのかね？」

春浪が質問した。

「いえ、ぜんぜん」

時子が、首を横に振った。

「ふむ。それで、われわれの調査には協力できないといったのかな」

「いや、黒岩さんは、そんな人ではないと思います。それとこれとは、無関係でしょう」

龍岳が黒岩を弁護した。

「自分の兄ですが、わたしも、そう思います」

時子がいった。

「そうか。たしかに、いままでの黒岩君は、そんなことはなかったな」

春浪が、煙草に火をつける。

「しかし、まあ、事件とは関係なくても、それはそれで、おめでたいことじゃないか」

「そうですね」

龍岳がうなずいた。

「が、黒岩君が、そういうことになると、きみたちも、そろそろ考えねばいかんな」

春浪が、龍岳と時子の顔を見比べた。

「いや、どうも……」

龍岳が、例によって要領を得ない発言をする。時子は、顔を赤くしてうつむいた。

「黒岩さんの行動が変といえば、ぼくが、先日、家にうかがった時、話題になった形見の着物は、どうなりました?」

龍岳が時子に質問した。

「はい。あれは、まだ、もどってまいりません」

時子が答えた。

「なんだい、その形見の着物って?」

春浪がいう。

「死んだ母が縫ってくれた、兄の子供時代の着物なんです」

時子が、その着物のいきさつを説明した。

「なるほど。それも変な話だな。行方不明になった少年に着せたとすると、辻褄《つじつま》が合いそうだが」

春浪が、灰皿に煙草の灰を落としながらいった。

「じゃ、春浪さんは黒岩さんが、その少年の居場所を知っていると?」

龍岳が、信じられないという口調をした。

「いや、わからんがね。とにかく、このあいだの黒岩君は、いつものかれらしくなかったことはたしかだ」

「わたし、兄のこと調べてみます!」

時子がいった。

「時子さん、黒岩さんが、なにか隠していると決まったわけじゃないんだから」

龍岳がいった。

「でも、女性の問題だけでも、妹としては、知っておいても悪くはないでしょう?」

時子が笑った。

「それはそうだけどね」

龍岳が困ったようにいった。そして春浪に続けた。

「このあと、どうしましょうかねえ」

「そうだなあ。天風君に高島という男を調べてもらい、龍岳君、きみは、その白鳥氏の未亡人を訪ねてみてはどうだ。いよいよ、高島が怪しいとなれば、未亡人にもなにか情報があるかもしれんよ」

「そうですね。じゃ、やってみましょう」

龍岳がいった。

「わたしも、いってみます」

時子がいった。


「そんな話を、どこから、お聞きになったのですか?」

白鳥雪枝が、湯呑み茶碗に急須《きゅうす》で茶を注ぎながら、向かいの高島泰助にいった。

「なに、ちょっと小耳にはさんだものでね。雪ちゃんは知っているかなと……」

高島が雪枝の顔色をうかがうようにいった。

「いえ。はじめてですが、そんな馬鹿な話。義彦は昨年十二月十六日に、大学病院で息を引き取りました」

雪枝がいった。

「そうだよね。ぼく、そう聞いていたからね、変な話だと……」

それまで緊張していた高島の表情に、安堵《あんど》の色が浮かんだ。

「ほんとうに変な話ですわ」

雪枝がいった。

「子供だからと、お葬式は内輪だけですませたので、だれかが、そんな噂を流したのかもしれませんわね」

「雪ちゃんも、早く事件のことは忘れたいだろうに、つまらんことをいう人間があるもんだ」

高島はいい、奥の部屋の仏壇のほうに目をやった。

「それにしても、ぼくも、いまだに幸三郎君のことが信じられん。どうして、あんなことを」

「さあ……。それは、わたしにも……」

「こんな美人の奥さんがありながら……。そうだ、いや、これは、うっかりしていた。馬鹿げた噂話に気を取られて、幸三郎君に、お線香をあげさせてもらうのも忘れていた」

高島が、卓袱台の前から立ち上がった。

「いえ。高島さん。夫はあなたや〔山崎商会〕の人たちに、拝んでもらえるような人間ではありません。お金を遣い込んで、ご迷惑をおかけしたのですから」

雪枝が、あわてて高島を引き止めようとした。

「いや、そんなことは気にしないでいいさ。考えてみれば、ぼくは旦那さんに止められて葬式にも出席できなかったんだ。幸三郎君とは丁稚時代からの友だちだった。これまでにも、こようこようと思いながら、こられなかったのだもの」

高島は、雪枝のことばを無視して、奥の六畳に設置してある仏壇の前に座った。そして、仏壇の脇《わき》に置いてあるマッチでろうそくに火をつけると、線香を手に取った。

雪枝は、その行為を複雑な心境で見守っていた。阿武天風から、それとなく、幸三郎を殺した真犯人は高島かもしれないと聞かされていたからだった。もし、それが事実なら、そんな男に線香をあげさせるなど、できることではなかった。が、はっきりしていないものを、なにがなんでも断るわけにもいかない。雪枝の心の中に空白ができた。

「……雪ちゃん、雪ちゃん」

気がつくと、高島が雪枝のそばに立っていた。

「あ、はい」

われに返った雪枝が返事した。

「どうしたんだい？」

高島がいった。

「いえ。ちょっと、ぼんやりして……。なんでもないんです」

雪枝がいった。

「なら、いいけど……。ところで、義彦君の位牌は作ってないのかい？」

高島が、卓袱台の前に座りながらいった。

「えっ、ええ。もちろん、作りました。でも夫の実家で持っていってしまったのです。夫はともかく、義彦まで死なせてしまったのは、わたしの責任で、わたしに供養する権利などないといって……」

雪枝が、とっさに作り話をした。死んでいない義彦少年の位牌があるわけはなかったのだ。

「だが、それは話が反対じゃないか。義彦君を道連れにしたのは幸三郎君だろう」

高島がいった。

「そうなんですけど、あちらの実家では、今度の事件が起こったのは、すべて、わたしが妻として、いたらなかったからだというんです」

「そうか。ひどい話だなあ。それで、位牌は作り直さないのかい」

「ええ。そうも思ったのですが、あちらが、そこまでいわれるのなら、それでいいと思って」

「雪ちゃんも、苦労してるんだなあ。それにしても、冷たい実家だ」

高島が、冷めた茶をすすった。

「新しい、お茶入れますわ」

雪枝は高島が、とっさの作り話になっとくしたらしいので、ほっとしながらいい、急須に手を伸ばした。その瞬間だった。高島の右手が、雪枝の右手に伸びた。

「雪ちゃん。ぼくも家内を亡くし、淋《さび》しい思いをしている。このまえもいったが、いっしょになってくれないか！」

「そのことは、お断りしたはずです」

雪枝は、高島の摑んだ手を、振り離そうとしたが、その力は強く離れなかった。空《から》の茶碗が卓袱台の上で、転がった。

「雪ちゃん、ぼくがきみのことを好いているのは、知っていただろう。いっしょになってくれないのなら、一度だけでもいい」

高島が、雪枝の手をぐいと自分のほうに引き寄せた。

「高島さん！　なにを馬鹿なまねを‼」

雪枝が叫んだ。

「馬鹿なまねでもいい。ぼくは、たった一度でいいから雪ちゃんを！」

「大きな声を出しますよ！」

「なに、外まで聞こえるものか」

高島が、必死で雪枝が振り切ろうとする手を固く握りしめ、立ち上がった。

「やめてください、高島さん‼」

「やめるくらいなら、はじめから、こんなことはしない！」

高島の形相《ぎょうそう》が変わった。

「だれか、だれか⁉」

雪枝が叫んだ。その時だった。玄関の扉が開く音がした。

「ごめんください！」

男の声だった。高島の動きに、ひるみができた。

雪枝は摑まれていた手を振り離すと、玄関に向かって怒鳴った。

「はい！　ただいま」

「ぼくは、あきらめないよ。また、くるからね」

高島は、卓袱台の脇に置いてあった帽子を手に取ると、苦々しげに、玄関のほうに向かって歩き出した。


博文館のすぐ近くにある甘味処〔花善〕の一番奥のテーブルに、春浪、龍岳、時子の三人が陣取っていた。三人とも、あんみつを食べていたが、春浪のだけは、ほとんど中身が減っていない。

「しかし、ほんとうに、いいところにいったものだね」

春浪が、また同じことばを繰り返した。

「はい。たまたまだったのですが、奥さんにも何度もお礼をいわれて、恐縮しました」

龍岳がいった。

「とにかく、無事でよかったですわ」

時子がいう。

「うむ。だが、これで、ますます、その高島という男が臭ってきたな」

春浪がいった。

「そうですね。これまで、動いていなかったものが、ぼくたちが〔山崎商会〕を訪ねたとたんに、大学病院に探りを入れ、さらに奥さんのところにいったわけですからね」

龍岳がいった。

「少年が、死んでいるのか生きているのかを探りにいったことは、まちがいありませんわ」

時子がいった。

「だろうね。ほかに未亡人を突然、訪ねる理由はないものな」

春浪がうなずく。

「で、そのついでに、凌辱《りょうじょく》しようとするとは、なんたる卑劣漢《ひれつかん》だ」

例によって、春浪が大きな声を出したので、ほぼ満席の客が春浪たちのほうを見た。

「や、いかん。またもや、大きな声を出しすぎた」

春浪が、照れくさそうに頭をかいた。

「だが、殺しをやるくらいの人間なら、その程度のことは、別におどろくにも当たらんか」

今度は、声を押さえていう。

「その殺しの証拠を、なんとか見つけたいですね」

龍岳が、顎《あご》をなでた。

「もう一度、黒岩君に頼んでみるか」

「そうですね。ただ、奥さんは、ぼくたちが天風さんの知り合いだというと、少し安心したようでしたが、なるべく、騒ぎを大きくしないようにして欲しいという意向でしたから」

「それは、立場上、当然だな。きみたちは、高島が殺しの真犯人かもしれないということはいったのかね？」

「いいえ。いいませんでした。でも、天風さんから話を聞いて、薄々は察しているようでした」

時子がいった。

「その程度か。すると、未亡人も高島が犯人である証拠は握ってはいないのだろうね」

「と思います。それらしいことを知っていれば、今日、初対面のぼくたちにはなにもいわなくても、天風さんには話をするでしょう」

龍岳がいった。

「ということだな。それで、少年の行方のほうはどうだ？」

「あの家に匿《かくま》っているようすはありませんでしたし、ほんとうに、どこにいるのか知らないようですね」

「そうか。母親の元にも連絡なしか。これが、なんともこの事件の奇妙なところだな」

春浪が右手の甲で、テーブルをこつこつと叩いた。やや、いらだった時にやる癖だ。

「だれが、どこに少年を連れていってしまったのか。それとも、自分でどこかにいったのか？」

「どちらにしても、目的がわかりませんね」

龍岳が春浪のことばに、相槌《あいづち》を打った。

「うむ。なんにしても、少年が脳の働きを回復したとは思えんね。もし回復していれば、母親に連絡をするか、警察に真犯人を知らせるか、あるいは本人が真犯人の前に現れるか、なにかありそうじゃないか。それが、まったく消息不明だ。まあ、十歳の少年が、真犯人と対決するのはむりとしても」

「天風さんが、軍が関与しているようなことをいっていましたが、軍に連れ去られた可能性はないですか？」

龍岳がいった。

「なんともいえんね。しかし、軍が連れ去ったとなると、話はやっかいだな。それに、これも目的がなあ」

春浪が首をかしげた。

「今夜、天風君に電話してみよう」

「なにかわかればいいのですが」

龍岳がいった。

「いらっしゃいませ！」

店に女学生のふたり連れが入ってきた。それと入れ替わるように、春浪の後ろの席で、新聞を読んでいた男が立ち上がった。灰色の作業服を着た、およそ甘味処にはそぐわない感じの中年男だ。その男は、龍岳と時子が白鳥雪枝の家を出た時から、その甘味処までふたりを尾行してきた緒方だった。もちろん、三人は、それが、どんな立場にいる人間か、知るよしもなかった。

「〈冒険世界〉の押川春浪と鵜沢龍岳、それに黒岩という刑事の妹か……。ふむ。で、その連中はなにを調べているんだ？」

畳の上に、あぐらをかいた吉田大尉が緒方に質問した。時刻は午後十一時三十分。場所は本郷森川町の、白鳥雪枝の家を斜め前に見る下宿屋の二階。

「それが、ふたつあるようでして、ひとつは俺たちと同じように、病院から消えた子供の行方の捜査。もうひとつが、自殺の真犯人です」

緒方が説明した。

「自殺の真犯人？　なんだ、それは。俺にわかるように話をしろ」

吉田大尉が、とがった声を出した。

「すいません。俺にも、はっきりしたことはわからねえんですが、あの白鳥という番頭と子供は、自殺じゃなくて、だれかに殺されたらしいというんです。いえ、子供のほうは、まだ、死んだかどうかわかりませんがね」

「自殺ではなく殺人？」

「へい。俺がつけた三人は、そういってました」

「それは俺も知らなかった。あの事件は殺人だったのか。なるほど、それで警視庁の刑事が内偵しているわけか？」

吉田大尉が、なっとく顔でうなずいた。

「で、真犯人はだれなんだ。わかっているのか？」

「それが、三人は白鳥の部下だった〔山崎商会〕の高島という番頭を怪しんでいるようです」

「ははあ。読めてきたぞ。そもそも、あの事件は白鳥が店の金を遣い込んで自殺したということだったが、実際は、その高島という男のしわざで、白鳥を殺して責任をなすりつけ自殺に見せかけたというわけだな」

吉田大尉が、自分自身に説明するようにいった。

「事実かどうか、俺はわかりませんが」

緒方がいう。

「お前は、わからんでもいい。だが、おかしなことがあるな。その黒岩とかいう刑事が内偵しているのはいいとして、なんで、そこに押川春浪だのなんだの、もの書きが出てくるのだ」

「雑誌の記事にしようっていうんじゃないですか？」

「雑誌の記事か」

「へい。というのは、三人の話じゃ、あの黒岩という刑事とは、別に調査しているらしいんで。もう一度、黒岩さんに頼んでみようかなんていってましたから」

「ほう。だが、その三人のうちのひとりは、刑事の妹なわけだろ。やはり、刑事に頼まれて調べているんじゃないのか？」

吉田大尉が、どうにも、よくわからないという表情をした。

「そこまでは……」

「そうか。まあ、なんにしても、われわれとは別の一派が調べていることもわかった。俺にとっては、白鳥が自殺でも他殺でも関係ない。問題は子供の行方だ。どんなことがあっても、刑事や雑誌の連中より先に見つけ出すことだな。ところで、その三人よりもまえに、あの未亡人を訪ねてきた男というのは、何者なのだ？」

「へい。そいつは、電話でも話しました、俺のダチ公が調べています。もう、ぼちぼち帰ってくるころと思いますが」

緒方が暗い窓の外に、ちょっと目をやるしぐさをしていった。

「そうか。では、俺はそろそろ退却したほうがよさそうだな。いや、俺のほうから、お前とは直接、会わずに、なるべく電話か電報で知らせろといっておきながら、待ちきれんので、ここへきてしまったが、お前の仲間にまでは顔を見られたくない。その男が何者かわかったら、電話で知らせてくれ」

吉田大尉がいった。

「へい。わかりやした」

緒方が答えた。と、その時、ばたばたと階段を駆け上がってくる足音がした。

「あっ、野郎、帰ってきちまったようです」

緒方が顔をしかめた。

た。

「なに?」

吉田大尉がいった時、汚れた襖《ふすま》が、がらりと開い
「兄貴! あっ、お客さんか」

坂本が、ことばを途中で止めていった。

「こちらは……」

緒方が吉田大尉を、坂本に紹介しようとした。

「緒方、名前はいい」

吉田大尉が、びしっとした口調でいった。

「へい。ともかく、俺に仕事をくださっている大尉
さんだ」

緒方がいった。

「坂本といいます。よろしく、おねがいいたします」

坂本が、もみ手をしながら吉田大尉にいった。

「うむ。それで、お前が尾行した男は何者だった?」

吉田大尉が、単刀直入に質問した。

「それが、あの男は神田の〔山崎商会〕という衣料
問屋の番頭で高島泰助といいます」

坂本が報告した。

「なに? あの男が〔山崎商会〕の番頭?」
緒方が、びっくりしたという表情で吉田大尉の顔
を見、続けた。
「例の三人が、真犯人ではないかといっていた男で
す」
「うむ。その番頭は、なにをしに、あの未亡人のと
ころにいったのだろう。話が込み入ってきたぞ。し
かし、実際、真犯人なら、これは使えるな」
吉田大尉が、にやりと笑った。
「なんにですか?」
緒方がたずねた。
「なんにでもだよ。いますぐ、どういうことはな
いが。緒方、お前も、その男が真犯人かどうか、調
べてみてくれ。さっきは関係ないといったが、計画
変更だ」
「へい。やってみます」
緒方が答えた。
「もう、だいぶ金もなくなっただろう。ほれ」
吉田大尉は、軍服のポケットから牛革の財布を取

り出すと、中から十円札を二枚、緒方に渡した。

「ありがとうございます。助かります」

緒方が頭を下げた。

「ふたりとも、ここまでは、よくやってくれている。これからも、しっかりやってくれ」

吉田大尉が、緒方と坂本の顔を見ていった。

「へい」

ふたりが同時に返事をした。

7

晴

午前九時発の列車で、横浜に赴き、明日出帆の日光丸にて、信書其他、新聞雑誌書籍類副食物等を、本隊へ送付の事をば委細事務長に托《たく》した、帰途海員協会サムライ商会、貿易新報社、萬朝報支局等を歴訪し、午後四時帰京直ちに、国技館に赴く。今日国技館では、我隊への寄付角力がある。正午から始まつて居るのだ、予が駆け付けた時は、既に大隈伯は演説を畢《お》へられて帰邸され、野村船長の演説もすみて、もう角力が始まつた時であつた。予も一応挨拶《あいさつ》旁《かたがた》、一演説する筈《はず》であつたが、時間が遅れた為よした。今日は慈善角力で切符が早くから、売り附けられてあつたのと、軍人学生は半額であつた為め、又招待券の客も千人以上あつたので、観客は満員、約一万五千人といふ人であつた。板垣老伯も臨席され、常陸山《ひたちやま》、梅《うめ》ケ谷《たに》、両横綱の土俵入などあつて、太刀《たち》山《やま》も出る、非常な盛況であつた。午後十時迄《まで》の角力で、其混雑は一通りでなかつた。後援会の収入純益、約七百円なりしといふ。（六月二十三日『南極探検日記』）

白鳥雪枝の家に、四軒ほど先の米店〔越後屋〕から、小僧が走ってきたのは、午前六時半、雪枝が夜具を押入れにしまっているところだった。

「なんでございましょう?」

あわてて玄関に出た雪枝に、頬を真っ赤にした、歳《とし》のころ十三、四と思われる小僧が、息を弾ませながらいった。

「呼出し電話です。大至急!」

「こんな朝早く電話? そう、どうもありがとう。すぐいきます」

雪枝は割烹着《かっぽうぎ》を脱ぎ、かりんとうとビスケットを五、六個ずつ、手早く半紙にくるんで、小僧に渡した。

「これ、お食べなさい」

「いただきます！」

小僧が目を輝かせて、菓子の包みを懐《ふところ》にしまった。

「あなたとわたしの足では早さがちがうから、あなた先に電話に出て、すぐいくといっていてくれませんか」

雪枝がいった。

「はい」

小僧は雪枝に会釈《えしゃく》すると、店のほうへ駆け出した。その後を、雪枝が小走りに追う。前を走る小僧の姿に、雪枝は義彦をだぶらせていた。

雪枝が〔越後屋〕の店に飛び込むと、小僧が受話器を持って待っていた。

「おはようございます。いつも、どうも、お世話になります」

雪枝が、精米機の点検をしている店の主人に挨拶《あいさつ》をした。

「やあ、おはようございます。なあに、遠慮なく、お使いなさい」

店の主人が、愛想よくいった。

「はい」

小僧が受話器を雪枝に渡した。雪枝は、それを手慣れたしぐさで受け取った。いい大人でありながら、電話は恐くてかけられないという人もいたが、雪枝の家には以前から電話があったし、この店では何度も大学病院からの電話を取り次いでもらっていたので、躊躇《ちゅうちょ》はなかった。

「ありがとう」

雪枝は答えて、受話器を耳に当てると、すぐにいった。

「もしもし、お待たせしました。白鳥雪枝です」

家から走ってきたので、雪枝の声は少し息切れしている。

「母さん、ぼく、わかる。ぼく、義彦だよ」

受話器の奥から、子供の声がした。

「えっ⁉」

雪枝のからだが、ぐらりと揺れた。そして、絶句した。見る見る、顔の色が青くなった。

「奥さん、だいじょうぶですか」

店主が、仕事の手を止めていった。

「あっ、はい」

雪枝が答える。

「おい、松吉。奥さんに、その椅子を……」

店主が小僧に目で、店の隅の丸椅子を示した。

「はい」

小僧が、急いで椅子を雪枝の横に置く、雪枝は無言で会釈して、椅子に崩れるように腰を下ろした。

「母さん、母さん。聞こえているの？」

ふたたび電話の声がいった。

「き、聞こえていますよ。おまえ、どこにいるの？元気なの？」

雪枝の声は震えていた。電話機を通していたので、少し声が変わっていたが、それは、まちがいなく白鳥義彦少年の声だった。母親である雪枝が、まちがえるわけもなかった。

「元気だよ。ぼく、怪我が治ったんだ。もう、自分ひとりで歩ける。お話もできるよ」

「義彦、ほんとうに義彦なのね！」

雪枝は受話器を握った震える右手に、左手をそえるようにしていった。

「ほんとうに、義彦だよ。敵塁《てきるい》いかに堅くとも、打てば破れぬことやある……」

突然、義彦が電話の向こうで歌を歌った。それは、義彦が元気な時に、よく歌っていた早稲田大学の応援歌の冒頭だった。

「じゃ、ほんとうに……」

「うん」

「いま、どこにいるの？」

「それは、いえないの。でも、もうすぐ母さんと会えるはず。だから、心配しないで」

「いるところを、教えて！」

「ごめんなさい、母さん。いまは、まだ、だめなんだ。でも、もうすぐだから。じゃ、さようなら」

「ちょっと待って、義彦。待って！」

雪枝が、叫んだ。小僧と店の主人は、雪枝を見ないようにしながら、聞き耳を立てていた。雪枝には、それはわかっていたが、思いもかけない元気な声の義彦の電話に、自分の言動を押さえることはできなかった。

受話器の奥で、がちゃりと電話の切れる音がした。

雪枝は受話器を握ったまま、机につっぷした。

「だいじょうぶですか、奥さん‼」

事情を知らない店主が、仕事の手を止めて、雪枝に声をかけた。

「は、はい。だいじょうぶです」

雪枝が顔をあげ、受話器を置き、涙を手の甲で拭《ふ》きながらいった。

「松吉、水を持ってきておくれ」

店主がいった。

「はい」

小僧が店内にあるポンプ井戸から水を汲《く》み、湯呑《ゆの》み茶碗《ぢゃわん》に入れて、雪枝の前に置いた。

「ありがとうございます」

雪枝は、水をいっきに飲み干した。

「もう一杯、あげましょうか？」

小僧がいった。

「いいえ。もうけっこうです。ありがとうございました。取り乱したところを、お見せしてしまって、申しわけございません」

雪枝が、店主に頭を下げた。

「なあに、わたしどもは、かまいませんがね」

店主も、どう答えていいかわからないようすで、やや意味不明のことをいった。それから、ちょっと間をあけて続けた。

「なにか、わけがおありのようですね」

「はい。予期していなかった親戚から、突然の電話だったもので……」

雪枝が口を濁した。

「そうですか」

店主が軽くうなずいた。はたして、店主が雪枝のことばを信用したかどうかはわからなかったが、それ以上、質問しようともしなかった。

「ありがとうございました」

雪枝が椅子から立ち上がって、一礼した。

「いえ、とんでもない。松吉、奥さんを家まで、お送りしなさい」

「だいじょうぶでございます。ひとりで帰れますから」

雪枝が、もう一度、手の甲で涙を拭いていった。


「なに、あの子供から電話がかかってきた⁉」

寝巻姿のまま受話器を取った吉田大尉は、いっぺんに眠気を吹っ飛ばして、送話孔に怒鳴りつけるようにいった。

「へい」

緒方の声が答えた。

「そうか。それで、どこからかけてきたのだ！」

「それは、母親がたずねましたが、答えませんでした」

「うむ。子供のようすは、どうだった？」

「怪我も治り、自分で歩けるともいってました。実際、母親に歌を歌って聞かせましたよ」

「そうか。怪我が治ったといったのか」

吉田大尉が、再確認した。

「へい」

「まさに、俺のにらんだ通り、奇蹟《きせき》が起こったわけだ。緒方、お前にいってもわからんだろうが、これは軍にとって、とてつもない事件だ。どんなことがあっても、子供を探し出せ」

「承知しました」

「その未亡人を拉致《らち》して、少年をおびき寄せるという手があるな」

「そんな乱暴なことをするのですか？」

「待て、そうと決めたわけではない。　なにか、子供の居所をつきとめる、いい手段はないか？　あくまでも軍のしわざと思われんようにだ」

「子供は、俺や刑事や雑誌の連中が、自分を探していることを知っているんでしょうかね」

緒方がいった。

「それは、お前のほうが、わかるだろう」

「もし、それを知っているんなら、母親を拉致するというのは、いい手だと思います。母親が何者かに捕まったということを子供が知れば、姿を現すんじゃねえですか」

「その通りだな。一か八か、やってみるか」

「けど、いつまでも子供が、それに気がつかなきゃ、どうにもなりませんね。かりに俺たちが母親を、どこかに拉致したとして、それを刑事や雑誌の連中が知って、新聞種《だね》にでもなったら吉田さんも、かえって動きにくくなりゃしませんか」

「それはある。まえからいっておるように、だから、この件は、できるだけ内密にしたい。ただ、時間もないのだ。上から、そろそろ結論を出せと迫られておってな。まったく、悪い時に行方不明になってくれたものだ」

「とりあえず母親を捕まえてみますか？」

「刑事が問題だな」

「じゃ、いっそ、刑事を殺《ば》らしますか」

「馬鹿をいえ。こんなところで、子供の捜査をしていた刑事を殺《ば》らしてみろ。新聞が黙っているか……。今日の電話のようすでは、また、かけてきそうだったか？」

「それは、なんともいえません」

「もう一度、かけてくるようだったら、母親をおどかしておいて、どこかにおびき出すこともできるんだがな。なにしろ、いま、電話で考えてもしかたのないことだ。名案が浮かんだら、連絡しよう。引き続いて、しっかり見張っていてくれ。とにかく、子供が生きていたということがわかっただけでもありがたい」

吉田大尉がいった。


「おい、時子。お前、先日、俺の着物の生地を買ってきてくれたな」

朝食を終えて、台所の片付けをしている時子に、黒岩四郎が声をかけた。

「ええ。早く縫ってもらおうと思っているのですが、いま島田のおばさん、仕事が混んでいるっていうもんですから」

時子が、ちょっと黒岩のほうを振り向いていった。

「それが、どうかしまして？」

「うん。いや、その着物を縫ってもらうの、島田さんじゃなきゃ、いかんか」

黒岩がいった。

「いえ。それは、ちがう人でもかまわなくってよ。でも、いままで、いつも島田さんだったから」

時子が食器を洗う手を止めて、黒岩のほうにからだを向けた。

「そうか。それじゃ、俺の知っている人に頼んでもいいか」

「いいですけれど、お兄さま……」

時子が、目を丸くした。これまで、黒岩が着物を仕立てる人間に、注文をつけたことなどなかったからだ。

「いや、俺の知人に、少し生活に困っている人があってね。仕事を回してやりたいんだ」

黒岩が、新聞に目を落としたままいった。

「それ、女の人ですか？」

時子がたずねた。

「う、うん」

「よろしいですわ。島田さんには、ちょっと急いでいるからといえばよくてよ」

「そうか。すまんな。では、そうさせてくれ。仕立て賃は、島田さんと同じぐらいにしてもらうつもりだ」

「わかりました。で、そのかたは、どちらにお住まいですの？」

「それは、俺が持っていくから」

「まあ、お兄さまが直接!?」

「だって、寸法を計《と》ってもらわねばならんだろう」

「寸法は、わたしわかって……」

時子が、いいかけてことばを止めた。

「そうですわね。直接、計《と》ってもらったほうがよくってね。このごろ、お兄さま、肥《ふと》ってきましたから」

「うん」

黒岩がいった。

「では、今夜にでも生地を出しておきます」

時子がいった。

「それが時子、できれば、いまがいいんだがな。今日、いきがけに寄ろうかと思っているんだ」

「はい。わかりました。じゃ、すぐ出します」

時子が答えた。いつもの時子なら、もう少し質問をするはずだったが、黒岩のことばに、まったくさからわなかった。だが、それに黒岩は気がつかなかった。

時子は、濡れた手を前垂れで拭《ぬぐ》うと、簞笥《たんす》の一番上の引出しを開けて三越呉服店の包装紙に包まれた反物を取り出し、紺地の風呂敷にていねいに包んだ。そして、それを黒岩の前に置いた。

「はい。お兄さま」

「やあ、すまん。さて、では出かける用意をしようか」

黒岩が立ち上がった。そして、隣りの部屋の洋服簞笥の前で、着替えをはじめた。時子は食器洗いを再開し、くすっと笑った。だが黒岩は、これにも気がつかなかった。時子は、笑いながら、もう、この日は学校を欠席して、黒岩のあとをつけることを決めていた。


白鳥雪枝は、訪問者が黒岩四郎だとわかると、まるで待ち焦がれていた恋人を迎えるように、笑顔で部屋に上げた。そして、黒岩が腰を降ろすのと同時にいった。

「黒岩さん。今朝、義彦から電話がかかってきたんです!」

「えっ、義彦君から?」

黒岩が、びっくりした表情で雪枝の顔を見つめた。

「はい。すっかり怪我は治ったといって、歌まで歌って聞かせてくれました。はじめは信じられなかったのですが、義彦にまちがいありません」

雪枝の声ははずんでいた。

「どこにいるのか、いいましたか?」

黒岩が質問した。

「それは、いまはいえないと。でも、もうすぐ会えるというんです。ごめんなさい、いま、お茶を入れますから」

「いや、お茶などいいんです。そうですか。よかったですね。義彦君の元気な声を聞けて」

「はい。もう、うれしくて、うれしくて。警視庁に、お電話しようかと思ったのですが、まだ、出勤なさっていないだろうと、時間が経つのを待っておりました。そうしたら、こうして、黒岩さんが、お見えになってくださったんですもの……」

雪枝は、泣き笑いのような顔をして、台所に入っていった。

「ぼくも、義彦君が、ぶじでいるということは確認していたんですが、電話をしてくるとは……。ほんとうに、よかったですよ。ほっとしました」

黒岩が、雪枝の後ろ姿に話しかけた。

「これも、みんな黒岩さんのおかげです」

雪枝が、お盆にお茶をふたつ乗せてきた。

「いや、ぼくは、なにも……」

「いいえ。黒岩さんが、必ず元気でいるから心配するなといってくださっていましたから、安心していたのです」

「ともかく、ぶじが確認されてよかったですよ」


「あまり、うれしいので、もらったまま開けていなかった福茶《ふくちゃ》を入れましたの」

雪枝が笑顔でいった。

「いただきます」

黒岩が湯呑み茶碗を取り上げる。雪枝も、お茶をすすった。福茶の香ばしい薫《かお》りが、あたりには漂った。

「でも、義彦は、なぜ、すぐに会いにきてくれといわないのでしょうか？」

ちょっと沈黙があって雪枝がいった。

「これは、ぼくの推測にすぎませんが、幸三郎さんを殺した真犯人を探しているのではないでしょうか」

「けれど、十歳の子供に、そんなことが……」

「ひとりでは、できないでしょうね」

「ということは、だれか大人が義彦のそばにいて、守ってくれているのですか？」

「ええ。……いや、そうでなければ、いくら義彦君が元気になったとはいえ、電話をかけたりもできないでしょう。だいいち、電話賃だって、持っていなかったわけですし」

黒岩が、湯呑みに口をつけていった。

「そうですわね。すると、それは、どういう人なのでしょうか？」

「……まだ、わかりません。でも、まもなく、わかると思います。われわれにとって味方であることは、まちがいありませんよ」

「あのう、もしや……」

雪枝がいった。

「なんですか？」

黒岩が聞き返す。

「黒岩さんは、ほんとうは、ごぞんじなのでは？」

雪枝が黒岩の目を見つめた。黒いきれいな瞳《ひとみ》だった。

「……いえ。残念ながら、ぼくは知りません」

黒岩が雪枝の視線を避けて答えた。

「そうですか。黒岩さんが、あんまり親切にしてくださるから、もしやと思ったのですが……」

「ぼくなんか、なにもしていませんよ。ただ、刑事として捜査しているだけです」

「でも、警察の仕事としてではないと、まえにいわれましたでしょう」

「まあ、そうですが。不正を糺《ただ》し正義を貫くのは刑事の仕事ですから……。ところで、義彦君のぶじが確認されたいま、とても、そんな気にはなれんかもしれませんが、先日、お話しした着物の生地を持ってまいったのですが」

黒岩が、反物を風呂敷包みごと雪枝に渡した。

「あら、ほんとうに持ってきてくださったのですか」

雪枝が、包みをほどきながらいう。

「ご迷惑でしたか？」

「いいえ。そんなことはありませんけれど、わたし、ほんとうに、自分の着物や夫、……死んだ幸三郎の物を縫ったぐらいで、人さまのものなど、やったことがありませんから、うまくできるかどうか」

雪枝が、やや困惑の表情をした。

「いや、うまくなくても、けっこうです。着られればいいんです。あっ、これは失礼ないいかただな。

失言取り消します」
黒岩が、あわててとりつくろい頭を下げた。
「いいんですのよ。ほんとうに、へたなんですから」
雪枝が笑った。
「すみません」
黒岩も、照れ笑いをする。
「妹さんは、着物はお仕立てになられないのですか？」
「あれは、ただお転婆《てんば》で、生意気なことをいってい
るばかりです。少しは裁縫でもやってくれればいい
んですが。女子高等師範などへいかせたのが、まち
がいだったのかもしれません」
「いいえ。これからは女性も学問を身につけなけれ
ばいけませんわ。わたしなど、なんの勉強もしてお
りませんから、いざという時、なにもできません。
それにしても、昨日は、妹さんと鵜沢龍岳さんです
か、おふたりには、ほんとうに危ないところにきて
いただいて」
雪枝がいった。
「え、時子が、こらちへおうかがいしたのですか？」
黒岩が目を丸くした。
「あら、これは、お話ししてはいけないことだった
のでしょうか。わたしは、お約束通り、黒岩さんの
ことは、おふたりにはお話ししませんでしたが、お
ふたりも、ここへこられたことを黒岩さんに内緒に
されていたのかしら？」
雪枝が困ったような表情でいった。
「ふたりは、なにをしにきたのですか？」
黒岩がいった。
「はい。夫を殺した真犯人について、心当たりはな
いかと」
雪枝が答えた。
「なるほど。わかりました。それは、例の阿武天風
君の調査の手伝いですね。手伝いをするようなこと
を聞いております。ただ、昨日、こちらにうかがっ
たことは知りませんでした。もっとも、ぼくは、わ
けあって天風君たちとも別行動を取っていますから、
報告する必要はないと思ったのでしょう。自分の妹
のことをいうのも変ですが、あのふたりは悪い人間

ではありませんから、協力してやってください。ただし、あくまでも、ぼくのことは内緒に願います」

「はい。それは、もう」

「同じことを調査しているのに、兄妹で話もしていないのかと、奇妙にお思いでしょうが、今度の事件については、ぼくなりにやりかたがあるものですから」

黒岩がいった。

「わかっております」

雪枝がうなずいた。

「で、危ないところとは、なにがあったのです？」

「はい。実は、おふたりがこられるまえに、高島さんが見えられて、義彦が生きているという噂《うわさ》を聞いたが、ほんとうかと」

「なるほど」

「それで、そんな馬鹿な話はないと申しますと、今度は結婚してくれと迫ります。嫌だと申しましたら、力ずくで……」

雪枝が、恥ずかしそうに顔を伏せた。

「だいじょうぶでしたか？」

黒岩が険しい表情でいった。

「はい。そこへ、ちょうど、おふたりがお見えになって、助かりました。おふたりがおいでになっていなかったらと思うと……」

雪枝が、またうつむいた。

「そうですか。そんなことがあったのですか。でも、よかった。その高島という男、とんでもないやつだ。奥さんは、ひとり暮らしなんですから、気をつけなければいけませんよ」

「はい。ただ相手が高島さんでしたので、門前払いをするわけにもいかず、それに、まさか、あんなことを……」

「ぼくのところに電話をくれれば、しょっぴいてやったんですが」

「高島さんも、こんな後家の年増《としま》に、なにを考えておられるのか」

雪枝が、小さく笑った。

「奥さん。そんな自分を卑下したいいかたはいけません。たしかに、ご主人は亡くされたかもしれませんが、まだ若くて、美しいのだし、人生はこれからです。また、きっと、いいお話もあるはずです。そういう意味だけでいえば、ぼくにも、力ずくでも奥さんといっしょになりたいという高島の気持ちは理解できますよ」

「まあ、黒岩さん……」

雪枝の頬が、みるみる赤くなった。

「いや、どうも、口の利きかたを知らんもんで、すみません」

黒岩がいった。

「お茶、入れ替えますわ」

雪枝は、黒岩の前の湯呑み茶碗を取り上げると、その場を逃げるように立ち上がった。

時子が豊玉郡《とよたまぐん》渋谷町《しぶやまち》の鵜沢龍岳の下宿を訪ねた時、もの書きに多い、昼夜逆転の生活をしている龍岳は、まだ寝ていた。そこで時子は下宿の主人で顔見知りの、杉本フクと世間話をしていたが、柱の時計が午前十一時を知らせると、フクがいった。

「もう、起こしても、いいんじゃないのかね。遅い時は一時ぐらいまで寝ているけれど、お客さまが時ちゃんなんだから」

「でも、昨晩、お仕事で遅かったのなら、お気の毒ですわ」

時子がいった。

「だいじょうぶよ。不機嫌な顔して起きても、時ちゃんの顔見たら、機嫌直っちゃうんだから。おもしろいから、ついておいでな。でも時ちゃんは、ほんとうに優しいね」

フクが笑いながら、忍び足で階段を昇り、そっと、龍岳の部屋の襖《ふすま》を開けた。煎餅《せんべい》のような蒲団《ふとん》に、龍岳が寝ている。雨戸は締め切ってあるが、相当に傷《いた》んでいるので、板と板のすきまから、部屋の中に光が射し込んでいた。

「鵜沢さん、起きてちょうだい。鵜沢さん！」

フクが時子を襖の陰に立ち止まらせ、龍岳の枕元で大きな声を出した。

「ええ、なんですか……」

龍岳が、いかにもうるさそうに寝惚《ねぼ》けたような声を出す。

「お客さんなのよ。大至急会いたいって、お客さんがきてるのよ」

フクがいう。

「だれですか、それは」

龍岳が、目を閉じたままいった。

「知らないけれど、薄汚い男の人」

「寝てるっていってください。また、後できてくれって……」

龍岳は、そういうと、掛け蒲団を、すっぽりと頭までかぶった。

「だめよ。起きてちょうだい。ほんとうは、時ちゃんがきてるのよ」

「はあ？」

「黒岩時子さんが、きているの！」

フクが大きな声を出した。

「えっ⁉」

龍岳が、ばねのついた人形みたいに、掛け蒲団をはねのけて、敷き蒲団の上に正座した。

「時子さんが？　ほんとうですか⁉」

「ほんとうよ。ねっ、時ちゃん。あたしのいった通りでしょ」

フクがくっくと喉を鳴らして笑いながら、顔だけ襖の陰から出していた時子にいった。

「おはよう、龍岳さん」

時子がいった。

「あっ、ほんとうだ。ちょっと下で待ってて、いま蒲団片づけるから」

龍岳が、あわてて、胸のはだけた寝巻を直しながらいった。

「起こすの悪いと思ったんだけどね。時ちゃん、もう一時間半も待っているから」

フクがいった。

「そうですか。いや、もっと早く、起こしてくれてかまわなかったのに」

龍岳が蒲団をたたみながらいう。

「あたしも、そういったんだけどね。時ちゃんが、鵜沢さん眠いのに気の毒だっていって、こういうお嬢さんは、めったにいないよ。鵜沢さん、いつまでも、ほっておいちゃだめよ」

「おばさん!! ともかく、時子さんも、ちょっと下で待っててください。着替えますから」

龍岳がいった。

「はい、はい」

フクは、くすくすと笑っている時子と顔を見合わせて、襖の後ろに姿を隠した。

「下にいくのは、めんどうだから、ここにいるよ」

その声が聞こえているのかいないのか、龍岳は蒲団をたたんで押入れにしまうというより、投げ込んだ。それから、着物を着替え、立てつけの悪い雨戸を開けた。初夏の陽射《ひざ》しが、部屋いっぱいに広がる。

「ほこりが舞っているから、しばらく開けておこう」

龍岳は、ひとりごとのようにいい、部屋の隅に立てかけてあった小型のテーブルを部屋の中央においた。つい半年ほど前まで、ミカン箱で仕事をしていたのだが、それでは、あんまりだと最初の単行本が出版された時、お祝いに押川春浪が買ってくれた、桜の木のテーブルだ。龍岳は客用の座蒲団をテーブルの前に置いた。

「お待たせしました。どうぞ、時子さん」

龍岳がいった。

「はーい」

時子が答えて、部屋に入ってくる。フクはいなかった。

「おばさんは?」

龍岳が質問した。

「お茶を入れてくださるって」

「それは、ありがたい。あっ、いかん。顔を洗ってくる」

龍岳は、どたどたと階段を降りていった。入れ替わりにフクが、お茶を持って階段を昇ってきた。

「紅茶を入れてみたよ」

「すいません」

「それにしても、鵜沢さんも、時ちゃんがくると大騒ぎだね」

　フクが笑う。

「寝てるところを起こしてしまいましたから」

　時子が龍岳をかばった。

「淋《さび》しくなるけど、そろそろ鵜沢さんは時ちゃんの手に渡したほうがいいみたいね。このごろ、ずいぶん売れているようだし、食べるのには困らないでしょう」

　フクがいった。時子が、なんと答えようかと思っているところへ、またもや、あわただしく龍岳が部屋に飛び込んできた。

「いやあ、お待たせ」

　そして、テーブルの上の紅茶を見て、フクにいった。

「すいません、おばさん」

「お代わりが欲しければ、いっておくれ。それから、じき時分時《じぶんどき》だから店屋物でも取るからね」

「おばさん、食事は結構です」

　時子がいった。

「なんで？　急いで出かけるわけでもないんだろ。たまには、あたしにも、ごちそうさせておくれよ」

　フクがいった。

「はい。じゃ、ごちそうになります」

　龍岳が笑顔で答えた。

「天丼《てんどん》でいいかね」

「はい」

　龍岳がいった。

「時ちゃんも？」

「ええ、彼女も天丼は好物ですから」

　龍岳が、時子に代わって返事した。

「あーあ、これは、聞くだけやぼだったわね。じゃ、どうぞ、ごゆっくり」

　ちょっと肩をすくめるようなかっこうをして、フクは笑いながら階段を降りていった。

「で、どうしたんです。こんなに早く。いや、早くもないけれど」

　龍岳が、紅茶に砂糖を入れて、スプーンでまぜながらいった。

「大ニュースなの。兄の好きな女の人がわかってよ。わたし、あとをつけたの」

時子がいった。

「えー、それは、だれだったんです？」

「だれだと思って？」

「ぼくの知っている人？」

「ええ」

時子がうなずいた。

「ぼくの知っている女の人で、黒岩さんが好きになりそうな人か……」

龍岳が、おでこにしわを寄せた。

「わからんなあ。だれです？」

「おどろかないでね。あの白鳥雪枝さんなのよ」

「ええ？　ほんとうですか⁉」

龍岳が、信じられないという表情で、目をぱちぱちさせた。

「まちがいないわ。家に入っていくところまで確かめたのですもの」

「なるほど。それで、ふたりの関係が、ぼくたちに知れるといけないと思って、今度の事件には協力できないといったのか」

「そのようだわ」

「ということは、黒岩さんも、実際は、あの事件を調べているのかな」

「わからないけれど、それで知り合ったんじゃないのかしら」

「だろうね。でも、黒岩さんが事件調査に冷たかったわけが、これでわかったね。変だと思っていたんだよ」

「オーデコロンの謎《なぞ》もね」

時子が、愉快そうに笑った。

「でも、いい組み合わせだなあ。美人でおしとやかそうな感じの人だし」

「お兄さまには、もったいないくらいよ」

「でも、ふたりが結婚したら、黒岩さんは、いきなり十歳の少年の父親になってしまうね」

龍岳が紅茶を飲みながらいった。

「本人がよければ、よくってよ」

「うん。ぼくの口出しすることじゃないけどね。しかし、そういうことになると、黒岩さんも、どうしても、白鳥氏殺しの真犯人の証拠を摑《つか》みたいだろうなあ。それに、少年の行方も」

「お兄さま、ほんとうに、少年の行方を知らないのかしら。わたし、どうしても、あの形見の着物が気にかかって」

「黒岩さんが匿《かくま》っているというのかい。ということは、つまり黒岩さんが、少年を病院から連れ出した……。だとしたら、なんのためだろう？」

「真犯人をおびき寄せるためとしか思えなくってよ」

「しかし、それなら、わざと高島に情報を与えるだろう。ぼくたちの作戦で高島は動きだしたけれど、あの男も少年が、どこにいるか知らないんだし。それどころか、昨日の白鳥夫人の話では、高島は少年が死んだというのを信じているようじゃないか」

龍岳がいった。

「なにか、なっとくできないところのある事件だわ。そういえば、白鳥雪枝さんも、昨日、わたしが妹であることを知ったはずなのに、お兄さまのことは、なにもいわなかったわ」

時子が不満そうな声を出した。

「けど、それは夫人のほうからは、いい出しにくいだろう。ましてや時子さんが、自分と黒岩さんのことを知らないらしいのに、わざわざ、いえないよ」

「そうね。……わたし、お兄さまを問い詰めてみようかしら」

「いや、それは、やめたほうがいい。黒岩さんには、知られたくない理由があるから、いわないんだろう」

「でも、わたし、妹よ」

「時には、妹にだって、いえないこともあるよ」

「でも、少年がどうなっているかだけでも知りたいと思わなくって？」

「うん。それは知りたいね」

龍岳がうなずいた。

「だけど、時子さん。黒岩さんと雪枝さんのことは、春浪さんや天風さんには内緒にしておこう」

「ええ、もちろん」

時子が答え、ふたりは顔を見合わせて笑った。

「ありがとう。雪枝さんに電話をしてくれたそうだね。ひどく、よろこんでいた」

黒岩が共生知性体にいった。

「われわれも、再確認したよ。人間の親子の絆《きずな》とは強いものだ」

共生知性体が答えた。

「さて、この少年の父親を殺し、少年も殺しかけた男だが」

黒岩がいった。

「わかったのかね？」

共生知性体がいった。

「この男にちがいないと思うのだけども」

黒岩が、背広の内ポケットから、茶色の封筒を取り出し、中の写真を畳の上に置いた。

「まちがいない。この男だ」

共生知性体が認めた。その写真は、〔山崎商会〕の高島泰助のものだった。

「少年自身にも、確認させよう。もう、判断できるはずだ」

共生知性体がいった。実際には、かれらは義彦少年の口を借りてしゃべっている。いつもながらの奇妙な会話だったが、もう黒岩も慣れていた。

「頼む」

黒岩がいうと、義彦の目の動きが急に変わった。共生知性体が、制御していた義彦の思考能力を解放したのだった。

「義彦君。この写真の男を知っているかい？」

黒岩がいった。

「うん。ぼくと父さんを縛って、首に縄をかけて、桜の木にぶら下げた人だ！」

義彦が、興奮したおももちでいった。

「よし。これで、はっきりしたぞ」

黒岩がうなずいた。

「この人を捕まえるの？」

義彦が質問した。

「ああ、きみのお父さんを殺し、きみを殺そうとした殺人犯だからね」

黒岩がいった。

「ありがとう。おじさん」

「なに、これが、おじさんの仕事なんだよ」

黒岩が答えた。その時、また義彦が共生知性体の声に変わった。

「で、どうするね。これから犯人のところに乗り込むのかね？」

「いや、それは、まだだ。義彦君の証言だけでは証拠にならない。なにか物的な証拠が欲しい。それを探す」

「それらしきものはあるのか？」

「いや、ない。ぼくの調査によれば、首吊《くびつ》りに使った縄は〔山崎商会〕から持ち出したものだったし、台にした木の箱は飛鳥山に捨ててあったものだ。目撃者もない」

「では、ずるいやりかただが、証拠を作ろう」

「証拠を作る？」

「そうだ。この少年の脳には、自分たちが殺される時の記憶が鮮明に残っている。幸いに犯人は、まず少年の父親を吊るし、次に少年を吊るした。したがって、少年は犯人が父親を吊るした場面を見ている」

「だが、さっきもいったように、その証言だけでは……」

「だから、証拠を作るといっただろう。その場面を写真に撮るのだ」

「写真に撮る？　どうやって、七か月も前の事件だぞ」

黒岩が叫ぶようにいった。

「写真のヒルムがあれば、少年の記憶を写真に写せる」

「記憶を写真に写す？　あの念写夫人のやったことのようなものか？」

黒岩がいった。念写夫人というのは、前年の秋、四国の丸亀《まるがめ》市に出現した長尾《ながお》郁子《いくこ》という超能力者で、透視術や念写をやって、一時、世間の話題となった女性だ。専門分野の学者たちと論争し、公開実験までやったが、その真偽が判明しないうちに、この年のはじめインフルエンザで他界していた。

「われわれは、その人物のことは知らない。だが、とにかく、少年の見た真実を写真に写すことはできる」

「なるほど。写真という決定的な証拠があれば、犯人も弁明の余地はない。だが、だれが撮影したことにすればいいのだ」

「それぐらいは、きみのほうで、どうにでもなるのではないか。きみの性格からすれば、その写真はにせものということになり、不満かもしれないが、誓って、この少年の目に写ったもの、そのままなのだ。だから写真を作るといっても、にせものではない。きみは、自分の手で、決定的な証拠を摑みたいだろうが、われわれが、この少年の脳から引き出した情報では、これ以外のものはない」

「いや。今度の事件の場合、真犯人をあげるためなら、しかたのないことだと思うよ。やろう。だが、きみたちは、なぜ写真などというものを知っているのか?」

黒岩がいった。

「きみらしくもない質問だね。われわれは多田恵一の脳に何か月も寄生していたのだよ。それに写真のことなど、この少年だって知っている。ただし、ヒルムに記憶を写し出す作業は、いままでやったことはない。しかし、やればできる。これが人間との恒久的な共生関係なら、決して、そんなことはしない。不用意に、人間の能力を必要以上に進化させるようなことはやってはいけないことだ。けれど、いまは話が別だ」

共生知性体が説明した。

「写真は、すぐにやってくれるか?」

黒岩がたずねた。

「いつでもできる」

「そうか。じゃ、すぐにヒルムを買ってくる。いや、おばさんに頼もう」

そういうと、黒岩は階下に降りていき、カツにフィルムを買ってきてもらえないかと頼んだ。

「あいよ。いってきてあげるよ。だけど黒岩さん。

うちにゃ、写真機はないよ」

　カツがいった。

「ええ、いいんです。ヒルムだけで」

　黒岩がいった。


　靖国《やすくに》神社の境内《けいだい》を、ふたりの男が歩いていた。ふたりとも背広に帽子姿だった。その歩く姿勢のよさから、軍人のように見えた。ふたりは遊就館《ゆうしゅうかん》の前から、そのそばの日露戦争戦利品陳列の横を通り、噴水池のベンチに腰を下ろした。

　ふたりとも、似たような髭《ひげ》を生やしていたが、やや若いほうが、陸軍予備役大尉・原田政右衛門《せいえもん》、もうひとりが元海軍少尉で、現在は冒険小説家の阿武天風だった。

　日曜日でもないのに、天気がいいせいか、境内は散策の人々の姿が多かった。学生、軍人、東京見物に出てきたらしい、ことばに訛《なま》りのある地方の人間たちが、ぞろぞろと歩いている。華やかな水色地に花鳥柄《がら》のパラソルをさした廂髪《ひさしがみ》の女学生の姿も見える。

　天風が、ポケットから煙草を出していった。

「すると、猿や犬を使っての実験であることまでは、わかったわけだ」

「いや、それしか、わからなかったというほうが適切な表現ですね」

　原田がいった。

「うむ。しかし、そんな動物を使っての実験なら、なにも隠す必要はなさそうだが……。それだけ、防御が固いとなると、よほどの研究じゃなあ」

　天風が、煙草に火をつける。

「人工血液かとも思ったのですが、それ以上のもののようです」

　原田が答える。

「殺人光線か？」

「わかりません。しかし、殺人光線の研究に、半死の状態の少年が関係するとは思えませんね」

「そうだな。で、その特別任務班の実質上の統括者が、あの吉田悌作大尉というわけなのだね」

「そうです。しかも、あの特別任務班は衛戍《えいじゅ》総督の直属機関のようなのです。もちろん、その上に参謀本部がついていますが」

　原田が説明した。

「では、当然、陸軍省も関係しているだろう。それだけ、大がかりな任務班を作って、なにも情報が漏れてこないというのは、ふしぎじゃね」

「さらに、軍医がからんでいるのは当然としても、民間の医師も数人関係しているらしいのです」

「民間の医師？　その線から、なにか探れんだろうか」

「それが、民間医師は、参謀本部の建物からは、外出不許可。しかも、外部の人間とは家族でも面会できないという状態なのです」

「ふーん。そいつは困ったな。では、万一、あの少年が、その特別任務班に拉致されたとしても調べようがない」

「それを調査できるのは……」

　原田がベンチから立ち上がり直立不動の姿勢を取った。

「大元帥陛下《だいげんすいへいか》ぐらいのものでしょう」

「それほど、大袈裟《おおげさ》な特務班なのか。弱ったな。雑誌か新聞で、陸軍が特殊実験をしていると、当てずっぽうの記事を書いてしまおうか」

　天風が、煙草の煙を、ふうっと吐き出しながらいった。

「いや、阿武さん。それは危険ですよ。へたをすると、命に関わる問題です」

　立ったままの原田が、噴水に目をやりながらいった。

「うーむ。まだ死にたくはないなあ」

　天風も、そういって噴水に目をやる。

「いやあ、まれに見るチャームだね。あれは、いったい、どこの学校だろう」

　天風の後ろで声がした。ふたりの角帽の学生が、噴水に見惚れている水色のパラソルの女学生を見てしゃべっていた。

「おそらく立教女学院あたりではないか。あのハイカラ振りは」

「しかし、美人だなあ」

「やれやれ、非常な賛辞だね。なんなら、ぼくが紹介しようか」

「なに、きみは、あのチャームと知り合いなのか?」

「いや、知らんが、ここにひとり、あなたに見惚れておる男がいるといってやるのさ」

「馬鹿、冗談はやめてくれ!」

象牙《ぞうげ》頭のステッキを持ったほうの学生が、大きな声を出したので、あたりの人々がふたりのほうに視線をやった。天風も、じろりとふたりを見た。これが効いたようだった。

「あちらにいこう」

ふたりは、そそくさと逃げるようにベンチのそばを離れて歩き出した。

「学生は暢気《のんき》でいいですなあ。昼間っから、女学生の品定めをしておるのですから」

原田が、ちょっと笑っていった。

「まったく、人の気も知らんで」

天風が煙草の吸殻を足元に捨て、靴で踏みにじりながらいった。

「それは、阿武さん、むりな相談だ。あの学生たちに阿武さんの気持ちは、わかりっこない。また、わかってはまずいですよ」

「いや、確かに」

天風が、頭をかいた。

「とにかく、何度もいうようだが、軍があの少年に、どう関係しているのか、皆目、見当がつかない。少年が生きているのか、死んでしまったのかも、わからんし」

「自分も阿武さんに、特別任務班の話を聞くまでは、その存在さえ知りませんでしたが、調べれば調べるほど、謎めいた話ですね」

原田が、ふたたびベンチに腰を下ろしながらいった。

「今度の事件は、なにか、どこかに割り切れんものがあるのだが、それが、どうしても、わからんのだ」

天風がため息をついた。

「それで、その自殺に見せかけた犯人のほうは、目星がついたのですか？」

「うん。まず、まちがいなく、当時、二番番頭だった高島という男だ。だが、残念なことに証拠がない。なぜか黒岩刑事も協力してくれんしな。もっとも、警察でも、事件をかんたんに自殺で処理してしまったから、いまとなっては、なにも出てこないのも確かのようだ」

「黒岩さんは、なぜ、協力してくれないのです？」

「それが、わからん。まさか、殺人に関与していたわけでもあるまいが」

天風が、顎《あご》をさすった。

「あの人のことですから、なにか考えているのでしょうが。とにかく、自分は特別任務班の動向を、できるだけ詳しく調査してみましょう」

「頼むよ。どんな、ささいなことでもいいから連絡してくれたまえ」

「わかりました。やってみましょう」

原田がいった。


黒岩が興奮したおももちで、帰宅したのは、午後七時少し前だった。

「やあ、いい匂《にお》いだなあ」

玄関に入るなり、食事の話題をする時は、極めて機嫌のいい証拠だった。

「お帰りなさい。今夜は豚肉のローストを作ってみてよ。おいしくできていればいいのですけれど」

時子がいった。

「ほう。初めての料理かい？」

黒岩がたずねる。

「ええ。本屋さんで雑誌を立ち読みして覚えてきたの」

時子が笑いながらいった。

「はははは。雑誌の一冊ぐらい買ってくればよかったろうに？」

「だって、ほかにおもしろそうな記事がなかったのですもの」

「そうか。それにしても、その豚肉は楽しみだな」

黒岩が、自分の部屋に入りながらいった。

「でもね。それが失敗だといけないので、ナスの鴫《しぎ》焼《や》きも作っておいてよ」

「両方、喰《く》えるのか。そりゃ、豪華だ」

黒岩は、いかにも機嫌がいい。時子も、黒岩が心に思っているらしい女性が、白鳥雪枝であることをつきとめて、事件は別にして気分がよかった。

「お兄さま。ローストに時間がかかってしまって、まだ、お食事まで三十分ぐらいかかるの。先に、お風呂に入ってくださる?」

時子がいった。

「ああ。いいとも。今日は昼飯が少し遅かったから、ちょうどいい」

着物に着替えた黒岩がいった。

「じゃ、先に入るぞ」

「ええ、そうしてください」

時子が、風呂場に向かって歩いていく黒岩を見送りながらいった。そして、黒岩がハンガーに掛けた背広に目をやった。上着が曲がって掛かっている。

時子は、それを直そうとした。が、はずみで上着が、ばさりと畳の上に落ちた。

「いけない!」

時子が上着を持ち上げた。その時、畳の上に一枚の写真が落ちているのに気がついた。あわてて、拾いあげる。時子の目は、見るとはなしに写真を見た。

「あっ!!」

時子が、思わず声を出した。それは、手札版の写真だった。そして、そこに写っているのは、男の首吊りだった。いや、正確には、別の男がからだを縄で縛った男を、いま、まさに首吊りにしようとしている場面だった。全身を縛られているのが、白鳥幸三郎氏で、桜の木の枝から、ぶら下がった縄に白鳥をぶら下げようとしている男が、高島泰助だった。

時子は、何度も何度も、その写真に写っている光景を確認し、それを黒岩の背広の内ポケットにしまうと、台所にもどった。

(やっぱり、お兄さまは、あの事件を調査していたのだわ。そして、犯人が高島である決定的な写真を

手に入れたのだわ)

時子は、いささか興奮しながら、夕食の支度を続けた。黒岩が風呂から上がってくるのと、夕食の準備ができるのが、ちょうど、ぴったりだった。

「お兄さま、ビールでも召しあがります?」

時子がいった。黒岩が湯上がりであるのと、帰ってきた時から、気分よさそうにしていたので聞いてみたのだ。

「いや、いらん。せっかく、お前が、初めて作ってくれた料理だ。冷めないうちに喰いたい」

黒岩がいった。

「でも、今日はいいことがありましたのでしょう?」

時子がいった。

「なんのことだ?」

黒岩がいった。

「お兄さま、龍岳さんや天風さんには協力できないといいながら、あの事件を調査していらっしゃるのでしょ?」

「あの事件?」

「ええ。白鳥さんの自殺事件です」

「いや。たしかに協力は頼まれたが、忙しくてできんので断った」

黒岩がいった。

「そう。わたし、てっきり調査なさっているものとばかり……」

時子が、茶碗にごはんをよそいながらいった。

「どうして、そう思ったのだ?」

黒岩が真剣な表情をした。

「ただ、ちょっと、そんな気がしたの」

時子がごまかした。黒岩が、あくまでも否定する以上、いましがた見た写真のことは口にはできなかった。いや、いつもの時子ならしたかもしれない。だが、その時の黒岩には、それをさせない雰囲気が漂っていた。しかし、黒岩は怒っているようすはなかった。

「協力したい気持ちは、やまやまなんだが……」

それから、湯気の立っている豚肉ローストに口をつけた。

「うん。うまい！」

「ほんとう？　お兄さま」

時子が、うれしそうにいった。

「ああ、ほんとうだ。また、得意料理がひとつ増えたな。これなら、龍岳君に喰わせてもいいぞ。大合格だ」

「いやだ、お兄さま。すぐに龍岳君、龍岳君て」

「じゃ、お前は龍岳君のことが嫌いか？」

「そんな……」

「なら、いいじゃないか」

「はい、はい。でも、お兄さま。お兄さまも、いつまでも、わたしの料理に満足していないでくださいね」

「なに？　嫁にいくのか？」

「そうじゃなくて、お兄さまも、早く、お兄さまの好きな料理を作ってくれる人を見つけてくださいっていいたいんです。そういえば、お兄さま、このごろオーデコロンをつけて出かけられるでしょ。怪しくってよ？」

時子がいった。

「なにが怪しいものか。男も三十近くなると、少しは、身だしなみをよくせんといけんからな」

黒岩が笑った。黒岩は、まだ、時子が自分と白鳥雪枝のことを知っているとは疑ってもいないようだった。

8

晴

午前午後共、後援会で事務、堀内氏等と再挙予算及理由書を草した。

船長は今日、正午横浜出帆の日光丸、出帆を見送りにゆく。

夕方、副島八十六氏方の、晩餐会《ばんさんかい》に、船長と共に招待されてゆく。いろ〳〵馳走《ちそう》になり、蓄音機の義太夫など聞いて、午後八時半辞し帰る。　（六月二十四日『南極探検日記』）

「おじさん、こんにちは」

〔松谷畳店〕の中を覗《のぞ》き込みながら、時子がいった。

「おや、時ちゃん、いらっしゃい！」

先に時子に気がついたのは、為吉ではなくカツのほうだった。

「なんだい、兄さん、忘れものでもしてったのかい？」

為吉が、畳針を握った手を休めて、時子にいった。

「えっ？」

時子が、意味がわからず聞き返すのと、カツが為吉に目くばせをするのが同時だった。そして、時子は、その目くばせを見逃さなかった。

「兄が、おじゃましてたんですか？」

「そ、そうなのよ。なんだか、近くまできたからって、久し振りに寄っていってくれたの。三十分くらい前に帰ったわ」

カツがなにか、ぎこちないしゃべりかたをした。

「兄がうかがったの、ほんとうに久し振りでしょ。すみません。時々は、おじさんやおばさんの顔を見におうかがいするように申しているのですが」

「なに、元気でいるのがわかってりゃ、それでいいのさ。まあ、そんなところにつっ立ってないで、お上がりな」

為吉がいった。

「はい。じゃ、失礼します」

「うん。俺も一段落したら、そっちにいくから、カツと茶でも飲んでいてくれ」

「はい」

「ささ、上がって。学校の帰りかい？」

カツが先に立って、奥の部屋に上がりながら質問した。

「ええ。今日は土曜日ですから、午前中で授業が終わりなんです。おばさん、これ」

時子が、手にしていた風呂敷包みをカツに渡した。

「おばさんが、まえにおいしかったっていってたマルボーロです」

「あら、ありがとう。いつも、すまないねえ。時ちゃんや黒岩さんは他人じゃないんだから、いつもいつも、おみやげなんか必要ないんだよ」

カツが笑顔でいった。

「おみやげってほどのもんじゃありません」

「とにかく、ありがとう。遠慮なくいただくわよ。さあ、座って。時ちゃん、コーヒーを飲むかい。いえね。人からコーヒーをもらったんだけど、うちの人とふたりだけだとなかなか飲まなくてね。それに、思いきってコーヒー茶碗《ぢゃわん》てのを買ったんだよ。これが、見せたいのさ。黒岩さんにも、むりに飲ませたんだよ。まえにきた時は、湯呑《ゆの》み茶碗だったから」

カツがいった。

「まえにも、兄が？」

時子が、けげんそうな表情をした。

「あっ、いえ。もう、ずっとまえのことよ」

カツがあわてて、取りつくろった。時子は、カツがなにか自分に隠しているのを確信した。さいぜんの目くばせにも、なにかある。けれど、親同様に自分や兄に親切にしてくれた、善人そのものの為吉夫妻が、なにを自分に隠しているのか、ちょっと想像がつかなかった。

唯一、考えられるのは、黒岩と白鳥雪枝のことだった。黒岩が雪枝のことを相談にきて、時子に内緒にしておいてくれという可能性は少なくなかった。

「コーヒー、このところ飲んでいませんの。ぜひ、いただきます」

時子がいった。

「じゃ、ちょっと、待っててね」

時子を卓袱台《ちゃぶだい》の前に座らせたカツは、足早に台所に入っていった。時子は、なにげなく部屋を見回していた。と、二階に続く階段の途中から、時子を観察している視線にぶつかった。

坊主刈りの、愛くるしい目をした、十歳前後と見える男の子だった。少年は、時子と目が合うと、にこっと笑ってすぐに二階に消えた。だが、時子の胸は高鳴った。ほんの一瞬のことだったが、その少年が身にまとっていた着物の柄が、あの母の形見の黒岩の久留米飛白《くるめがすり》の着物に見えたのだ。

久留米飛白の柄は、どれでも同じようなものだが、それは、なぜか、黒岩のものにちがいないように見えた。

「おばさん!」

時子が、台所のカツに声をかけた。

「なんだい?」

カツが振り向かずに答えた。

「いま、階段の途中から、小さな男の子が顔を出したけれど……」

時子がいった。

「えっ⁉」

カツがおどろいたように、振り向いた。そして、一瞬、どう答えたらいいだろうかというような表情をして、緊張した口調でいった。

「ああ、あの子はね。この二、三日、親戚から預かっている子でね。風邪をひいているから、二階にいなさいといっておいたのに」

「そうなんですか。おばさんのところに、小さな子供はいないはずだし、びっくりしてしまいました」

時子がいった。が、時子はカツのことばを信じていなかった。時子の頭の中に、例の行方不明のままになっている白鳥義彦少年の名前が浮かびあがった。時子は、義彦少年の顔を知らなかった。だが、なぜか、いま顔を見せた少年の姿に義彦少年がだぶった。

「松谷勘太郎《かんたろう》ってんだ。俺の親戚の子でね」

後ろからカツに代わって声がした。首にかけている手拭《てぬぐ》いで額の汗を拭《ふ》きながら、仕事の手を休めて部屋に上がってきた為吉がいった。

「なにか悪さでもしたかい？」

「いいえ。そうじゃないんですけれど」

時子が口を濁した。

「場合によっちゃあ、黒岩さんにだって、あのくらいの子がいてもおかしくないんだがね。黒岩さんは、世帯《しょたい》持つ気は、ぜんぜんないのかね？」

為吉が笑いながらいった。時子は、少年が気になってしかたなかった。だが、あまり、こだわっては変に思われる。二階を気にしながらも、話題を為吉に合わせた。

「それが、どうも、最近、兄の挙動が不審なんです。服装に気を使うようになったし、オーデコロンをつけたり」

「そういえば、さっき、なにやら匂《にお》っていたね」

カツが、話題が変わったので、ほっとしたようにいった。

「でしょ。それで、わたし、怪しいと思っているのですけれど、なにもいってくれないんです。兄はわたしには、どんなことでも、打ち明けてくれる人ですから、気のまわしすぎかなとも思うのですが」

「ふーん。でも時ちゃん。女の人のこととなると、話し出しにくいかもしれないよ。ねえ、あんた」

カツが、お盆に乗せてきたコーヒーを、時子と為吉の前に置いていった。

「そうだなあ。隠すわけじゃなくても、恥ずかしいということがあるな」

「妹でもですか？」

「妹だから、かえって恥ずかしいのさ」

「そういうものかしら？　あら、きれいなコーヒー茶碗！」

時子がコーヒーカップに目をやっていった。バラの花模様の、きれいなカップだった。

「ねっ、いいだろう。この人に無理いって買ってもらっちまったんだよ」

カツがうれしそうにいった。

「まあ、こいつも、よくやってくれるからね」

為吉が、苦笑いした。

「おじさん、おばさん、どうも、ごちそうさま」

時子が、わざとらしくいった。

「あっ、こりゃいけねえ。のろけたわけじゃねえんだがな」

為吉が、頭をかいた。

「マルボーロをいただいたんだよ。出そうか」

カツがいった。

「そうだなあ。もらおうか」

「坊やも、呼んであげましょうよ」

時子がいった。

「いや、あれは風邪で腹下《はらくだ》してるから」

為吉がいった。

「そうですか」

時子がいった。カツも為吉も、それ以外のことでは、いつもと変わりないが、二階の子供のことになると口調が変わった。

時子が、カップに口をつけた。

「おいしい」

「そうかい。なんだか紅茶とちがって、入れかたが、よくわからなくてねえ。そうそう、牛乳を入れるの忘れた」

カツが立ち上がった。その時、三人とも気づかなかったが、店の前を、中を覗き込むように通りすぎていった男があった。灰色の作業服を着た三十五、六と見える男だ。坂本だった。


「よし。よくやった緒方。褒めてやるぞ!」

受話器の奥の吉田大尉の声は、明らかに興奮していた。

「でも、まちがいねえでしょうか。坂本のやつは、そそっかしいから、俺は、そいつが心配で……」

緒方が、やや不安そうな声を出した。

「いや、まちがいなかろう。その黒岩という刑事が出てきたというのなら、きっと、白鳥の子供だ。その後、妹も入っていったというのは、わからんがな。しかし、よく、つきとめたな」

「それが、坂本が偶然、黒岩刑事を御徒町《おかちまち》で見かけたんで、あとをつけたら、その畳屋に入ったたってんです。そしたら、家の奥に十歳ぐらいの子供の姿が見えたと。近所の人に聞いても、その畳屋には子供はいないということで、一週間か十日ぐらい前から、めったに外には出てこないが二階にいるってんで」

緒方が説明した。

「時期的にもぴったりじゃないか。まちがいない」

吉田大尉がいった。

「だといいんですが。で、どうします。このあと」

「それだな。軍の人間をやれば、ことはかんたんだが、何度もいってあるように、ここで軍が動くわけにはいかない。お前たちにも、いまは動いてもらいたくないし、どうだ、白鳥殺しの真犯人の高島にひと役買ってもらうのは」

「どうするんですか?」

「高島を呼び出して、母親を誘拐させる。そして、子供のところに、お前か坂本が手紙を持っていく。もちろん、その畳屋に見つからんようにな。出てこないと、母親を殺すと書いてだ。刑事はもちろん、だれにも知らせるなといってな。一度、電話をかけているから、確かめの電話をかけるかもしれんが、母親はいない。子供のことだ。どんなに利発でも、母親の命が危ないとなれば、畳屋をだましてでも抜け出てくるだろう」

「高島が、その役をやるでしょうか?」

「むろんだ。お前が真犯人だとわかっていると脅せばいい。そして、仕事がうまくいったら、警察にも黙っていてやるし、その惚《ほ》れている母親も自由にしていいといえば、馬鹿は飛びつくさ。ただし、あくまでも軍の存在に気づかれないようにしろ。子供を手に入れた後は、俺がどうにでもする」

「なんのために、子供を呼び出すのだと聞かれたらどうしやしょう」

「答える必要などない。警察に真実を知られたくなければ、よけいなことは聞くなといえばいいんだ」

「なるほど」

緒方が答えた。

「一度、お前と会って、打合せをしたほうがいいかもしれんな。男どうしで色っぽくもないが、どこか料亭ででも会うとするか」

吉田大尉がいった。

「へい。坂本は、どうします?」

緒方が質問した。

「どうせ、顔を見られているんだ。詳しく話を聞きたい。いっしょに連れてこい」

「わかりました。ただ、その間、母親の見張りがなくなりますが」

「なに、子供の居場所がわかったのだ。問題はあるまい」

「へい」

「場所は、どこにするかな。芝の〔湖月楼《こげつろう》〕は知っているか」

「知っています」

「よし。では、そこにしよう。時間は三時だ。少し、遅くなるかもしれんが、もし俺が遅くなったら、先に俺の名前で酒でも飲んでおれ」

「ありがとうございます」

「ただし、話もできんように、へべれけにはなるなよ」

「わかっております」


鵜沢龍岳が、高級ミルクホール〔九段《くだん》〕の扉を押して中へ入っていくと、白い前垂れに白粉《おしろい》で化粧した女店員が出迎えた。

「いらっしゃいませ」

一般のミルクホールとはちがって、店内はカフェの趣《おもむき》もある。店員の応対も、もの静かで、いかにも新趣向のミルクホールだということを感じさせる。

黒岩時子は、薄紫のカーテンを引いた窓際のテーブルに腰を降ろし、ミルクを飲んでいたが、龍岳を見つけると、小さく手を振った。土曜日の午後三時だというのに、ほかに客はなく、白い布で覆ったテーブルの上には、あやめやあじさいを投げざしにした花瓶《かびん》と、ナフキンを畳んで入れたコップが淋《さび》しそうに置かれている。時子の座っているテーブルには、あじさいの花がかざってあった。

値段は高い店ではないのだが、外見が高級そうで、まだ、この手の店は珍しく、客が入りにくいということもあるようだ。とにかく場所が九段となると、地方からのお上《のぼ》りさんが多いから、扉を開けにくいのだろう。

龍岳が笑顔で椅子に座ると、時子がいった。

「お仕事のじゃまばかりして、ごめんなさい」

「なあに、時子さんに呼ばれるんなら、どこへでもいきますよ」

ほかの人間だと歯の浮きそうなことばだったが、龍岳が時子にいうと、少しも違和感がなかった。

「ありがとう」

時子が答える。

「ご注文は?」

前垂れの女店員が、テーブルのそばにやってきた。

「紅茶をもらおう」

「かしこまりました」

「それで、また、なにか黒岩さんに関する、新しい事実がわかったんだって?」

龍岳が質問した。

「ええ。ぜったいとはいえないけれど……。わたし、白鳥少年らしい子供を見つけてよ」

ほかに聞こえる心配もなかったが、時子が声を落とした。

「えっ、どこに!?」

龍岳が、思わず大きな声をあげた。

「上野。わたしたち兄妹が、お世話になった畳屋さんのことは知っててよね」

時子がいった。

「うん。少しだけね。そこに、白鳥少年が?」

「だと思うの。今日、学校の帰りに寄ったら、あの母の形見の着物を着た少年がいて、しかも、わたしの行くまえには兄がきていたっていうし、どうも、今日以外にも、最近、兄がいったらしいわ。おじさんとおばさんは、子供と兄の話になると、口を濁《にご》してごまかすのよ」

時子が、〔松谷畳店〕を訪ねた時の、一部始終を龍岳に説明した。

「なるほど。それは怪しい話だな。で、少年は元気なのかい？」

「お腹をこわしているといっていたけど、ちょっと見ただけだから、はっきりはわからない。でも、病人、それも脳がだめになりかかっている半死の人間ではなかったわ」

「うーむ。問題は、それだな。もし、それが実際、白鳥少年だとしたら、なぜ、突然、そんなに元気になってしまったのだろう。それと、黒岩さんが、なんで少年を匿《かくま》っているのか」

「それは、白鳥雪枝さんに頼まれたのかもしれなくってよ」

「でも、あの時の奥さんの態度は、ほんとうに少年の行方は知らないようだったじゃないか」

「お芝居だったのかもしれないわ」

「ぼくには、そうは見えなかったがなあ。黒岩さんが、奥さんに出会ったのは、いつのことなのだろう。今度の少年の行方不明前か後か」

龍岳が首をかしげた。

「後のような気がするわ。オーデコロンなんかつけるようになったのも最近だし」

「なるほどね。じゃ、頼まれた可能性もあるな。それにしても、黒岩さんは、奥さんのことはともかくとして、高島が真犯人である証拠の写真を持っているのに、なんにもせず、少年を匿っているのだとしたら、それを隠して、いったい、なにを狙っているんだろう」

「わからないわ」

時子が、ちょっと淋《さび》しそうにいった。

「いつもは、なんでもしゃべってくれるのだけど」

「なにか、いえないわけがあるんだな。ぼくたちや天風さんにも手伝えないといったし……」

龍岳が、運ばれてきた紅茶に砂糖を入れながらいった。

「その少年は、まだ白鳥少年と決まったわけではないにしろ、高島のほうは決定的な写真があるのだから、逮捕できるだろう。なぜ、なんだろうなあ」

龍岳が、同じことを繰り返した。

「春浪さんや天風さんに、話してみましょうか?」

時子がいった。

「どうだろうね。春浪さんたちの意見を聞きたい気もするが、黒岩さんに特別の考えがあるとすれば、よけいなことをいって、計画をぶちこわすことになるかもしれないし」

「そうね。それに、よく考えてみると、あの少年が白鳥少年なら、どうして雪枝さんに教えないのかしら」

「それは、まえにもいったように、高島の行動を警戒してのことかもしれないよ。白鳥少年が生きていることを知ったら、高島は必ず、今度こそ完全に殺そうとするだろう」

「でも、母親にまで隠すのは変よ。まして、兄は雪枝さんに惹《ひ》かれているんですもの。もし、あの少年が白鳥少年なら、兄は着物がなくなった日、何日前になるかしら、わたしがお友だちの家に泊まった日だから十七日には、わかっているはずだわ。それを、今日になっても、まだ話していないなんて。まさか、兄と高島が共謀して白鳥幸三郎さんを殺したなんてことなくってよね」

時子が、まじめな表情でいった。

「まさか、そんな馬鹿げた話はないよ。なんで黒岩さんが白鳥氏を殺さなければならないんだい。時子さん、変なことを考えすぎだよ」

龍岳が否定した。

「でも、そう考えると、あの首吊《くびつ》り殺人の場面の写真を撮影したのは兄だったとしても、おかしくないわ。だって、龍岳さん。龍岳さんは見ていないからわからないかもしれないけれど、あの写真は、事件の現場にいた人でなければ写せないわ」

「だとしたら、高島ひとりではなく共犯者がいたのさ」

「そうよね……」

時子が、心配そうに龍岳の顔を見た。その時、着物姿の中年の夫婦らしきふたり連れが店に入ってきた。

「いらっしゃいませ」

店員がいった。

「どうしたらいいか、見当がつかないなあ」

龍岳が、入ってきた客のほうを、ちらりと見やりながらいった。

「今夜、もう一度、白鳥雪枝さんを訪ねてみましょうか?」

時子がいった。

「うん。訪ねるのはいいけど、ぼくは今夜は、どうしても、やらないとならない仕事があるんだ。明日にしないか」

龍岳がいった。

「明日は日曜日なのに、締切り?」

時子がいった。

「そうなんだよ。遅れに遅れていてね。どうしても、明日の午前中に渡さないといけないんだ」

龍岳がいった。

「いいわ。じゃ、明日の午後、いってみましょうよ」

「うん。それなら、だいじょうぶだ」

開けてあった窓から、ひゅっというかすかな音がして、小指の先ほどの小石を芯《しん》にした投げ文が飛び込んできた。黒岩に頼んで手に入れた人類学の本を読んでいた共生知性体は、本のページを開いたまま畳の上に置き、立ち上がって目の前に転がった、その投げ文を拾った。すぐに窓に寄って、外を見た。もう外は、真っ暗だった。路地の入口のところに薄暗い街灯があったが、人影は見えない。

共生知性体は、部屋の中央にもどると、急いで石を包んである紙を開いた。葉書ほどの大きさの紙だった。エンピツでひらがなだけの文字と地図が書いてあった。

しらとりよしひこくんへ
ははのいのちが、をしくば、九じに、うへのこうゑん、だい二ごれいべううらてにきなさい。みせのをぢさんにも、をばさんにも、このことはしやべつてはいけません。ほかのだれにもないしようです。ひとりできなさい。さうしないと、ははのいのちはありません。

共生知性体は文章を読み終えると、柱の時計を見た。八時十五分だった。共生知性体は、紙を着物のふところにしまった。そして、階段を駆け降りると、義彦少年の声でいった。

「ぼく、ちょっと、電話をかけてきます」

為吉とカツは卓袱台《ちゃぶだい》をはさんで、お茶を飲んでいた。

「こんな時間にかい？」

カツがいった。

「はい。急いで連絡することがあるんです」

「ふーん。小銭はあるかい？」

為吉がいった。為吉夫妻は、義彦がすでに一度、どこかに電話をかけたことを知っているので、おどろいてはいなかった。

「はい。黒岩のおじさんから、もらってあります」

「そうかい。暗いから、気をつけておいきよ」

カツがいった。

「はい」

共生知性体が答えた。

割板草履《わりいたぞうり》をひっかけて、外に出た共生知性体は、一番近くの自働電話に走った。ふところから、黒岩に持っておくように渡されていたガマ口を開け、投入口に五銭白銅貨を押し込むように入れる。チーンと音がした。

「何番、何番？」

電話交換手の声がした。共生知性体は、白鳥雪枝の借用電話先である森川町の米店〔越後屋〕の番号を告げた。電話は、すぐに通じた。電話口に出たのは、小僧の松吉だった。

「白鳥雪枝さんを呼び出してください。義彦といいます」

共生知性体が、義彦の声でいった。

「はい。少々、お待ちを」

松吉が答える。そして、がらがらと扉の開く音がした。共生知性体は、受話器を耳につけて待っていた。二分ほどが経過した。

「もしもし……」

息を切らした松吉の声が聞こえた。

「はい」

共生知性体が答えた。

「何度も、お呼びしたのですが、白鳥さんの奥さんは、お留守のようです」

松吉がいった。ことばの切れ目に、はあはあと息づかいがする。よほど、急いで走っていってくれたようだった。

「そうですか。どうも、ありがとうございました」

共生知性体が、ていねいに礼をのべた。

「お帰りになったら、連絡するように伝えてあげましょうか？」

松吉が親切にいう。

「いいえ。結構です。ほんとうに、すみませんでした」

共生知性体は、電話を切った。それから、ほんの数秒間、どうしようかと逡巡《しゅんじゅん》していたが、ふたたび、ガマ口の中から硬貨を取り出した。今度は十銭銀貨だった。ガマ口の中には、もう五銭玉がなかったのだ。銀貨を投入すると、五銭玉とはちがってボーンと音がした。通話先は、黒岩の家だった。黒岩は、ほんの数か月前に、警視庁から電話を取りつけてもらっていた。

「もしもし」

受話器の奥で黒岩の声がした。

「黒岩君。わたしだ」

共生知性体が、声は義彦だが、別人の口調でいった。

「どうした!?」

黒岩の声が緊張に震えた。

神田小川町の〔山崎商会〕から、さほど離れていない、薄暗い路地でふたりの男が向かい合っていた。高島泰助と緒方耕三だった。緒方の右手には、匕首《あいくち》が握られている。高島の顔は、大通りのほうから、かすかに射し込んでくる明かりでもわかるほど、青くなっていた。膝頭《ひざがしら》も、小刻みに震えている。

「どうする！　やるかやらないか。時間がない。すぐ決めろ!!」

緒方が、匕首をぐいと高島の腹に押しつけた。

「こんなものは、なくてもいいのだが、念のためにな」

緒方が、口許《くちもと》をゆがめて、ちらりと匕首に目をやっていった。

「いう通りにすれば、ほんとうに警察には……」

高島が震え声でいう。

「約束する。俺はあんたや白鳥幸三郎には興味はねえ。あるのは、その義彦という子供だけだ」

緒方がいった。

「し、しかし。実際に、あの子供が生きているんだろうか？」

「あんたも、くどい男だね。生きているんだよ。だから俺が、こんなことをしているんじゃねえか。正直、俺だって、こんなこたしたかねえんだ」

「あの子供を、どうするんです？」

「それはいえねえ」

「だけど、あの子供がわたしが犯人であることを、しゃべったら、どうします」

「その心配はしないでいい。とにかく、あんたが、あの子供を、俺のいう場所に運んでくれれば、二度と、あの子供は娑婆《しゃば》には出られまい」

「感化院《かんかいん》にでも入れるのですか？」

「よけいなことは、聞くな。だが、ともかく、あの子供の口から、あんたが白鳥幸三郎を殺し、あの子供も殺そうとしたということだけは、漏れることはねえ」

緒方が、高島の質問が、くどいというような口調でいった。

「それに、あの子供の母親も自由にしていいといってるんだ。なにを考える必要があるんだ」

「いやだといえば、警察にいうんですね」

高島がいった。

「たぶんな。だが、俺がいうより前に、あの子供が警察にいくだろう。あんたは知らないかもしれねえが、ある警視庁の刑事が、あんたのことを、再調査しているんだぜ。そこに子供の証言がありゃ、すべては解決だろ。まあ、なにがなんでもとはいわねえよ」

緒方は、匕首を鞘《さや》に納めると作業服のズボンの後ポケットにしまった。

「わかった。やりますよ、やる。わたしも、死刑にはなりたくない」

緒方が匕首をしまったのが、かえって功を奏したのか、高島がいった。

「そうかい。それは、俺もいい判断だと思うぜ。じゃ、しばらくのあいだ仲間ということだな」

「え、ええ。それで、わたしは、どこへいけばいいんです」

「上野公園だ。詳しい話は、ここじゃできねえ。蕎《そ》麦《ば》屋にでも入ろう。腹ごしらえも必要だしな」

緒方が、顎《あご》で、高島に路地から出ろというしぐさをした。

「時子！　青山さんのところにいって、自働車を貸してくれと交渉してきてくれ。もちろん、運転手つきでな。いき先は上野公園だ!!」

電灯の真下で、かんたんな裁縫をしていた時子に、叩きつけるように受話器を電話機にかけ、居間に飛び込んできた黒岩が、怒鳴った。

「えっ？」

黒岩の剣幕に、一瞬、なにがどうなっているのかわからない時子が、顔をあげた。

「すぐ、頼む！　俺は着替える」

黒岩は、そういいながら、もう着物の帯をほどいていた。

「お兄さま……」

「義彦君が危ない!!　俥《くるま》では間に合わん。自働車が必要なんだ!!」

「義彦君て、あの白鳥さんの？」

時子が立ちあがって質問した。

「そうだ。説明は後でする。ともかく、俺が貸してくれといっているといってくれ。ぐずぐず、いうようなら警視庁の命令だといえ！」

黒岩が洋服に着替えながら、相変わらず大声でいった。

「は、はい！」

時子は、なにがなんだか、わけがわからなかったが、黒岩のようすが尋常《じんじょう》でないと見て取り、いわれるままに表に飛び出した。外は暗かった。月は新月寸前の人形の眉のような細さだった。薄雲が出ていて星の光も、ほとんどない。

まだ八時半だというのに、もう寝てしまった家もあるらしく、人家の明かりも、まばらだ。黒岩の家の前は、三間幅ほどの通りだった。このくらいの通りでは街灯もない。人影もない。慣れていなければ、提灯《ちょうちん》か探見電灯でも持たなければ歩けないような暗さだ。

青山壮太郎は、黒岩の家から十軒ほど離れたところにある内科医だった。資産家でアメリカ製の自動車ランブラーを持っていることを自慢にしていた。このあたりで自動車を持っている家は、ほかにはない。もちろん、運転手を兼ねる執事もいる。黒岩は、特に青山と親しくしているわけではなかったが、かかりつけの医者でもあったし、とにかく、いまは自動車が必要だった。それで、時子に借りにいかせたのだ。

時子が、駈け足で青山の家まで、あと二、三軒だというところまできた時、その先の路地から、ぬっと黒い人影が現れた。時子は、ぎくりとして足を止めた。人影は三人で、いずれも男だった。そのうちのひとりが、提灯を持っていたので、時子に三人が男だとわかったのだ。

「時子さん！」

提灯を持った男がいった。龍岳だった。

「あっ、龍岳さん！」

時子も声をあげた。

「こんばんは」

「こんばんは」

あとのふたりが挨拶《あいさつ》した。押川春浪と吉岡信敬だった。

「春浪先生、吉岡さん」

時子がいった。

「いまごろ、明かりも持たずに、どこにいくのです？」

　龍岳が質問した。

「はい。すぐ、この先の青山先生の家に、自働車を借りに」

　時子が答えた。

「自働車？」

　春浪が、ふしぎそうな声を出した。

「兄が借りてこいというのです。なにがあったのかわかりませんが、ひどく興奮しています。みなさんは、兄のところにいってください」

「よし、わかった。じゃ、龍岳君。きみ、時子さんと、その医者へいけ。ここから黒岩君の家までなら、明かりはいらん」

　春浪がいった。

「はい」

　龍岳は答えて、時子のそばに寄った。

「すみません」

　時子が会釈《えしゃく》する。春浪たちは、暗闇《くらやみ》の中を、すたすたと黒岩の家に向かう。

「なにがあったんです？」

　龍岳がいった。

「わかりません。ただ、どこからか電話がかかってきたと思うと、義彦君が危ないといって、これから上野公園にいくんだと」

　時子がいった。

「義彦君は上野公園にいるんですか？」

「さあ、それより、龍岳さんたちは？」

「それが、ぼくは仕事があるので、家に帰ろうと思っていたんだが、ちょっと用事を思い出して博文館に寄ったら、あのふたりに捕まってしまってね。春浪さんが、黒岩さんに、どうして今度の事件に協力してもらえないのか、もう一度、聞くといったら、信敬君まで怒りだして……。あのふたりだけでは、喧嘩《けんか》にでもなるとまずいと思って、ぼくもついてきたようなわけなんだ」

「そうですか。あっ、ここです」

　時子が、立派な半西洋ふう造りの家の前でいった。

「ごめんください。こんばんは。青山先生！」

上野公園の帝室博物館背後の東照宮《とうしょうぐう》、徳川家第二御霊廟《ごれいびょう》裏は、杉、松などの老木が生い茂り鬱蒼《うっそう》としていた。数百基の石燈籠《いしどうろう》が並んでいるが、中にろうそくは入っていない。いや、入っているかもしれないが、火は灯っていなかった。あたりには、まったく人気《ひとけ》はなかった。ただ、静けさだけが、周辺を支配している。

久留米飛白に、割板草履ばきの少年が、その霊廟裏の暗闇の中を、ゆっくりと歩いていた。義彦少年だ。もっとも、その時、少年の脳を支配しているのは共生知性体だった。義彦がいかに勇敢だったとしても、そこは十歳の少年が、ひとりで歩ける闇と静けさではなかった。

投げ文にあったように、白鳥雪枝が何者かに誘拐されたらしいことを認識した共生知性体は、緊急事態発生とみて、禁を犯して黒岩に脅迫状と雪枝のことを連絡した。そして、自らは手紙の指示通り、上野公園にやってきた。黒岩は、敵が何者であるかわからないが、とにかく御霊廟裏に、身を隠しながらいくから、敵がきたら、なるべく時間を引き延ばしてくれと指示していた。

義彦は時計を持っていなかった。だが、ほとんど午後九時に近いはずであることを共生知性体は確認していた。

「白鳥義彦君かね？」

第二御霊廟に向かって、右手の杉の大木のあいだから、ひとりの男が、音もなく、すーっと現れた。高島泰助だった。

「はい」

共生知性体が、義彦の声で答えた。

「おじさんを知っているかい？」

高島が手にしていた探見電灯をつけた。義彦にとって、忘れたくても忘れられない顔だった。事実、医学的には証明不可能だったが、半死の状態の義彦を七か月も生かしていた力は、この高島に対する怒りにほかならなかった。共生知性体は、もちろん、それを知っていた。だから、ここで共生知性体が制御している義彦の脳の機能を解放すれば、義彦は高島にむしゃぶりついていったかもしれない。だが、共生知性体は、義彦を制御したまま、静かにいった。

「えーと、どこかであったような気もするけれど、わからないや」

「思い出せないのかい?」

高島が義彦に近づきながらいった。

「うん、わからない」

共生知性体が答える。

「そうか」

高島が、ほっとしたような声を出した。

「それより、母さんをどうしたの?」

「そのことか。おじさんも、よくわからないんだ。知らない人に頼まれてね。義彦君を連れてきてくれといわれているんだよ」

高島が猫なで声でいった。

「どこに?」

「それはいえない。秘密の場所だ」

「母さんに会えるの?」

「ああ、会えるとも。おじさんと、いっしょにいってくれるかな」

「うん。母さんに会えるんなら、どこにでもいくよ」

義彦が、にっこりしながらいった。

「そうか。それは、ありがたい。おじさんも、義彦君に乱暴なことはしたくないんだよ。さあ、いこう」

高島がいった。

「うん。歩いていくの?」

義彦が質問した。

「いや、門の鳥居《とりい》のところに人力車が用意してある」

「えっ、ぼく、人力車に乗れるの?」

「ああ、乗れるよ」

「うれしいな」

「じゃ、いこうか」

高島が、義彦の手を取ろうとした。その瞬間、義彦は、高島の伸ばした手をするりと抜けていった。

「おじさん、ちょっと待って。おしっこしたくなっちゃった」

「おしっこか。わかった、わかった。じゃ、そのへんでしておいで」

高島は、強引に義彦を人力車のところに連れていきたいのを、ぐっとがまんしていった。高島としては、義彦少年と、あっさり接触できたのだから、一刻も早く、緒方に指定された場所に連れていきたかった。だが、ここで乱暴な行為をして騒がれでもしたら、元も子もない。はやる心を押さえて、いかにも優しく接していた。

一方、共生知性体としては、少しでも時間をかせぐ必要があった。黒岩が到着するのを待つのだ。共生知性体は小便をするといって、大きな松の木の陰に入った。そして、小便をしながら、あたりをうかがった。黒岩はもちろん、高島以外に人影はない。

逃げることは可能ではあった。が、義彦が逃げれば、母親がなにをされるかわからない。どうやら、義彦を必要としているのは、高島ではなく、別人であるようだったが、それが何者にしても、この場面で母親に、もしものことを起こさせては、自分がここにきた意味がなかった。

（黒岩君、間に合わないか！）

共生知性体は、唇を嚙《か》みしめた。

「義彦君、まだかい？」

高島の探見電灯が、義彦のいる松の木のほうを照らした。

「うん。もう終わった」

共生知性体は、松の木の後ろから出ていかざるを得なかった。が、まだ時間を引き延ばす方法は残っていた。義彦は、右足の親指と第二指に力を込めた。ぷつんと音がして、割板草履の鼻緒《はなお》が切れた。

「あっ、おじさん。草履の鼻緒が切れちゃった」

共生知性体がいった。

「なに、鼻緒が？」

高島が、ちょっと、いらついた声を出した。

「どうしよう」

共生知性体がいった。

「待っておいで、いま直してやる」

高島は、焦っていたが、すぐに、ことばを和らげた。そして、あくまでも、優しい態度を崩さず、ポケットからハンカチを取り出し、それを口で裂いた。

「さあ、草履を脱いでごらん」

共生知性体は、いわれた通りに草履を脱ぎ、右足を上げて、高島の肩に摑《つか》まった。ふたたび、周囲を見まわす。だが、まだ黒岩の姿は見えない。

(黒岩君、頼む。間に合ってくれ!)

共生知性体は祈っていた。


「なに、では青山先生は、自動車は貸すが運転手がいないというのか?」

玄関先の道路で、黒岩が額にしわを寄せていった。

「はい。今夜は用事で実家に帰ってしまったとか」

時子が説明した。

「そいつは弱ったなあ。ここから、上野公園まではは俥では、三十分はかかる。九時には間に合わん」

春浪が、苦虫を潰したような顔をした。

「上野警察署か、近くの交番に連絡しては、どうかね?」

「いや。それは、できません。雪枝さん、白鳥夫人が人質に取られているんです。へたに動くと、命が危ない」

黒岩がいう。

「ぼくが、運転しよう」

話を聞いていた吉岡信敬が、突然、口をはさんだ。

「信敬君。きみ運転できるのか?」

春浪がたずねた。

「それが、大隈伯の自動車を二、三度、運転させてもらったことがあるんです。あの運転手と仲よくなりましてね。シカゴと早稲田の野球戦の切符をやって、大隈伯には内緒で練習させてもらったんですがね。なに、それほどむずかしいもんじゃありませんよ。自動車の種類はちがうかもしれんが、夜だから道も空いているだろうし、なんとかなるでしょう」

てかてかの学生服姿の信敬がいった。

「きみは、俺の知らんところで、なんでもやっておるのだなあ」

春浪が感心していった。

「しかし、信敬君、免状がないだろう?」

龍岳がいった。

「この際、そんなことには、かまっておれんだろ」

信敬がいう。

「その通りだ。責任は、ぼくが持つ。信敬君、頼むよ」

黒岩がいった。

「承知しました。その代わり、万一、自働車に傷をつけたら修理代は頼みます」

信敬が笑った。

「そんなことは心配しないでくれ」

黒岩がいった。

「じゃ、いこう!」

「自働車には何人、乗れるんだ?」

春浪が質問した。

「運転手を入れて四人です」

信敬が答える。

「ちょうどだな。時子、お前は家で、俺が電話をするかもしれんから留守番しててくれ」

黒岩がいった。

「いやですわ。お兄さま。わたしも、まいります」

時子が、憮然《ぶぜん》とした口調でいった。

「しかし、四人しか乗れんのだし、実際、連絡係が必要なんだ」

「でも……」

時子はなっとくしない。

「いいよ、いいよ、黒岩君。時子さんは小柄だし、むりに乗れば、なんとかなるだろう」

春浪がいった。

「それより、あれこれいっている時間はないぞ」

「わかりました。じゃ、時子、連れていくが、じゃまにならんようにしろ!」

黒岩がいった。

「はい!」

時子が、満面に微笑《えみ》をたたえていった。五人は、青山医院に向かって駆け出した。青山家の前では、主人の青山博士と住み込みの看護婦が、車庫の扉を開け、提灯の明かりをつけて待っていた。

「すみません。拝借します」

黒岩がいった。

「運転手はいるのですか？」

青山が心配そうにたずねた。

「ぼくが、運転します」

信敬が会釈した。

「早稲田の吉岡信敬君です」

黒岩が紹介した。

「おお、あなたが吉岡将軍ですか？」

青山博士が、意外なところで会ったという表情でいった。そのことばには返事せず、信敬が運転席に飛び乗った。助手席に黒岩が座る。

「時子さん、こっちに」

春浪が時子を運転席の後ろに座らせた。そして、隣りに春浪が座る。龍岳は当然のように、自動車の前に回り、クランク棒を握った。

「よし、いいぞ！」

運転席の信敬がいう。

「うん」

龍岳は、中腰になってクランク棒を回した。性能がいいのか、手入れがいいのか、エンジンは、すぐにかかった。

「おい。乗れ！」

エンジンがかかると、春浪が龍岳にいった。

「はい」

龍岳が春浪の隣りに、飛び乗る。

「あっ、この自働車は四人乗りですぞ！」

青山博士が、びっくりして叫んだ。

「気にせんでください、気にせんで！」

春浪が笑いながら怒鳴った時は、自動車は、もう走り出していた。信敬は自動車を神楽坂《かぐらざか》通りに出すことにした。

「ところで、ぜんたい、どういうことなんだい？」

自動車が走り出すと、春浪が黒岩に質問した。

「その白鳥氏の子供が誘拐されそうになっているということだけは、わかったが。その子供は、どこにいたのだ？　怪我は回復しておるのかい？」

「ええ。実は、あの少年は、ぼくが匿っておりました」

黒岩が、落ちついた口調でいった。

「なにっ⁉」

春浪が、なんとも、おどろいたという表情をした。

「偶然にも、少年が病院を抜け出した翌日に、かれと出会いまして、南稲荷町の知り合いの家に預かってもらっていたのです」

「すると、その時は、少年は、もう脳が回復していたのですか？」

龍岳がたずねた。

「うん、それが……」

黒岩がことばに詰まった。

「隠さずに話してくれんか、黒岩君」

春浪がいう。

「……そのことについては、最後にしましょう。とにかく少年と出会ったぼくは、少年の口から、父親の白鳥幸三郎氏が自殺したのも、自分が道連れになったのも事実ではない、と聞かされたのです。つまり、あの事件は自殺に見せかけた殺人だと……」

「やはり、天風君の調査は正しかったわけか。犯人はあの高島という番頭だな」

春浪がいった。

「そうです。ですが、その時は、まだ犯人がだれであるかは、わかっていませんでした。そして、少年がいうには、一週間か十日経てばわかると。それで、では、それまで匿おうということになったのです。少年が元気になったことを犯人が知れば、再度、命を狙われます。犯人がわかっていれば、ぼくの家に匿ってもいいのですが、わからないのでは危険だから、別の場所に匿ったのです」

「うむ」

春浪がうなずいた。

「それで、敵をあざむくためには、まず味方からと、俺や天風君の調査に協力できないといったのかい」

「そうです。みなさんの気持ちは、よくわかっていましたが、あまり派手に動いてしまうと、少年が危ないと思って、調査には協力できないといったのです。それに、母親も、それを望んでいませんでしたので」

黒岩のことばに、時子がちらっと顔を見た。だが、黒岩は気づかなかった。

信敬の運転は、予想より、はるかにうまかった。夜間で人通りが、ほとんどなかったせいもあるが、自動車は快調に走る。ただし、さすがの信敬も緊張しているようで、春浪たちの話には口を挟んではこなかった。自動車は堀端を、万世橋《まんせいばし》の方向に走っていた。

「しかし、われわれときみの仲じゃないか。いや、実は今夜、きみのところにきたのも、そのことで、もう一度、相談に乗ってもらいたいと談判しようと思ったわけなんだがね。まさか、こんなことになるとは思わなかったが」

春浪が、やや不満そうな口ぶりをした。

「兄は、妹のわたしにさえ、なにも話してくれなかったんです」

時子は黒岩をとがめるような口調をしたが、実際は擁護《ようご》していった。

「そうか。時子さんにも話さなかったのでは、しかたないなあ」

春浪がいう。

「そこまでは、話はわかった。しかし、どうして、少年の隠れ場所がわかってしまったのだろう」

「それは、なんとも……」

「ぼくにも高島が、義彦君の居場所をつきとめたことが信じられないのです」

黒岩がいった。

「ちょっと、待ってくださいよ、黒岩さん。義彦君を上野公園に呼び出したのは、高島にまちがいないんですか?」

龍岳がいった。

「義彦君の電話では、脅迫状には名前はなかったというが……。もし、高島でないとすると、だれが?」

黒岩が助手席から、振り向いていった。

「いや、特別、心あたりがあるわけではないのですが、たとえば、少年を探っていた陸軍の特別任務班の軍人とか」

龍岳がいった。

「あっ、そうか！　ぼくは高島だと決めてかかっていたが、その可能性がないともいえないな。まず母親を人質にするなどというのは、高島では思いつかないかもしれないし、自分が惚れている人間を人質にするというのも変だな」

　黒岩がいった。

「だとしても、わからんのは、その特別任務班なるものの、やろうとしていることだ。もう何度、同じことをいったかしれんが、天風君にも、原田君にも、どうしても実体が摑めんらしい。そこに、少年が、どうからんでくるのか」

　春浪がいった。

「それを知るためにも、信敬君、がんばってくれ！」

「はい！」

　信敬が答える。

「もうすぐ、万世橋だから、御成道《おなりみち》通りに入れば、すぐですよ」

「それでだ、黒岩君。その少年は、なぜ、突然、元気を取りもどしたのだ。そして、なぜ、すぐには犯人がわからないといったのだ？」

　春浪が質問した。

「それを、どうしても説明しなければいけませんか？」

　黒岩が前を向いたままいった。

「うむ。して欲しいね」

「実は、このことは、ぜったいに他人に口外しないと、命を賭《か》けて約束したのです」

「だれとだね。その少年とか？」

「いいえ」

「では、だれだ？」

「春浪さん、龍岳君、信敬君……」

　黒岩が、これ以上ないという真剣な口調でいった。

「なんだね？」

　春浪が答えた。

「義彦少年と雪枝さんを救い出すのを、全力で手伝ってくれますか？」

　黒岩がいった。

「むろんだ。そのために、われわれは、いま、この自働車に乗っているんじゃないか。命を賭《と》して、ふたりを救い出す」

春浪がいった。

「ぼくが、これから話すことは、死んでも口外しないと約束してくれますか?」

「しよう。きみが、そこまでいうのには、よくよく事情があるのだろう。俺は決してしゃべらん」

春浪がいった。

「ぼくもです」

「ぼくも」

龍岳と信敬が答えた。

「時子。お前もいいな」

黒岩がいった。

「はい。ぜったいに」

時子が、ごくりと、唾《つば》を飲み込んだ。

「では、お話ししましょう。半死の義彦少年を生き返らせたのは、医者でも薬でもありません。共生知性体という生物なのです」

黒岩が、ゆっくりとした口調でいった。

「共生知性体? なんですか、それは?」

龍岳が、眉根にしわを寄せた。

「人類の知らない未知の生物だ。少なくとも、いまの人類はね」

黒岩がいった。

「曲がるよ!」

信敬の声と同時に、自動車は御成道通りに入った。冷たい風が、五人の頬をなでていった。


春浪たちを乗せた自動車は、高島が義彦少年を連れ去る場面に、間に合わなかった。できるだけ引き伸ばしを計った共生知性体だったが、草履の鼻緒を直されると、もう、それ以上、その場に留まる細工ができなかった。

高島は義彦の手を引いて、御霊廟の表側に回り、鳥居の脇で待っていたふたりの俥屋にいった。

「待たせたね。急いで、麹町《こうじまち》三番町の［求友亭《きゅうゆうてい》］にやってくれ」

「へい。待合《まちあい》ですね」

しゃがみこんで、きせる煙草を吸っていた、ふたりの俥夫が立ち上がった。その前を、六十過ぎと思われる老婦人が横切り、鳥居のほうに歩いていった。高島たちのことは、まったく気にかけていないようだ。

「坊やは、こっちだ」

高島は義彦を前の俥に乗せ、自分は後ろの俥に乗った。そして、すぐに覆いを降ろさせた。俥は御成道通りに出た。俥屋たちが通りを堀端に向かって走っていると、かなりの速力でアメリカ製の自動車が上野公園の方向に走っていった。

「ずいぶん、飛ばしてるね」

前の俥の車夫がいった。

「あれにゃ、かなわねえな。おいおい、こちとらの商売も、終《しめ》えになるかもしれねえぜ」

後ろの車夫が答えた。

「奥宮《おくのみや》さんも死刑になっちまったし、人力の時代も終わりかね」

前の車夫がいった。奥宮さんというのは、奥宮健之《けんし》のことで、かれは、かつて人力車夫擁護の目的で〔車会党〕なる政党を結成しようとして失敗に終わった社会主義者だった。社会主義者としては、異色の存在だったが、幸徳秋水《こうとくしゅうすい》らとともに大逆《たいぎゃく》事件の首謀者のひとりとして逮捕され、無罪を主張しながら、この年の春、死刑台の露と消えていた。

二台の俥が、〔求友亭〕に到着したのは、九時三十分を少し回ったところだった。高島が、店の女中に案内されたのは、二階の一番隅の部屋だった。襖を開けると、緒方が待っていた。もうひとり、緒方と同じ灰色の作業服を着た、貧相な顔の男がいた。高島のはじめて見る顔だった。坂本だ。

そして、そのふたりと、いっしょにいることが、まったくそぐわない美人がいた。白鳥雪枝だった。雪枝を認めた高島がいった。

「雪ちゃん」

が、雪枝は高島には目もくれず、その背後にいる義彦少年を凝視した。

「よ、義彦！」

雪枝が叫んだ。

「母さん！」

義彦が、部屋に飛びこんだ。この場面での共生知性体の判断はむずかしかった。義彦の脳の機能の制御を、すべて解放するわけにはいかない。といって、演技だけで義彦に成りきるのも、気持ちが許さなかった。共生知性体は、義彦の脳の制御を一部分解いて、母子の対面にのぞんだ。

「元気になったんだね、義彦‼」

雪枝が義彦を抱きしめた。

「うん。元通りになったんだよ。ぼく、自分で、なんでもできるんだ」

義彦がいった。

「よかった。ほんとうに、よかった！」

雪枝は、それ以上、しゃべることができず、ただ義彦を抱きしめて、ぽろぽろと涙を流した。

「いい場面なんだがね、奥さん。もう、そのくらいにしておいてもらおうか。坊やにゃ、これから、ちょっと、いってもらうところがあるんだ」

緒方がいった。

「え、義彦を、どこへ連れていくんです？ わたしは、あなたがたといっしょにくれば、義彦に会わせてくれるといったから」

雪枝が、びっくりして緒方の顔を見た。

「俺たちは、嘘《うそ》はいっていない。こうして、息子に会えたじゃねえか」

緒方がいった。

「でも、どこかへ連れていくなんて聞いていません」

「そうだったっけな。じゃ、いい忘れたんだ。とにかく、お涙ちょうだいは、ここまでだよ。おい、サカ、子供を引き離せ！」

「いやだ、ぼく、母さんといっしょにいる」

義彦が雪枝にしがみついた。

「この子を、どこかに連れていくなら、わたしもいっしょに連れていってください！」

雪枝が、必死で義彦を放すまいとする。

「そういうわけにも、いかねえんだ。俺たちゃ、奥さんには、なんのうらみもないが、子供にだけ用事があってな。おい、高島さんよ。あんたも、ぼうっとしてねえで、手伝いなよ。俺たちが、子供を連れてずらかった後は、奥さんは、あんたの好きかってだ」

緒方が、にやつきながら高島にいった。

「まさか、高島さん！」

雪枝がいった。

「その、まさかの約束で、子供を連れてこさせたんだよ」

緒方がうそぶいた。


「だめだ、遅かった……」

黒岩が、なんとも悔しそうにいった。

「これだけ探していないんじゃ、連れ去られたとしか考えようがないな」

春浪も唇を嚙《か》む。

「どこに、連れていかれたのか、見当もつかないんですか？」

信敬がいった。

「わからんのだよ」

黒岩が、つぶやくようにいう。

「その共生知性体というのは、念写ができるのなら、精神感応術はできんのですか？」

龍岳がいった。

「いや、そういう能力は持っていないようだ」

「そうですか」

「すると、わたしたちには、もう、どうすることもできないんですの？　義彦少年や雪枝さんは、どうなってしまうんですの？」

時子がいった。

「どうしようもない……。いや、松谷のおじさんか、おばさんが、なにか聞いているかもしれないな」

黒岩がいった。

「じゃ、ここから、すぐ近くだから、聞きにいきましょう」

時子がいった。

「それなら、ふた手に分かれよう。全員で、ぞろぞろ、いってもしかたあるまい。どこかで落ち合うことにして……」

春浪が、そこまでいった時、御霊廟の表側から、ひとりの老婦人が姿を現した。南無阿弥陀仏《なむあみだぶつ》と小さな声で、念仏を唱えている。御霊廟は東照宮だから、念仏はおかしいのだが、老婦人には関係ないらしい。

「お婆《ばあ》さん!!」

信敬が、その老婦人に声をかけた。応援隊でならした破《わ》れ鐘《がね》のような声だった。

「な、なんだい? 強盗か。なら、わしゃ、なにも持っとらんぞ」

足を止めた老婦人がいった。

「ちがう、ちがう。強盗なんかじゃない。ちょっと、ものを聞きたいんだが、このあたりで、十歳ぐらいの子供の姿を見かけなかったですか?」

信敬が、今度は声をやわらげていった。

「ああ、見かけたよ」

老婦人が答えた。全員が、老婦人に近づいた。

「どこでです?」

黒岩がいった。

「表の鳥居のところだ。十五分ぐらい前じゃったかなあ。中年の男とふたり連れじゃったがね。親子には見えんかったね。わしの家の嫁がな、臨月《りんげつ》だもんで、御霊廟を拝みにきたんじゃが、鳥居のところに俥がふたつ待っておって、それに乗るところじゃった」

「どんな男でした?」

黒岩が質問した。

「さあ、顔はよくわからなかったが、洋服で鳥撃ち帽子をかぶっとったよ」

「高島だ。やつは、いつもハンチングをかぶっている」

黒岩がいった。

「じゃ、やはり、呼び出したのは高島だったのか。お婆さん、その俥は、どっちへいったか、わかるかね?」

春浪がたずねた。

「ああ、麴町三番町の〔求友亭〕って待合にやってくれといっとった。いまでも、あんな男の子を相手にする好き者がおるんかのう」

老婦人が、いささか、あきれたという表情をする。

「三番町の〔求友亭〕にまちがいないですね」

黒岩が確認した。

「ああ、まちがいないよ。わしゃ、耳はまだ確かじゃから」

老婦人がいった。

「ありがとう、お婆さん。まちがいなく、あんたの嫁さんは安産だ。元気な子供を産むよ！」

春浪が、笑っていった。

「そうかい。ありがとう。ありがとうよ」

老婦人のことばが終わった時、もう五人は自動車のほうに向かって走っていた。

「天は、まだ、われわれを見捨ててはおらんようだ」

春浪が、自動車に飛び乗った。

「ええ。きっと、ふたりとも、ぶじですわ」

時子がいった。

「飛ばしますよ」

信敬の声も明るかった。

髭《ひげ》の中に目鼻が埋まっているような顔と、壊れた蓄音機のような声からは、およそ想像できないのだが、信敬の自動車運転ぶりは、実にみごとだった。これまで、二、三度しか乗ったことがないというのが、嘘ではないかと思うほど、上達が早かった。牛込の原町から上野公園までの運転で、すっかりコツを飲み込んでしまったようだった。自動車は、わずか十五分で麴町三番町の待合〔求友亭〕に到着した。

ふつう、待合は男女が密会したり、いかがわしい商売の女が男を客に取る場所だ。そこに学生服で髯面の信敬が運転する自動車が止まり、四人の男とひとりの女学生が降りてきて、どやどやと店に入ってきたから、女中はおどろいた。それでなくても、すでにひと組、子供や作業服の男など、店にふさわしくない客が入っているのだ。

「あのう、店《うち》は……」

先頭になって入ってきた黒岩に、おそるおそる女中がいった。

「こういうものだ。十歳ぐらいの子供を連れたハンチングの男がきていないか？」

黒岩が、警察手帳を見せながらいった。

「あっ、警察の旦那《だんな》ですか。きております。二階の一番奥の部屋ですが、そのほかに作業服の男がふたりと、色の白いきれいな女の人が……」

女中がいった。

「なに、色の白い女の人？」

先に進みかけていた黒岩の足が止まった。

「雪枝さんが、いるらしい。ほかに高島の仲間もふたり」

黒岩がいった。

「それは、まずいな。へたに踏み込むと、ふたりが楯《たて》にされる」

春浪がいった。

「まず、高島をここへ呼び出そう」

「そうですね。姐《ねえ》さん、すまないが、その部屋にいって、高島という男を呼んできてくれ」

黒岩がいった。

「は、はい。でも、なんといって、お呼びすれば……」

女中が、おどおどしながらいった。

「そうだな。そのハンチングの男は、俥できたのだな」

「はい」

「じゃ、俥屋が呼んでいるといってくれ。いうまでもないが、われわれのことは、しゃべってはいかんぞ」

「はい」

女中が答えて、階段を昇りはじめた。店の扉は開いたままになっている。女中の姿が見えなくなると、黒岩を残して四人は表に出た。

まもなく、二階から足音がした。女中が前を歩き、その後ろに背広姿の男がいた。高島だった。そして、さらに、その後ろに作業服の痩《や》せた男がいた。坂本だ。緒方が高島の見張りにつけたものらしい。

階段を降りてきて、あたりを見回した高島が、女中にいった。

「どこだい、俥屋は？」

「はい。外でございます」

女中がいった。高島は、無言で黒岩の横をすり抜け、表に出ようとした。その時、坂本が、黒岩に気がついた。

「おめえ、あの刑事《デカ》！」

「なに？」

高島が振り返った瞬間、信敬が店の中に飛び込んできて、高島のからだに抱きついた。二階に逃げもどろうとする坂本に、黒岩が飛びつく。

「放せ、この野郎！」

坂本がわめいた。黒岩が、さっと坂本の口を押さえた。龍岳は信敬を応援して、高島を押さえ込んで外に引きずり出す。坂本のほうには、春浪が手を貸した。ふたりとも、あっという間に取り押さえられた。

あっけにとられている女中に、黒岩がいった。

「姐さん。この店には若い衆はいないか。いたら、なるべく腕っぷしの強そうなのを二、三人呼んできてくれ。だが、騒ぎにはしないように、静かに」

「は、はい」

女中は答えて、店の厨房《ちゅうぼう》のほうに入っていった。

そして、十秒も経たないうちに、屈強そうな若者をふたり連れてきた。

「なんのご用でしょうか？　警察の旦那だそうで」

ひとりの男が、ちょっと心配そうに黒岩にいった。

黒岩は、ポケットから警察手帳を出して、ふたりに見せた。

「いや、きみたちをどうこうしようというんじゃないんだ。ちょっと、表に出てくれ」

「へい」

ふたりが表に出た。信敬や春浪たちに、取り押さえられている高島と坂本の姿が、ふたりの目に入った。

「もうひとり、捕まえなければいかん男が上にいる。事情があって、ほかの刑事や警官を呼べんので、もうひとりを取り押さえるまで、このふたりを見張っていてもらいたい」

黒岩がいった。

「ただし、ここでは人目につくので、どこか裏のほうにでも連れていってくれないか」

「そういうことでしたら、お安いご用で」

ふたりがうなずいた。

「ぜったいに、逃がさんでくれよ」

高島を、龍岳といっしょに押さえている春浪がいった。

「あれ、こりゃ、押川春浪先生と吉岡将軍じゃあ」

ひとりの男がいった。男はふたりを知っているようだった。春浪と信敬は肯定も否定もしなかった。

「ということは、こいつら、ろくでもねえ、卑劣漢《ひれっかん》ですね」

男がいった。

「その通りだ」

春浪がうなずいた。

「へい。よく、わかりやした。おい、こっちへこい!」

ふたりの若い衆は、それぞれに高島と坂本の手をねじあげると、店の裏手に連れていく。

「ぼくが、もうひとりの男の素性《すじょう》を探ってきましょうか?」

龍岳がいった。

「いや、残りは、ひとりだ。こちらから、出迎えにいこう」

黒岩がいった。さすがに刑事だけあって、こういう場面では、行動がてきぱきとしている。

「じゃ、ぼくは、いまのふたりを調べてきましょう」

龍岳がいった。

「うむ。頼む」

黒岩がいい、女中に向かって続けた。

「すまんが、このまま、上がるぞ」

黒岩は靴のまま廊下に上がった。龍岳をのぞく三人が後に続く。四人が二階の階段を昇りはじめた時だった。作業服の男、緒方が廊下に出てきた。高島と坂本の帰りが遅いので見にきたようだった。黒岩と目が合った。黒岩は緒方を知らなかったが、緒方は黒岩を知っている。

「あっ!!」

小さな叫び声をあげると、緒方は元の部屋に飛び込み、襖《ふすま》を、激しく音をたてて閉めた。部屋は一番奥の四畳半だ。逃げ道はない。黒岩は無言で廊下を進むと、躊躇《ちゅうちょ》なく、がらりと襖を開けた。

「黒岩さん！」

「おじさん！」

雪枝と義彦が、同時にいった。ふたりは、というより雪枝が緒方に抱えこまれ、その右手には匕首がつきつけられていた。

「近寄るな。近寄ると、この女を殺すぜ。おどしじゃねえぞ。ほんとうに殺すからな」

緒方は、雪枝のからだを押さえた手に力を込めた。

「く、苦しい」

雪枝が呻《うめ》いた。

「貴様、卑劣な‼」

春浪がいった。

幸いにして、二階は部屋が、ほとんど埋まっていないようで、この奥の部屋で飛び交っている怒声に客たちは気がついていないようだった。黒岩に、あれこれと指示された女中と、もうふたりばかりの女中が、階段の途中から頭だけ出したような形で、息を飲んで成りゆきを見ている。店の主人や女将《おかみ》が出てこないのは、どうやら留守のためのようだ。

「母さん」

からだを押さえられている母親に、義彦がすがりつき、その腕を引き離そうとした。十歳の少年の力では、それはとうていむりそうに思えた。が、意外なことに、緒方の手が少しずつ、雪枝のからだから離れかかった。義彦の力だけでは、とうていむりだったが、共生知性体の神経系統への命令が、本来の力以上に少年の筋肉を動かしているのだ。

「このガキ、手出しをすると承知しねえぞ」

緒方は、匕首の先を雪枝の首に触れた。

「やめろ、義彦君！」

黒岩が、落ちついた声でいった。相手は追い詰められた鼠《ねずみ》だ。状況によっては、ほんとうに、雪枝を殺すかもしれない。信敬も飛びかかりたくて、うずうずしているが、黒岩のことばを無視して行動はできない。

「義彦君、こっちへこい」

春浪がいった。

「だめだ！　坊主、少しでも動いてみろ‼　母親を、ほんとうに殺すぞ！」

緒方が、呻くようにいった。

「わかった」

黒岩がいった。右手で義彦の動きを制していった。

「お前、名前はなんという？」

「大きな、お世話だ」

「そうか。で、お前たちの目的は、なんなんだ？」

にらみ合ったまま、黒岩がいった。

「坊主のからだが欲しいのよ」

緒方が答えた。

「なんのために？」

黒岩がいった。

「そんなことは知らねえ」

「高島が、そういうのか？」

「高島？　あんな野郎は関係ねえ。ただ、ちょっと坊主を運ぶのを手伝ってもらっただけよ」

「高島は運び役？　おまえたちは、どういう関係なんだ？」

「いえねえな」

緒方が、ふんと鼻を鳴らした。その時、龍岳が廊下を駆けてきた。そして、黒岩にいった。

「黒岩さん、あのふたりですが、仲間ではないようです。あの作業服の男は坂本といって、この緒方という男の手下だそうです。なんでも、軍が関係しているそうですよ。ずっと雪枝さんの行動を見張っていたんだそうです」

「ちぇっ、サカの野郎。よけいなことをいいやがって」

緒方が舌打ちをした。

「やはり、軍か」

春浪がいった。

「軍は、なにをやろうとしているんだ？」

「知らねえ。とにかく、おめえらと話をしている時間はねえ。俺と、この母子《おやこ》をだまって、この店から外に出させろ」

緒方ががなる。

「そうはいかん。よし、取引きしよう。ふたりを解放すれば、お前を逃がしてもいい」

黒岩がいった。

「そうはいかねえ。それじゃ、なんのために、ここまで仕事してきたのか。俺にも、やっと運が向いてきたのによ」

緒方がいった。その時だった。時子の立っている廊下の後ろを、あわただしく走ってくる靴音がした。全員が、いっせいに靴音のほうを見た。陸軍の軍服に身を固めた軍人だった。肩章は大尉だ。吉田大尉だった。吉田大尉は、瞬間的に状況を把握したようだった。

「あっ、吉田さん!!」

吉田大尉の姿を見た緒方が、うれしそうにいった。

「警視庁の者ですが、あなたは？」

黒岩が警察手帳を吉田大尉に見せながらいった。

「陸軍参謀本部の吉田大尉だ」

吉田が横柄《おうへい》に答えた。そして、部屋の隅で、人質を取っている緒方を見た。

「いつまでたっても、連絡がないから、駆けつけてみれば」

吉田大尉が、にこりともせずいった。

「吉田さん。よかった。いいところへきてくれました。この通り、坊主は捕まえてあります」

緒方が、すがるような目でいった。

「なんのことだ？」

吉田大尉が、冷たい口調でいった。

「なんのことって？」

緒方が、驚愕の表情で吉田大尉を見つめた。

「約束通り、坊主を捕まえたんですよ」

緒方が、わけがわからんという口ぶりで、もう一度説明した。

「知らんな。俺はお前の連絡は待っていたが、そんな子供や女は関係のないことだ」

いうなり吉田大尉は、腰のホルダーからではなく、軍服のポケットから小型の短銃を取り出した。一瞬の油断だった。吉田大尉は短銃を構えるというほど構えることもせず、たて続けに短銃を二発、発射した。

「あっ‼」

黒岩たちが声を出した時は、もう弾は発射されていた。ようすを見ていた女中たちが悲鳴をあげた。

「うわあっ！」

悲鳴と同時に、緒方が胸を押さえて前のめりに倒れた。

信敬が吉田大尉に飛びかかろうとしたが、春浪が、それを押し止めた。

「……吉田さん、なんで俺を……」

倒れた緒方が呻いた。緒方が倒れると同時に、無言で雪枝も倒れた。左の額から鮮血が流れていた。雪枝は撃たれた瞬間に目を閉じ、義彦のほうにもたれかかった。

「母さん‼」

義彦が、雪枝を抱きかかえた。短銃の音に驚いた客たちが、ざわざわと階段を上がってくる。

「雪枝さん‼」

時子が、部屋に飛び込んだ。その後ろに龍岳も続く。それを見ながら、吉田大尉が、手にしていた短銃を、うつぶせに倒れている緒方のほうに投げた。そして、くるりと踵《きびす》を返した。黒岩が背広の内ポケットに手を入れた。短銃に手がかかった。

「待て‼」

黒岩が、吉田大尉にいった。

「なにかね、刑事君。あの男は軍の機密を盗んで、民間企業に売り渡した悪《わる》でね」

吉田大尉がいった。

「義彦少年と、あなたがたは、なんの関係があるんです？」

黒岩が短銃に手を触れたままいった。

「知らんね。少なくとも、自分は知らん」

吉田大尉がいった。

「そうですか。しかし、とにかく、あなたは人を撃った。傷害罪で現行犯逮捕します」

黒岩がいった。

「逮捕か？　それもいい。だが、その場合、参謀本部ひいては陸軍省をも相手にすることになるぞ。それでも、いいかね？　このことは忘れたまえ。これは緒方と、あの女の無理心中事件だ」

吉田大尉が、冷ややかな口調でいった。

「なに……」

いいかけて、吉田大尉のほうに詰め寄ろうとする黒岩を、春浪が抱き止めた。

「放してください、春浪さん！」

「いや、ここはこらえろ、黒岩君!!」

春浪がいった。

「けっこうな判断だ」

吉田大尉が春浪の顔を見て、にやりと笑った。それから続けた。

「ここにいる店の者および客に通告する。いま、ここで、無理心中事件が起きたが、この事件の口外を禁ずる。もし口外した者があれば憲兵隊が逮捕する。よく心得ておけ、以上だ」

吉田大尉は、大きな声で、それだけいうと、なにごともなかったかのように廊下を進み、階段を降りていった。

「くそっ！」

黒岩が、いかにも悔しそうに、その後ろ姿を見つめた。

春浪がいった。

「黒岩君、それより、雪枝さんが」

「はい」

黒岩が部屋に飛び込んだ。

信敬が、おろおろしている女中に怒鳴った。

「医者を呼べ！　医者を！」

「はい」

女中が、階段を駆け降りていく。

「雪枝さんは、だいじょうぶか!?」

黒岩が、時子に抱きかかえられている雪枝をのぞき込んでいった。弾丸は、左側頭部をえぐるように突き抜けていた。まだ、死んではいなかった。だが、意識はなかった。白い顔は青くなり、唇は土色になっていた。

「くそ、あの大尉！」

信敬が鬼のような顔をして、吉田大尉の消えた廊下を見つめた。

「こっちの男は即死です。心臓を撃ち抜かれています」

龍岳がいった。

「そうか……」

黒岩が夢遊病者のように、焦点の定まらない目で龍岳の顔を見た。

「お医者さんを、早く……」

時子が泣き出しそうな声を出した。

「医者がきても、助かるまい」

時子たちと、雪枝を覗き込んでいた義彦がいった。だが、それは義彦の口調ではなかった。全員が、義彦の顔を見た。

「これが共生知性体の声ですか?」

まっ先に反応したのは、やはり科学小説家の龍岳だった。

「黒岩君。約束を破ったな」

龍岳のことばを聞いた共生知性体がいった。

「すまない。きみたち、いや義彦君の緊急事態だったんで、しゃべってしまった。許してくれ。その代わり、約束通り、ぼくの命はきみたちに預ける」

黒岩が義彦の目を見つめて、頭を下げた。

「なるほど。それだけの覚悟でしゃべったのか」

共生知性体がいった。

「いや、黒岩君に罪はない。俺が、むりやりしゃべらせたのだ。殺すなら、俺を殺せ」

春浪が共生知性体の顔を見た。

「いや、春浪さんはいかん。まだ、これから、やることがいくらもある。人間の命が欲しいというのなら、ぼくのをやる」

信敬がいった。

「……なるほど、わかったよ。きみたちは、いい人間だ。まあ、しかたあるまい。われわれも、黒岩君と約束した時から、確信はしていなかったさ。なにしろ、きみは、われわれの仲間ではない。人間だものな。同じ仲間なら許せないが、人間に完璧《かんぺき》を求めるのは、最初から、むりな相談だ。許すよ。なあに、そんなに気にすることはないさ」

共生知性体が笑った。

「すまん。許してくれるのか」

黒岩がいった。

「きみたち、黒岩君の話によれば、義彦君の脳の機能を元通りに治してくれたということだが、この雪枝さんの怪我を治すことはできないのか?」

春浪がいった。

「その婦人の怪我を? 人間というのは、どうも図々しくていけない。われわれとの約束を破ったうえに、まだ、そんなことをいうのか。われわれが太古の昔、よき仲間として共生していたころの人間は、そんな図々しいことはいわなかったがね。だが、そんなふうに人類を進化させてしまったのは、われわれの責任でもあるわけだ。……よかろう。やってみよう。義彦君は、もう完全に脳の機能を回復した。われわれが、脳の外に出ても、なにも心配はいらない」

共生知性体がいった。

「その婦人の傷を見るかぎり、回復させることは不可能ではない。可能だ。だが、それには、ひとつ条件がある」

「条件? 今度は、きっと守る」

黒岩がいった。

「いや、今度はきみたちに守ってもらおうという条件ではない。われわれが、その婦人の傷を治すには、すべての力を必要とする。われわれ二体の共生知性体の持つすべての力だ」

共生知性体がいった。

「ということは?」

龍岳が質問した。

「われわれは、もう共生知性体としては生きていけないということだ。その婦人の脳の傷ついた部分を修復し、その一部に同化し、やがて消滅する。それ以外に、その婦人を助ける道はない」

「それは、きみたちが死ぬということなのか?」

黒岩がいった。

「まあ、そういうことだ」

「だが、それでは南極へ……」

「そう。帰れないね。けれど、きみは、その婦人を死なせたくはないだろう」

「もちろんだ」

黒岩がいった。

「どんなことがあっても、死なせたくない」

「では、ほかに方法はない」

「しかし……」

「そうだ。今度はきみと約束はしないといったが、ひとつ約束してもらおうか。われわれも命を捨てて、その婦人を助けるのだ。その意志をむだにされたくはない」

「どうすればいい？」

「その婦人を、必ず幸せにすると約束したまえ。そして、今度は、ぜったいに、その約束を破らないと約束して欲しい……」

共生知性体がいった。

「……ありがとう。わかったよ。必ず幸せにする。誓うよ」

黒岩がいった。

「お兄さま……」

時子がいった。

「それを約束してくれるなら、われわれは命を捨てることを惜しみはしない。よろこんで、その婦人を助けよう。太古の昔にも、こんな例は、いくつもあった」

「ありがとう」

黒岩がいった。

「礼は不要だ。もともと、われわれときみたちは共生生物だったのだからね。立場は対等だ。さて、そうと話が決まれば、治療は少しでも早いほうがいい。それだけ早く、元にもどる。すぐに、われわれは、そちらの婦人の脳に移動する。きみたちと話をするのも、これが最後だ。では、黒岩君。幸せにな」

共生知性体の声が、そこで途切れた。五人は義彦少年を見つめた。やがて義彦の右目に、大粒の涙が浮かび出してきた。義彦は、その涙を右の人差し指で受け取った。その涙の粒は、まるで水晶のように、きらきらと輝いていた。

義彦は、左手の指で座蒲団《ざぶとん》を枕にして寝ている雪枝の左目を開いた。それから慎重に右手の指先の涙の粒を雪枝の左目に落とした。指を離すと、雪枝の目が、また閉じた。

五人にとって、それは、なにか厳粛《げんしゅく》な神事を見ているようだった。やがて、義彦のからだが、ぐらりと揺れた。春浪が、それを支えた。義彦は、軽い寝息をかきはじめた。あたりを沈黙が支配した。

全員の無言の状態が一分ほどあった。雪枝が、静かに目を開いた。

「……黒岩さん。義彦は?」

弱々しいが、はっきりした声だった。

「だいじょうぶです。ここにいますよ」

黒岩がいった。

9

晴

午前九時から、大隈伯邸で、後援会幹部会議があった。出席者は伯を始め、押川、田中、佐々木、村上各幹事、三宅幹事代理、伊東知也氏、堀内氏及野村船長と、予との九名である。我隊前途の事に就て、いろ〳〵議し、結局 桂《かつら》総理大臣に、大隈伯より書簡を以て、補助金下附の請願をすることとなり、昨日製作した予算を確定し、尚幹事は明日、総理大臣官舎并《ならび》に、外務省を訪問する事に決し、予算書の提出すべき分の、清書をした。明日は午後松本楼（日比谷）に会して、両省にゆく筈《はず》とし午後二時解散。

　今日の会議では、村上派と田中派との議論も沸起し、村上派は其後、いろ〳〵相談する処があった。後援会内部の風雲は、頗《すこぶ》る急となりかけた。村上氏の専断を、他の幹事連中は憤怒して、斯《か》くなつたのである。予はこの時から、正義派に組した。船長は村上氏の肩を持つた、他日予が村上氏に、怨まれるのは此時から、益《ますます》多くなつて遂に、予は若干の誤解を、一行の連中に迄《まで》、招く種となつたのである。


（六月二十五日『南極探検日記』）


博文館の応接室に、押川春浪、阿武天風、原田政右衛門、吉岡信敬、黒岩四郎、鵜沢龍岳の六人が集まっていた。原田が調査した、例の陸軍参謀本部内の特別任務班についての報告だった。

「なんと、不死身の兵卒を作る研究だと!?」

原田の説明を受けた春浪が、目を見開いた。

「ドイツでは、そんな研究をやっているらしいと聞いていましたが、わが帝国陸軍でも……」

龍岳も、びっくりした表情だ。

「まちがいないかね？」

春浪が念を押す。

「ええ。これは確かな情報です。幸いにして、日露戦役の時に懇意にしていた長山という軍医が、その班員のひとりでして、話してくれました。自分はやりたくない仕事だが、上からの命令だからしかたないといっていましたがね」

原田がいった。

「すると義彦少年が、大学病院にいた時から目をつけられたいたのは、脳の機能がだめになっても死なないから、研究材料になるだろうということですか?」

黒岩がいった。

「その通りです。なぜ、義彦少年の肉体が死なないのかに注目していたわけです。それで、いよいよ軍に強制収用してしまおうかどうかと迷っている時に、少年が奇跡的に回復して、病院を抜け出したものだから、大いにあわてたわけです」

原田は共生知性体のことを知らないので、義彦が奇跡的に回復したものと思い込んでいる。

「その班の実質上の指揮官が吉田大尉というわけだな」

春浪がいった。

「はい」

原田がうなずいた。

「でも、よかったですね。軍が義彦君の強制収容を躊躇していて。へたをすれば、人体実験をされてしまうところだったのでしょう」

龍岳がいった。

「そういうことじゃろうなあ」

天風がうなずいた。

「しかし、新兵器開発はいいとして、不死身とは現実性のない研究をしているものだ。そりゃ、たしかに弾で撃たれても、剣で斬《き》られても死なない兵卒ができれば、どれくらい戦いが有利になるかはしれん。だが、そんなものは、できるわけがあるまい。できても化物《ばけもの》にすぎん」

春浪が、テーブルの上の煙草に手を伸ばしながらいった。

「そんな化物を作ろうと、猿や犬を、何百頭と殺して実験に使ったらしいです。噂《うわさ》では、死刑囚のからだも使ったといいます」

原田が説明した。

「不気味な研究だ」

春浪がいった。

「自分は陸軍の歩兵です。陸軍には強くなってもらいたいです。しかし、そんな化物の研究はしてもらいたくはありませんな」

原田が顔をしかめた。

「それよりは、よほど、飛行機から爆弾を落とす研究でもしたほうが、よさそうだなあ」

飛行機好きの信敬が、口をはさんだ。

「あるいは、春浪さんが考えだした〔無敵鉄車〕だね」

龍岳が、微笑していった。

「だいたい、弾がからだに当たって血だらけになった兵卒が死なずに、なおも前進したら、味方の戦友だって気持ち悪くていかんだろう」

春浪がいう。

「と、思いますが、軍は本気のようですよ」

天風がいった。

「そうすると、義彦君は、たまたま助かったが、これからも人体実験に使われる犠牲者が出る可能性はありますね」

黒岩が、茶をすすりながらいった。

「大いに考えられます」

原田がうなずいた。

「じゃ、その特別任務班というのを、ぶち壊してしまえばいい！」

信敬が、怒鳴るようにいった。

「まあ、それはそうじゃが」

天風が笑う。

「いや、天風さん。ここにいる、みんながやってもかまわんというなら、ぼくがやってみせますよ」

信敬が真剣な口調でいった。

「いやいや、そうかんたんなものじゃないんだよ。なにをやっているかを調べるだけでも、これだけ、大変だったんだから」

原田がいった。

「なに、やれというのならやります。やってもいいですか、春浪さん」

信敬がいった。

「うむ。あの吉田という大尉だけでも、なんとかしたいことはしたいが」

春浪が黒岩の顔を見た。

「そうですね」

黒岩がうなずく。

「いや、このまま、ほうっておくと、黒岩君の立場が危ないからな」

春浪がいった。

「それじゃ、決まりだ。やりましょう。どんなふうになっているか知らないが、その研究室をぶち壊し、書類を燃やしてしまえば、吉田は責任を取らされるんでしょう？」

信敬がいった。

「たぶん、そういうことになるだろうね」

原田が答えた。

「だが、失敗したら、命はないよ」

「なあに、正義のために死ぬなら、それでもかまわんですよ。といっても、ぼくは死にませんがね」

信敬が笑った。

「どうやるんだ？」

春浪が質問した。

「それは、ぼくにまかせてください。早稲田の応援隊には命知らずは、いくらでもいますから」

信敬がいった。

「こりゃ、止めてもやりそうだなあ」

信敬の性格を、よく知っている天風がいった。

「原田君。できるだけ、特別任務班のある場所など、信敬君に詳しく教えてやってくれんか」

「わかりました。しかし……」

「もう、だめだ。信敬君が、ここまでいったら、なにをいっても止めやせん」

春浪も笑った。

「そうですか。じゃ、頼みましょう」

原田がいった。

「それで、黒岩君。雪枝さんの状態は？」

春浪が話題を替えた。

「はい。それが、信じられない回復ぶりで、もう、ふつうに話ができます」

　黒岩がいった。

「それは、よかった。義彦君も、だいじょうぶだね」

　春浪は、意識して共生知性体の名前を出さなかった。

「ええ。時子とふたりで、雪枝さんのめんどうを、よく見ています」

「なら、安心だ。高島も証拠写真を突きつけられて、殺人の犯行を自白したそうじゃないか」

「ええ。あの写真は、動かぬ証拠ですから」

　黒岩がいった。

「わしは、その証拠写真なるものは見ていないが、黒岩さんはそんなものを手に入れていながら、わしに協力してくれなかったのだから、冷たいですなあ」

　天風がいった。

「いや、ぼくも最初から、その写真を持っていたわけじゃないんですよ。偶然、現場を撮っていた人を見つけてね」

　黒岩が、困ったように説明した。

「うん。この事件については、黒岩君にも、ちょっとした事情があったんだよ。とにかく白鳥幸三郎氏の無実は、はっきりしたのだから、まあ、かんべんしてやりたまえ」

　春浪が笑いながら天風の顔を見た。

「いや、わしも、黒岩さんを責めておるわけじゃないんですよ」

　天風がいった。

「なら、よろしい。それに、今度のことでは、実にめでたい話にもなったし」

　春浪がいった。

「春浪さん。その話は……」

　黒岩が、あわてていった。

「しかし、はっきりと約束したぞ。きみは約束を破るのか」

「いえ。約束は破りませんが……。まいったなあ」

　黒岩が、頭に手をあてた。

「黒岩さん、世帯《しょたい》でも持つのですか?」

　原田と同じく、共生知性体との事情を知らない天風がたずねた。

「うん」

　春浪が答えた。

「だれとです？」

　原田がいった。

「その義彦少年の母親の白鳥雪枝さんだよ」

「ええ。あの人とですか！　それは、おめでたいですね」

「あ、なるほど。それで、わしのほうに冷たかったわけか」

　天風が、かってに解釈して、なっとくしたという表情をした。

「いやあ、それは、おめでとうございます」

　原田がいった。

「は、はあ」

　黒岩が答える。

「それで、最後に特別任務班が崩壊して、この事件は、万々歳《ばんばんざい》で落着ですな。まあ、見ててください」

　信敬が、自信たっぷりにいった。

10

曇

午前中宿で雑務、午後松本楼に会す、押川、佐々木、田中、村上各幹事幷《ならび》に、高木代議士、船長、予等集まる、昼食を共にして、後先づ外務省を訪ふ、此時午後三時、丁度《ちょうど》小村外相は、来客中とあつて、石井次官出でゝ面談、外交問題上《より》の、我隊の窮状を陳《の》べ、次官も旨を諒とし、大に尽力すべく答へた。午後四時首相の官邸に行く、折しも桂《かつら》公は、済生会の事で、外出間際とあつて面会謝絶、杉秘書官代理として面談、昨日伯から提出された補助金下附の事に就き、首相に懇願を乞ふて引揚ぐ、高木、佐々木両氏は、此日議会の委員側をして、政府に陳情した。

　予は夕方、美土路《みどろ》春泥《しゅんでい》君と、月見亭で夕餉を共にして、いろ〳〵談話した。　（六月二十六日『南極探検日記』）

「やっ!!」

新聞に目を通していた黒岩が、小さく叫んだ。

「どうなさって、お兄さま?」

朝食の用意をしていた時子が、黒岩にいった。

「いや、昨晩というか、今朝の未明、参謀本部で小さな火事があったそうだ」

黒岩が答えた。

「参謀本部で?」

時子が、振り向いた。

「たいした火事ではなかったが、何者かの放火の疑いがあり、人がひとり焼死したらしい」

「まあ」

「死んだのは、あの吉田大尉だ」

黒岩が、奥の客間に寝ている白鳥雪枝と義彦に、聞こえないように小声でいった。

「じゃ、あの特別任務班を、信敬さんが……」

前夜、黒岩から話を聞いていた時子も、声を落としていった。

「それしか考えられんね。それにしても信敬君という人間も、ほんとうに、なんでもやってしまう男だね。自働車は運転するし、今度のことといい……」

黒岩が、いかにも感心したという表情をした。

「あれで、学校は落第ばっかりなんて、ふしぎな人でしてよ」

時子が、くすっと笑った。

「でも、これで、お兄さまも安心ですわね」

「うん。吉田大尉の焼死は後味がよくないが、まあ、あの緒方を殺し、雪枝さんを傷つけたのだ。当然の報《むく》いかもしれんな」

「そうですわ。同情の余地などなくってよ」

時子がいった。

「そうだな」

黒岩がうなずいた時、廊下から寝巻姿の義彦が顔を出した。

「おじさん、おはようございます。時子お姉さん、おはようございます」

「やあ。おはよう。よく、眠れたかい？」

黒岩が義彦の顔を見ていった。

「はい。よく眠れました」

義彦が答える。

「それは、よかった。お母さんは？」

「まだ、寝ています」

「そうか。ゆっくり寝かしておいてあげような。義彦君は、納豆《なっとう》は好きか？」

「大好きです」

「それは、よかった。今朝は納豆ごはんだ。……だったな、時子？」

黒岩が、台所の時子にいった。

「ええ、そうです。それに、お豆腐のおみおつけ」

時子が、笑いながら、義彦にいった。

「ぼく、お豆腐も大好き」

義彦がいう。

「そうかそうか、なんでも食べて、じょうぶなからだにならなければな。早く学校にも、もどらなければいけないし。お母さんも、もう四、五日で回復するだろう。あと少しの辛抱だよ」

黒岩がいった。

「はい」

義彦が返事をする。

その時、玄関の横にある電話のベルが鳴った。

「だれかな、こんなに早く？」

黒岩が立ち上がり、小走りに電話機のところにいくと、受話器を耳に当てた。

「おはようございます。黒岩さん。吉岡信敬です!!」

例のどら声が、受話器の奥から響いてきた。

「今朝の新聞、見てくれましたか。やる時はやるといったでしょう」

「ああ、よくやってくれたね。いま新聞を見て、おどろいていたところだよ」

黒岩がいった。

「なにかあったら、いつでも吉岡信敬を使ってください」

信敬の声は得意げだった。が、それでいて、いやみのないのが、信敬という人物の得なところだった。

「春浪さんには、連絡したのかね？」

「ええ。寝ているところを起こして、叱《しか》られました。褒めてもらえると思ったんですがねえ。あっははははは」

信敬が、実に愉快そうに笑った。

エピローグ

雨のち晴

午前中、市役所及芝新堀警察へ出頭煙火の件。

午後、後援会で事務を掌る。

来月上旬から、河岡潮風氏一行と、山陽、山陰、北陸地方を遊説すること〻なつて、今日はいろ〳〵打合せをした。皆丁未倶楽部の連中である。

広島先発者、福岡君は今日出発した。

（明治四十四年八月二十七日『南極探検日記』）

向島百華園《むこうじまひゃっかえん》の入口には紅白の幔幕《まんまく》が張られ、かがり火が、もうすっかり暗くなった周囲を明るく照らし出していた。高張提灯《たかはりぢょうちん》も、ぼんやりと灯っている。

「何人さんで？」

豆絞りのねじり鉢巻きに半纏《はんてん》姿の若者が、先頭を歩いていた龍岳にいった。

「大人四人に、子供がひとりだ」

「へい。五人ですね」

そう答えると半纏の若者は、自分の右手の台の上に、五段にも六段にも積んである竹製の虫籠《むしかご》を、次々に取って、龍岳、時子、義彦、黒岩、雪枝の手に渡した。籠の中には、松虫、鈴虫、轡虫《くつわむし》、草雲雀《くさひばり》などが入っている。

「ありがとう」

五人が虫籠を受け取ると、反対側に、もうひとり同じようなかっこうをした若い衆がいて、〔百華園〕と名前の書かれた小田原提灯を渡してくれた。

門内に入ると、萩《はぎ》、葵《あおい》、芒《すすき》など秋の千草が、そこここに咲きそろっている。ところどころに、ぼんぼりが灯っているが、その数は三百もありそうだった。

「きれいだね」

雪枝に手を引かれた義彦が、それはうれしそうに母の顔を見上げた。

「ほんとうに、きれい」

雪枝が答えた。

「やあ、そういってもらえると、誘った身として、ありがたい」

黒岩がいった。

「ええ、ほんとうに風情《ふぜい》がありますねえ」

龍岳がいった。

「お兄さまにしては、いい趣味でしてよ」

時子がからかった。

「なんだ、俺にしてはというのは」

黒岩が、口をとがらす。

この百華園で〔虫放ち会〕なるものが開かれるから、いってみようといいだしたのは、黒岩だった。

高島泰助の自殺擬装殺人事件も、完全に決着し、怪我をした雪枝も、共生知性体の命を捨てての治療で完治した。

雪枝と義彦は、森川町の家に帰ったが、共生知性体との約束を持ち出すまでもなく、黒岩と雪枝の間柄は、日に日に親密になっていった。だが、龍岳どうよう、こういうことには照れ性である黒岩は、まだ雪枝に求婚できないでいた。

この日の夜、百華園で〔虫放ち会〕があると聞いた黒岩は、それが、どんなものであるかは、よく知らなかったが、雪枝と義彦を誘い、会を楽しみ、成りゆきによっては、求婚をするつもりでいた。だが、いざとなると、三人では出かけがたく、急遽《きゅうきょ》、龍岳と時子を誘ったのだ。

もう、ところどころで、先に入園した客に放された虫たちが、とりどりの声で鳴いていた。池のほとりに焚《た》かれたかがり火の火影が、水に映って涼しげにゆらめいている。お下げ、島田、桃割《ももわれ》、丸髷《まるまげ》の女性の浴衣《ゆかた》や薄物のいでたちも美しい。

草や花が深くなってきたところで、五人はふた手に別れた。龍岳と時子、そして義彦が池の右手へ回り、黒岩と雪枝が左手になった。そうなるように行動を取ったのは時子だった。

「このへんで放してやりましょうか?」

雪枝とふたりになった黒岩が、芒の深いところでいった。

「ええ」

雪枝が返事し、しゃがみこんで籠のふたを開け、虫たちを放った。籠の中では鳴かなかった虫は、秋草の下に入っていく。やがて、ふたりの目に、その姿が見えなくなるのと同時に、虫たちは待ちかねたように、ここちよげに鳴きだした。

「きれいな音色《ねいろ》」

雪枝がいった。

「そうですね」

黒岩もうなずいた。ふと黒岩が雪枝に目をやると雪枝は、黒岩の顔を、じっと見つめていた。

「雪枝さん……」

黒岩がいった。

「はい。なんでございましょう?」

雪枝が、静かな口調で答えた。

「あっ、いや、その。龍岳君たちは、どっちへいったのでしょうな」

黒岩が、いおうとしたことばをいうことができず、しどろもどろになって立ち上がった。

「さあ」

雪枝も立ち上がった。そして、浴衣の袖《そで》で口を押さえて、くすっと笑った。

「なにがおかしいのですか?」

黒岩がいった。

「いいえ。なんでも……」

雪枝が、なおも笑いながら答えた。その時、ふたりの背後から、十三、四歳と思われる女の子が近づいてきた。頭に手拭《てぬぐ》いをかけ、右手に、恋の辻占《つじうら》と書いた提灯を持ち、左手に小さな箱を抱えている。辻占売りだった。

「淡路島、通う千鳥、恋の辻占」

少女は場所をわきまえて、小さな声で売り声を出した。

「まあ、こんなところで、辻占を……」

雪枝が少女を見やっていった。

「一枚、いかがでしょう?」

少女が、雪枝にいった。

「じゃ、一枚ね」

雪枝は財布から一銭玉を出すと、少女に渡した。

「どうぞ、お引きください」

少女が箱の引出しを開けた。中に紙を結んだ辻占が、いくつも入っている。雪枝は、その中の一枚を、そっと手にした。

「ありがとうございました」

辻占売りの少女は、礼をいって、ふたりの元から離れていく。

「はい。これ」

雪枝が、手にした辻占を黒岩に渡した。

「ぼくが、読むんですか?」

黒岩がいった。

「ええ。読んでくださいませ」

雪枝がいった。

「は、はあ」

黒岩は辻占をほどき、書いてある文字に目をやった。

「大吉。引っ越し、大安がよし。失せ物、やがてもどる。願いごと、ことごとく叶《かな》う。縁談まとまる、三日月《みかづき》の夜、特によし」

黒岩が、そこまで読んで、雪枝の顔を見た。

「そういえば、今夜は三日月でしたわね」

雪枝が、空を見上げていった。細い痩《や》せた月が出ていた。

「はあ、そ、そうですね」

黒岩が、いよいよ、困りはてたような顔でいった。その黒岩のようすを見て、雪枝が笑顔でいった。

「わたくし、次の三日月の夜まで、黒岩さんの、さっきのおことばの続き、お待ちしておりましてよ」

「は、はあ。恐縮です」

黒岩が場違いな返事をし、着物の袂《たもと》から取り出したハンカチで額の汗をふいた。

(黒岩君、約束を破るなよ)

すっかり混乱してしまっている黒岩の頭の中に、あの共生知性体の声が聞こえたような気がした。だが、それはもちろん気のせいにすぎなかった。

「この次の三日月の夜には、必ず!」

黒岩が、びっくりするような声を出した。

「ぷっ！」

雪枝が、また浴衣の袖で口を押さえ、からだを黒岩のほうに、すっと寄せると、細いしなやかな指を、そっと黒岩の指にからませた。

『夢の陽炎館』初刊時あとがき

『夢の陽炎館』をお贈りいたします。いうまでもありませんが、本書は先に上梓した『時の幻影館』の姉妹編です。

本シリーズの成立過程は、『時の幻影館』に書きましたが、筆者の明治時代に対する思いは募る一方で、最近は全仕事の半分以上を明治に費やしている状況です。

もし、タイムトラベルが可能で、実際に明治時代に住んでみれば、科学技術の問題や、情報量のちがいの問題から、やはり現代のほうが、住みやすいということにはなるでしょうが、一度は実際を見てみたい世界です。

なぜ、明治という時代に、そんなに魅力を感ずるのか、自分でも、いろいろ考えてみたのですが、やはり人物にたいする興味でしょうか。明治時代の人の全部が全部、いい人間であったはずではないのに、資料を調べていると、有名人も無名人も全員、善人のように思えてきてしまうからふしぎです。

先日、ぼくの読んだ資料の中には、こんなのがありました。ある人が、友人を訪ねたのですが、まちがえて隣りの家に入ってしまったのです。と、そのまちがえられた人が、その時、訪問者とは、はじめて顔を合わせたにもかかわらず、せっかくきたのだから、まああがって飲んでいきませんかといって、対酌が始まり、結局、訪問した人は、その日はその家で酔い潰れて泊まってしまい、翌日、隣りの友人の家を訪問したというのです。ほんとうだろうかと思うような話ですが、こんな話は、いくつもあります。

現在の、隣りに住んでいる人間がどんな職業なのかどころか、顔も年齢もわからないような人間関係からは、およそ考えられないようなおおらかさで、こんな話を読むと、いい時代だなあと、うらやましくなります。こんなところに、魅かれてしまうのです。

幸いにして『時の幻影館』は、読者や書評子からは好評で、手紙なども何通かいただきました。その中で、一番多かった質問は、登場人物のうちの、だれが実在でだれが架空の人物かということでしたが、これは、企業秘密で、まだしばらくは内緒にしておくことにしておきます。どうぞ、推理してみてください。

『時の幻影館』と同じように、本書で起こる事件も幻想探偵譚とは銘打ってあるものの、ミステリーからSF、幻想、怪奇とバラエティに富んでいます。明治時代というのは、何が起こってもふしぎではないような気がするからふしぎです。

例によってPRをします。本シリーズの主人公のひとりである押川春浪の伝記『快男児　押川春浪』（會津信吾氏と共著）が、文庫（徳間文庫＝五八〇円）になりました。おしつけがましいのですが、本書や『時の幻影館』をおもしろいと思ってくださったかたは、ぜひ読んでいただけませんでしょうか。文庫で時代背景を理解していただければ、それによって、より、このシリーズをおもしろく読んでいただけると思うのです。

また、このシリーズに時折、脇役で登場する吉岡信敬という、早稲田応援団創始者の行動と明治三十九年の早慶野球戦中止の顚末を、筆者自身、病的と思われるほど徹底的に調査した『早慶戦の謎──空白の十九年』（ベースボール・マガジン社）という作品も上梓しました。ご一読いただければ幸いです。

『時の幻影館』のあとがきでは、三つの明治物シリーズを書いていると記しましたが、その後、またひとつ増えて、現在は四シリーズになりました。どれも愛着の深いシリーズばかりですが、『時の幻影館』『夢の陽炎館』シリーズは作品数も一番多く、登場人物が筆者の考えているように動いてくれ、時には、ひとり歩きさえしてくれるようになってきました。書くことが楽しくてしかたがない、このごろです。

おかげさまで、初出誌の〈小説推理〉には、まだ続篇を書くことになっています。同設定の長篇『星影の伝説』の続篇も執筆中です。ばりばりやるつもりですので、どうか、ご期待ください。

横田順彌

平成三年八月

復刊あとがき

先に刊行された『時の幻影館　星影の伝説』は、お読みいただけたでしょうか？　その続篇『夢の陽炎館　水晶の涙雫《なみだ》』をお届けいたします。おもしろいです。校正をしながら思わず、読み耽《ふけ》ってしまうこともしばしばでした。それにしても、よく、次々不思議な物語を書いたものだと、自分で感心しています。このシリーズを書いた頃は、物書きとして最も脂の乗った時期で、なにより登場人物がいきいきしているのがわかります。それと、どの作品にも明治時代の事件や事象が描かれている点に、改めて気づきました。前作もそうでしたが、物語と同時に勉強になりますね。断っておきますが、背景の事件や事象は、全て事実です。例えば〈朝日新聞〉の野球害毒論展開や三越デパートの児童《こども》博覧会、百華園の虫放ち会などです。これらを調べるのに、連日、国会図書館や、その他、数多くの図書館、博物館などを歩き廻ったのを思いだしました。潮干狩りで、女性が小用を足す時、どうするかなどは調べるのに苦労しました。そういう話、または場面の描かれている絵や写真はありませんか、と館員に質問するわけにもいきません。現在のようにデジタルライブラリーも存在しませんでしたから、数々の新聞・雑誌を読み漁った記憶があります。そうした考証には時間をかけました。

物語のほうは、第二作目になると、登場人物が勝手に動いてくれて、さほど苦はありませんでした。ですが『水晶の涙雫』の吉田大尉のような、徹底した悪人を描くのは難しかったのを覚えています。理由は、ぼくが善人で悪いことをしたことがないからでしょう。ウソをつけと突っ込まないでください。自分の経験に基づいて書いているという噂《うわさ》は、真っ赤なウソです。信じてください。ぼくは明らかに龍岳《りゅうがく》や黒岩《くろいわ》刑事派の人間です。

それはそれとして、登場人物が使用する言葉遣いですが、これは完全な明治言葉では、現在の読者には通じない部分が多いので、現代言葉（執筆当時）との中間ぐらいにしてあります。また「自動車」と「自働車」、「ワッフル」と「ワップル」などは、地の文と会話文で使いわけています。校正ミスではありませんので、ご理解ください。ああ、女性の服装にも正確を期しました。明治時代の女性雑誌や、各デパートのカタログを探し廻ったのもいまとなっては、楽しい思い出です。

それから本書のタイトル『水晶の涙雫』について。元版発行時は『水晶の涙』でしたが、ぼくがタイトルを考えているうちに、時間がないということで、編集部のほうで決めてしまいました。ぼくとしては最初に刊行された『星影の伝説』のように、三巻通して『〇〇の〇〇』と文字数をそろえたかったので、今回の復刻で『水晶の涙雫』と改題しました。「涙雫」で「なみだ」と読ませるのは、難しいかと思いますが、同業の先輩から、こういう読み方があったように思うと教えられたので、それを信じてタイトルとしました。異論のある読者は先輩に抗議して欲しいと思います。でも、夏目《なつめ》漱石《そうせき》の作品の当て字、造語を考えれば許していただけるでしょう。

さらに短篇と長篇の日付が重なっているのに気がつかれたでしょうか。これもミスではなく、あえて重なるように書いています。その理由は、今回は復刻できませんでしたが、別の明治小説シリーズがあったからです。本シリーズと同一世界の中の出来事という設定で、あちらの第三巻目で設定の全てが解明するはずだったのですが、なんと二巻目でシリーズを中止させられ、結局、実現しませんでした。しかも、これまた勝手に編集部で、小見出しや、タイトルに余計なルビを振るという、でたらめなことをされました。その出版社、「○潮社だったか新○社」に対しては、かなり腹を立てましたが、いまさら、どうしようもありません。ただ、本シリーズは短篇も長篇も、それだけで、完結した作品になっていますので、日付は気にせず、お読みいただければ幸いです。その出版社は大きな会社ですが、いずれ痛い目にあうでしょう。もっとも、もう経営者も編集者も引退していますが……。それでは、また第三巻で裏話を披露することにして、次の校正に取りかかることにいたしましょう。刊行されたら買ってくださいね。よろしく、お願いいたします。

横田順彌

平成二十九年八月吉日

編者解説

日下三蔵

押川春浪《おしかわしゅんろう》の冒険小説『海底軍艦』に魅了された横田順彌《よこたじゅんや》は学生時代から古本を買い蒐《あつ》め、星新一《ほししんいち》以前にもＳＦを書いていた作家がたくさんいたことを知る。ＳＦファンの集まりで原書を読んでストーリーを紹介するマニアに対抗して、そうした埋もれた作品の話をしてみたら、大いにウケたという。

大学で落語研究会に所属していたという横田さんの当意即妙の話術が大きく貢献していたことは間違いないが、それ以上にＳＦファンが唖然《あぜん》とするような変わった作品の情報を大量に蓄積していたことが、好評につながったのだろう。

一九七三年、「ＳＦマガジン」一月号でスタートした連載エッセイ『日本ＳＦこてん古典』で、その成果は世間に公開されることになる。『炭素太功記』『緑人の魔都』『小人島十年史』といった奇妙奇天烈な作品を紹介し、押川春浪、海野十三《うんのじゅうざ》、蘭郁二郎《らんいくじろう》、城昌幸《じょうまさゆき》ら先人の業績を総括し、夢野久作《ゆめのきゅうさく》や山中峯《やまなかみね》太郎《たろう》などがＳＦ作品を書いていたことを指摘し、ＳＦ詩、ＳＦ童話、ＳＦ戯曲などを発掘してみせる。それを講釈師もかくやの名調子で語っていくのだ。中には現物よりも『こてん古典』の紹介を読む方が、よほど面白い本もあった。

この連載は八〇年八月号まで全六十二回に及び、早川書房から大部のハードカバー単行本として全三巻（第一巻が80年5月、第二巻が80年12月、第三巻が81年4月刊）で刊行されている。さらに集英社文庫（第一巻が84年8月、第二巻が84年11月、第三巻が85年1月刊）にも収められたが、現在は電子書籍でしか読むことが出来ない。

會津《あいづ》信吾《しんご》氏との共著『新・日本ＳＦこてん古典』（88年8月／徳間文庫）、第32回日本ＳＦ大賞特別賞、第24回大衆文学研究賞大衆文学部門、第65回日本推理作家協会賞評論その他部門とジャンル小説関連の賞を総ナメにした大著『近代日本奇想小説史　明治篇』（２０１１年1月／ピラールプレス）と研究成果の発表を続けるうち、数多くの新たな発見があり、『こてん古典』当時の記述が間違っていたことが判明するケースも増えてきたという。

そのため、横田さん自身は『日本ＳＦこてん古典』の復刊に乗り気でない様子なのだが、これは先行する研究がまったくないところから、ほとんど独力で「古典ＳＦ」という概念を成立・浸透させてしまった先駆者ならではの悩みであって、何よりあんなに面白い読み物が紙の本の形で手に取れないのは残念で仕方がない。データや知見が更新された部分は注釈の形で補うなどして、なんとか復刊の道筋をつけたいものだと思っている。

それはともかく、著者のライフワークというべき古典ＳＦ研究は、『日本ＳＦこてん古典』の連載中に、二つのアンソロジーという成果も生み出している。明治、大正、昭和初期（戦時中まで）の作品を対象にしたハヤカワ文庫ＪＡの『日本ＳＦ古典集成』（全三巻／77年7～8月）と一九四六（昭和二十一）年から一九六一（昭和三十六）年の作品を対象にした徳間ノベルズの『戦後初期日本ＳＦベスト集成』（全二巻／78年5月、6月）である。

前者は、押川春浪、海野十三、蘭郁二郎から横溝《よこみぞ》正史《せいし》、小栗《おぐり》虫太郎《むしたろう》、木々《きぎ》高太郎《たかたろう》といった探偵作家、さらに谷崎潤一郎《たにざきじゅんいちろう》や佐藤春夫《さとうはるお》らの作品までを幅広く収録。後者には、山田《やまだ》風太郎《ふうたろう》、日影丈吉《ひかげじょうきち》、大坪砂男《おおつぼすなお》、渡辺啓助《わたなべけいすけ》などの探偵作家、新田次郎《にったじろう》、安部公房《あべこうぼう》、北村小松《きたむらこまつ》らＳＦに興味を示したジャンル外の作家、そして星新一、小松左京《こまつさきょう》、筒井康隆《つついやすたか》らの初期作品が網羅されている。古典ＳＦのジャンルでこの二つを超えるアンソロジーはないし、今後も作ることは難しいだろう。『日本ＳＦこてん古典』に始まる著者の古典ＳＦ研究は、独力で日本の文学史を塗り替えてしまった偉業といって過言ではないのである。

一方、ＳＦ作家としては、『日本ＳＦこてん古典』の連載スタートと同じ七三年に、自身の主宰する同人誌「ＳＦ倶楽部」に「小説　世界ゴミ戦争」を発表、翌年、「ＳＦマガジン」十月増刊号にこれを改稿した「宇宙ゴミ戦争」を掲載し、「ハチャハチャＳＦ」の書き手として注目を集めることになる。「ＳＦマガジン」に「謎の宇宙人ＵＦＯ」「決戦‼スペースオペラ」「関東大時震」、「奇想天外」に「脱線〈たいむ・ましん〉奇譚」、「絶体絶命」に「まだらのひもの」、「オール讀物」に「珍説　地球最後の日」などを次々と発表。七七年一月にハヤカワ文庫ＪＡから最初の著書となる短篇集『宇宙ゴミ大戦争』を刊行し、奇想とユーモアの新進ＳＦ作家として活躍の場を広げていくのである。

ストーリーテリングに長《た》けた「ハチャハチャＳＦのヨコジュン」と古典ＳＦ紹介者としての横田順彌は、デビュー当初から一貫して表裏一体となって走り続けてきたといえる。その両者が融合して生まれたのが『火星人類の逆襲』（88年5月／新潮文庫）以降の明治ＳＦであり、その中でも最良の成果が、この《横田順彌 明治小説コレクション》に集成した《押川春浪&鵜沢龍岳》シリーズなのだ。

横田さんがよく言う笑い話に「古典ＳＦを書いてください、という依頼が編集者から来た」というものがある。明治、大正、昭和初期に発表されたからこそ「古典」なのであって、現代にリアルタイムで書かれたものは古典になりえない、ということが理解されていなかったのだ。

だが、明治を舞台にして、明治の人物を活躍させ、当時の時代背景に即した小説を書けば、それは「明治時代に書かれていてもおかしくない小説」といえるのではないか。山田風太郎の明治ものが、史実の隙間にあり得たかもしれない物語を構築する試みとすれば、横田順彌の明治SFは、当時書かれていたかもしれない物語を再現する試みと言えるだろう。時代に対する両者のアプローチの違いが、そこにある。

事実、『新・日本SFこてん古典』巻末の日本古典SF研究会会員による座談会の中で、横田順彌は新作『火星人類の逆襲』について、「これは、まさに、現代に書かれた古典SFなんだ」と発言している。明治を舞台にしたSFを書くにあたって、古典SF研究にのめり込むきっかけとなった押川春浪をメインキャラの一人に据えたのは、ある意味で当然だったろう。本来なら第一巻で紹介しておくべきだったが、押川春浪がどういう作家だったのか、横田順彌『SF大辞典』（86年11月／角川文庫）から、該当する項目を引用しておこう。

押川春浪

「日本SFの祖」と呼ばれる明治末期に活躍した科学冒険作家兼編集者。

一八七六年愛媛県生まれ。一九一四年没。日本キリスト教界の元老押川方義の長男に生まれたが、幼少時より蛮勇で名をはせる。一九〇〇年（明治三十三年）、東京専門学校（現、早稲田大学）政治科在学中に軍事冒険小説『海底軍艦』で小説界にデビュー。当時の血気さかんな青少年たちに大好評でむかえられ、一躍冒険小説界のスターとなった。その後、数々の傑作を発表する一方で、一九〇九年冒険雑誌「冒険世界」を編集したが、三年後、朝日新聞と野球論争で対立、「冒険世界」を辞め、新たに「武侠世界」を創刊して、ナショナリズムの鼓吹と野球普及に努力した。

『水滸伝』と『モンテクリスト伯』と〈火星シリーズ〉をミックスしたような波瀾万丈の作品群は一世を風靡し、数々の亜流作家を生み出すほどであったが、過度の飲酒により、その才を惜しまれながら三十八歳の若さで他界した。

代表作に〈海底軍艦シリーズ〉のほか『空中大飛行艇』『怪人鉄塔』『千年後の世界』など、長篇だけでも三十冊を超える。

本書収録作品の時代設定となっている明治四十四年は一九一一年であるから春浪は三十五才。博文館《はくぶんかん》で「冒険世界」の編集長を務めていた時期に当たる。

双葉社版カバー
（装丁装画・北見隆）

月刊誌「小説推理」に発表された短篇をまとめた単行本の二巻目が、本書の前半に収めた『夢の陽炎館　続・秘聞◉七幻想探偵譚』（91年9月／双葉社）である。双葉社の短篇集三冊のうち、文庫化されたのは第一巻の『時の幻影館』だけであり、『夢の陽炎館』が再刊されるのは、これが初めてということになる。

各篇の初出は、以下の通り。

徳間文庫版カバー
（装丁・池田雄一／装画・百鬼丸）

夜「小説推理」90年3月号
命「小説推理」90年6月号
絆「小説推理」90年9月号
幻「小説推理」90年12月号
愛「小説推理」91年3月号
犬「小説推理」91年5月号
情「小説推理」91年8月号

妖怪研究で知られる井上圓了《いのうええんりょう》や超能力の実験を行ったことで有名な福来友吉《ふくらいともきち》博士など、当時の有名人の名前が随所に出てくるのが楽しい。

後半の長篇『水晶の涙雫《なみだ》』は九二年七月に『水晶の涙』のタイトルで徳間文庫の書下し作品として刊行された。今回、著者の意向で表題の文字数を統一するために、ご覧の表記に変更されている。短篇シリーズでおなじみのキャラクターたちが総出演で、昏睡状態だった少年が病室から消えた事件の謎を追うサスペンスフルな内容だ。

このシリーズのストイックな趣向の一つとして、すべての記述は、あくまで「当時の人々が知り得た情報」に準拠する、というものがある。例えば南極探検隊長の白瀬《しらせ》矗《のぶ》中尉の名前は、現在でも南極観測船「しらせ」に受け継がれているが、そうした情報は作中には出てこないのだ。気になった人物やエピソードがあれば、ぜひ調べてみることをお勧めしたい。

一つだけ登場人物の「その後」を明かしておくと、冒頭で「冒険世界」に江戸時代の探偵小説についての原稿を書きたいという医学生・小酒井光次《こさかいみつじ》の名が出てくるが、彼は医学博士になった後、「冒険世界」の後継誌として博文館が創刊した「新青年」に探偵小説についての評論・研究を発表、自らも小酒井不木《ふぼく》のペンネームで数多くの探偵小説、怪奇小説を執筆した。無名の新人・江戸川乱歩《えどがわらんぽ》が「二銭銅貨」でデビューした際には、推薦文を寄せて強力に後押しをしている。後年、探偵小説誌「宝石」の編集長を務めた江戸川乱歩が星新一や筒井康隆をデビューさせていることを考えると、国産探偵小説の黎明《れいめい》期に活躍した人気作家というだけでなく、日本ＳＦ界にとっても間接的な大恩人といえるのである。

本書は、『夢の陽炎館』（一九九一年・双葉社）と『水晶の涙』（一九九二年・徳間文庫）を底本とし、若干の加筆・表記統一をしたうえで一冊にまとめたものである。なお、今回の刊行に際し、『水晶の涙』を『水晶の涙雫』と改題した。

横田《よこた》順彌《じゅんや》 明治小説《めいじしょうせつ》コレクション2
夢《ゆめ》の陽炎館《かげろうかん》 水晶《すいしょう》の涙雫《なみだ》
二〇一七年一〇月一〇日 第一刷発行

著 者 横田《よこた》順彌《じゅんや》
編 者 日下《くさか》三蔵《さんぞう》
発行者 富澤凡子
発行所 柏書房株式会社
東京都文京区本郷二－一五－一三（〒一一三－〇〇三三）
電話（〇三）三八三〇－一八九一［営業］
（〇三）三八三〇－一八九四［編集］
印 刷 壮光舎印刷株式会社
製 本 小高製本工業株式会社

ISBN978-4-7601-4896-7